講談社文庫

# 今はもうない
## SWITCH BACK

森 博嗣



講談社

# 目次

*SWITCH BACK*

*by*

*MORI Hiroshi*

1998

*PAPERBACK VERSION*

2001

# 今はもうない

森に一羽の鳥がいて、その歌が、あなたの足を止め、あなたの顔を赤くする。

時を打たない時計がある。

白い生き物の巣を一つ抱えた窪地がある。

降り行く大伽藍、昇り行く湖。

輪伐林の中に、棄てられた小さな車、リボンを飾って、小径をかけ下る車がある。

森の裾を貫く街道には、衣裳をつけた役者の一団がみえる。

さて、最後には、餓え渇えた時に、あなたを追い立てるものがある。

(Les Illuminations／J.N.A.Rimbaud)

# 意味のないプロローグ

俺に食いけがあるならば
先ず石くれか土くれか。
毎朝、俺が食うものは
空気に岩に炭に鉄。

(Une Saison en Enfer / J.N.A.Rimbaud)

「トンネルの多い道だね」助手席の犀川《さいかわ》助教授が言った。
そのとおりだった。さきほどからオレンジ色の光が充満するチューブを何度もくぐり抜けている。上空から見れば、この道は、きっと破線……、地図にある未完成道路と同じだ。もし、体長数キロメートルの大蛇がここを通ったとしたら、連続するトンネルのせいで道路の曲線をほぼ正確にトレースしなければならない不自由さを、彼は嘆いただろう。

西之園萌絵《にしのそのもえ》は、そんな連想を一瞬でした。

けれど、考えてみれば、人生だって断続するトンネルみたいなものだ。必ずどこかで意識は途切れ、ずっと明るいままの思考が連続しているわけではない。それなのに、たった今通ってきたばかりの道にトンネルが存在していたことさえ忘れてしまう。そうして人は、常に明るい綺麗な道筋を顧《かえり》みようとする。おそらく一種の防衛行為だろう。

過去の不連続性は決まって忘却される。

まるで噴水から吹き上がる水のように、それは一連のつながりを持っているように錯覚される。記憶とはそういうもの。

破線……というのは、もしかして、切取線だろうか？　ここに鋏《はさみ》を入れて、紙を切ってしまう。切ることによって不連続だった破線は連続となる。物理的な境界となり、実線となる。

切ることによって、つながる……？

切り放されることが、すなわち道筋……？

西之園萌絵は、思考にブレーキをかけた。

おかしなことを考えるものだ、と彼女は思った。疲れているのだろうか、それとも躰《からだ》の具合が悪いのか。しかし、こういった思考の暴走は珍しくないし、特に、犀川の近くにいるときに、よくこの症状が現れる。

運転しているのは彼女だった。

両手を気持ち良く前に伸ばし、白い革手袋で太いハンドルを握っている。大好きな低いエンジン音が、包み込むようなシートを通して、背中から伝わってくる。

トンネルの出入りの頻繁さに、彼女は諦めて、サングラスを頭の上にのせたままにしていた。メータは時速九十キロを指している。片側一車線の道路だったため、制限速度はそれより二十キロも低かった。彼女が満足できるのに充分な速度ではない。自分でもわかっていることだが、スピード狂だ。加速し、速度を上げていくと、目の前の視野がだんだん狭くなる。それが気持ち良い。理由を言葉で説明しようとすると実に滑稽《こっけい》な表現になるが、とにかく、すっとするのである。

おそらく、死に近づく快感。

否、それは違う。

単なる超越感だろう。

ただ、今日は犀川を乗せていることもあって、彼女にしてみれば精一杯の安全運転だった。前方や後方に注意を集中していたので、周囲の景色を見ている余裕もほとんどなかった。もちろん、心地良いエンジン音だけで充分なうえに、犀川が一メートル以内にいるというのだから、これ以上望むものはない。

けれど、もし余裕があったとしても、見られる風景といったら、砂糖菓子みたいなコンクリートで固められた切り通しの崖か、真新しいガードレール越しにたまに現れる寂《さび》れた灰色の小さな集落、それとも、色彩だけはモダンでもきっとペンキの剝《は》げかけたバンガローくらい……。つまりは、それらの「印象に残りにくいもの」が、これまた印象に残らないように無秩序に散らばっていて、その背後には、まち針が刺さったみたいに真っ直ぐで個性のない樹々に覆われた山々と、手抜きをして描いた絵のように澄みきった秋の空……。もうずっと、無秩序と単純ばかりがどこまでも拡散していた。

しかし、そもそも風景などというものは退屈な方が都合が良い。スケッチやウインドウ・ショッピングに来たわけではないのだから。

「トンネルばかりで、景色が見えなくて残念ですね」

「そう? 僕はトンネルの方が面白いよ」

犀川の返答に萌絵は短く鼻息をもらす。あまのじゃくで言っているのではない。犀川の場合、そんな発言はありえない。彼は本気でトンネルが面白いと思っているのだ。

「どうして、こんなにトンネルが多いんだろうね」犀川は独り言のように呟く。「確かに道は真っ直ぐで走りやすいかもしれないけど、少しくらいなら迂回《うかい》しても良さそうなものだ。冬に雪の面倒をみなくても良いから、わざとトンネルにしたのかなあ。それとも、シールド工法がそれだけ安くなったってことか……。トンネルを掘る仕事も、それを商売にしている人たちがいる以上、どこかで続けなくちゃいけない、というわけかもね」

少し長いトンネルを抜けると谷間を渡る橋だった。もっとも、橋の上を通っているので、どんな形の橋なのかは見えない。

「さっきから、もう何回も長良《なが》川《がわ》を渡っている」

「え？　そうですか？」萌絵はバックミラーを見た。

川の名称が書かれている緑の標示板を、彼女は見逃していた。

「長良川という名の川がこの辺に何本もあるのか、それとも、一本の長良川がサインカーブみたいに曲がりくねっているところを、この道路が真っ直ぐに、こう……、串刺しにしているのか、どっちかだね」

「後者ですよ」萌絵はくすくすと笑いながら答えた。

「まあ、その確率の方が幾分高いかな」犀川も面白そうに言う。「しかし、比較的狭い範囲の情報に基づいた統計的な推測だよ。根拠はそれほど確かではない」

「先生、ご機嫌ですね」そう言う萌絵も機嫌が良い。

岐阜市東部から新しい高速道路にのった。できたばかりの道のようである。だが、最初は立派だった道路も、トンネル工事の経費を節約したためなのか、途中から片側一車線になり、中央分離帯がなくなった。制限速度も七十キロに下がった。萌絵にはこれが残念でならない。

ついさきほど立ち寄ったドライブインでは、「この先、トイレはありません」という表示だけが大きく異様に誇張され、そこの地名を忘れさせる効果を上げていた。パーキング・エリアは広大で好きなところに駐車できる。だが、ただただ馬鹿でかいトイレ(しかし、新しくてとても綺麗だった)があるだけで、地図も休憩所もない。ジュースの自販機さえ置かれていなかった。温かいコーヒーを期待していた二人は、顔を見合わせ、無言で首を一度ふり、すぐ車に戻った。

チェーンで傷《いた》むにはまだ季節が早かったが、路面はまるで鑢《やすり》みたいにざらざらしていた。低いエンジン音を響かせて(そう、それが最高なのだ)巡航速度で走行している萌絵のツーシータは、この摩擦係数の大きな舗装状態のために、いつもよりタイヤの音が大きかった。彼女の愛車にはカーステレオがない。走行に無関係のものを車に搭載すること自体、萌絵は嫌いだ。軟弱だと思う。きっと自動車の嫌いな人たちのすることだ、と彼女は考えている。しかし、今の萌絵は、エンジンやタイヤの音に陶酔しているわけではない。

秋晴れの日曜日。

なんとも素晴らしく一色の高い空。

そして、犀川を連れ出すことのできた奇跡の時間。

そう、今日は皆既《かいき》日食と交換したっておつりがくるくらい奇跡的な一日だ。

那古野《なごの》を出発してから既に二時間ほど経っていたが、萌絵はまったく疲れていなかった。もともと車の運転が大好きだったし、それにもまして、犀川と一緒にいる時間は魔法と同じ。

今では、彼女の人生の目的ですらある。

犀川とのリレイションシップが、ここまで成長するのに、どれほど彼女の時間、そして忍耐を消費したことか。

膨大な犠牲を払ったといって良い。

しかし、手応えはあまりない。

正直にいって、その点は少し不安だった。だが、そもそも、犀川という男は手応えというものがない人格なのだから、「これで良いのだ」と萌絵は最近自分に言い聞かせている。

手応えがないのが、良い手応え、と解釈しようと努力している。

「郡上八幡《ぐじょうはちまん》には一度だけ来たことがあるよ」犀川は久しぶりに見える谷間を眺めながら言った。「なかなか愉快な町並だ」

今、走っているのは、岐阜から北上する東海北陸自動車道である。もうすぐ、犀川の言った郡上八幡に到着するが、今日の目的地はさらに山奥だった。

「先生のおっしゃる愉快って、どんな評価なのですか？」

「悪くないってことだよ」

川が直角に合流している。民家が川沿いに密集し、山に挟まれて、そこだけ綿菓子のようにぼんやりと白っぽかった。

「どこまで行っても、人が住んでいるね」犀川は、そちらの方角を見ながら低い声で呟いた。やはり機嫌が良さそうである。「まあ、人が住んでるから道があるんだけど」

こんな当たり前のことを話すときは、極めて機嫌が良い証拠なのである。

N大学工学部建築学科の助教授、犀川創平《そうへい》は、もうすぐ三十六歳になるが、まだ、そして今までずっと、独身だった。

犀川がどんな研究をしているのかといえば、建物や集落に関する取り留めもない過去に向かって、ただ素朴で素直な思いを巡らす、といった類の、いわば後ろ向きの非生産的な作業だったが、唯一目新しい箇所といえば、コンピュータを使った数値シミュレーションをすること。それによって、組み立てた自分の仮説の問題点を発見し、より完成度の高い空論を構築し、最終的には自己満足する、という奥床《おくゆか》しい分野である。寒中水泳か、あるいは、貯金箱に一円玉を溜める行為にどことなく似ている。これは、犀川自身の表現だ。もちろん萌絵も、そのとおりだと思っている。

この内向的な特上の楽しみに満たされている犀川は、日曜日に遊びに出ることなど、ほとんどない。彼の場合、研究上でストレスが溜まることはありえない。日曜日は研究だけができる最上の時間なのだから、大学を休む理由がない。日曜日だけではない。お盆も正月も、彼は休まない。というよりも、そもそも休日とか曜日の概念が、犀川には意味がない、といって良い。大学の講義がなかったら、昼と夜の概念さえも忘れてしまうだろう。

大人になったら誰でもが自然に身につけているはずの時間の過し方、つまり遊び方のほとんどを彼は知らない。少なくとも、萌絵がN大に入学した頃の犀川はそういう人間だった。今だって、本質的には何も変わっていない。

西之園萌絵は、犀川の勤務しているN大学の学生、四年生である。この春に犀川研究室の正式なメンバとなったばかりで、まだ一年も経っていない。しかし、彼女と犀川は知り合ってもう十年以上にもなる。彼女の父、西之園恭輔《きょうすけ》博士が、もともと犀川の恩師だったため、彼女が小学生の頃から、犀川はときどき西之園家を訪れた。彼女はずっと犀川を見てきたのだ。

N大に入学して三年半になる。この間、西之園萌絵は、犀川という十三歳も歳上の男性に指数曲線のように漸近《ぜんきん》していた。確かに近づいている。限りなく近づいている。けれど、まだ接触してはいない。交わってはいない。おそらく、無限の時間のあとにも、行き着くことはできない、接触することはかなわないのではないだろうか。近づけば近づくほど、近寄り難くなる。最近、そんな悲観が強くなりつつあった。

こうして、二人だけでドライブに出かけることに成功した（まるで恋人みたいに……）わけであるが、それも技術的には、彼女の綿密な計画と巧妙な演技の成果であって、他のことならば決して抑えたりしない感情を制し、先祖から受け継がれたプライドを捨てて（実際、卑屈といっても良い、と彼女は思っている）、やっと勝ち取った時間だった。

（本当に、先生は気づいているかしら……）

プライドを捨てて？

そう、プライドって、どこへいってしまったのだろう？

でも、まあ、素敵だから……、楽しいのだから、良いか……。

そう感じる。

ただ、そう感じる自分に対しては、まだ違和感がある。

以前に比べれば、犀川はずいぶん丸くなった。「丸くなった」という日本語の定義が萌絵にはよくわからないけれど、自分で何度もその表現を使った。角《かど》ばった岩が転がって、角《かど》が取れるという意味なのだろうが、元来弱い部分だから取れるのであって、丸いことは、つまり強い部分が残った強い形だ。「人間が丸くなる」というのもそれと同じことだろうか？

確かに、犀川の場合、鋭利な剃刀《かみそり》のような思考を感じさせる振舞い、たとえば唐突な指摘や話題の飛躍といった表層の振舞いは最近影を潜めた。それに、突然黙り込んで、気流みたいに魂だけがどこか遠くを浮遊しているといった精神漂流による空白の時間が少なくなったような気もする。特に大きな変化点は、彼女の存在を認めてくれている（少なくとも目の前に彼女がいればの話だが……）、と感じられる言動が近頃増えたことだろう。これは素直に嬉しい。

けれども、おそらく犀川以上に変化したのは萌絵自身の方であった。たった今、犀川が

「西之園君、無駄な時間だね」と発言しても、彼女は腹が立たない。以前の萌絵だったら、許すことができなかった。それがいつの間にか、知らない間に、不思議と腹が立たなくなっていたのである。彼女の躰の中のどこかで、感情回路の基板が差し替えられたのに違いない。

これは、バージョンアップなのだろうか。

そう、改造されたのだ。

改造したのは、誰だろう？

それとも、もともと、生まれたときから（あるいは生まれるまえから）プログラムされていたのだろうか？

インターチェンジの料金所でレシートとハイウェイ・カードを受け取ると、中心角二百七十度のカーブをタイヤを鳴らして通り抜ける。ちょうど青信号だった交差点を機敏に左折すると、単線の鉄道と並行する国道だった。右手は山。左手は谷。平たいところは彼女の車が走る道だけである。

速度は格段に遅くなったものの、勾配《こうばい》とカーブが適度に刺激的で、さきほどまでの高速道路の単調さからは解放された気分だった。やはり、水平方向の加速度がドライブの心髄であり、そのためにタイヤもサスペンションもデザインされているのだ。

「どうしたの？　西之園君、今日はやけに口数が少ないね」

「そうですか？　きっと運転が面白いからだと思います」

「なるほど」助手席の犀川は頭の上で腕を組む。

「先生、空がとっても綺麗ですよ。雲が一つもなくって……」

「うん、寒天《かんてん》みたいだ」

「カンテン？」

「澄み切っている。弾力がありそうだし」

「はあ……」萌絵は苦笑いして頷いた。「私には、弾力があるようには見えませんけど……。せめて、寒天よりはゼリィの方がロマンティックじゃないですか？」

「ロマンティックである必要がない」

「でも、ゼリィの方が寒天よりは素敵です」

「同じだ」

「う一ん」萌絵は少し考える。「同じかな……」

「西之園家の別荘は、RCなの？」犀川は別の質問をした。彼の話の切り換えは、どんなヒーロの変身よりも素早い。

「いいえ、木造です」萌絵はすぐに答えた。犀川の対応に彼女ほど慣れている学生はいないだろう。犀川がきいたRCというのは、鉄筋コンクリートのことである。犀川と同じく彼女も建築学が専門分野だ。RCといっても、ローズ・クロスとか、ラジオ・コントロールのことではない。

「西之園君、何か隠しているね？」

また別の話だ。どうやら、そのまえの質問はフェイントだったようだ。犀川のこのパターンを萌絵は学習済みだったので、反復横飛びみたいに軽く反応できる。

「どうしてですか？」

「口数が少ないのは、いつ話そうかって、タイミングを見計らっているから……なんじゃないかな？」

「先生……、はっきり言わせてもらいますけれど、私、いつだってタイミングを見計らっているんですよ。ご存じでしたか？　本当にもう、いつもいつも先生に打ち明けたいことばっかりで、胸が張り裂けそうなんですから」

冗談っぽくすらすらと早口で言ってから、萌絵がちらりと犀川の方を見ると、彼は口もとを五ミリほど上げた。

「ごまかさないで、話してごらん」

萌絵は、バックミラーを見ながら車を減速させ、道路脇に寄せる。運良く、緩やかなカーブのガードレールが外側に湾曲《わんきょく》し、道幅が広くなっている場所があったので、そこに停車した。

「先生、煙草、お吸いになって下さい」ハンドルから離した両手を自分の膝の上に置いて、萌絵は犀川を見た。彼女の車は禁煙だったので、例のトイレだけしかなかったドライブイン以来、一時間以上、犀川は煙草を吸っていない。彼は、スーパのつくへビィスモーカだから、そろそろ限界といって良いだろう。

犀川は彼女の顔を横目で一瞬見てから、「ありがとう」と言って、無表情のままドアを開けて外に出た。萌絵も、エンジンを止めて、ドアの外に立つ。少し涼しかったので、シートの後ろに押し込んであった黄色のジャケットを引っ張り出した。

犀川はガードレールに軽く腰を掛け、両手でライタを覆って煙草に火をつけている。彼の後方は、すぐ下に鉄道の線路、その向こう側には川、さらに向こうは山、という単純明快な三段階のパノラマだった。色づき始めた山々は、この配置の単純さに抵抗しているシミかカビのようでもある。辺りに民家はなく、道路を走っている車も疎《まば》らだった。

彼女は腕時計を見た。まだ午前中である。

「ここなら、私の気持ちを思いっ切り大声で叫んでも、誰にも聞こえませんね」

「僕に聞こえる」犀川は、ポケットから携帯灰皿を取り出した。

「叫んで良いですか？」

「叫ばなくても聞こえるよ」

「私、先生のことが大好き」

「そうみたいだね」彼は足もとを見て、無表情で答える。

「ご存じでした？」

犀川は顔を上げて、萌絵を一瞥《いちべつ》する。

「君よりはね」

萌絵は、犀川に近づき、並んでガードレールに座った。こういった場合の人間どうしの距離はとても難しい。今、彼女は、犀川との間を四十センチほど開けた。もちろん、ゼロセンチが将来的な目標だが、現状では、二十センチ以下ではやや不躾《ぶしつけ》だし、六十センチでは卑屈過ぎる、と思った。しかし、たった今、自分が発言した内容と、これは矛盾していないか？

（私以上に知っているって……、どういう意味かしら）

「話を逸《そ》らさないで」犀川は萌絵の方を見ないで、煙を吐き出しながら言った。

「え？」

「煙草のために停まったわけじゃないだろう？」

「きっと、先生、怒るわ」

「でも、君は話す。西之園萌絵が言いたいことを結局最後まで言わなかった、なんて場面に出くわしたことは一度もないからね」

「ええ……、それ、私もありません」萌絵は微笑んだ。それから、片手を額に当てて、斜めに犀川の方を窺《うかが》った。「それに、こんなところまで来て、卒業研究のテーマについて話をしたって、しかたないですものね」

「そうでもないよ。話す内容は、人に影響を受けるけど、時間とか場所とかとは無関係だ」

「実は、以前の話なんですけれど……、別荘で事件があったんです」

「西之園君の別荘で？」

「いいえ、うちではありません。すぐお隣なんです。先生にお話ししようと何度か思ったのですけど、なかなか言い出せなくて……」

「へえ……、奥床しいね」

「はい、実は、もともと」

「殺人事件なんだね？」犀川は萌絵の方に顔を向けて、一瞬、片方の眉を少しだけ吊り上げた。

「あ、ええ……、そうです。あの、先生、どうして、それが？」

「どうしてわかったんだろうね」犀川は肩を竦《すく》める。「最近、自分の判断を充分に把握できないことがあるよ」

「そのときの……お話を、ちょっとだけですよ……、犀川先生に聞いていただこうかなって……」

「なるほど」犀川は語尾を上げて言う。音階でいうと、ド・ド・ド・レ、だった。

「本当に偶然なんですけれど……、その事件があったとき、ちょうど、私も別荘に来ていたんですよ」

「ああ……、きっと、そうだろうね、うんうん」

「あ、先生……、それ、どういう意味ですか？」

「相槌《あいづち》」片手に持った煙草を指先でくるくると回しながら、可笑《おか》しそうに犀川は答える。

「万が一、もしも嫌味に聞こえたとしたら、君に敬意を表しよう」

「それ、面白くありません……」萌絵は首をふった。「別に、私だって、そんなに好き好んで、いつもいつも殺人事件に関わっているわけじゃありません」

「あ、そうなんだ……」

「もう……」萌絵は頬を膨らませて怒った振りをする。

「そうだよね……。西之園君が、ボーイフレンドの話とか、誰かとデートしたとか、お見合いしたとか、そんな話をしないのは、どうしてなんだろう？」

「あ、どうしてだと……思います？」萌絵は片方の眉を上げて、犀川を横目で見た。

「さあ……。ボーイフレンドがいなくて、デートしたことがなくて、お見合いしたこともない、といった理由ではない、とは思うけど……」

「先生、私のこと、完全に誤解しています。私だって、その……、なんていうのかしら、もう一歩で……ってところまでいったことくらい、あるんですよ。子供じゃないんですから……。先生の前では、そういうお話をしていないだけです」

「何、それ？　もう一歩で、どこへ行くの？」

「行き着くところ……です」

「ふうん……。どこ？」

「あの……、話を戻しても良いですか？」

「えっと、ミステリィに？　それとも、ラブストーリィに？」

「ノンフィクションです」萌絵は溜息をつく。「今日だって、最初から、その事件のお話をするためにドライブしているんじゃありません。たまたま、偶然、今、ふと思い出したんです」

「それは信じられない」犀川は大きく首をふり、煙を吐いた。

「信じていただけなくても、良いわ。本当の本当の本当なんですから」

「ふうん……。それで？」

「ねえ、先生。こんな空気の良いところで、ちょっと頭を使って考えてみる、そう、適度なエクササイズって感じで……。ね？　ぴったりのテーマだと思いません？」

「何に？」

「私たちにです」

犀川は微笑んだ。「いや、僕は特に……」

「でも、ちょっと不思議な事件だったんですよ。ええ、それは保証します」

「そうだろうね。君の顔を見ればわかる。気がついているかな？　西之園君、今ね、君もの凄《すご》く嬉しそうだよ」

「密室殺人なんです」萌絵は顎《あご》を上げる。

「そうだろうね。ラブストーリィじゃあないなって思った」

「それも、私の顔に書いてありました？」萌絵はにっこりと笑う。

「まあ……」犀川は肩を竦める。「世の中、いろいろだから、結局……」

きっと何か新しいジョークを言うつもりだ、と萌絵は身構えた。犀川とのタイトルマッチを重ねている彼女には、次に彼がどうパンチを繰り出してくるのか、ほぼ正確に予測できるのである。

ところが、しばらく待っても、犀川は黙ったままだった。携帯灰皿に短くなった煙草を入れて蓋《ふた》をする。最後の煙を勢い良く吐き、車の方へ歩きだす。肩透かしを食らったような格好になって、萌絵は唾を飲み込んだ。

「犀川先生？」

「何？」犀川は萌絵の方を振り向いた。すっかり平生の無表情な顔に戻っている。

「あの……、お話の続きが……」

「ああ、君の話なら車の中で聞くよ。先を急ぐんだろう？」

「あ、ええ……」萌絵はしかたなく頷いて、運転席に乗り込んだ。

エンジンをかけ、シートベルトをする。ギアを入れて、ゆっくりと車を出した。

「どうだい、今のは？」車が等速度運動に戻ると、犀川は押し殺したような声で言った。

「今の？　今のって何です？」

「ジョークだよ」

「ジョーク？」

「一番新しいんだ」

「ジョークって、何も……」

「そう、何も言わないジョークなんだ」

「言わないジョーク？」

「うん、まあ、何というかな……、周波数が違うから聞こえないっていうわけでもないけどね、ここぞ、というときに人間の聴覚を超えてしまうジョークなんだ。名づけて、スーパ・ヘテロダイン・ジョーク」

「スーパ・ヘテロダイン・ジョーク？」萌絵の声は高くなる。

犀川は独りでくすくすと笑いだし、さすがの萌絵も久しぶりに頭に血が上ってきた。まだまだ、修行が足らないのだろうか……。

# 第一幕

俺の精神が、この瞬間から絶えずはっきりと目覚めていてくれるものとしたら、俺たちはやがて真理に行き着くだろうに。真理は俺たちを、泣いている天使らをつれて取巻くであろう。

(Une Saison en Enfer / J.N.A.Rimbaud)

## 1

私は、たぶんフラミンゴみたいに酔っ払っていた。
酔いたくて飲んだのだ。
フラミンゴより私が優れているところといえば、それを自覚している点だけだろう。
森の中だ。
ずいぶん遠くまで来てしまった。

午前中は馬鹿みたいに陽気な天気だったのに、数時間まえから急に機嫌が悪くなった。今にも雨が降りだしそうだ。安物のデジタル時計を信じるなら、時刻はまだ午後四時少しまえ。涼しいのは良いのだが、雨に降られるのは御免だ。傘などもちろん持っていない。降られたら困る。そろそろ屋敷に戻らないといけない、と思い始めていた。

ケーキ、紅茶、ファッション雑誌、そして、美人に囲まれて、もったいぶったおしゃべり……。だらだらと……、それが続く。そういった軟らかく甘い、滞ったような午後の時間に多少うんざりしていた私は、散歩に出かけると言い残して、一人で屋敷を出た。特に当てがあったわけではない。道らしき道は一本しかなく、それを頼りに裏庭の方角から森の中に足を踏み入れたのだ。と、こんなふうに表現すると、ずいぶんと生意気な奴だと思われそうであるが、私がどういう種類の人間なのかは、おいおい、ご理解いただけるものと信じて、話をさきに進めることにしよう。

道らしいものは、しばらく行くとなくなった。さらに十五分ほど、ほとんど獣道といえる筋をずっと下っていくと、突然、人工的な段差に出会い、森林鉄道の廃線跡を私は発見した。今までずっと下りてきた道に比べれば、そこは立派な道路だった。平坦で、幅も広い。森の中のメインストリートといった風格である。

土に埋もれたレールは大胆に曲がりくねり、草深いこの大通りに見え隠れしている。こんな山奥にまで、人間は鉄道を敷いたのか、という不思議な感慨。しかし、それも今は朽《く》ち果《は》て、こうして実に大人しく、謹《つつし》み深く自然に同化しようとしている。消えつつあるというよりは、戻る、あるいは、還る、といった感覚だろう。つまりは、循環だ。汗をかいたおかげで、酔いは醒《さ》めつつあった。半袖のシャツを着ていたが、森林に密封されている空気は、七月とはいえ思いの外冷たい。ようやく、私は少し肌寒く感じられるくらい、しらふになっていた。

鉄道に特別な興味があったわけではないが、私は、廃線跡の二本の錆《さ》びたレールの間を歩いてみることにした。子供の頃、近所に廃墟となったコンクリートブロック工場があって、そこに忍び込んでは、壊れかけたトロッコを押して遊んだ。だから、二本のレールが続いているだけで、何故かわくわくするのである。きっと、そんなノスタルジィがナビゲータとなって、意志薄弱な私を線路沿いに導いたのだろう。

私の人生のレールも、ずっと土に埋もれていた。それでも、脱線せずになんとかここまで来られたのは、意志が薄弱だったおかげなのだ。これは悪いことではない、と自分では思っている。意志がもう少し強かったら、周囲の他の意志とぶつかって、それだけ我慢しなくてはならないことが増える。幸い、私は我慢することがあまりなかった。流されるままに生きてきた、ということだろう。

足もとの二本のレールは、間隔が六十センチほどしかない。おそらく、切り出した木材を運搬するために、小さなディーゼルカーが走っていたのではないだろうか。急な斜面に等高線を描くように、貧相な線路が敷かれている。小さな窪地があるところでは、やっつけ仕事で組み上げられた木材の仮足場みたいな構造がレールを渡していたし、もう少し大きな谷になると、太い丸太のトラス橋が、なんとか線路を水平に導いていた。どうにかこうにか切り抜けている、といった案配《あんばい》だ。歩くのに多少スリリングなところもあって、なかなか愉快である。

もちろん今となっては、そこかしこで路盤は崩れ、それに引き摺られるようにレールも折れ曲がっている。腐った枕木《まくらぎ》だけが露出し、まるで壊れた木琴（そう、小学生のとき以来、木琴なんて触れたこともないが）のように捻《ねじ》れて並んでいる区間もある。さらに、線路全体が、完全に土に埋もれているところもあったから、そんな場所では、周囲の地形から憶測し、適当に見当をつけて先へ進んでいくと、再び遺跡のようにレールが出現して、私を出迎えた。これは、なんといったか……、あれに似ていると思う。番号を順番に結んでいくと隠されていた幼稚な絵が現れる、子供のノートの裏表紙によくあった、例のあのパズルと同じ無邪気さだ。

知らず知らずのうちに夢中になり、この壊れた御伽話《おとぎばなし》のようなロマンティック・ウェイを辿《たど》り続けていたのだから、我ながら、なんとも可愛らしい、詩的な感情が残っていたものだ、とほくそ笑んだりもする。

舗装された林道が開通し、そこを走る大型トラックによる輸送が、おそらくこの軽便鉄道の使命を奪ったのであろう。廃線になって十年、いやそれ以上経っているに違いない。しかし、別にどうということはない。いつだって、より効率の良いものが、どんなに親しまれ、どんなに美しく伝統的な手法にも、必ず勝る。それがシステムというものだ。ようするに楽であること……、それ以外に人間を魅了するものはない、といっても過言ではない。

けれど、こんな人里離れた山奥で、小さな鉄道に揺られて働く人々がいた、と想像するだけで、どこか微笑ましいではないか。自分も、そんな静かで、ゆったりとした人生を送ってみたいものである。自然に包囲され、汗の流れるにまかせ、人と話すことも少なく、難しいことを考えない。黙々と一日中働き、疲労してみたい。あまり口にしたことはないが、私は自分を勤勉な男だと思っている。きっと、そんな人生を楽しめただろう。働き、疲れ、渇き、飲み、食べ、眠る、のサイクルを繰り返す単純な人生だ。

多少気障《きざ》な言い方をすれば、現在の複雑で煩雑な日常にはない、落ち着いた本来の「生」が、そこにあるのではないか、とも予感する。

もちろん、今さら、どうなるものではない。

酔いが醒めた。

覚醒と同時に、谷川を渡る直前で、ついに私を導く線路も途絶えた。かつては木造の橋が架かっていたのであろう。橋脚の土台と思われるコンクリートの塊が、ぽつんと佇《たたず》んでいるだけで、それも表面のほとんどを覆う深い緑色の苔《こけ》を隠《かく》れ蓑《みの》にして、自然にほぼ同化しつつあった。ものはすべて、生まれながら隠れたい意志を持っているのだろうか。

私は、岩場に下りられそうな窮屈な経路を発見し、やや緩やかな流れの渓流《けいりゅう》を眺めながら下った。ずっと忘れていた煙草を吸おうと思いつき、シャツの胸ポケットに手をやる。

そのとき、彼女に気がついた。

私は本当に驚いた。

立ち止まり、息を止めた。

真っ白なワンピースで、真っ白い小さな日傘をさした若い女が、川辺に立っていたのである。

彼女は、サンダルを脱いで、浅瀬に足を差し入れていた。不謹慎だが、まずは彼女の足に目が行く。見上げると、ほっそりとした色白の腕。華奢《きゃしゃ》な肩。私に気がついて、僅《わず》かに上げた瞳。髪は肩に届くほどで、前髪が少しだけかかった目もとが実に鮮明で、この上なく印象的だった。

この場所には、まったく異質な存在なのに、しかし、不思議に似つかわしい。

私は呆然としたまま、軽く頭を下げた。

彼女は、驚いた表情で、慌ててサンダルを履く。

「どちらから、来られたんです？」私は彼女の方にゆっくりと歩を進めて尋ねた。こういったとき、表面的には自然に話しかけることができる。それが、私の数少ない特技の一つだった。

「あちらからです」彼女は、綺麗な手の指を立て、短く答える。私が来たのとは反対方向の森であった。

「いや、しかし……」私は、彼女から三メートルほど離れた岩場に腰を掛け、煙草に火をつける。「ここは、どこの道からも、ずいぶん離れているんじゃないですか？　少なくとも、この近辺には道がないと僕は聞いています。貴女、お一人で、ここまで歩いていらっしゃったんですか？」

「ええ……」

「その格好で？」

「はい、もちろんです」

「あまり……、その服装は……、山歩きには向いていませんね」

ようやく、彼女は少し安心したような表情になる。

「これは私としても珍しい部類の服装なんです」

私は黙って頷く。いつもはどんなファッションなのだろう、と想像した。

「貴方もお一人でここまで？」彼女はきいた。

「僕も……、そう、だいぶ歩きましたよ。友人の別荘を抜け出してきたんですけどね……。でも、そろそろ戻らないと……、ほら、雲行きが怪しい。雨が降りそうです」

彼女は日傘を傾け、空を仰ぐ。もう太陽は雲に隠れていた。それから、ゆっくりと周囲を見渡して、再び私の方を向くと、彼女は真っ直ぐに私の目を見据え、軽く小首を傾げて微笑んだ。

「私、麓《ふもと》まで下りたいんですけれど、道をご存じじゃありませんか?」

「麓までですか? さあ……。麓っていっても、あの……」

「ちょっと事情があるのです。それは、おききにならないで下さい」彼女は屈託《くったく》のない笑顔を見せる。今思うと、この笑顔が、私が受けた最初の衝撃だった。「ええ、なんというか、恥ずかしい話なのですけれど、家族と喧嘩をしてしまったんです」

「お父さんか、お母さんですか?」

「あ、いいえ……。叔母《おば》なんですけど……。ええ、大したことではありません。いい歳をしておかしいですよね?」

いくつくらいだろう、と私はこのとき初めて思った。「いい歳をして」などという年齢ではない。そんな言葉が彼女の口から出たこと自体もうSFだった。どう見ても十代か二十代前半。私よりずっとずっと若いことは間違いない。

「威勢良く飛び出してきちゃったんです。いつもは自分の車で来るんですけど、運悪く今回に限って人の車で来ていたの……。でも、頭に来たときって、そんなことまで考えが回らないと思いません? 歩いて少し下れば、そのうち車に乗れるところがあるだろうと……、方角に見当をつけて近道をしたつもりだったのですけれど、このとおり道に迷ってしまって……」

「いや、歩いて下りるのは、絶対無理だと思いますよ」私は煙草を吸いながら答える。

「無理かしら？」

「特に、その格好じゃ、無理でしょうね」

「そう……、今日に限ってスカートなの……。ああ、困ったなあ……」

「友人にこの辺りの地図を見せてもらったんですけど、県道があるのは、この反対側の谷です。こちらの谷には、ずいぶん下まで行かないと集落はありませんよ。だから、一度、上に戻られた方が良いと思いますね。それこそ、冗談じゃなくて、本当に遭難しますよ」

「貴方の別荘は、どちらですか？」

「いえ、僕の別荘じゃありませんよ。この上ですけど」私は振り返って指さした。「ここから一時間はたっぷりかかりますね。かなり登らないと……」

「そこまで行けば、車がありますか？」

「ええ、もちろん。僕、自分の車で来ましたから」

「あの……、送っていただけないでしょうか？」彼女は、また魅力的に微笑んで、小首を傾げる。「突然で申し訳ありませんけれど、どうか、お願いします」

「え、ええ……」私は反射的に頷いていた。「だけど……」

「お礼はいたします」

「いえ、そんなことじゃなくて、ですね」私は煙草を投げ捨ててから、溜息をつく。「いや、なんというのかなあ……」

「貴方、悪い方には見えませんもの」

「はあ……」頷いてから、私は口もとを上げた。

「おっしゃりたかったのは、そういうことでしょう？」

「まあ……、そうですね。そう言われてしまうと、身も蓋《ふた》もありませんが」

「お願いできませんか？　私、どうしても戻りたくないんです」

「女の意地……、みたいなものなんですか？」

「女の、という部分は余計です」

「は？」

「ごめんなさい。貴方のおっしゃるとおり……、ええ、そのとおり、これは意地です。だけど、意地に、男も女も区別はありません」

「ああ……、うん、そういうもんですかね」

「はい」満足した表情を彼女は見せた。私を言いくるめたつもりなのだろう。

「いや……、失礼しました」私はどうして良いのかわからなくて、頭を掻いた。

「お願いをきいていただけますか？」

「ええ、よろしいですよ。それじゃあ、雨が降りださないうちに、上がりましょうか」

彼女はにっこりと頷き、白い片手を私の方へ差し出した。私は、最初それがわからなかったが、手を引いてくれ、という意味だったのだ。残念ながら育ちが悪いためか、こういった経験があまりなかったので、気がついて内心酷《ひど》く狼狽《うろた》えた。ただ、私の場合、それが表情に出ないという特徴が救いだ。なにげなく気がついた振りをして、私は彼女の美しい手を取った。

おかしな表現だが、彼女の手は、軽い。

「ご迷惑をおかけして、申し訳ありません」

「いえ……」

彼女の手を引いて岩場を上がり、線路の埋もれている道まで戻った。そこで彼女は日傘を窄《すぼ》め、数歩離れて、私の後ろを歩いた。既に日は陰っていたので、日傘が必要とは思えなかったし、森林鉄道の廃線跡の道は、覆いかぶさる樹々の枝葉のため、むしろ暗いほどだった。だが、彼女が日傘を仕舞ったのは、もっと他の理由だったに違いない。たとえば、ただの庶民である私のレベルに合わせた、といったような、そんな理由だ。何故だか、このときの私にはそう思えた。

彼女は、普通ではない。ただの庶民ではない。うまく表現できないが、少なくとも、高いところからたった今下りてきた、人を超越した存在、そんな嘘みたいなイメージが私を支配していたのである。姿も振舞いも、すべてが高貴なのだ。

彼女が見ているかもしれない私の背中は、どういうわけか冷たかった。

「お名前は何ておっしゃるのですか?」

「僕ですか?」

「おかしな方ですね」くすくすと彼女は笑う。「私たちの他に誰がいますか?」

「そうですね……」私は頷く。「僕は、笹木《ささき》といいます。七夕の笹の葉のササです」

二、三日まえがちょうど七夕だった。気の利いた台詞だと思ったのだが、彼女は反応しなかった。

「どちらからいらっしゃったのですか?」

「東京ですよ。貴女は?」

「那古野市からです」

「ああ、僕も実家は那古野なんです」

「お仕事は何をなさっていらっしゃるの?」

「公務員です」

「あの、失礼ですけれど、おいくつかしら?」

珍しく単刀直入に質問する娘である。

「今年でちょうど四十になります」私は歩きながら、ようやく振り向いた。

彼女は立ち止まって、下を向いていた顔を上げる。「え？　とても、見えません」

良かった。人間の女の子だ。彼女の顔を見て、不思議な幻想は消える。

「五十を越えていると思いましたか？」

「まさか……」彼女はくすっと笑った。「もちろん反対です」

「お世辞ですね？」

「何故、お世辞なんか言わなくちゃいけません？　周りには誰もいませんし、私たち、何の関係もありません」

「確かに……」

「すぐ、お認めになるの、癖ですか？」

「僕ですか？」

彼女は、またくすくすと笑いだす。

「他に誰もいないですね」私は苦笑して言う。

「ええ」

「ところで、貴女のことも教えて下さい」

「まあ、女性に年齢をおききになるのですか？」

「あ、いえ……、その」

「二十二です」彼女は答える。「これ、嘘偽りのない、天地神明に誓って、本当です」

それは本当だろう、と私は信じた。もっと若いと考えていたくらいだった。

「あの、僕がききたかったのはですね……」彼女の仕草に私は吹き出していたので、なかなかしゃべれなかった。「その、年齢じゃありません」

「まあ、お上手ですこと。きき出しておいてから、そんなつもりはなかったなんて……」

「ええ、すみません。早口でしゃべれないたちなんです」

「じゃあ、改めて……どうぞ」

「失礼ですが、お名前を教えて下さい」私は精一杯の笑顔のままフリーズする。

「あら、ごめんなさい」彼女は笑窪《えくぼ》を片方だけ作って、少年のように悪戯っぽい表情で微笑み返した。「西之園といいます」

## 2

よく感じることだが、私はとにかく環境対応が遅い。感情の起伏が緩やかで、だいたいにおいて大人しく、常におっとりしている。別の言葉で簡単に言えば、鈍いのだ。親しい友人たちからは、その類のあらゆる形容で頻繁に茶化《ちゃか》されるのであるが、それも一向に気にならない。もちろん、自分では、これが普通であると思っているからだ。世間一般の人々が、テレビドラマか舞台の俳優みたいに、慌ただしく大げさに振舞うのが私には滑稽に見えたし、仮に、演技ではなく、それが本当に喜怒哀楽を素直に表している態度だとしても、その目まぐるしさには驚嘆する。あんな激しく忙《せわ》しい態度をとっていて、みんなよく体調を維持できるものだ、と心配になるくらいだ。

さて、西之園と名乗る若い娘と出会ってから、二人だけで数十分歩いた。

断っておくが、もちろんこの時点では、彼女のファーストネームを私はまだ知らない。萌絵という彼女に相応《ふさわ》しい愛らしい名前を聞いたのは後日のことであったし、それも、四十年誠実に生きてきた私に、神様が与えてくれた最大のチャンスというべき偶然だった。彼女のファーストネームをめぐって、私たちは前代未聞の賭けをすることになる。その賭けで、私か彼女のどちらかが、どんなに素晴らしいものを手に入れたのか……。どれほど人生を劇的に変化させたのか……。その話は、しばらくあとのお楽しみである。

再三にわたって不躾《ぶしつけ》な表現で恐縮だが、西之園嬢は息を飲むほど綺麗な娘である（なんという幼稚な形容だろう）。その彼女が、私の後ろを歩いているのだ。今頃になって、私はようやく現状の特異さにぼんやりと気がつき始めた。私はといえば、前方の草に埋もれたレールしか見ていない。しかし、じわじわと、彼女の姿は私の頭の中で再生され、化学反応でも起こしたように定着し、印象派の絵画のように、明るい光を伴ったピクチャを形成しつつあった。ようするに、平たくいえば、ちょっと口に出せないような具体的な（しかし間違いなく健全な）想像をあれこれ巡らせるに至っていた、と、つまりはこういうわけである。

こんな場所で美人に出会うというのは、それこそ、宇宙に飛び出していって異星人に遭遇する確率と比較しても遜色《そんしょく》ないだろう。

話からして、どうやら、この近くに彼女の家族が所有する別荘があるようだ。当然ながら、この地域に別荘を持っているということは、平均的な家柄ではない。彼女の話し方や素振りからも、上流の家庭で育ったことがわかるし、それなりの教育を受けていることは明らかだ。まあしかし、そんなことはどうでもよろしい。

それよりも……、どんな女性なのだろう？

はっきりとした目もとの印象と同様に、性格は私のようなぼんやり型ではなさそうである。明らかに正反対だ。気が強く、我《わ》が儘《まま》な令嬢、といったところだろうか。何か、ちょっとした些細《ささい》なことで気に入らないことがあって、家族のもとを飛び出してきた。そんな手前、意地でも戻れない、といったところなのだろう。おそらく今頃、彼女の家族が心配して、付近を探しているのに違いない。

それにしても、このような辺鄙《へんぴ》な場所で、見知らぬ中年男と二人きりというのは、いかがなものだろう。私が悪人だったら、どうなっていたのか。裏返せば、それほど私が安全・無害な男に見えた、ということか。あるいは、彼女にとって、家族から逃げ出すことが第一優先された、というだけの結果なのか。いや、単なる世間知らず、との解釈も成り立つ。

いずれにしても、喜んでいる場合ではない。私にとっては、あまり歓迎できる、好ましい状況とはいえないのだ。自分から話しかけておいて今さら後悔しても遅い、とおっしゃられるかもしれないが、はっきりいって、苦手なのである。他人とのつき合いに関しては、とにかく深入りを避けたい。それが、私のポリシィだった。座右の銘は、「可能な限り独り」である。

しかし、このときの私の感情は、現代国語の試験問題の解答のように、数文字で書き表せるほど単純ではなかった。

のんびりとした自然散策のはずが、思わぬ事態に陥《おちい》ったものである、という迷惑な思いが半分。残りの半分は……、些《いささ》か不明瞭だが、うきうきとした子供みたいな感情……、恥ずかしさに、ほんの僅かな期待が混ざった、生クリームのように酸味のある甘さだった。

黙って歩いていたわけではない。特に彼女の方がよくしゃべった。この点については、着飾った女たちとのレベルの低い会話や、社交的な駆け引きから逃げ出してきた私にとって、決してありがたい雰囲気ではなかった。寂《さび》れた廃線跡の優しい懐かしさと、喧噪《けんそう》から程遠い澄み切った森の空気に、ほとんど活動を停止していた私の鈍重な頭脳も、今は西之園嬢の一言一言に振り回され、しかたなく、あらぬ想像を始めている。これでは、友人の別荘を抜け出してきた意味がない、と私は思わず苦笑した。彼女の美しさを差し引いても、やっかいなことには違いない。

けれども、それだけとも割りきれないのだ。

ご理解いただきたい。私は生来こういう、割りきれない人間なのである。

「笹木さんは、奥様は?」

「いや、僕は独身ですよ。恥ずかしながら」私は歩きながら答える。

「まあ、どうして恥ずかしいんですか?」

「さあ、どうしてでしょう……。でも、恥ずかしいと思うから、しかたありませんよ。いえ、実は……、この歳になって観念しましてね、今は婚約中なんです。上の友人の別荘には、その、フィアンセと一緒に来ているんですよ。というか……、つまり、あそこは彼女の友人の別荘なんです。僕の友人じゃありません。僕は、何というのか、あまり人づき合いが得意な方じゃなくて……」

「それで、一人で散歩に出られたのですね? 釣りをされるわけでもない、散歩にしてはおかしいと思いました」

「昆虫採集でもありませんしね」

「あ、昆虫採集がお好きなのですか?」

「あれ、どうしてわかりました?」

「楽しそうなお顔をされましたから」

「そうかなあ……、わりとポーカ・フェイスで通っているんですけどね」

「私、対ポーカ・フェイスの戦歴があるんです」彼女は上目遣いで小さな口を結ぶ。「コレクションですか?」

「いえ、とてもそんな……。でも、虫は好きですよ。クワガタの系列が特に」

「別荘にいても面白くなかったのですね?」彼女は可笑《おか》しそうに私を眺める。本当に心を読まれているような気がした。「昆虫採集では、きっとお話が合わないと思います」

「ええ、まあ、そんなとこかな。クワガタの話を一時間もしたら、フィアンセにも絶交されるでしょう」

「私……、お聞きしましょうか?」

「クワガタの話をですか?」

「ええ、一時間くらいなら」

私は、彼女の真面目な表情を見て、少し驚いた。数秒間、彼女の瞳を見たまま、どういう意味なのだろう、と考えたが、とにかく、視線を逸《そ》らす。

「近くに、森林鉄道の廃線跡があるって聞いていたので、見にきたんですよ」

「森林鉄道?」

「今、歩いている、ここです」

「え?」西之園嬢は立ち止まって、後ろを振り返る。「ここが、鉄道……? そうなんですか?」

彼女は今までレールに気がつかなかったようだ。人によって、見ているものがこんなにも違うのである。やはり、同レベルの人間ではないということか、と私は彼女との距離を感じた。

　案の定、雨が降りだした。

辺りはますます暗くなり、霧のせいなのか、見通しも悪い。西之園嬢は、雨を避けるために再び日傘を広げたが、相変わらず優雅な歩調で歩いていた。

ようやく、廃線跡の道から逸《そ》れて山道を登らなければならない地点まで戻った。

「さてと……。ここからは、ずっと登りですよ」立ち止まり、私は傾斜した林を見上げて言った。「たぶん、履きものとか洋服が汚れます」

「しかたがありません」

「足もとに気をつけて下さい」

「はい」彼女はにっこりと微笑む。まるで現状を把握していないといった楽しそうな表情だった。「あの、笹木さん」

「はい、何です？」

「手を引いていただけますよね？」

私は表面的には冷静に頷いて、彼女の軽い手を取った。内心のことは書くまい。

　幸い雨はまだそれほどでもない。林の間を抜けていくのに邪魔になると判断したのだろう、西之園嬢は賢明にも日傘を閉じた。

湿った空気の中を、私たちは足もとを見て登り始める。息が切れるので、二人とも話をしなくなった。そのことだけは少しありがたかった。私は、彼女の小さな手を右手に握り、急勾配の斜面ではしばしば彼女の体重を支えた。雨は少しずつではあったが、確実に強くなっているようだ。額に付着する濡れた髪を、私は幾度か片手で払った。

「少し休みましょうか？」一気に十分ほど登ったところで、私は立ち止まって振り向いた。

「ええ、そうしていただけると……」西之園嬢は肩で一度だけ大きく息をしてから答える。きっと疲れていただろう。だが、彼女は清々《すがすが》しく微笑んだ。弱音を吐かないくらいには気丈なようである。それは最初の印象からすれば多少意外だった。

私は、ポケットから煙草を取り出して火をつける。ちょうど大きな樹の下だったので、雨は直接には落ちてこなかったけれど、ときどき、冷たい雫《しずく》が頭に命中する。西之園嬢は、再び日傘を広げて、私の上にも遠慮気味に差し出した。

「ちょっと強行軍でしたか？」私は煙を吐きながらきいた。優しい口調ではあったと思うが、本心から心配していたわけではない。どうして、こんな苦労をしなくてはならないのか、そう思っていたくらいである。

私一人だけであれば、もっと早く登ることができただろう。上に到着してから、屋敷の連中に西之園嬢のことを紹介するのも鬱陶《うっとう》しい。特に、ヒステリィなあの女に事態を説明するのは、考えただけでもうんざりだった。西之園嬢を連れて帰ることに対して、私は、この頃にはもう後悔しかしていなかった。つまり、肉体的な運動によって、体内の酸素が欠乏すると、それにともなって感情は単純になる、という証拠である。

面倒が嫌いなのだ。私がこの歳まで結婚できなかった理由の多くが、この潔《いさぎよ》さにある。

「いいえ。こちらこそ、無理を言って申し訳ありません」

彼女はそう答えた。いったい私のどんな言葉に対して答えたのか、既に私は忘れていた。

「ご家族が心配されていますよ」私は話題を変える。「上に戻ったら、電話だけはなさった方が良いと思います」

「ええ、そうですね」

私は、そこでまた黙ってしまった。もともと会話を続ける能力に私は欠けているのである。気の利いた台詞を思いつかないわけではない。続かないのだ。しゃべるのも考えるのも面倒になってしまう。今までの会話でも、彼女の質問にただ答えている、というパターンの繰り返しで、私の方から積極的に何かの話題を切り出したことはほとんどなかった。西之園嬢がどうして家を飛び出してきたのか、喧嘩の理由を知りたい気持ちがなかったわけではない。しかし、最初にきかないでくれと彼女が言ったことを律儀《りちぎ》に受け止めていたし、たとえ詳しく知ったところで面白くもないだろう。私の人生に関係はないのだから。

「笹木さんこそ、彼女が、心配されていますよ」

「え、彼女って？」

「フィアンセが、ご一緒だって、おっしゃったでしょう？」

「ああ」私は頷く。「その彼女ですか……。そうですね、その彼女なら、あるいは、心配してくれているかもしれませんね。ブリッジのパートナがいないとか、背中のファスナを上げてくれる小間使いがいないとか、まあ、そんな不都合なことが彼女は我慢できないでしょう。ええ、きっと、心配しているというよりも、怒っているだけだと思います。そういう女なんです」

「酷《ひど》いおっしゃり方ですね」

「そうですね、確かに……。すみません」疲れていたのだろう、指摘されたとおり、言い過ぎだったかもしれない、と私は思った。

「私に謝られても、困ります」

「ええ、そのとおり。すみません」

西之園嬢はくすくすと笑う。「おかしな方ですね」

「そうかなあ？」

「橋爪《はしづめ》家の別荘ですか？」

「あ、ええ……、ご存じでしたか」

「はい、こちらのお屋敷に、一度だけお邪魔をしたことがあるんです。お屋敷の中に入ったことはありませんけれど、お庭にテニスコートがありますでしょう? あそこで……少しだけ」

そのテニスコートがあるゴージャスな橋爪家の別荘に、私は二日まえから泊まっていた。私の婚約者が、橋爪家の若い主人(といっても、私と同じ歳だが)と知り合いだった。

何ヵ月もまえから宣言して、ようやく獲得した有給休暇を、私は、この我が儘な若い婚約者のために消費していたのである。もちろん、特に不満はなかった。私は、自分の時間を有効に使うなんて真似がほとんどできない男だったし、満足よりも不満の方が面倒なので避けていた。

そう諦めて、橋爪家でも大人しくしていれば良かったものを、多少退屈したからといって、一人で散歩になど出かけたのが失敗だった。雨に濡れて、西之園嬢と二人、静かな森の中に立っている、このときになって、私は急に心配になってきた。

そういえば、出掛けに、あの女が私を睨んでいたではないか……。

見知らぬ女性を連れて帰ったりしたら……。

本当に、あの女と私は結婚するのだろうか。

どうも、すべて他人事のように思えてしかたがなかった。流されている。私らしいといえば私らしいのだが、これで、満足なのだろうか……。それとも何か不満があるのか。

再び私たちは登り始める。

しばらく行くと、ようやく斜面は少し緩やかになった。雨の中、西之園嬢の手を引きながら、私は息切れもせず、軽い足取りで歩いている。だが、水から上がった河馬《かば》のように、気が重くなっていたのは事実だった。

## 3

あっと言う間にどしゃ降りになってしまった。

風も強くなった。

西之園嬢の上品なパラソルでは、無防備も同然だった。歩いていた小径は、即席の小川に様変わりした。しかし、どこかで雨宿りする気にはなれなかった。雨は弱まるどころか、まだまだ強くなる気配だったし、完璧に雨宿りが可能な場所もない。ぐずぐずしていると夜になってしまう。だから、二人とも開き直って、ずぶ濡れになって歩き続けた。坂道を登っていたせいか、幸い躰は暖かい。泥だらけの足もとも、すぐに気にならなくなった。

私たちは大声で話をした。ようやく別荘が見えてきた頃には、私は、どういうわけか、すっかり上機嫌になっていた。これには、自分でも驚く。おそらく、社会的な感覚が麻痺した結果ではないかと考えられるが、とにかく、びしょ濡れ、泥だらけ、息切れのハード・エクササイズで気分がハイになっていたのであろう。ついさきほどまでの憂鬱《ゆううつ》が、すっかり雨で流されたみたいな感じだったのだ。大して面白い話でもないのに、私は大声で笑い、彼女もよく笑った。

このとき、いつの間に、そして何故、私の気持ちが変化したのか……、それが、あとになっても思い出せない、不思議なのである。

ずっと握り続けていた彼女の軽い手も、気がつくと暖かくなっていた。一度などは、急に立ち止まって振り返った私の胸に、彼女の顔がぶつかって、私たちは、しばらく躰を寄せたまま見つめ合った。しばらく？　いや、たぶん一瞬だっただろう。だが、考えるには充分な時間だった。私はこのとき、彼女を抱き締めたいと確かに思った。けれど、次の瞬間には、コップを割ってしまったときの子供みたいに、彼女は後ろに飛びのき、私はワンテンポ遅れて狼狽《ろうばい》した。

ようやく小さな溜息をつき、私が肩を竦《すく》めると、彼女は俯《うつむ》き加減でくすくすと笑いだした。私も笑わざるをえなくなった。

なんということだろう。この歳になって。

この一帯の空気には麻酔ガスでも混ざっているのではないか、と疑いたくもなる。

私らしくない。

これは、絶対におかしい。

橋爪家の別荘は、かなり以前に建てられた洋風三階建ての建築物である。一階部分は、外壁が紫色の煉瓦《れんが》で覆われ、その上は、白いペンキが塗られた壁が、黒っぽい茶色の柱や梁《はり》、それに筋交《すじか》いなどによってくっきりと仕切られていた。窓は皆、縦に長く、緑色の窓枠で統一されているが、三階の窓だけは、大きな褐色の屋根の途中から突き出し、二つある立派な煙突がそのすぐ上に並んでいる。避雷針にしては不思議な形状の、アンテナのようなものも屋根にのっていた。私にはよくわからないが、おそらくヨーロッパの山岳地帯の様式なのであろう。もし同様のデザインの建物を街中で見かければ、私はきっと喫茶店かレストランの類だと判断するに違いない。

建物自体は、特別に大きなものではなかったが、窓枠と同じ緑色の鉄柵で囲まれた敷地はずいぶん広い。北側になる表玄関の前には、自動車が十台以上駐められるスペースと、こんもりと盛り上がった花壇をぐるりと回るロータリィがあって、玄関先に突き出した大きな庇《ひさし》の下まで、車を乗り入れることができた。また、南側の庭園には、テニスコートが一面、そのそばに背の低いクラブハウス、さらに小さなプールもある。その他にも、ほぼ平たい芝生が広がっていて、ところどころに自然のまま残された大きな樹が、計算された配置で視界を遮っている。この南側の庭に向かって、建物から白い木製のテラスデッキがL字形に張り出していた。ちょうどヨット・ハーバの桟橋のような雰囲気だった。いずれにしても、日本では珍しい規模といえるだろう。

山を登ってくる道路は、この橋爪家の屋敷で行き止まりとなる。つまり私道のようなものだ。途中までは、キャンプ場や、可愛らしい分譲の別荘が建ち並んでいる一角も幾つかあるようだったが、橋爪家の別荘は一つだけ離れていたし、山の頂上にも近かった。道路と敷地内を除けば、半径数キロにわたって、周囲にはただただ深い森があるだけだという。直立する針葉樹が多かったが、どちらかといえば、それは屋敷よりも低い一帯の森林で、逆に高いところになると、幹の白い、それほど背の高くない樹々が優勢となる。もう数ヵ月もすれば、この地は深い雪で閉ざされ、時間が止まったような長いスタティックな季節が訪れるはずである。短い夏に、これらの植物たちが輝くのは、きっと冬の充分な睡眠によるものであろう。

私と西之園嬢は、分厚くペイントされた鉄柵に沿って歩き、北側の玄関口まで回った。屋敷の中には既に照明が灯っているのが見えた。

「さてと……、なんて言い訳をしようかなあ」私は、玄関の大きなドアの前まで来て振り向き、西之園嬢の表情を窺《うかが》った。

「私も、こんな酷い格好で……、どうしましょう?」彼女は小さな肩を竦める。「このまま、車で送っていただく方が良いと思います。こんな格好では、どなたにも、ご挨拶なんて、とてもできませんもの」

「でも、熱いシャワーくらいは浴びないと……」

西之園嬢は私を見つめて、静止する。判断を迷っている様子だ。

「そのままでは風邪をひきますよ」ドアの方を片手で示して、私は彼女を誘った。

「ええ……、死んでしまいそう」彼女は小声で同意する。

気温はかなり下がっていたし、確かに躰は冷たくなっていた。

「でしょう?」私は頷いた。

急に子供じみた感情が沸き上がってきて、私は人差指を自分の口に当てて、彼女に見せる。静かに、こっそりと中に入ることを提案したのだ。

それに対する彼女の一瞬の笑顔は、本当に写真に撮りたいくらい秀逸《しゅういつ》だった。三日月形になった目、そして片方だけの可愛らしい笑窪。透き通るように白い頰も、今はほんのりと僅かに赤い。

私は、玄関の大きなドアをそっと開ける。このドアにはベルがついているので、それが鳴らないように気をつけたのである。顔だけを入れて中の様子を覗いてみた。幸い、玄関ロビィには誰もいなかった。リビングか食堂にでも集まっているのであろう。奥から音楽と女の高い笑い声が聞こえてくる。思い切って、躰を中に滑り込ませ、ドアを片手で支えたまま、西之園嬢に入るように手招きした。

ロビィの左手には古風な階段がある。私は泥棒のように息を止めて歩いた。彼女も同じだっただろう。何かの映画にこんなシーンがあったはずだ。

この階段は、屋敷の中で一番、私が気に入っている場所だった。途中でU字形にカーブし、その踊り場の壁には、高いところに細長い三つの窓が並んでいる。いつだったか、チューリッヒの小さな教会で見たシャガールのステンドグラスに似た（もっとも、ずっと彩度が低いものだったが）流れるような紋様がガラスに描かれている。東向きになるので、朝は特に綺麗だった。

しかし、このときは、そのお気に入りを彼女に説明している余裕などなかった。私は、二階の絨毯の敷かれた廊下を小走りに突っ切り、自分の部屋のドアを急いで開けると、西之園嬢を招き入れた。

ドアを閉めると、二人は同時に深呼吸をした。それから、眼差しを交わす。笑いを堪《こら》えるような、悪戯っぽい表情で彼女は唇を噛んだ。

何という素晴らしい唇だろう。完璧な形だ。それに、こんな観察をしている私は、いったい……？

「フィアンセの彼女はどちらに？」西之園嬢は囁《ささや》く。「知りませんよ……。どうご説明されるおつもりです？」

「いえいえ、ここは僕だけです。部屋は別々なんですよ。ご安心下さい」

「安心はできません」彼女は微笑んだ。

「なんなら、一晩ここに、こっそり泊まっていかれますか？」

彼女は返事をしなかった。大きく一度瞬《またた》いて、黙って私を睨んだままだ。自分らしくない品のないジョークだったことを、私は珍しく後悔した。

「いや、失礼……」私はごまかすようにポケットから煙草を取り出し、火をつけながら部屋の中央まで進む。「えっと、ここのバスルームには、シャワーしかありません。お風呂は別の部屋なんですよ」

「ええ、よろしければ、貸していただきたいと思います。あ……、でも、お洋服が」

「そうか、そうですね……。えっと、じゃあ、それはなんとか調達してきましょう。大丈夫……、僕に任せて下さい、探してきますから。ええ、とにかくシャワーをお使いになって下さい」

「あの……」西之園嬢は、まだ入口のドアを背にして真っ直ぐ立ったままだった。彼女は、急にしおらしい表情になった。

「何です？」彼女が黙ってしまったので、私はきいた。

「その……、私のこと、とんでもない軽率な女だとお思いになったでしょう？」

「いいえ、そんな……」

「見ず知らずの男の方の部屋に、ずうずうしく上がり込んだりしているんです。ね？　そうじゃありませんか？　笹木さん」

「ええ、まあ、正直にいえば……少しは」こういうときに限って素直になってしまい、気の利いた台詞が言えないのが私なのである。

「あの、私、本当に……、今日はどうかしているんです」彼女は下を向き、上目遣《うわめづか》いで、今にも泣きだしそうな顔を私に向ける。「ごめんなさい……。本当に、こんなこと初めてなんです。あの、いつもいつも、こんなふうじゃ……」

もしそれが演技だったなら、女性より恐ろしいものはこの世にないだろう。とても抵抗することのできない完璧ないじらしさを彼女は見せた。

「え、ええ……、そう、でしょうね」

「信じていただけますか？」

「もちろんです。信じますよ」私は冷静を装い、灰皿のあるデスクまで近づいてから、ゆっくりと頷いた。「まあ、良いじゃありませんか。とにかく、早くシャワーを浴びられたらどうですか？　冗談じゃなく、風邪をひきますよ」

「あの、きっといつか、このお礼は……」

「そうですね。煙草ワン・カートンくらい」

またしても、つまらない冗談だった。西之園嬢はにこりともしないで、バスルームに入った。私は、吸っていた煙草を急いで消して、とりあえず濡れたシャツとズボンを着替え、バスルームからシャワーの音が聞こえ始めたのを確認してから、そっと廊下に出た。

どうしたものだろう……。

けれど、もう後には引けない。

自分の家でもないのに、無断で若い女性を部屋に連れ込んだのである。しかも、彼女はシャワーを浴びていて、着替えの服がないときている。客観的に評価しても、これはかなり緊迫した状況ではないだろうか。だが、私は、こういう局面にいたって強い。動じない、というのか、つまり鈍感なのである。したがって、比較的のんびりした歩調で階段を下りて、玄関ロビィの時計が六時少しまえを指しているのを見てから、一階のリビングへ通じるドアを押し開けた。

シャンソンのような、スローテンポの音楽が大きくなる。私が部屋に入っていくと、そこにいた二人が、私の方を同時に振り向いた。

「どこへ行っていたの？」真梨子《まりこ》がソファに座ったままできく。刺々《とげとげ》しい声だ。もっとも、彼女は普段からそんなしゃべり方だったし、普段から十二分に刺々しい。

「雨、降ってなかった？」私が答えるまえに、真梨子は次の質問をする。リビングの奥には南側のテラスに向かって大きな張り出し窓と、外に出られるガラス戸がある。外は「嵐」以外に表現しようがない天候であったが、立て付けが良いためなのか、音楽のせいなのか、今のところ室内はいたって穏やかで、外の喧噪《けんそう》は完全に遮断されていた。

私はひょいと肩を竦めただけで、真梨子の不機嫌な顔を見たとたん、何も言いたくなくなった。キャビネットにのっていたブランディを開けて、小さなグラスに注ぐ。とにかく、温かくなるものを喉に通してやることの方が重要だと思ったのだ。

広い部屋は板張りのフローリングであるが、窓際の半分は、必要以上に深い絨毯《じゅうたん》が敷かれている。そこに今、神谷美鈴《かみやみすず》嬢が横座りになって片手でカードを並べていた。すぐそばで石野《いしの》真梨子が腰掛けているピンクのソファは、腰の低いクッションのようなタイプのもので、どんな形をしているのかはっきりしないモダンなデザインだった。彼女たちが遊んでいるのが、トランプなのかタロットなのかわからなかったが、どちらにしても、自分の未来に言い掛かりをつけて喜ぶ自虐的なゲームといえる。

石野真梨子というのが、つまり私のフィアンセである。ストレートの長い髪を頭のてっぺんで左右に分け、面長《おもなが》のおっとりとした、どちらかといえば古風な容貌である。確かに美人には違いないのだが、この屋敷では、彼女の魅力は可哀想なくらい目立たなかった。というのも、他の女性たちが派手過ぎたのである。絨毯の上で形の良い脚を投げ出している神谷美鈴嬢にしても、例外ではない。いや、彼女が一番際立《きわだ》っていた。ほっそりとした躰は、骨格からして種族が違うのではないかといった印象で、病的なほど色白の小さな顔には、支配的ともいえる大きな瞳が精確に配置され、まさに悪魔が計算したようなエキセントリックな造形だった。長い睫毛《まつげ》は、人知れず瞬きすることなど不可能に思われる。綺麗であるとか、美人だとか、そういった印象を超越している。一種のデザインというべき女性だった。

神谷嬢は、その個性的な容貌の特徴を充分に活《い》かしている。プロのモデルなのだ。といっても、何のモデルなのか、私は知らない。商品としての衣服を着て歩くだけの仕事なのか、写真を撮られるような類なのか、あるいは、それら両方なのか……。そもそも、モデルというのは、何かを模しているわけだが、いったい、その原型、プロトタイプは何だろうか。少なくとも、彼女の場合、平均的な一般人のプロポーションではない。

グラス一杯のブランディが数回に分けて喉を通過する間、私は、ぼんやりと窓の外を眺めていた。二人の女性たちは、私への興味をたちまち失ったようである。神谷嬢が細長い腕でカードを並べる作業を再開し、真梨子は腕組みをしてそちらを睨んでいる。幸いにも、ゲームの佳境だったらしい。相手をしなくても済みそうなので大いに助かった。

窓ガラスには雨が打ちつけられ、外は既に暗い。今はむしろ風の方が心配である。

「笹木さん、散歩はどうでした？　雨、大丈夫だった？」後ろから声がした。

振り返ると、バーカウンタの横のドアから、橋爪怜司《れいじ》氏の笑顔が覗いている。彼がこの屋敷の主だ。歳は私と同じであるが、確か誕生日は数ヵ月だけ私の方が早い。橋爪氏はがっしりとした体格で、日焼けした顔に、長い髪をインデアンのように後ろで縛っている。そう……、インデアンでもリーダ格の風貌である。魚類のような丸い目は、いつもゆっくりと重そうに動く。薄い唇の上に、うっすらと髭を生やしているが、それだけは、どうにも私は好きになれなかった。蓄積されたエネルギィに目も肌も輝き艶《つや》がある。一つ一つの細かい動作に至るまで精力的な印象を人々に与える人物だったが、一方ではどことなく重厚で、威厳があるとでもいうのだろうか。だが、つき合ってみると、いたって気さくで人なつっこい。

それは、見た目の印象とは正反対だった。私の職場の周辺にも、こういった顕著な二面性を持つ人間が幾らかいるのだが、政治家や芸術家、あるいは、タレントと呼ばれるような人種に特有のものではないだろうか、と私は思う。

空のグラスをキャビネットに戻して、彼の方に近づいた。

「橋爪さん。実はちょっと、相談したいことがあるんですよ」私は彼に耳打ちした。

窓際の女性たちは、相変わらずカードに熱中している。私と橋爪氏は、隣の部屋に入った。そこは、厨房《ちゅうぼう》とリビングの中間にある小部屋で、特に何かに使われている様子もない殺風景な場所だった。

「何です？　どうしました？」

「散歩の途中で女の子に会いましてね」

「女の子？　どこで？」彼は鼻息をもらして、ただでさえ丸い目をますます丸くした。

「南に下りていった渓谷《けいこく》です。川があるでしょう？　線路が途切れているところですよ」

「誰？　登山客？」

「いえ、西之園っていうお嬢さん」

「ああ、ああ、そりゃ……、お隣さんだ」橋爪氏は大きく頷いた。「西之園さんとこのお嬢さんね。うん、知ってるよ、一度、うちで一緒にテニスをしたことがあるから。もう、三年くらいまえだけど……。いやあ、その、なかなかの……」橋爪氏はそこで私に顔を寄せる。

「で、西之園のお嬢さんが、どうしてまたそんなところにいたの？　釣り？　バード・ウォッチング？」

「ええ、まあ……」私は、どう説明したら良いものか考えながら返事をする。

「それで？」橋爪氏は腕組みをして、どっしりとした大きな作業机に腰掛けた。

「途中で雨が降りだして、僕も彼女もびしょ濡れになってしまいましてね。その……、実は今、彼女、上で、シャワーを浴びているんです」

「上って？」

　私は黙って指を一本立てる。

「笹木さんの部屋？」

「ええ、そういうわけなんです」

「え？　どうして、うちに？　なんで、こっちへ来たの？」そこまで言ってから、橋爪氏は急に押し黙り、目もとに皺《しわ》を作ってにやりと笑った。こういうところが、私は嫌いだった。

「いや、失礼」私の表情から悟ったのか、彼はすぐそう言って咳払いをした。「で、何なんです？　まさか、僕に黙っていてほしいって、言うわけじゃあないでしょうね？」

「いやいや、とんでもない」私は片手を振った。「そうじゃありませんよ。今から、彼女を車で送っていこうと思っているんです。でも、彼女、その……、着替えがないんですよ。なにしろ、外は大雨だったんで……、服も濡れてしまって」

「ああ……」橋爪氏は、口を開けたまま頷いた。「なあんだ、そんなこと。いいですよ。それなら、すぐにでも滝本《たきもと》に用意させましょう」

滝本というのは、この屋敷の無口な使用人である。特徴のない欠点のない風貌の初老の男で、その職業にマッチした控え目さは天下一品だった。

私が軽く頭を下げると、橋爪氏は、窓の方を見てきいた。

「だけどさ……、この雨の中を送っていくわけ？」

「ええ、麓《ふもと》の駅まで」

「駅？　西之園さんの別荘なら、このすぐ近くだよ」

「ええ、よくわかりませんけど、何か事情があるようなんです。家ではなくて、山を直接下りたいって言ってるんですよ」私は、それだけ説明した。もっとも私自身、詳細な事情は聞いていない。「すみません。僕も成り行きで、断りきれなくなってしまったんです。ご迷惑をかけて申し訳ありません」

橋爪氏は大きく鼻で息をして、口もとを上げると、片手で私の肩を軽く叩いた。

「なんにしても、ラッキィな人だ」彼はそう言った。

# 4

だらだらとした話になってしまった。いい加減うんざりしている方も多いことだろう。元来、私は、人にそう思わせる能力がある。これは生まれつきのものらしい。自分としては、たいそう誠実に、しかも丁寧に行動しているつもりなのだが、大方《おおかた》の人間は、そんな周辺の細かなことには関心がないのか、私の誠実さと丁寧さは必ず裏目に出る破目《はめ》になる。どういうわけか、皆、一刻も早く核心を知りたがるし、たとえ、それが核心のほんの一部分、あるいは破片であったとしても、充分に満足できるみたいだ。まるで、できたてのご馳走に触れた指先を嘗《な》めるような、はしたない行為に私には思えるのだが、いかがなものだろうか。

私は物事を端折《はしょ》ることが好きではない。そういったせっかちな人の前では余計に、懇切丁寧に話したくなったりする。そんな機会にしか、私という人間が表現できないからかもしれない。

もちろん、ある夏のほのぼのとした思い出……、つまり、ちょっとした気まぐれから、若い女性と知り合って（それも、とびきりの美人で）、退屈な休暇が、大冒険とはいわないまでも、多少は気の利いた刺激的な時間、胸躍るアバンチュールに昇格した、といっただけの話を、くどくどと語るつもりはない。

そうではない。これは、私の人生でも最も重要なエピソードの一つなのである。話のさきを仄《ほの》めかすことは好きではないが、この大雨の降った嵐の夜、昼《ひる》ヶ野《の》高原の橋爪家の別荘で、ぞっとするような出来事が起こる……、とだけ予告しておこう。それくらいで勘弁してもらいたい。クライマックスにちょっとした趣向が用意されているときには、誰だって、それ相応の丁重さで、場を盛り上げたくもなるはずだ。

話が長くなりそうなので、ここで、登場人物、すなわち、舞台である橋爪家の館にこのとき居合わせた人々について、その時点で私の知っていた情報に基づいて紹介しておこう。私自身、簡単に整理しておくことが無駄ではないし、最初に紹介しておけば、あとの手間が省《はぶ》けるというものだ。

二日まえから、この屋敷には私を含めて八人がいた。その問題の夜には、西之園嬢が偶然居合わせたわけで、彼女を勘定に入れれば九人ということになる。これまでのところ、主人である橋爪怜司氏、私のフィアンセの石野真梨子嬢、モデルの神谷美鈴嬢、それに私と西之園嬢を加えて五人が登場している。残りの四人は男女二名ずつである。

まず、橋爪怜司氏の息子、清太郎《せいたろう》君。彼は東京のT大学の学生でなかなかの秀才らしい。しかも美男子である。どんなふうに美男子なのかときかれても、私はうまく説明できないが、長身ながら身軽そうな体格に、線の細そうな印象の顔。あまり男性的とはいえないが、それが最近の流行のようだ。もちろん、あくまでも私の個人的な印象である。一昨日初めて会ったばかりなので、私は彼のことをよくは知らない。

次に、この清太郎君の友達で、朝海由季子《あさみゆきこ》嬢、そして耶素子《やすこ》嬢の姉妹が来ていた。由季子嬢の方がお姉さんだ。彼女たちとも、私はこのときが初対面だった。二人とも女優だと紹介されたが、舞台なのか映画なのか、それともテレビなのかわからない。少なくとも私はブラウン管で彼女たちのどちらかを見た記憶はなかった。けれど、女優だと聞けば、なんとなくそう見えてしまうものだ。どことなく芝居がかった仕草、作られた表情、計算された台詞回し、そんなふうに感じられる何かを、雰囲気として持っている。こちらが無理に枠にはめ込んで感じようとしているのかもしれない。だが、モデルの神谷嬢をマネキン人形だとすれば、朝海姉妹は、確かに生きている女性には見えた。少なくともダイナミックだ。そこが違っている。もっとも、ダイナミックといっても、それは、単に動的だという意味で、彼女たちが陽気な女性だったわけではない。二人とも間違いなく美人なのに、愛想はなかった。むしろ、どこか病的で疲労した印象、とでもいうのだろうか。いや、これも、私の偏見かもしれない。

そして、最後のもう一人が滝本という年配の男、橋爪家の使用人である。そんなに歳を取っているようには見えなかったが、髪は白く、言葉遣いも古臭い。橋爪家には、先代から世話になっていると言っていた。それも控え目にだ。

とまあ、これだけの人間が、この屋敷にいた。私の話に、これ以外の主要な登場人物はこのさき出てこない。出てくるのは、大筋には関係のない例外的な人物と思ってもらって差し支えない。それほど込み入った物語ではないのである。

では、話を再開しよう。

二階の私の部屋で西之園嬢がシャワーを浴び、真梨子と神谷嬢が一階のリビングの窓際でカード遊びに興じている間に、私は橋爪怜司氏に相談をもちかけた。

橋爪氏は、奥の厨房で夕食の用意をしていた滝本氏を呼んで、女性用の着替えを用意するように命じた。西之園嬢の服のサイズも橋爪氏は指定した。彼は、その手の専門家なのである。西之園嬢とは一度だけ会ったことがあると話していたが、彼女の躰のサイズが正確に把握されているものか、私は不安だった。だが、もちろんそんなことは口にできないので黙っていた。

橋爪氏の話では、清太郎君と朝海姉妹は、三階にいるらしい。この屋敷の三階には、娯楽室と呼ばれている広い部屋がある。橋爪氏の趣味なのだろう、そこで十六ミリフィルムの洋画を観ることができた。娯楽室の隣には、映写室と呼ばれている小部屋があり、そこにコレクションのフィルムがアルミの缶に入って保管されていた。この三階の大小二つの部屋が、のちのち重要なのである。

滝本氏が着替えを用意するために出ていってから、厨房では代わりに橋爪氏が、大きなシチュー鍋を覗き込んで料理の番をしていた。そもそも、彼は料理が好きで、今日の午後もずっとソースを煮込んでいたのだ、と嬉しそうに私に説明した。高いコックの帽子をかぶっていたら、彼ほど似合う男も少ないだろう、と私は素直に思った。

「これはね、明日の晩の料理なんです」橋爪氏は、重そうな鍋の蓋《ふた》を置き、子供っぽい笑顔を見せて言った。「食べるだけの人には、この二日間の時間が想像もできないだろうなあ。可哀想にね。一番幸せなのは料理人ですよ」

「楽しみですね」私は相槌を打つ。だが、はっきりいって、私は料理に関しては微塵《みじん》も興味がなかった。

「それで、二階の彼女はどうするつもり？」橋爪氏は話を戻す。

「どうするって……、送っていきますよ」私は小さな椅子に腰掛けていた。

「急がなくてもいいんじゃないかな」片方の目を細くして彼はまた目尻に皺《しわ》を寄せる。「駅なんて、すぐそこなんだから……、夕食のあとだってかまわないでしょう」

「西之園さんにきいてみますよ」私は、橋爪氏の提案を悪くない思いつきだと思った。しかし、すぐに真梨子のことに思い至る。「しかし、彼女が気を悪くするかなあ……」そう言って、私は隣のリビングの方を顎《あご》で示した。

「石野君が？　ああ、なるほどね」橋爪氏はインデアンみたいに大袈裟に三回頷く。「うん、それじゃあ、こうしよう……。笹木さんが散歩の途中で西之園さんに出会って、二人でずぶ濡れになって帰ってきたことはオフレコ。みんなには内緒にしておこう。西之園さんは、僕を訪ねてきた……、そういうことにしておけば良い」

まったく頭の回転が速い男だ、と私は感心した。こういったことに対しては、商売人みたいに抜け目がないようである。

「はあ、そうですね。じゃあ、それも彼女にきいてみましょう」私は同意した。この場合の「彼女」とは、もちろん、西之園嬢のことだ。可能な限り、判断を他人に預けるのが私のポリシィである。

やがて、滝本氏が何着かの洋服を抱えて戻ってきた。数えたわけではないが、少なくとも十数着はあったと思う。

橋爪怜司氏はファッション・デザイナである。それも一流だ。つまり、突然の客が若い女性で、しかも洋服に不自由している、といった状況に対して、この屋敷の備えは最高に豊富だった。不思議の森のお菓子の家ではないが、彼女たちを喜ばせるのに充分なプレゼントがこの屋敷には常備されていたのである。つい昨夜も、神谷嬢が橋爪氏からプレゼントされたという大胆なカットのドレスを着て喜んでいた。彼女が着ても派手なのだから、正真正銘の派手さだった。ところが、不思議なことに、西之園嬢のためにこのとき滝本氏が用意してきたものは、どれも、驚くほど突飛な色でもデザインでもなさそうだった。おそらく相手の品位に合わせて橋爪氏が指示したのであろう。私は少しほっとしたのを覚えている。

滝本氏は、着替え用の洋服の他にも、折り畳まれた大きな紙バッグを幾つか持ってきていた。橋爪ブランドのストライプのカラーとロゴの入った紙バッグだった。これは、着るもの以外にも、気に入った品を（あるいはすべてを）お土産に持っていってもらおう、というつもりだったのか、それとも、濡れて着られなくなった洋服を入れるために用意されたものなのか、いずれにしても、気のつく男である。

滝本氏からそれらを受け取り、私はボリュームのある荷物を二階まで運んだ。女物の洋服を大量に抱え込んでいる姿を、リビングにいる真梨子に見られては少々まずいと考えたので、厨房から廊下に直接出られる反対側のドアを通り（そのドアを、橋爪氏が笑って開けてくれた）、玄関ロビィへ回ってから階段を上がった。自分の部屋のドアを開けるまえに、もちろん、私は紳士的に軽くノックをして確かめた。

西之園嬢はまだバスルームだった。

私は、まず、荷物をベッドの上に置き、バスルームのドアを軽く叩き、大声で、着替えの用意ができたことを彼女に告げた。そして、すぐに廊下に出た。

なんだか、私の足取りは軽い。口笛が吹きたくなったほどだ。何故？　さあて、何故だろうか。

ロビィの吹き抜けを見下ろすデッキで手摺《てすり》にもたれかかり、私は煙草に火をつけた。耳を澄ませると雨と風の音が聞こえてくる。確かに、こんな嵐の中、慣れない夜の山道をドライブするなんて憂鬱《ゆううつ》だった。危険かもしれない。できれば、西之園嬢が「帰らない」と言ってくれた方が助かる。

ゆったりと軽い音楽を聴きながら、ちょっと上等のワインでも飲んで、彼女と話がしてみたい。

できれば、二人だけで……。

だが……、真梨子がいる。

あの口煩《くちうるさ》い女さえいなければ……。

そう思って、私ははっとする。そして、すぐに苦笑した。

なるほど、百のものに出会えば、十のものはマイナスにも見えるということか。正直にいって、こんな感情は今までに経験したことがなかった。四十になるまで、幸か不幸か、こんな目に遭ったことはなかったのだ。

実に不思議、極めて不可解だ。

真梨子のことを邪魔だと思ったことなど、今まで一度だってなかったのに。

まったく不謹慎な話である。

真梨子とは、まだ結婚していない。そう、一般的に、最も惹《ひ》かれ合っていられる熱愛の時期だといわれているではないか……。その恋人が、まるで古女房のように思えてきた。いや、自分にはそんな実体験はないのだから、この比喩はもちろん根拠のない(しかも悲観的な)憶測だ。世間の価値観を鵜呑《うの》みにするなんて、私らしくない。いったいどうして、こんなことになってしまったのだろう。

それでも、私は、表面的にはゆったりとしていた。私の目は、廊下の奥の一点、自分の部屋のドアを凝視している。

本当に私らしくない行動だ。

今にも、彼女がそのドアから姿を現し、魅力的に微笑んでくれるのを、期待しているなんて。

子犬が耳を立てたときみたいに、待っているなんて。

## 5

結局この晩、西之園嬢は橋爪家の屋敷に泊まっていくことになった。彼女は最初、その提案を固辞《こじ》した。招かれてもいない家で食事をするだけでマナーに反するのに、まして宿泊するなんてとんでもない、問題外だ、と彼女は首を横にふった。ところが、途中から、橋爪氏自身が説得に加わり、私よりも十倍も積極的な言葉を惜しげもなく使った。「これは正式な招待です」と彼は繰り返し、最後には彼女を納得させてしまったのである。彼女にしてみれば、既に橋爪氏デザインのワンピースを着てしまっていたわけで、確かに断りにくかったのだろう。私は途中から、ひょっとして彼女に嫌な思いをさせたのではないか、と心配になったほどだった。だから、橋爪氏が部屋を出ていった機会に、私は西之園嬢にそのことを謝った。

「笹木さんは、謝り過ぎだと思います」というのが彼女の返事で、それも魅惑的な微笑のおまけ付きだった。単純な私は、それですっかり安心した。

ところで、西之園嬢を説得しているとき、私たちは台風の正確な情報を初めて知ったのである。不思議なことに、橋爪家の屋敷にはテレビがなかった。それは、この近辺の電波状況が悪かったせいなのか、それとも橋爪氏がそういった受動的な娯楽が嫌いだったためなのか、どちらなのかわからない。ただ、外の嵐のような天候が、接近しつつある台風によるものだということに初めて気がついたのは、このときだった。

リビングでは、ずっとステレオでレコードをかけていたのだが、誰かが、たまたまラジオのスイッチをつけたようだ。ニュースによれば、かなり大型の台風が、紀伊半島の潮岬《しおのみさき》をかすめて、北北東の方向に時速二十五キロの速度で進んでいるとのこと。ここから、まだ二百キロ以上離れているが、進路はほぼこちらを向いている。もしこのまま真っ直ぐ近づいてくれば、あと八時間後くらい、つまり、真夜中にピークになる。鉄筋コンクリート造だった橋爪家の屋敷はまったく安心だとはいえ、さすがに風も強くなり、あちらこちらで、窓ががたがたと音を立て始めていた。

それでも、まだまだ深刻には受け止めていなかった。

天気が悪いから西之園嬢は泊まっていく決心をした様子である。つまり、台風のおかげで、彼女と一緒にいられる時間が長くなったわりで、私にとっては幸運だった。橋爪氏が言った「ラッキィ」という言葉も、そんなニュアンスだったのだろう。

もともと、西之園嬢は、自分の別荘（隣とはいえ、山道で五キロほどもあるらしい）には絶対に帰らないと主張していた。だから、送っていくとしたら、麓の鉄道の駅までということになる。この嵐の中を麓まで下りていくのが無謀な行為だということ、それに台風なのだから、明日の朝になれば確実に天候が回復することを、私と橋爪氏は彼女に力説したのである。

「お宅に電話した方が良いでしょう」橋爪氏は、ドアを開けながら西之園嬢に言った。「きっと、ご家族が心配されている。どんな理由があるのか知りませんが、連絡だけはなさった方が無難だと思いますね。ひょっとして、警察なんかに電話をしているかもしれませんよ」

彼女は頷いたが、橋爪氏が厨房に姿を消すと、例の訴えるような目つきで私を見た。

「すみません。お願いできないでしょうか？」

「何をです？」

「電話……です」

「え、僕がですか？」

私は困った。だが、彼女の目を見れば、承知せざるをえない。帰りたくないという理由が、彼女にとって余程腹立たしいものなのだろう。家族に電話もかけたくない、というわけだ。

「叔母様が出たら、私、口がきけません」彼女は囁《ささや》いた。

私は承知した。二人で玄関ロビィに出て、彼女が言う電話番号のとおりダイアルを回す。何度かベルが鳴ったあと、「西之園でございます」という上品で丁寧な年配の男の声が聞こえてきた。

「あの、私は、笹木と申します。あの、同じ山の橋爪さんのお屋敷にお邪魔している者なんですが、その、実は……、そちらのお嬢様がですね、今、こちらのお屋敷にいらっしゃっていることを、お伝えしようと思いまして……」

「お嬢様は、ご無事なのでございましょうか？」

「ええ、ご無事も何も、こちらでこれからディナをご一緒に、ということになりましてね。えっと……、今夜は、ここにお泊まりになるそうです」

「あの、笹木様。大変申し訳ございませんが、お嬢様と電話を替わっていただけないでしょうか？」

「あ、いや、それがですね……」私は受話器を手で押さえて、少し離れた場所に立っていた西之園嬢を見た。

　彼女は口を一文字に結んで首をふる。私は軽く頷いてから、相手に言う。

「あの、彼女は、電話には出られない、いえ……、その、出たくないみたいなんですが……」

「では、これからすぐ、私がそちらにお伺いいたします。お嬢様をお迎えにまいりますので、どうか、そのように、お嬢様にお伝え願えませんでしょうか」

「あ、いや、それも……困ります」私は慌てて遮《さえぎ》った。

　電話先の男は、馬鹿丁寧な言葉を繰り返すのだが、内容はどうやら「承知しかねる」というものだった。

　私の困惑の表情を見て堪《たま》りかねたのか、西之園嬢はつかつかと歩み寄ってきて、私から受話器を奪い取った。

「諏訪野《すわの》ね？」これまでに聞いたことのない強い調子で彼女は言った。「迎えにくる必要なんて全然ありません。それから、私がここにいることは、誰にも言わないで……。絶対よ。言ったら承知しませんからね。貴方だって、私が腹を立てるのが理不尽《りふじん》だなんて思わないはずです。そうでしょう？　ええ……、そう……。麓の駅から電話をしてきたとでも、言っておけば大丈夫。叔母様には精一杯心配していただきます。わかりましたか？」

　彼女は電話を切った。

「穏《おだ》やかじゃありませんね」私は正直に感想を言った。

「ええ、私の叔母も、それに私も、穏やかな方《ほう》じゃありませんわ」睨みつけるような硬直した表情で彼女は私に言ったが、そこで大きく溜息をついて、ややぎこちなく、にっこりと笑った。一瞬にして、気まずい余韻を消し去ろうというのか、素早い感情のコントロールを試みたようであったが、そこはまだ若さというもの、完璧にはなしえなかった。しかし、この状況で、このタイミングで、微笑もうと試みること自体、並じゃない。こんな芸当ができるのは、女優か政治家くらいだろう。書物などに表現されているように、女性とは不思議な生きものだ、などと実際に感じたことは一度もなかった私だが、このときは多少驚いた。彼女が特別なのだろう。

すぐ夕食の時間になった。

食堂で西之園嬢を皆に紹介したのは、もちろん橋爪氏である。私は意識して西之園嬢から離れていたし、幸いなことに、真梨子は何も疑わなかったようだ。そのときには、ちょうど清太郎君や女優の朝海姉妹が三階の娯楽室から下りてきて、テーブルを囲んで食前のワインを全員が飲んだ。

滝本氏以外の八人は、長手が三メートルはあろうかという長方形のテーブルにつき、高い天井からぶら下がるステンドグラスのランプの明かりのためか、妙に赤い顔に見えた。

西之園嬢の美しさは、モデルの神谷嬢とも、女優の朝海姉妹とも異なる種類のものだ。もちろん、石野真梨子とも違う。それは、こんな美しさもあったのか、と意表を突いたような方向性、とても表現したら良いのだろうか。一言でいうならば、独創的、である。

私は、気がつくと、隣に座っている真梨子ではなく、ちょうど正面の席になった西之園嬢を見つめていた。再びアルコールで気持ちが良くなってくると、もう真梨子のことなど、どうでも良くなってしまったのだ。

「西之園さんは、どんなお仕事をされているの?」真梨子がきいた。ちょうど、滝本氏がオードブルの皿をテーブルに運んできたときだった。

「私はまだ学生です」西之園嬢は上品に微笑んで答える。なにしろ、上品さにかけては、彼女が他の女性たちを完全に凌駕《りょうが》していた。「来年は、大学院です」

「まあ、優雅ですこと」真梨子がおっとりとした口調で言ってから、意味ありげに私の方を見る。「いえ、お仕事をしないでも、ちゃんと生活できるなんて幸せだもの」

真梨子は父親の会社で秘書をしている。どうせコネで就職したのだし、休むことも多く真面目に働いている様子はなかった。威張れるような立場とは思えないが、学生と比較すれば、自分は働いている社会人だ、という主張なのだろう。おおかたの自己紹介は済んでいて、そこにいた者の中で、西之園嬢と橋爪清太郎君だけが学生で、無職だった。

「学生だってバイトしてるよ」清太郎君が言った。

「学生のバイトなんて仕事じゃないわよ」真梨子が言い返す。「それにね、女と男じゃ違うんだから……。西之園さんは、いずれはお仕事を?」

「私は今まで、一度も働いた経験がありません」西之園嬢は、彼女の前に皿を運んできた滝本氏に軽く頭を下げてから続ける。「でも、お仕事はしたいと思います」

それから、女性の社会的地位の話になり、フランス革命、宗教、などと次々に話題が移った。西之園嬢はどちらかというと、話を聞いている側だった。主人の橋爪氏が話をリードして、和《なご》やかな雰囲気を作った。ときどき、彼が西之園嬢に話題をふったが、彼女の返答は機敏で、実に簡潔かつ的確なものだった。食事が終わる頃には、女性陣は皆、西之園嬢に一目置くはめになったようだ。偏見ではあるが、良家のお嬢様にしては頭脳明晰《めいせき》で、使われる言葉が単刀直入。つまり、切れる。そして鋭い。私自身、西之園嬢の言葉の端々に、幾つかの分野の極めて専門的な表現が散見されることに驚いていた。一般には認識されていない概念を、彼女はこともなげに口にした。他の女性たちはまったく反応しない。それに気がついたのは、私と橋爪氏親子くらいだったであろう。

橋爪清太郎君は超一流大学の医学部の学生だったが、あまり社交的な人柄ではない。今夜に限ったことではないが、彼は饒舌《じょうぜつ》ではなく、複数の相手に発言するのも不得意のようだ。あるいは、ずっと遠慮をしているのかもしれない。五人の美女たちには、彼の方が私や橋爪氏より年齢が近いのに、無表情に頬杖をしたまま、話を聞いているだけであった。

モデルの神谷美鈴嬢もほとんど口をきかない。彼女の場合、おそらく、話の半分以上が理解できていないのではないか、と疑いたくもなる。それほど、この娘は変化がない。表情に乏《とぼ》しい。動かないといって良いくらいだ。頷いたり、首をふったりすることもほとんどない。まさに人形のような存在だった。ただ、誰もが、ついつい彼女を見つめて話しかけてしまう。それが、神谷嬢の能力らしい。彼女と一番仲が良いのが、隣に座っている石野真梨子で、おしゃべりの真梨子の相手に彼女は最適というわけだ。この二人はたまに囁き合っていたが、神谷嬢の声はよく聞こえなかった。とても特徴のあるハスキィな声なのだが。

西之園嬢の隣には、姉の朝海由季子嬢、その隣に妹の朝海耶素子嬢が座っている。この姉妹は、積極的に話に加わってはいたが、多少オーバな相槌を打つか、話を盛り上げるための低レベルな質問をするくらいのことだった。髪が長い方が由季子嬢で、短い方が耶素子嬢である。私は彼女たち姉妹を髪形で区別していた。声も話し方もそっくりで、こうして目の前で見比べてみても、二人は実によく似ている。姉の由季子嬢の方が多少ほっそりとしているように思えたが、それは髪形のせいだったかもしれない。

さて、食事中とそのあとで、どんな会話があったかを詳しく書くつもりはない。いや、打ち明けた話、私はよく覚えていないのである。つまりは、とりとめもない、印象に残らない話題だったということだ。こういった場合、私の消極的なスタンスが禍《わざわい》するのは承知している。しかし、人の話から重要で正確な知識を得るなんて、極めて稀《まれ》なことで、そもそも私はそういった期待をはなから持っていない。本を読んだ方がずっと効率が良いからだ。私は、ただ、西之園嬢が、何をどんなふうに話すのかだけを注目していた。そして、彼女のこれまでの人生を想像しようとした。とにかく、記憶に留めるような面白い話はなかった、と思う。西之園嬢も、皆の前ではすっかり別人のように振舞っていて（おそらく、それが彼女の社交モードなのだろう）、森で出会ったときの無邪気で魅惑的な仕草はまったく出なかった。

九時頃になって、テーブルの上はすっかり片づけられ、全員は隣のリビングルームに移った。風はますます強くなり、窓ガラスは風圧に軋《きし》んでいる。外は真っ暗で何も見えない。橋爪氏と清太郎君は、テラスデッキのテーブルや椅子を倉庫に仕舞う作業をするために出ていった。滝本氏は厨房のようである。

リビングには五人の女性と私だけになった。

西之園嬢は、朝海姉妹と神谷嬢と話をしている。ソファの西之園嬢が話をして、他の三人は絨毯に座って熱心に聞いているようだ。話の内容は、どうやらクイズかなぞなぞらしい。

窓辺に立って、テラスで作業をしている橋爪氏と清太郎君の姿を眺めていた私のところへ、真梨子が二つグラスを持って近づいてきた。私は、自分のグラスにまだ残っていたブランディを飲み干し、彼女の差し出した新しいグラスと交換した。

古い方のグラスを近くのテーブルの上に置きにいき、戻ってくると、真梨子は私に耳打ちした。

「綺麗な方ね」

「誰が？」私はとぼけたが、もちろん真梨子は西之園嬢のことを言っているのだろう。

「誰がですって？」彼女はにこりともしないで、挑戦的な表情で顎を少し上げた。「今夜は、あまりお飲みにならないでもらいたいわ」

「どうして？」

「毎晩、恋人が酔いつぶれて相手をしてもらえない女にはなりたくないもの」真梨子は目を細めて言う。「不幸の一歩手前ではないかしら？　あまり素敵とはいえないでしょう？」

わざわざ、その台詞を考えてきたようだ。いつもこうなのである。わざとらしい女なのだ。

「ああ、気をつけるよ」私は頷いた。「でもさ、せっかくの休暇なんだからね。少々のことは勘弁してほしいな」

「そうよう。せっかくの休暇なんですもの……。お昼間は、お一人で散歩だし、夜は叩いたって起きやしないじゃあ……」

「叩いた？」

「ええ」大袈裟《おおげさ》な表情で真梨子は頷く。

「いつ？」

「昨夜、貴方の部屋に行ったんだから」

「知らなかったなあ。しかし……」

「そうそう、耶素子さんが、清太郎君の部屋から出てくるのを見ちゃったわ」ソファの方に背を向けて、真梨子は小声で囁いた。「何時だと思う？　二時過ぎよ」

「そういう余計なことを言うもんじゃない」私はすぐに窘《たしな》めた。「我々はお客なんだよ。大人しくしていた方が……」

「大人し過ぎるんじゃないかしら？」

私の視線は、自然に朝海耶素子嬢に向いた。髪の短い妹の方である。清太郎君と耶素子嬢……、若いカップルがいつ何をしようが私の知ったことではない。ただ、多少気にはなった。というのは、橋爪怜司氏から、清太郎君と朝海由季子嬢の仲については少しだけ話を聞いていたからだ。つまり、姉ではなく妹の方だった、という点が意外ではあった。もちろん、真梨子のスクープも、その点が強調されているわけだ。

「それにね」また、真梨子が囁いた。「美鈴さんも……、橋爪さんと寝たって言ってたし……、今夜は、きっと西之園さんなのね」

「やめなさい」私は厳しい目で彼女を睨んだ。

真梨子はくすくすと笑いだす。

私は、彼女の腕を摑んで、部屋の隅まで連れていった。

「痛いわ」真梨子は笑いながら腕を振りほどく。

「いいかい。そんな破廉恥《はれんち》なことは口にするものじゃない」私はできるだけゆっくりと言った。「そんなことを、こそこそ話すなんて、どうかしている。だいたい、橋爪さんは、奥さんを亡くしてもう十年にもなるんだよ。彼は独身なんだ。神谷さんがアプローチしたって……、それを、彼が拒《こば》まなくたって、不道徳とは思えない」

「そうよう」真梨子は勝ち誇ったように頷く。「そのとおりよ。当たり前じゃない。私、不道徳だなんて言ってないわ。そう思ったのは貴方の方でしょう?」

「いや、そうじゃなくて、こそこそとそんな話をするのが僕は嫌いなんだ」

「何をおっしゃりたいわけ?」真梨子は眉を顰《ひそ》める。

「清太郎君にしたって、もう立派な大人なんだから……」

「ええ、さぞかし立派でしょうね」

「君のものの言い方は、どうかしているよ」

「いけないかしら?」真梨子は落ち着いた表情で私を見上げ、いつもの最終警告の顔で静止する。

「最高に良いとは言えないな」私は穏やかな口調で言いながら、首をふった。「第一、西之園さんのことを中傷するのは論外だよ」

「ああ、そんなことだったのね……。何を怒っていらっしゃるのか、やっとわかったわ」

「僕は怒ってなどいない」そう言いながら、少し腹が立ってきた。

「私は怒っているわよ」真梨子が少し大きな声を出したせいで、部屋の向こう側で話をしていた四人の女性が黙ってこちらを向いた。

私は、彼女たちの方に無理やり笑顔を作り、片手を軽く挙げる。特に、西之園嬢に目で謝った。きっと、馬鹿な男だと思われたに違いない。

タイミング良く、橋爪氏と清太郎君が戻ってきた。二人ともタオルで髪を拭いている。

「いやあ、外はもの凄い」橋爪氏が大声で言う。

キャビネットの上でロックを作り、橋爪の親子は揃ってグラスを口に運んだ。清太郎君はほんのり頬を赤く染めている。アルコールのせいなのか、たった今終えたばかりの過酷な作業のせいなのかはわからなかった。

「今夜は、男三人でツーテンジャックでもしましょうか?」橋爪氏はそう言った。私と真梨子の小競《こぜ》り合いを承知のうえで、ひとまず引き離すのが無難だと判断したのだろう。私は、彼の機転で本当に救われた。

真梨子は、意味ありげに私を一瞥《いちべつ》してから、女性たちが集まっている方へ歩いていった。

橋爪親子と私は、リビングに五人の女性を残し、建物の西側にある書斎に移った。

橋爪氏の書斎は、ほぼ正方形で、大きな机と革製の応接セットが置かれている。片面の壁はすべて本棚で、大きな画集のような書物ばかり並んでいる点が、一般的な書斎の雰囲気と比べると多少異質だった。しかし、ファッション・デザイナの部屋にしては想像以上に質素である。

「この暖炉、使えるんですか?」ドアのすぐ横に小さな暖炉があったので、私はきいた。

「いや、それは飾りだよ。本ものなら奥の仕事部屋にあるけど」橋爪氏は奥のドアを示して言う。

彼の言う仕事部屋には、まだ私は入ったことがない。そこは、彼の寝室でもある。デザイナなどという仕事が、具体的にどんな手順で行われるものなのか私は知らないが、アイデアとか、そういった発想がおそらく重要な要素となるのだろう。その秘密を守るためか、それとも、とんでもなく散らかっているのか、屋敷の中で彼の仕事部屋だけは、勝手に入らないでくれ、と最初に言われていた。

その仕事部屋に通じるドアはもちろん閉まっている。書斎の机の後ろは、やはり庭に面していて、外側に張り出した窓があるが、今はカーテンが引かれていて外は見えなかった。さきほどまでいたリビングルームに比べると照明が心持ち暗い。空気もひんやりと冷たかった。

「たまには、静かなのも良いでしょう」ドアを最後に閉めると、橋爪氏が陽気に言う。

「ええ」私はすぐに答える。「どうも、ありがとう」素直にそう思ったことを口にした。

我々は自分のグラスを持ってきていたし、清太郎君がブランディのボトルと氷を運んできた。

「まあ、あちらの部屋は、しばらく西之園さんに任せておきましょう。なかなかの才媛だ。

驚いたねぇ……」橋爪氏はソファに座って脚を組み、煙草に火をつける。「ここだったら、いくら煙草を吸っても文句は言われませんよ」

「ええ、助かります」私も煙草を出しながら微笑んだ。

清太郎君はデスクの引出からトランプを取り出して持ってきた。彼は、私の隣に腰掛けた。

「笹木さん、鉄道、見ました?」清太郎君がきいた。

「ああ、うん」私は頷く。「すぐ見つかったよ。ずっと歩いてみた」

森林鉄道の廃線跡があると地図で教えてくれたのは、彼だったのである。

「あそこに本ものが走っていたら、最高なんだけど」彼は嬉しそうな言い方をしたが、表情はあまり変わらない。生まれついてのポーカ・フェイスとでもいうのだろうか。女性的な端正な顔立ちは、仮面のように表情に乏しい。この点は神谷嬢の場合と共通した特徴といえる。

「君が生まれた頃には、まだ走っていただろうね」私は答える。

「カーブの手前では、ブレーキでレールがすり減っているんですよ。わかりました?」清太郎君は続ける。「運材車の手動ブレーキだけを操作して、動力なしで、ずっと山を下ったんだと思います」

「へえ、それは気がつかなかったなあ。ジェットコースタみたいだね」

「面白かったでしょうね」まだ子供っぽい口もとを少し上げて、清太郎君は目を細める。

「西之園さんも廃線跡を見にきていたんですか？」テーブルの向こうでカードを切りながら橋爪氏がきいた。「家を出てから、どうしてあちらの谷へ？」

「いえ、彼女、廃線跡は知りませんでしたよ。ただ、山を下りようとして道に迷っただけのようでした。下の川のところだったけど、あれ以上行っていたら、危なかったですね」

「え？　西之園さん、どうしてそんなところに？」清太郎君がきく。

「あっと、これは……」私は気がついて片手を広げた。「清太郎君、これは、内緒にしておいてくれないかな。実は、彼女とそこで会って、こちらまで連れてきたのは僕なんだ」

「へえ……」妙に感心したような目つきで清太郎君は私を見た。「親父が呼んだんじゃなかったんだ……」

「まえに一度、西之園さんがうちへ来てテニスをしたって言ったでしょう」橋爪氏がにやにや笑いながら私に説明する。「そのときは、西之園さんだけじゃなくて、彼女の従兄弟《いとこ》だったかな、あと二人ほど一緒に来たんですけどね。こいつ、そのとき、西之園のお嬢さんに一目惚れで……」そう言って、橋爪氏は清太郎君を顎で示す。「そのあと、機会があるごとに、あちらのお屋敷に出向いているんですけど、なかなか彼女に会えなくて……、なあ」

「なるほど」私も微笑んだ。隣の清太郎君を見ると、彼は俯《うつむ》き加減で苦笑いしている。

「若かったんです」清太郎君が真面目な顔でそう言ったので、私と橋爪氏が大笑いして、その話はそれでおしまいになった。

私たちは時計を見てから、ゲームを始めることにした。確か十時近い時刻だったと思う。点数を付けていたのは清太郎君だ。三人とも（飛び抜けて若い彼でさえ）真剣にゲームを楽しみたかったわけではないだろう。これはいわば、「場」であって、人間誰でも、場がなくては落ち着かないものだ。少なくとも、私は女性たちから離れ、特に真梨子から解放されて、ようやく一息つくことができた。

外は本ものの嵐だったが、屋敷の中は、今思えばまさにこのときが、嵐のまえの静けさ、だったわけである。

## 6

十一時半頃になって、書斎に滝本氏がデザートを持って現れた。小さなワイングラスにアイスクリームを入れ、それにラム酒を加えたもので、上品な味だった。何が上品かといって、量が少ないことが上品だ。この法則は、女性についても同様である。

「向こうは、何をしてる？」橋爪氏が、部屋を出ていこうとした滝本氏に尋ねた。当然ながら、デザートは女性陣を優先して配られたはずである。リビングの様子を滝本氏が見てきた、と主人は考えたのであろう。いつまでたっても彼女たちが誰もこちらの書斎に顔を出さないので、橋爪氏も些《いささ》か落ち着かない心持ちになっていたようだ。

「はい……、朝海様は、お二人ともお休みになったご様子です」滝本氏は答える。妙に言葉に詰まったようなものの言い方で、彼らしくない、と私はこのとき不思議に思ったが、その理由はあとで明らかとなる。

「じゃあ、三人か……。彼女たち、何をしてるんだい？」橋爪氏が時計を見ながらさらに尋ねた。

「ずっと話し込んでいらっしゃるご様子でございますが」

滝本氏が頭を下げて出ていってから、橋爪氏はひょいと肩を竦《すく》めた。どういう意味なのかわからなかったが、女性たちに対して、よくそんなに話すことがあるものだ、とでも言いたかったのだろうか。しかし、昨日も一昨日も、連日午前二時過ぎまでしゃべり続けていたし（しかも全員でだ）、今夜は西之園嬢という新来の客と、それに男女別々のグルーピングが効いたのだろう。女どうしで話が弾んでいるのに違いない。まだ時刻も早い。

橋爪氏は、そろそろ男性だけの静かなムードに飽きていたのだろう。しかし、男性だけでゲームをしようと言い出した手前、自分一人だけ女性たちのところに戻るわけにもいかない。そう思いを巡らして、私は少し可笑《おか》しかった。

橋爪氏は、一度トイレのために席を立った。リビングを覗きにいったのかもしれない、と私は思ったが、意外にもすぐ戻ってきて「さあ」などと声をかけ、再び勝負に気合いを入れた。私は多少酔いが回っていたが、まあまあ気分も良く、ソファにもたれ込んで、適当につき合うつもりだった。むしろ、清太郎君の方が、どうにも乗り気でない表情を見せ始めている。ひょっとして、朝海姉妹が寝室に上がったと滝本氏から聞いたためであろうか。いやいや、そんな邪推はやめておこう。

それから三十分ほどして、場が一巡し、親になった清太郎君が大きな欠伸《あくび》をしたとき、廊下から黄色い声が聞こえ、やがて三人の女性たちが部屋に入ってきた。真梨子と神谷嬢、それに西之園嬢である。三人とも、ずいぶん頰や目もとを赤らめ、一見してかなり酔っている様子だった。

「なあに？　ポーカ？」真梨子が私の隣にどすんと腰を下ろしてきく。

「ツーテンジャックだよ」私は真面目に答えた。

「ふうん……。どんなふうにするの？」

「明日、教えてあげるよ」

「明日？」真梨子は頰を膨《ふく》らませる。

「話はもう終わったのかな？」テーブルの向こう側で橋爪氏が愉快そうに尋ねた。「君たち、自分たちのグラスを持ってこなきゃ駄目だよ」

「もう、充分……」そう言ったのはハスキィな声の神谷嬢だ。彼女は、橋爪氏の座っているソファの背もたれに後ろから両肘をつき、人形のような顔をこちらに向けた。

西之園嬢だけは、一人離れていた。後ろで手を組み、部屋の反対側で書棚を眺めている。その様子を、私は盗み見るようにして、ほんの一瞬だけ観察したつもりだったが、隣の真梨子が私の耳を引っ張った。

「ねえ……、私たちも混ぜてもらえない？」真梨子が言う。

「そうだね、じゃあ、まずはそれぞれパートナについてルールを覚えた方がいいだろう」橋爪氏はオールマイティをテーブルに出しながら、真梨子の提案を軽く流す。

パートナといえば、必然的に、私には真梨子、橋爪氏には神谷嬢、ということになってしまう。これはいたしかたがない。西之園嬢は、にこにこと微笑みながら我々の方にやってきて、清太郎君の斜め後ろにあった一人掛けの椅子に腰掛けた。

「ツーテンジャックですね？　知っています」西之園嬢はそう言って、清太郎君の持ち札を覗き込む。今までつまらなさそうな態度でゲームにつき合っていた清太郎君は、慌てて姿勢を正し、明らかに血色まで良くなった感じである。「若かった」頃のあこがれの彼女がパートナになったのだから、その豹変ぶりも頷ける。実に微笑ましい。

再び滝本氏が現れ、氷と新しいグラスを運んできた。まったく気のつく男である。橋爪氏は、もうさきに休んで良い、と彼に言った。滝本氏は「それでは、おさきに失礼させていただきます」と頭を下げ、書斎を出ていったが、私以外、誰も彼の方を見ていなかったようだ。このときには、既に十二時を過ぎていたと思う。

神谷嬢が、着替えてくると言い残して一度姿を消した。十五分ほどして戻ってきたときには、ジーンズとTシャツ姿で、髪が少し濡れているようだった。シャワーを浴びてきたのだろう。普段着を着ていても、やはりマネキン人形に見える。手足が直線的で関節で折れ曲がっているのが目立つのだ。

相変わらずゲームは進行している。清太郎君が担当していた点数表への記入は、いつの間にか西之園嬢にバトンタッチされていた。とにかく、彼女は計算が速かった。これには全員が本当に驚いた。一方、彼女を除いた二人の女性は、ゲームなどにはまったく関心がないことが明らかで、真梨子は私に、神谷嬢は橋爪氏に、不愉快なほど躰を密着させている。そんなことをして何が面白いのか、さっぱり理解できない。

午前一時になったとき、清太郎君が立ち上がった。

「僕、もう……失礼します」少しぎこちない言い方だった。そう聞こえただけかもしれないが、清太郎君の顔は西之園嬢の方を向いていたのだから、私は、まだまだ「若いな」などと余計なことを考えたのを覚えている。

部屋を出ていった清太郎君に代わって、ゲームには西之園嬢が参加することになった。この頃には、氷はすべて溶けてしまっていたし、ボトルもほとんど空になっていたはずだ。

さて、ようやく、ゲームがお開きになったのは、二時頃だった。

主に真梨子が口にしたのであるが、ゲーム中に交わされた会話の中には、ずいぶん際疾《きわど》い内容のものがあったので、私はあまり酔えなかった。西之園嬢が少し離れた隣に座っていて、反対側には真梨子が接近している。この象徴的な状況は、居心地が良くなかった。だから、ゲームに区切りがついたところで、橋爪氏が今夜はもう終わりにしようと言ってくれたときには、内心ほっとした。

窓は相変わらず音を立てているし、暴風雨は確かに強くなっていたが、少なくとも、ゲームをしている最中は気にならなかった。

いや、一つだけ書き忘れていたことがある。

あれは、清太郎君が書斎を出ていってすぐだから、一時過ぎだったと思う。停電があったのだ。部屋が突然真っ暗になった。真梨子がオーバにきゃっと悲鳴を上げ、抱きついてきたので、私はグラスの中身をズボンにこぼしてしまった。

「ブレーカか？」橋爪氏が声を出す。「清太郎がまた何かやったんじゃないかな」

どういう意味かわからなかった。清太郎君は何か電気を浪費する能力でもあるのだろうか、と思う。

しかたがないので、そのままじっとして、しばらく待っていると、懐中電灯を持って滝本氏が現れた。

「ブレーカだろう？」橋爪氏がきいた。「二階だけかい？」

「いいえ、ただ今、見てまいりましたが、どうやら、本当の停電のようでございます」

「うわーん」真梨子が声を上げる。

「台風のせいでしょうか?」真梨子に抱きつかれていた私は言う。

それから、滝本氏は、蠟燭《ろうそく》を用意すると言って再び廊下に消えた。また書斎は真っ暗になってしまった。

しかし、その直後に、電灯がついた。

「あ、良かった」真梨子は私から離れて言う。

「警告の停電かな?」と橋爪氏。

停電が予測されるようなときに、電力会社が警告の意図でわざと電気を短時間だけ止めることがある。本当かどうか定かではないが、私もその話を聞いたことがあった。しかし、それは雷などのときではないか。

停電は十分も続かなかったはずである。

この後、停電はなかった。結局、何が原因だったのかわからない。とにかく、そんなことがあったのである。

私は、この停電騒ぎの直後に、トイレに行った。このとき、廊下で滝本氏と出会ったのであるが、彼は廊下に置かれた木製の棚に何かを仕舞《しま》っているところだった。

「蠟燭を出したのですが、必要なかったようです」彼はそう説明した。その棚に蠟燭が仕舞ってあったのだろう。見上げると壁に木箱のようなものが取り付けられていて、その蓋が手前に開いている。

「ああ、ここがブレーカですね」私は箱の中のスイッチ類を見て言った。全部で五つ、黒いスイッチが並んでいて、丁寧に、「1F北」「1F南」「2F」「階段・廊下」「3F」とマジックで書かれたテープが貼りつけてあった。このような詳しい描写をすると、このことがのちのち重要になる、と思われるだろうか。そんなに大したことでもないのであるが、一応は説明しておいた方が良いだろう。

　さて、話を戻そう。

　午前二時にゲームが終了し、橋爪氏と神谷嬢を書斎に残して、あとの三人で部屋を出た。つまり、西之園嬢と真梨子と私である。階段を上がるために玄関ロビィまで来たとき、外の風の音がとても大きく聞こえた。

「今、どの辺なのでしょう？」西之園嬢が吹き抜けを見上げて言った。もちろん、台風のことである。

「さあ、もうそろそろ近くまで来てる頃じゃないですか」

「ガラスの窓とか、大丈夫なのかしら？」真梨子が言う。

「心配ないよ」

　三人とも寝室は二階だった。西之園嬢も、空いていた客間を使うことになっていたのである。お休みの挨拶をして別れ（意外にも真梨子は大人しく廊下を歩いていった）、私は一人でひんやりとした自分の部屋に入った。

ベッドに座って、私は溜息をついた。少し頭痛がする。私の場合、頭痛がするのは、酒が足りない証拠であるが、連日のことなので我慢することにした。

カーテンを開けて、外を眺めてみたが、黒々とした樹が大きく揺れ動き、窓ガラスには断続的に雨が打ちつけられているのがわかっただけで、庭の照明が消されていたため、建物のすぐ近く以外は真っ暗闇で何も見えなかった。

煙草を吸おうと思ったが、頭痛が酷くなりそうな気がしたので、さきにシャワーを浴びることにした。

残念ながら、もう、この辺りの記憶は曖昧である。頭を洗い、洗面台の前で鏡を見て、髪が白くなったかな、と思ったことだけを覚えている。

結局、西之園嬢とは、これといって有意義な話はできなかった。まあ、しかたがない。特に話すようなこともないのだし、自分の気持ちだってよくわからない。ただ、なんとなく惹かれたというだけのことだろう。

不思議なもので、こうして一人になって冷静に考えてみれば、どうということもないではないか、と思いたかったのだが、実のところは、そうでもなかった。あまり経験のないことだったので、どう自分自身に対処して良いのかも不明だった。

こういう場合は、とにかく寝るに限る。

そう思って、濡れた頭をタオルで拭きながら、バスルームから出ていくと、ベッドに真梨子がいた。

## 7

風はますます強くなっていた。屋敷中が軋《きし》み、まるで大海を渡る客船に乗り合わせたような感じだった。さしずめ一等客室、それも、とびきりのVIPルームのゆったりとしたベッドで、私は煙草に火をつける。こんな大きな船が嵐で沈没するとは思えない。もしも沈んだら、沈んだとき……。そうなれば、運が悪かったと、ベッドで眠ったまま深い海底に沈みたいものだ。私は船で外国に渡った経験はない。せいぜい、北海道までフェリィで行ったことがある程度。船で大洋を航海するというのは、どんな感じなのだろう。きっと、夜の嵐など、本当に恐ろしいのではないだろうか。

スタンドの小さな明かり以外、部屋の照明はすべて消えていた。サイドテーブルの上にあった私のデジタル時計が、三時二十一分を示している。0・3・2・1だったので、あと4が来ればストレートだ、とつまらないことを連想した。

石野真梨子は、寝息を立てて眠っている。このフィアンセは、私より十歳若い。それでも、もう三十歳なのである。彼女にしてみれば、おそらく私が、そう、最後の船なのだろう。

人生という航海は、最初、誰もが小船で漕ぎ出すのに、いつの間にか自分より大きな船に便乗し、ときには人の乗り過ぎで、その大船が沈んでしまったりもする。

ずっと一人のままなら、沈んでも一人だけだ。

そんなことよりも、いったい、目的の地はどこなのだろう？

海に浮かんでいるだけで満足してしまう人間がほとんどである。そういう私にしても、行き先なんてわからない。どの方角を見ても、陸地など見えない。どちらに進んでも、きっと限りなく海しかないのだろう。

私の船に乗ろうとしている女は、私に命を預けるつもりなのか。それとも、私が沈みそうになったときには、ちゃっかり自分の船で早々と逃げ出す了見《りょうけん》だろうか。それも良い。その方がずっと気楽だ。

今の今まで、私は確かにそう思っていた。

けれど、午後、渓谷で出会った彼女……、西之園嬢は、これまでとは違う予感を私に与えたのだ。

それは何だろう？

言葉で表現することは難しいが、たぶん、結婚とか、生活とか、地位とか、体裁とか……、そんなものには一切関係のない予感だった。私は、女性に対してそういった純粋な感情を持ったことが、今まで一度もなかったのである。

酷い男だ。

すぐ隣で、将来を約束した女が眠っているというのに、私は別の女性のことを考えている。しかも、のんびりと煙草を吸いながら。

ドアが小さくノックされた。

私は返事をしなかった。真梨子は鍵を閉めただろうか、と咄嗟《とっさ》に考える。

もう一度、ノックの音。

息を殺し、横を見ると、真梨子は眠っている。

私は、ベッドから立ち上がり、ガウンを羽織ってドアまで歩いた。

鍵はかかっていた。

もう一度、ノックの音。

ベッドを見る。真梨子は寝返りをうったが、気がついてはいないようだ。

誰だか知らないが、こんな時刻に迷惑なことである。幸い鍵がかかっていたので、ドアを勝手に開けられる心配はない。このまま気がつかない振りをしてやり過ごそうか、とも思った。しかし、私は少々好奇心にかられて、ロックを外し、ドアをゆっくりと開けた。

「ごめんなさい。西之園です」囁くような声が聞こえた。天使のような声である。

私は、大慌てで廊下に出る。背中でさっとドアを閉めた。

西之園嬢は、さきほどと同じ服装、つまり橋爪氏デザインのワンピースだった。わざと弾ませた「驚いたなあ……」私は弾んだ声で、しかし息を押し殺して小声で言った。わざと弾ませたわけではない。声は正直だ。「貴女も大胆な人ですね……、西之園さん」

「いえ、あの……」西之園嬢は顔を赤らめ目を見開く。彼女は首をふりながら、両手を胸の前で広げ、小刻みに動かした。「ごめんなさい。誤解なさらないで……、違うんです。そうじゃなくて……」

「えっと……」私は困った。

「あの、実は、ちょっと心配なことがあったものですから、本当に、申し訳ありません。お休みになっていらっしゃったのですね？　こんな時間に、非常識でした。でも、笹木さん以外に、その、私、お話しできないので……」

「何ですか？　心配なことって」

「悲鳴が聞こえたんです」

「悲鳴？」

「ええ、女の人の悲鳴が聞こえました」

「いつです？」

「十分か二十分まえです」

「確かですか？　僕もずっと起きていましたけど、そんなの、聞こえませんでしたよ。風の音じゃないですか？」

「あの……、聞き間違いではありません」

「どうしたの？」部屋の中から真梨子の声がした。

西之園嬢は、両手を口に当てて黙ってしまう。彼女の大きな瞳が振動したように見え、私に向けられた視線はレーザ・ビームのように強かった。

「ちょっと、ここで待っていて下さい。すぐですから」私は、西之園嬢にそう囁いて、部屋の中に引き返した。

「誰なの？」ベッドから眠そうな声がする。真梨子が上半身を起こしていた。

「橋爪さんだよ」私は彼女に近づいて嘘を言った。「一階の窓が風で壊れそうなんだって。ちょっと手伝ってくるよ」

「なあんだ……」真梨子は欠伸をしながらそう言い、毛布を頭からかぶってしまった。

「じゃ、頑張ってねぇ……。お休みなさい」

私は急いでシャツを着て、ズボンを穿いて、部屋を出た。

西之園嬢は、少し離れたホールの方で待っていた。

「どうも、お待たせして」私は彼女に駆け寄る。

「申し訳ありません。私、本当に不躾《ぶしつけ》なことをしました」彼女は、小学生の学芸会のような台詞回しでしゃべった。これには、私も思わず吹き出してしまった。

「いいえ、不躾なことをしているのは、僕の方です」

「なんてお詫びして良いか……」

「そんなことより、悲鳴というのは？」

「はい、どこからなのか、はっきりとはわかりませんが、たぶん、上だと思います。三階です」

「どうして三階だと？」

「悲鳴が聞こえてから、何かが倒れるような低い音がして、それがちょうど、私の部屋の上から聞こえました。走るような足音もしました。何かトラブルだと思ったので、慌てて、服を着て廊下に出たのです。でも、しばらく待っても、どなたもお部屋から出てこられません。あんなに大きな音ですから、私、きっと皆さんも目を覚まして出ていらっしゃるだろうと思っていたんですけれど」

「風の音が煩《うるさ》いから、聞こえなかったんでしょう」

「ええ……、それはつまり、私の部屋がちょうど真下だったという証拠だと思います。三階には、どなたがいらっしゃるのですか？」

「いえ、誰もいませんよ。三階は娯楽室があるだけです」

「でも、ドアは二つあったわ」

「あ、じゃあ、西之園さん、もう見にいったんですね？」

「はい」西之園嬢は頷いた。

「何ともなかったでしょう？」

「いえ、鍵がかかっていました」彼女は、ちらりと階段の方を見た。「どちらの部屋も入れません。ドアに鍵がかかっていて、開かないんです」

「そりゃ変だな……」私もつられて階段を見る。「あの部屋なら、確か……、どちらも鍵はありませんよ」

「ない？」

「あ、いや、外からかけられる鍵はないんですよ。ただ……」

「中からはかけられるのですね？　ええ、ドアのノブは回るのに、何かが支《つか》えているみたいでした」

「そう、そうです。中からはロックできます。映画を観てる間、邪魔されないようにね」

「それじゃあ、部屋の中に誰かがいるはずです」

「そうなりますね。でも、こんな時間に映画を観るなんて、誰だろう？　清太郎君かな……。ああ、そうか！」

「何です？」

「ひょっとして、その悲鳴って、映画の声だったんじゃないですか？」

「ああ……」西之園嬢は小さな口を開けて驚いた顔をしたが、すぐに少し安心した表情に変わった。「そうかもしれませんね」

「だけど、どちらのドアも、閉まっていたってことは……」私は考えた。どうやら頭痛も治まっていたし、アルコールも程良く醒《さ》めている。「二人いるってことになるな」

「別々の部屋なのですか？」

「ええ。三階の二つのドアは、娯楽室と、それから映写室と呼ばれている部屋なんですけど、この二つの部屋は中ではつながっていませんからね。ドアが二つとも閉まっているなら、つまり、少なくとも一人ずつ、中に誰かがいることになります」

「笹木さん、冴《さ》えてますね」西之園嬢はにっこりと微笑んだ。「それに、ドラマみたいな説明っぽい台詞もカッコいいわ」

私も吹き出してしまった。常々、指摘を受けることだが、私は説明が丁寧過ぎるのである。第一、真夜中に男女が二人で話すような会話ではない。

「まあ、とにかく、見にいきましょうか」私は歩きだした。

「でも、清太郎さん……、邪魔をされたくないんじゃあ」

「確認しないと、貴女だって眠れないでしょう？」私は階段を上がった。

三階のホールは狭い。屋根の勾配《こうばい》のため、この最上階だけは床面積が二回りも小さくなっていた。つまり、屋根裏部屋なのである。ホールには張り出した窓が一つだけあって、そこが風でがたがたと大きな音を立てていた。荒れ狂った外の騒音は、二階にいたときよりもずっと激しい。

西之園嬢が言ったとおり、二つのドアは開かなかった。一昨日、私はどちらの部屋にも入ったのであるが、ドアの内側に金属製の小さな錠が取り付けられていたのを覚えている。金色の変わったデザインのものだったので、目に留まったのだ。

私は娯楽室のドアをノックした。かなり大きな音がしたので、中にいる人間が気がつかないはずはない。

だが、応答はなかった。

もう一度ノックしてみたが、結果は同じだった。それから、少し離れているもう一つのドアも試してみたが、こちらも反応がなかった。中に誰かが潜んでいることは明らかだが、どうやら、邪魔をされたくないようだ。

「もう、いいわ」西之園嬢が小首を傾げて言う。「ごめんなさい。私、もう気が済みました。申し訳ありませんでした」

「そうですね……、中の連中も困っているでしょう」

「プライベートですものね」

「下に行って、コーヒーでも飲みましょうか？」

「今からですか？」

「いけませんか？」

「いけないけど……、飲みたい」上目遣いで彼女は微笑む。

「じゃあ、行きましょう」私は陽気に言った。

私たちは一階まで階段を下り、厨房に入った。コーヒー・メーカはすぐに見つかって、私が煙草を一本吸っている間に、二人分のコーヒーができ上がった。西之園嬢は、食器に興味があるようで、キッチンの中を見学している。

私たちは、ステンレスの調理台の横で、背の高い丸い椅子に腰掛け、向かい合って熱いコーヒーを飲んだ。

「こんな時間でもなくて、こんな場所でもなかったら、なかなか素敵でしたね」私は言った。

「そんなことありません」西之園嬢はカップを両手で持ったまま小さく首をふる。「私、ここに来て良かった。とても、楽しかったです」

「僕もですよ。ここに来て良かった」私は遠回しに言った。わかってもらえるはずはない。

「石野さんは？」

「眠ってますよ、鼾《いびき》をかいてね」

「いつ結婚されるのですか？」

「さあ……。そうですね、たぶん、来年の春か夏でしょう、最高に順調にいけばね。でも……」

「でも？」

「今のところ、最高に順調じゃありません」

「まあ、どうしてです？」

「彼女をベッドに置いたまま、美人とコーヒーを飲んでいるでしょう？」私にしてみれば、思いっ切り気障《きざ》な台詞だった。一世一代というやつだと思ってもらっても良い。

突然、私の後ろでドアが開いたので、びっくりして、私はもう少しでコーヒーをこぼすところだった。

入ってきたのは、パジャマ姿の清太郎君である。彼の方はもっと驚いた様子だった。

「や、やあ」間抜けな挨拶を私はとりあえずした。

「何をしてるんです？　こんな時間に」清太郎君は深呼吸してから尋ねた。

「見たとおりさ。コーヒーを飲んでいるんだよ。健全だろう？」私は新しい煙草を取り出しながら答える。「君は？　腹でも空いたのかい？」

「あ、いえ……」清太郎君はズボンのポケットに両手を突っ込んでこちらに近づいてきた。

「寝るまえに、ちょっとなんか飲もうかと思って」

「まだ寝てなかったんだね」

「ええ……、ずっとゲームしてたから」そう言って、彼は厨房の中を見渡した。

「どこで？　ひょっとして三階の娯楽室？」私はなにげなく彼に質問してみた。

「いえ、自分の部屋ですよ」清太郎君はまだきょろきょろしている。何かを探しているようだ。

では、三階の娯楽室に立《た》て籠《こ》もっているのは誰だろう。私は、清太郎君と、朝海姉妹のどちらかだと想像していたので、少し不思議に感じた。ということは、娯楽室にいるのは、橋爪氏だろうか……。

「どうしたの？」西之園嬢は清太郎君に優しい声できいた。こうしてみると、彼女が清太郎君と同年輩だということがわかる。

「別に……」清太郎君は落ち着かない態度だった。何かそわそわしている。たとえば、早朝こんな態度で街を歩いていたら、警官に呼び止められるに違いない。

「朝海さんは？」私も同じことを尋ねようとしたが、驚いたことに、それをきいたのは西之園嬢だった。

「違いますよ」清太郎君は慌てて首をふった。

「何が違うの？」面白そうに西之園嬢はきき返す。

「いや……、彼女たち、部屋にいないから……」清太郎君はそれだけ言った。しかし、私と西之園嬢が黙っていると、溜息をつき、一度肩を竦《すく》めてみせてから、彼は続けた。「ええ、実は、彼女たちの部屋へ行ったんですけど、二人ともいなかったんです」

「いないって……、じゃあ、どこへ行ったのさ」私は煙草の煙を吐き出しながらきいた。

「知りませんよ、そんなこと」言葉を吐き捨てるように清太郎君は言う。両手をポケットに突っ込んだまま、躰を前に折り曲げ、彼は咳込んだ。

「親父さんのところかな?」

「笹木さんがここにいるってことは……、そうでしょうね」清太郎君はひきつった表情で笑おうとした。「むかつくなあ」

なるほど、それで、彼はさきほどから落ち着かないのだ。

「滝本さんのところかもしれないわよ」西之園嬢はコーヒーを飲みながら澄ました顔で言った。まるでゴールデンデリシャスとかスターキングとか、林檎《りんご》の種類を指摘するような爽《さわ》やかな感じだったので、違和感が顕著だった。

「凄《すご》いこと言いますね、西之園さん」私は彼女の素振りが可笑《おか》しくて言った。

「あ……」西之園嬢はぽっと顔を赤らめ、片手を口に当てる。「あの、私……、違うんです。そういう意味じゃなくて……」

私の誤解が、彼女の認識とどう食い違って生じたのかは、のちに明らかとなるが、このときは、ただ私は大笑いした。真っ赤になった西之園嬢はとても可愛らしく、清太郎君さえいなかったら、私はクーパーかペックがヘップバーンを抱き締めたように、この令嬢を我が手に抱いていたかもしれない。しかし、実際のところ、そんな確率は宇宙的に低いのだ……。

アーメン。

清太郎君はコーヒー・メーカに歩み寄り、自分の分を淹《い》れるためにコーヒー缶の蓋を開けた。私たちはちょうど二人分しか淹れなかった。まさか、こんな時刻に同好の士がもう一人現れるとは思ってもみなかったのだ。彼は、フィルタを交換せず、そのまま粉を足して、もう一杯淹れるつもりのようだった。

「昼間は何の映画を観ていたんだい?」私はきいてみた。

「『情婦』ですよ」

「『ジョーズ』?」

「違います。『情婦』」

「Witness for the Prosecution」突然、西之園嬢が言った。

「そうです」反応して頷いたものの、清太郎君も少し驚いたようだ。「よく知ってますね、西之園さん」

「ああ、デートリッヒのだろう?」それくらい私だって知っている。

「原作がクリスティなの」西之園嬢は微笑む。

「それと、『アパートの鍵貸します』」清太郎君は嬉しそうにつけ加える。

「それは、シャーリー・マクレーンだ」私も負けていない。昔の映画なら、年の功というか、一日の長というのか、とにかく、私の青春時代は映画漬けだったのだから。

清太郎君もコーヒーを飲み始める。壁にかかった時計は四時を回り、窓ガラスはがたがたと音を立てた。

しばらく、ビリー・ワイルダーの作品について、私たちはお互いの意見を交換したのであるが、これはなかなか興味深かった。まさか、嵐の夜の午前四時に、ステンレスに囲まれた厨房で、美少女と美少年を相手に、大好きな洋画の話ができるなんて（なにしろ、真梨子ときたら、アニメしか見たことがないのである。まったく……）、これ以上に何を望めるだろう。

まさに、真夏の夜の夢だった。

8

ところが、しばらくして、確かちょうど私がトイレから戻ってきたときだった。

もう一人増えたのである。

「びっくりしたあ」ぎょろ目を見開き、橋爪氏はそれでもゆっくりと言った。「何してるの、こんなところで……」

「コーヒー飲んでるんですよ。健全でしょう？」さきほどと同じ返答を、私が三人を代表して言った。

「信じられんな……、まったく」橋爪氏は笑いながら冷蔵庫まで行き、ジュースをグラスに入れて戻ってくる。「健康に悪いぞ」

「橋爪さんこそ、夜中に映画ですか？」私はきく。

「映画？」

「三階にいらっしゃったんでしょう？」私はできるだけやんわりと尋ねた。私がノックしたことは知っているはずである。彼は事情があって返事をしなかったのに違いない。だから、やんわりときくのが礼儀というものだろう。

「三階？　なんで？」橋爪氏は目に皺を寄せて微笑む。「僕の部屋は一階だよ。君たちが出ていってから、すぐ眠ったんだけど……、どうもね……、酒を飲むと夜中に目が覚めるんだよなあ」

「朝海さんは？」清太郎君がきいた。そりゃ、親父に対する言葉遣いじゃないぞ、と私は思ったが、もちろん黙っている。

「朝海さん？」ジュースを一気に飲み干してから橋爪氏はきき返した。「そっちは、お前だろうが」

四人とも黙った。ちょっと気まずい雰囲気だ。

「あの、失礼ですけど、橋爪さん」西之園嬢が沈黙を破る。「神谷さんとは、その……、ずっとご一緒だったのですか？」

「はあ……、こりゃ……」橋爪氏はぱっと明るい顔になって、私の方を見る。「どう、答えたものかね？」

「僕の部屋のベッドには、今、石野真梨子が寝ています」私はおどけて言った。

「うわあ、こりゃいったい何だよ……。真夜中の告白会って趣向かい？」橋爪氏が片目を瞑《つむ》る。

「いいえ、違います。そうじゃありません」西之園嬢は、真面目な顔になっている。「三階の娯楽室と、えっと……」

「映写室」私が助け船を出す。

「ええ、娯楽室と映写室のドアが、両方とも鍵がかかっていて、開かないんです。それに、私……、三時過ぎに悲鳴を聞いて、びっくりして、笹木さんのお部屋へ行ったんです」

「そうしたら、真梨子君と鉢合わせになった……と」橋爪氏はまだにやにやしている。「西之園さん、どうして私の部屋に来てくれなかったのかな？　もの凄く残念だなあ……」

「お一人だったのですか？」私はきいた。

「残念ながらね」橋爪氏は答える。

どうやら、モデルの神谷嬢は橋爪氏のベッドではないらしい。ツーテンジャックが終わったとき、書斎には彼女が残っていたから、てっきり、橋爪氏と一緒だと私は思っていた。

「それで？」橋爪氏はまだ飲み込めないらしい。

「いいえ、つまりですね……。三階にいるのは、誰なのかってことですよ」私が西之園嬢の代わりに答えた。

「誰って……」橋爪氏は言葉に詰まり、まず息子を見た。清太郎君は首を振る。

「あそこは、鍵が中からしかかけられないよ」清太郎君が説明した。彼も事情がようやく理解できたようだ。「二つの部屋、どちらもですか？」

「うん、そうなんだ」私は答える。「とにかく二人、部屋の中にいるってこと」

「えっと、ここに四人いるから……」橋爪氏は考える。まだ顔が笑っていた。

「真梨子は僕の部屋です」私は補足した。

「わかったわかった。何度も言うなよ」橋爪氏は笑って言う。「えっと……、美鈴でもない」

「え？　どうしてです？」私はすぐにきいた。

「ここに来るまえに部屋を覗いたんだ」橋爪氏が答える。「ぐっすり眠っていたよ。まったく、どうしようもない」

「じゃあ、残るのは、朝海さんたちだ」清太郎君が言う。

「そうなる」橋爪氏は頷いた。「彼女たち、よっぽどあの部屋が気に入ったんだな」

「でも、悲鳴が」西之園嬢が言う。「笹木さんとお話ししたときは、映画の音声かもしれないって思ったんですけれど……。あの、朝海さんたちは、映写機を使えるのですか？」

「できっこないよ」清太郎君が答えた。彼も、真剣な表情になっている。

「もう一度、上に行ってみましょう」西之園嬢は椅子から立ち上がって言う。

「まあ……、じゃあ、つき合いましょうか」橋爪氏が面白そうに言った。「なんだか、よくわからんけど……、こりゃ、なかなか面白い趣向だよね」

　こうして、橋爪氏、清太郎君、西之園嬢、そして私の四人は厨房から出た。階段を上ろうとしたとき、「ちょっと、待った」と片手を挙げて、橋爪氏が全員を止めた。

「滝本を起こしてこよう。彼を忘れていた」橋爪氏は言う。「まさか、あいつが部屋にいないってことはないと思うが……」

　橋爪氏は、厨房の方へ戻る。滝本氏の部屋は一階の厨房の奥だった。一、二分して、橋爪氏は滝本氏を連れて戻ってきた。滝本氏は、パジャマにガウンを着ており、我々に無言で頭を下げた。橋爪氏は何も説明しなかったのだろう。滝本氏は不思議そうに、私たちの顔を見回した。何が起こっているのか、よくわかっていないようである。もちろん、私だってよくわからない。

　つけ加えておくが、橋爪氏を待っている間、私は玄関の扉をなにげなく見た。ちゃんと鍵がかかっていた。どうして、そんなところを見たのか自分でも判然としないが、部屋にいない朝海姉妹がこの嵐の中、外に出ていくわけがない、とは思った。たぶん、そんな連想からドアの鍵を確かめたのだろう。

「さて、これで、立て籠もっている二人が確実になったわけだ」橋爪氏は愉快そうに大声でそう言いながら、階段を先頭になって上がった。そのあとを、四人が続く。清太郎君と西之園嬢が私より先に行き、滝本氏は私の後からついてきた。

さて、三階に到着して、橋爪氏がドアを調べたが、状況はさきほどと同じだった。どちらのドアも開かない。中から鍵がかかっていることは間違いないようだ。それに、橋爪氏が大声でドアを叩いても、何の反応もない。もし、嵐の夜でなかったら、橋爪氏の大声で、二階で寝ている真梨子や神谷嬢も起きてきたことだろう。

「おかしいな」さすがに橋爪氏も真剣な表情になった。「何かあったんだろうか」

「ここからしか入れないのですか?」西之園嬢が質問する。

「ええ、窓がありますけどね」橋爪氏はホールの窓を指さす。「そこから外に出て、屋根を伝って反対側に行けば、娯楽室の窓があります。しかし、この嵐じゃあ……」

私はホールの窓を見た。そこも鍵がかけられている。

「娯楽室の窓だって鍵がかかっている可能性がありますよ」私は言った。「この暴風の中で、屋根に上がるのは自殺行為だ」

自殺行為だ、という言葉に反応したのか、みんなは少しの間、黙ってしまった。

「あの、ドアを壊すしかないのでは?」西之園嬢が提案した。「もし万が一、何かあったとしたら……」

橋爪氏はもう一度、大声で叫んで娯楽室のドアを叩く。私も、もう一方の映写室のドアを叩きにいった。

「よし……。しかたがない」橋爪氏はドアのノブを握ったまま、振り向く。「滝本さん。何か道具を持ってきてくれ。バールかハンマか……。ガレージにあるだろう」

「かしこまりました」滝本氏はすぐ階段を下りていく。

西之園嬢は、二つのドアのノブを確かめ、次にその場に屈《かが》み込《こ》んでドアの下の床を熱心に観察していた。変わった人だ、と私は思った。まるで、探偵みたいじゃないか。

滝本氏はすぐ戻ってきた。彼はくぎ抜きの大きなやつを担いできた。橋爪氏は、その重そうな工具を手にすると、みんなに後ろに下がるように注意した。彼は、まず娯楽室のドアに向かって、その凶器を振り下ろした。

ドアノブの少し上の位置を狙って、何度も何度もバールは打ちつけられる。だが、木製のドアは予想外に頑強で、この作業は難航した。途中で、眠そうな目をこすりながら、おそるおそる神谷美鈴嬢が階段を上ってきた。

「どうしたの？」バールを振り回している橋爪氏を見て、きょとんとした表情で神谷嬢はきいた。

しかし、橋爪氏は中断しない。神谷嬢に事情を説明したのは西之園嬢だった。

やがて、表の板がめくれ、穴が開いた。橋爪氏は顔中に汗をかいて、肩で息をしている。彼は跪《ひざまず》いて穴から中を覗き込んだが、娯楽室は照明が消えているようだ。中は真っ暗だった。私は進み出て、穴に手を差し入れて、ドアの内側を手探りした。目的の鍵が指先に少しだけ触れたが、どうにも角度が悪く、ままならない。

「駄目です。もう少し穴を下に大きくしてもらえませんか」私は橋爪氏に注文した。

「私がやってみます」西之園嬢が私に近づく。

「あ、気をつけて、木が尖ってます」そう私が注意するまえに、彼女は細い腕を穴に差し入れた。確かに彼女の方がずっと有利だろう。

「開きました」西之園嬢はそう言うと、慎重に穴から腕を抜いた。

私がドアを開けた。

動く光に、びっくりする。

部屋は真っ暗ではなかったのだ。

とにかく、驚いた。

左手の壁。いや、スクリーンに、映像が映し出されていて、それが動いていたからだ。

映画だった。細かい文字。英語である。

それが、今ゆっくりと下から上に移動している。

エンディングの部分だろうか。

やはり誰かが夜中にこっそり映画を観ていたのだ、と一瞬思った。

だが……。

部屋の奥、突き当たりにある窓だけが、僅《わず》かに確認できた。風で屋根全体が軋《きし》んでいる。

三階のこの部屋は屋根裏部屋だ。したがって、天井は平らではなく、奥に向かって大きく傾斜していた。

ドアは、廊下側にいっぱいに開いている。ホールの明かりが室内に差し込んでも、広い娯楽室全体を見通すには不充分だった。目が慣れなかったせいもある。

清太郎君が私の脇を通り抜け、部屋の中に飛び込んでいく。

信じられない。

誰かが短い悲鳴を上げる。神谷嬢だろう。

しかし、私は振り向けなかったのだ。

清太郎君が部屋の真ん中に駆け寄る。

そして、そこに倒れていた女を彼は抱き上げた。

誰だろう？

そう思ったとき、スクリーンが急に明るく輝き、清太郎君の抱きかかえている女性の短い髪と、青白い顔が見えた。

「死んでいる」清太郎君が私の方を見て叫んだ。

「何だって？」

「死んでいる……。死んでるんですよ！」清太郎君は泣きそうな表情で繰り返した。

このときには思いもつかなかったことだが、彼は医大生なのだ。そして、もちろん、このときの彼の診断は正しかった。

「滝本！　救急車だ」橋爪氏が叫んだ。

「死んでるんだよ！　救急車なんか……呼んだって」清太郎君が叫ぶ。「もう、駄目だ。死んでるんだよ」

彼が抱えているのは朝海嬢だった。間違いない。

死んでいたから、ドアをノックしても開けられなかったのだ、と不思議に納得したが、私は完全に動揺していた。

なんということだろう。

では……、最初に私と西之園嬢がここに来たときも……。

いや、しかし……。

悲鳴……？

私は西之園嬢を探して振り向いた。彼女はホールから室内を覗いているだけだった。ちょうど私が入口のすぐ内側に立っていて、部屋の中には清太郎君が（生きているのは彼だけだ）広い床の真ん中にいた。

清太郎君は泣きだした。何か叫んでいたが聞き取れない。彼は、しばらくして朝海嬢をゆっくりと床に戻し、立ち上がった。そのまま彼は黙って部屋を出ていこうとしてドアに近づく。私は、彼と入れ替わりに死体に近づき、確認のために彼女の手首に触れて、脈を調べた。

冷たかった。

橋爪氏も部屋に入ってきて確かめた。私たちは一度だけ顔を見合わせたが無言だった。朝海嬢の死体のすぐそばには、木製の質素な椅子が一脚だけ倒れていた。まず、私はそれを確認した。他にも椅子が何脚か部屋の中にあったけれど、どれも壁際だったので、離れている。

私は、真っ白な彼女の首筋を見てから、ゆっくりと暗い天井を見上げた。

ほぼ真上の位置だった。

屋根だけは木造なのか、太い木の梁《はり》がある。そこから、白い……、麻だろうか、紐《ひも》がぶら下がっていた。途中に結び目があり、そこから二手に分かれて垂れ下がっている。一番下は不揃いで、どちらも引きちぎれたような感じだった。立ち上がったら手の届きそうな高さだが、私は何故かすぐに立てなかった。

次に窓を見る。鍵がかかっているようだ。

外は嵐……。

ゆっくりと溜息をついた。

それから、もう一度、彼女の首の、細く紫色に変色した痣《あざ》のような部分を、私は確かめるように見た。

私はようやく立ち上がったが、しばらく呆然と死体を見下ろしていたと思う。何も考えていなかった。しかし、部屋の外から聞こえてくる大きなもの音で我に返った。

# 9

私は娯楽室の外に出た。ホールにはいつの間にか真梨子がいた。彼女は、パジャマにガウンを羽織《はお》っている。

「自殺?」真梨子は蒼白な顔で私にきいた。

「たぶん」私は短く答える。それ以外にどう言えば良いだろう。

「耶素子さんね?」

「うん」

既に、橋爪氏は娯楽室の右隣のドアに取りかかっていた。映写室のドアだ。彼は狂ったようにバールをドアに打ちつけている。清太郎君は階段のところで皆に背を向けて座り、組んだ腕の中に顔を埋めていた。

映写室のドアは娯楽室のものよりは幾分脆弱《ぜいじゃく》だった。それとも、橋爪氏の力がさきほどより強かったのか、いずれにしても、すぐに大きな穴が開いた。今度は、私が手を差し入れて内側のロックを外すことができた。

室内は、皆がうすうす予測していたとおりだった。

映写室は狭い。左手の中央には、一メートルほどの木製の台があり、その上に、大きな機械がのっている。隣の娯楽室との間の壁に開いている小さな窓に向けて、大型の映写機が置かれているのだった。年代ものの機械だ。二つあるリールの片方にフィルムが完全に巻きとられ、ちりちりと音を立てていた。黒い鋳物《いもの》製の機械のカバーからは、うっすらと青白い光が漏れ出て、先端のレンズの付近では、細い光の管の中に細かい塵が輝いている。

この小部屋には窓がなかった。奥の壁にはがっちりとした木製の棚があり、円盤形のアルミケースが綺麗に並んでいた。そのいずれにも黄色の小さなラベルが貼られ、黒いインキで英語が記されている。映画のタイトルだった。

床は板張りである。小学校の理科教室に並んでいるような無骨《ぶこつ》なデザインの作業机が一つだけ右手の壁際にあり、安物のパイプ製の椅子が二脚、そばに置かれていた。

ドアから見ると、映写機の台の向こう側の奥に、朝海嬢は仰向けに倒れていた。眠っているように見えたが、長い髪に半分ほど隠れた顔は、不気味なほど青白かった。

あるいは、とも思ったが、彼女の細い手首を持ち上げ、やはり手遅れだったことを確認した。

死んでいるのだ、二人とも。

こちらの朝海嬢は髪が長い。私は、自然に彼女の首もとに目をやったが、着ていたサマー・セータが、完全にその細い首を覆っていた。次に天井を見上げたが、今度は何もなかった。映写機がのっている台からは少し離れていたし、近くに踏み台になりそうなものもなかった。私は、彼女の首もとへ伸ばした手を引っ込め、そのまま立ち上がった。死因は私にはわからない。薬でも飲んだのだろうか。しかし、近くにそれらしいものは何もないようだ。

「駄目ですか？」橋爪氏が私の後ろに立っていた。

「ええ……」私は頷く。「何があったんでしょう？」

橋爪氏は舌打ちをする。「わからん」

私はドアまで戻った。ホールには、清太郎君がぼんやりとした目つきで立っていた。

「しっかりしろ！」橋爪氏も出てきて、息子に言った。だが、しっかりしたところで、どうなるものでもないだろう。

すすり泣く声。神谷嬢が泣いているのだ。

橋爪氏はもう一度部屋に入っていき、映写機のスイッチを切った。彼はすぐ引き返してきて、清太郎君の肩を叩いてから、ホールの反対側の窓際まで歩いていった。

私は、しばらく戸口に立ったままで、映写室の中をぼんやり眺めていた。こんなとき、人間も簡単にスイッチが切れるようにできていたら良いのに、と変なことを考えながら。

それにしても……。

ホールの片隅にある灰皿まで行く。煙草を吸いたくなったのだが、灰皿の近くには、泣いている神谷嬢や真梨子がいたので、煙草を吸うことは諦めた。何故か、真梨子には近づきたくなかったし、話をしたくなかったのだ。これでも、人知れず気が立っていたのかもしれない。そうかといって、もちろん、娯楽室と映写室の床に倒れている二人の姿も、もう見たくない。もう充分だった。そんな奇妙な板挟みで、両者の境界部に私は立っていたといえる。

しばらく、そこでぼうっとしていた。

「誰が映写機を回したのですか？」いつの間にか私の隣にやってきた西之園嬢が囁いた。

「え？」

「映写機が回っていました」彼女は首を伸ばし部屋の中を覗き込んでから、私に向かって言った。凛々《りり》しい表情ではあるが、どうやら、彼女も奥の死体を見ないつもりらしい。無理に私の顔を睨んでいる様子でもある。

「あちらに行きましょう」私は顎で示し、彼女と一緒にその場を離れた。ホールの中央には、橋爪氏がぽつんと突っ立っているだけで、清太郎君はさきほどと同じようにまた階段に座り込んでいる。顔は見えない。

真梨子と神谷嬢の二人はもういなかった。

「真梨子たちは？」私は橋爪氏にきいた。

「ああ、今、二人とも下りていったよ」

神谷嬢はかなり取り乱している様子だった。おそらく、真梨子が彼女を連れていったのだろう。私は部屋の中ばかり見ていたので、彼女たちが下りていったことに気がつかなかった。

そこへ、滝本氏が階段を上がってきた。

「あの、ご主人様……」

「何だ?」

「電話が通じません」滝本氏は困った顔をして報告した。

「通じないって……、誰も出ないのか?」

「いえ、電話がかからないのです」

「どうして?」

「以前にも一度ございました。その、やはり、台風のときだったかと……」

「ああ……」橋爪氏はまた舌を打ち、大きな溜息をついた。

「どこかで、電話線が切れたんですか?」私はきいた。

「そう、たぶん」

「じゃあ、僕が車で……」

「今、何時かな?」

「四時半です」西之園嬢が横から答える。「あの、しばらくこのまま待った方が良いのではないでしょうか。今、車で出かけるのは危険ではありませんか？　台風も峠を越したようですし、もう少し待てば……」

「ああ、そうそう。電話もつながるかもしれん」と橋爪氏も頷く。

西之園嬢の落ち着いた様子に、私はこのときやっと気がつき、感心するよりも驚いた。そう、確か……、ついさきほども、彼女は何か言っていたではないか。

映写機が回っていた……？

窓の外はまだ真っ暗だが、晴れていれば、そろそろ明るくなる時刻である。

「西之園さんの言うとおりだよ」橋爪氏は疲れた声で頷く。「確かに、慌てたって、しかたがない。ありゃ、怪我をしているんじゃないんだ……。まあ、どうしようもないとなれば、嵐が収まってから車で行こう」彼は娯楽室の方に目を向ける。「しかし……、まったく、なんてことを……」

「申し訳ございません」滝本氏が深々と頭を下げた。

別に、彼に責任はない、と私はこのとき勘違いをした。

「あの、これはですね……、その……」西之園嬢が私と橋爪氏の前に立って言った。「救急車とか病院とかではなくて、連絡しなくてはいけないのは、警察です」

「ああ、そういうものか……」橋爪氏は唸るように言う。「しかし、今は電話ができないんだから、しかたがないでしょう。とにかく、嵐が収まるのを待つしか……」

「何か連絡できる手段はありませんか？」

「ああ、無線か……？」橋爪氏が顔を上げる。

「屋根にアンテナが立っていました」西之園嬢は言った。「たぶん、五十メガヘルツだと思います。スイスクワッドというちょっと古いタイプのアンテナですね。もしかして、アマチュア無線ですか？」

「あの……、僕です」階段で背を向けて座っていた清太郎君がこちらを向いて答えた。

## 10

とにかく、ただ者ではない。

金持ちの令嬢、世間知らずのお嬢様だとばかり思っていたのに、期待は次々に裏切られる。いや、感心させられるばかりである。彼女は毅然《きぜん》として、今やこの屋敷の女主人のようだった。

我々は、その場に滝本氏を残し、一階の清太郎君の部屋へ向かった。滝本氏は、壊れたドアの後片づけと、二人の死体に何かを掛けてやるように橋爪氏に言われていた。まったく可哀想に……、嫌な仕事である。

清太郎君の部屋はガレージの隣だった。男の部屋らしいインテリアである。古めかしいタイプの無線機が特に目立った。彼は、その電源を入れ、ダイアルの部分にランプがつくと、幾つかのレバースイッチを手際《てぎわ》良く倒した。

　残念ながら、私はまったくのメカ音痴である。こういったものが、どんな機能を持っているのか、どんな原理で作動し、その能力を発揮することができるのか、誰がいつそれを実現させたのか、まるで理解していない。つまり、私にとっては一種の魔術に等しいのである。ところが、西之園嬢はそうでもなさそうなのだ。彼女は、屋敷のアンテナを見ただけで、周波数まで言い当てたのだから、私には驚愕の知識といえる。ひょっとして、彼女、理系なのだろうか……。

　清太郎君は、ダイアルを慎重に回した。だが、聞こえてくるのは雑音ばかりだ。西之園嬢が真剣な表情で機械のパネルを覗き込んでいた。

　数十秒間その作業を続けてから、清太郎君はハンドマイクを握った。

「メーデー、メーデー。こちらはＪＨ２ＷＸＦ。メーデー、メーデー。ＣＱステーション。ＣＱステーション。こちらはＪＨ２ＷＸＦ。ジュリエット、ヘンリィ、ツー、ウィスキィ、エックスレイ、フォックストロット。これは緊急通信です。受信されたステーションは応答願います。オーバ」

　清太郎君はそう言って、ダイアルを握ったまま雑音にじっと耳を傾けている。しばらくすると、また同じことをマイクに向かって言う。そして黙って雑音を聴く。何度かこれを繰り返した。私には彼が何をしているのかよくわからなかったが、どうやら、闇雲《やみくも》に電波を発信して、それをたまたま受信している人間がいることを期待しているようだ。そんな相手がいるものだろうか、と心配になる。なにしろ、朝の四時半なのだ。

「JH2WXF。こちらはJA2YBN。ジャパン・アルファ・ツー・ヤンキィ・ベータ・ナンシィ。JH2WXF局、聞こえますか？　受信します。どうぞ」もがもがと籠《こ》もったような聞き取りにくい声だった。音は呼吸するように大きくなったり小さくなったりしている。混信しているのか、ときどき、他の声も聞こえた。

「SSBね」と西之園嬢が囁く。何のことだろう？

　清太郎君は、マイクのスイッチを入れる。

「JA2YBN。こちらはJH2WXFです。電波は良好です。これは緊急通信ですので、他の局は送信を控えて下さい。こちら、QRAは橋爪といいます。はがきのは、しろくまのし、つつじのつに濁点、メガネのめ、橋爪です。QTHは岐阜県昼《ひる》ヶ野《の》高原です。台風のため現在電話が通じません。こちらで、事故が発生し、死亡者が二人出ました。警察に連絡をお願いします。JA2YBN局、どうぞ」

「JH2WXF。こちらはJA2YBN。了解しました。橋爪さん。岐阜県昼ヶ野高原で、事故が発生し、死亡者二名。以上了解しました。警察に連絡します。では、そちらの詳しい住所か電話番号をお願いします。JH2WXF、どうぞ」

無線のやり取りに感心して聞き入っていた私の肩を、誰かが軽く叩いたので、振り向くと、西之園嬢がにっこり微笑んでいる。

「は?」

「笹木さん、ちょっとこちらへ」彼女は小声でそう囁き、部屋の外に私を導く。

「JH2WXF。了解しました。それでは、現在の周波数で、待機していて下さい。確認します。五十一・二〇で、受信をキープして下さい。約五分後に再び、こちらから呼び出します……」

橋爪氏と清太郎君を残して、私と西之園嬢は廊下に出た。彼女は、私の手を引っ張り、どんどん歩いていく。そして、どういうわけか、厨房に入った。

「何ですか?」私はきいた。

西之園嬢は振り向いて溜息をつく。そして、私を睨むように見上げた。

「笹木さん。貴方を信じて、ご相談があります」彼女は腕を組んだ。凛《りん》とした表情が、またなんともセクシィだった。

「はあ……」

「あれは自殺じゃありません」

「えっと……どっちが?」咄嗟《とっさ》にそうきいたものの、私の頭はまったく回転していない。自殺……ではないのか……、というぼんやりとした情報が次第に思考の中に染み込んでくる。

そもそも私は、自殺だなどと考えていなかった。何も考えていなかったのだ。しかし、自殺じゃなかったら何なのだろう。

「殺されたんです」彼女がゆっくりと言う。

「え！」と声を上げようとした私の口を塞《ふさ》いだのは彼女の手だった。なんとも、まあ、居合《いあい》のような素早さである。私が大声を出すことを予期していたのだろうか。

「どうして……」彼女がそっと手を引っ込めたので、私は唾を飲み込んでから小声で言った。「どうして、そんなことが？」

「映写機が回っていました」

「映写機……、えっと……」

「フィルムをかけて映写機を回したのは、彼女たちではありません。そんなことは彼女たちにはできないって、清太郎さんが言っていました。お聞きになったでしょう？」

「ああ、そういえば」

「どうやって映写機を回したと思います？」

「誰かに頼んだのでは？」

「誰に？」

「さあ……」私は首を捻った。

「これからドアの鍵をかけて自殺する人間が、映画を観たいからって、誰かに頼んだのですか？」

「大好きな映画だったんじゃないかな？　死ぬまえに、最後にもう一度、観たかったんじゃあ……」

「それなら、どうしてラストまで観なかったの？」

「観ているうちに、その、きっと、途中で悲しくなって……」

「あの二人、何故、別々の部屋で死んだのでしょうか？」

「さあ……、そういえば……、そうですね」

「もし自殺するなら、二階の自分の部屋で死ぬんじゃないかしら？」

「ええ、まあ、それが普通かな。いや、しかしね、こういうことは……」

「何故、別々の部屋で、それも一人ずつ鍵をかけたのでしょう？」

「西之園さん。矛盾点があることはわかりました。でも、それだけのことで、自殺じゃない……と判断できますか？　明らかに首を吊って切れたような紐が残っているんですよ。やっぱり、自殺じゃないかな。もし自殺じゃなかったら、どうなるんです？　ドアに鍵がかっていましたし、窓も開いていなかった……」

「私は悲鳴を聞いたんです」

彼女はそう言って、私に顔を近づける。

「あの……、西之園さん」

「何です？」

私は彼女を抱き寄せ、素早くキスをした。

自分でも驚くような行動だった。

次の瞬間、驚いたことに……、いや、これは当然といえば当然かもしれないが、西之園嬢の左手が私の頬を打った。

そして、さらに驚いたことに、彼女の目にみるみる涙が溜まったのである。

ショックだった。

彼女もそうだったかもしれないが、この場合は、私がである。私はショックを受けた。

「すみません」私は慌てて謝った。「あ、あの……、僕は……、西之園さん……、貴女を……」

「なんて非常識な方！」押し殺した声で彼女は叫んだ。

「いや、面目ない。あ、でも、僕は……」

「見損《みそこ》ないました！」

西之園嬢は、私を睨みつけたまま、すっと後ろに下がると、くるりと背中を向けて、厨房のドアから飛び出していった。

ああ……。

私の人生で、これが最悪だ。

とびっきりの汚点だろう。

まったく、いい歳をして、どうして、あんな考えなしのことをしてしまったのか……、今思い出しても、よくわからない。

何故なのだろう?

けれども、私はそのとき、したいことを素直に実行したのだ。それが、唯一の救いだった。だから、言い訳をするつもりはない。私は彼女が好きだ。それを表現しただけだ。もちろん、タイミングが悪かったことは認めよう。このような局面で、そんなことを考えるなんて非常識極まりない、ということも充分に承知している。それは彼女が言ったとおりだ。返す言葉もない。

二人の死体を確認した直後であり、私にしてみれば、一種の極限状態だったのかもしれない。それとも、人よりも鈍感な分、気がつくのが遅く、すべてのタイミングがずれているのだろうか。

まあ、良いではないか。

もともと、失うものなんて、私には何もないのだから……。

けれど、彼女にひっぱたかれた右の頬は、しばらくの間とても温かかった。左の頬が嫉妬するくらいに……。

# 11

窓の外が少し明るくなった。

雨は止み、風も幾分弱まったように見える。

リビングルームを覗くと、真梨子と神谷嬢の二人が並んでソファに座っていた。神谷嬢は真梨子にもたれかかり眠っているようだ。泣いたまま寝てしまった子供といったところか。

私の顔を見て、真梨子は人差指を口の前で立てた。静かにしていろ、という意味だ。私は軽く頷いた。

キャビネットのガラス戸を開けて、中にあったブランディを取り出す。長い息を吐きながら、それをグラスに注《そそ》いだ。もちろん、氷はない。

「警察には連絡ついたの？」眠っている神谷嬢を起こさないよう、真梨子は彼女からゆっくりと離れてから、囁くようにきいた。

「電話は通じないんだけど、清太郎君の無線機でね」私は真梨子の向いのソファに座る。

「たぶん、すぐ来るよ」

「いろいろ質問されたりするんだわ」

「そうかな」私はグラスを傾け、煙草に火をつけた。「西之園さんは？　ここに来なかった？」

「いいえ。彼女がどうかしたの？」

「いや」灰皿を探すために私は立ち上がった。

真梨子は私を睨んでいる。私には、後ろめたいところが確かにあった。きっと、彼女の視線を避けていたと思う。テーブルにあった灰皿の上で煙草を一度叩き、私はゆっくりと歩いて窓際に立つ。庭の南側で、大きな樹が一本倒れて、囲いの鉄柵に寄りかかっているのが見えた。柵は変形し、上から半分ほどが内側に折れ曲がっている。強風のため、方々で樹が倒れたであろう。電話線が切れたのも無理はない。

ぼんやり外を眺めていたものの、背中には、真梨子の視線を感じていた。自分も少なからずショックを受けたはずなのに、真梨子は友人を介抱しているのである。それに比べて、私は……？　フィアンセがいる部屋の隣で、たった今、別の女性に迫ってひっぱたかれたばかりだ。なんという不謹慎。なんという非常識。なんという破廉恥《はれんち》。自殺者が出て大騒動だというときに……。

いや……、自殺ではない？

西之園嬢はそう言っていた。ようやく今頃になって、彼女の言葉が私の頭で具体的な意味を成し始めた。どうしようもなく鈍重な思考回路だ。いったい彼女は、私に何を話そうとしていたのだろうか。

「どうして、自殺なんかしたのかしら?」真梨子が小声で言う。独り言だったかもしれない。

「何か話を聞いていたかい?」私は振り返って尋ねる。

「うーん」真梨子は自分の膝を見つめて唸《うな》った。「そうね……、よくわからないけど、あの二人、何か刺々《とげとげ》しかったというか、ぴりぴりしていたのは確か……。そう、喧嘩しているみたいだったし」

「誰と?」

「いえ、二人でよ。何か……、うん、そんな感じ。でも、まさか、死ななくったって」

「ああ」私は頷いて煙草を消しにテーブルに戻った。「君も少し眠った方がいい。神谷さんと部屋に戻ったら?」

「三階に近づきたくないわ」真梨子は首を細かくふった。「私は大丈夫……。少しは眠ったから」

　そう、真梨子は私のベッドで眠っていたのだ。

　もう一杯飲もうとキャビネットに近づいたとき、橋爪氏が部屋に入ってきた。彼は、真梨子と眠っている神谷嬢を一瞥し、私のところにやってくる。彼が手にしたグラスにも、私はブランディを注いでやった。

「どうです? 警察に連絡はつきましたか?」私は小声できいた。

「ああ、ついた。すぐこちらへやってくるよ。清太郎が、ずっと受信している。また連絡があるかもしれない。あいつの変な趣味のおかげで助かったよ」

腕時計を見ると、五時半だった。死体を発見してからまだ一時間しか経っていない。

橋爪氏は一気にグラスを空け、速い溜息をついた。

「何があったのか知らんが……、まったく」彼は呟く。

「いつでしょうね？」私は問いかける。

「何が？」

「彼女たちが死んだ時間ですよ」

「さあな……」驚いた表情で橋爪氏は私を睨んだ。そして、ブランディのボトルに手を伸ばす。「きっと、みんなでトランプをしていたときだろう。あの二人以外は、書斎にいたんだから」

「そんなにまえじゃありません」私は小声で言う。ソファにいる真梨子たちには聞こえないように気を遣った。

「どうして？」

「西之園さんが悲鳴を聞いているからです。確か……、三時過ぎ。ええ、それに、映写機のことがある」

「映写機って？」

「映写機のフィルムがちょうど終わるところだったじゃないですか」

「ああ……、そうそう。そうだよな」

「何分くらいなんですか？　あのフィルムは」

「さあ……、何のフィルムだったっけ。あとで調べればわかるさ」そこまで言って、橋爪氏はグラスの中身を飲み込んだ。そして、急に訝《いぶか》しげな視線を私に向ける。「だけど、何だって、そんなことを？　関係ないじゃないか。いつ死んだのか知らんが、死んだものは死んだんだ。取り返しがつかん。どちらにしても、我々に責任はないんだ。そりゃ、もう少し早く気づいていれば、あるいは何とかなったかもしれんよ。でもさ、本人たちも見つかりたくなかったんだ。わざわざドアに鍵までかけていたんだからね。あれが、彼女たちの意志、最後の意志だったわけだ。だから……、しかたがない。こいつは、まったく、救いようがないってやつだよな」

いつの間にか橋爪氏の声は大きくなっていた、真梨子もこちらを見て話を聞いていた。彼女は目に手をやっている。

朝海姉妹は、邪魔されたくなかったから、鍵をかけたのだろうか？

確実に死ぬために、あの部屋に籠もったのだろうか？

それにしては、何か変だ……。

西之園嬢が何と言ったか、私は思い出そうとしていた。

(これからドアの鍵をかけて自殺する人間が、映画を観たいからって、誰かに頼んだのですか?)

(あの二人、何故、別々の部屋で死んだのでしょうか?)

(私は悲鳴を聞いたんです)

私はグラスを置き、部屋を出た。

玄関ロビィまでやってくると、ちょうど滝本氏が階段を下りてくるところだった。その表情から驚くほど衰弱しているのがわかった。白い髪が乱れ、額にかかっている。休んだ方が良い、と私は言おうと思ったが、今は尋ねたいことがあった。

「滝本さん、西之園さんを見ませんでしたか?」

「三階にいらっしゃいます」滝本氏の声は掠《かす》れている。

「三階? 三階で、彼女、何をしているんです?」

「あの、よくは存じません」

滝本氏は頭を下げて、厨房へ通じる廊下に消えた。私は、階段を駆け上がる。

彼女は怒っているだろうか。

いや、それは確実だ。

とにかく、もう一度謝ろう。

しかし、三階で彼女は何をしようとしているのだろう……。

三階のホールには誰もいなかった。壊されて穴の開いた娯楽室のドアも、映写室のドアも、どちらも廊下側に開いたままだった。

西之園嬢は娯楽室の中央で屈み込んでいた。

滝本氏が用意したものであろう、朝海嬢の死体には既に真っ白なシーツがかけられていた。西之園嬢は、そのシーツを片手で持ち上げて覗き込んでいるのだ。

彼女はちらりと私の方を見たが、表情一つ変えず、ゆっくりとシーツをもとに戻した。そして、立ち上がると、部屋の奥の窓のところへ行き、こちらに背を向けて、窓の外を見るような姿勢で動かなくなった。いや、外ではなく、窓を調べているのだろう。

「西之園さん」私は、部屋の外から声をかけた。

彼女は黙ってこちらへ戻ってきて、私の前を通り過ぎる。私には一度も視線を向けず、そのまま廊下を進んで隣の映写室の中に入っていった。

「あの、西之園さん」もう一度、戸口で声をかけてみたが、彼女は返事をしない。

映写室の左手の奥にも、シーツをかけられた死体がさきほどと同じ位置にある。西之園嬢は、また屈み込んでシーツを持ち上げる。私は我慢してずっと待った。

死体から離れると、彼女は中央の台に上がり、映写機をじろじろと観察し始めた、それが済むと、今度はフィルムの缶が収まっている棚や、作業机の下を見て回る。彼女の端正な顔はまったくの無表情で、機敏に動く綺麗な瞳も、私のことなど完全に無視しているようだった。

　しばらくして、彼女は戻ってきて部屋を出ようとした。

「あの、西之園さん。お願いです」私は頭を下げた。

「そこ、どいていただけませんか」彼女は私の前に立って、きっとした表情で顎を上げる。

「さっきは、本当に失礼しました。本当に、一生の不覚です。申し訳ありません。あの……、僕は、その……」言葉が出てこない。

「聞こえませんか？　通して下さい」冷たい口調である。

　しかたなく、私は道を開けた。

　彼女は廊下を進み、再び娯楽室に入っていく。今度は私も彼女の後を追って、部屋の中までついていった。

「いや……、その……ですね、怒られたのは、無理もないことです。僕は、どうかしていました。でも、ですよ、僕は……、その……」

　西之園嬢は、娯楽室の右手の壁に沿って歩き、映写機のレンズが隣の部屋から覗いている小さな窓を見上げている。彼女の背の高さではよく見えなかっただろう。それは私の頭よりもさらに高い位置にある。その窓の大きさは、幅が五十センチほど、高さは三十センチ弱といったところだろうか。

「僕は、真剣だったのです。あの……、冗談であんなことをしたんじゃありません」

彼女は立ち止まって、私の顔を睨みつけた。

「本当です。それだけは信じて下さい」

「貴方が真剣だったら、それで、何をしても良いのですか？」彼女は早口で言った。「自分さえ真剣ならば、どんなことでも許されると思っているのですか？　ヒトラーだって真剣だったわ。きっと、この二人を殺した人だって、真剣だったでしょうね」

「いや、それとこれとは……」

「同じです。相手のことを考えない人は、野獣と同じです。貴方は、そういう男だけの一方的なルールしか持っていない。私、貴方を軽蔑します。もう、顔も見たくありません。少しでも分別《ふんべつ》があるのなら、どうか、私の前から消えて下さい」

「ですから……、こうして謝っているんです。野獣は謝ったりしませんよ。僕は、反省しているんです」

「殺人者だって、今頃、後悔しているかもしれませんね」

「ええ、確かにあのとき、僕は野獣でした。申し訳ありません。このとおりです」私は跪《ひざまず》き、両手を床につける。「ごめんなさい」私は頭を下げた。「もう二度とあんな真似はしません」

西之園嬢は向こうへ歩いていく。私は立ち上がった。

「警察には連絡はつきましたか？　いつ来るって言っていましたか？」彼女は私を見ないで

言う。突然話題が変わった。

「ええ、連絡はついたようです。朝になればやってくるでしょう」私は少しだけほっとして答える。

「私が昨日、どうして家を飛び出してきたか、お話ししましょうか？」

「ええ、是非」

「叔母が、私に内緒で縁談の話を持ってきたのです」

彼女はそこで黙った。

「それだけですか？」

「相手の方が、突然、別荘まで訪ねてこられました。そんなこと全然知らないで、私、その方をただのお客様だと思っていたんですよ。まあ、見てくれはそこそこエレガントなのですが、多少知性に問題を抱えた頓珍漢《とんちんかん》な方だわ、なんて悠長に構えて、プロテクト・サービス・モードで、おつき合いしていましたの……。もう……、信じられます？」

「それで？」

「それだけです」

「どう思ったんですか？」

「やってくれたぜ」西之園嬢は真っ直ぐに私を見て、真面目な顔でそう言った。

「そうですか……」私は思わず笑ってしまった。

「何か、可笑《おか》しいかしら？」

「あ、いや失礼」私は咳払いをする。「あの、西之園さん、提案なんですが……、この部屋を出ませんか？」

「どうして？」

「ここで笑うのは、不謹慎だと思います」私は真面目な顔で答えた。

「笑っているのは貴方だけです」

彼女はさっさと歩きだし、娯楽室の外に出た。私もすぐ後を追う。

まったく、私はいくつなのか。彼女よりいくつ歳上なのか。これでは、まるで、小学生が先生に叱られているみたいではないか。

「ここならよろしい？」ホールで機敏に振り返って彼女はきいた。

「はい」私は誠実に頷く。

「私、そうやって思い込みで、相手の気持ちも確かめずに、こそこそするのが大嫌いなんです。そういうのって一番卑劣だわ」

「あの、僕はですね、こそこそしていたわけじゃありません」

「揚《あ》げ足《あし》を取らないで下さい」

「ああ、ええ……、そう、そうですね……。あの、もう……、怒っていませんか？」

「怒ってますわ！　何、おっしゃっているの？　当たり前じゃないですか。どこが真剣なんです？　どういう了見《りょうけん》なんですか？　まったく……、ずうずうしいにもほどがあります。よくもよくも、そんなににこにこして、私の前にすぐ出てこられましたね。精神的ダメージとか、ご存じないのかしら？　起き上がりこぼしじゃあるまいし、反省するおつもりなら、三年ほどチベットにでも行かれたらいかがです？　とにかく、女を馬鹿にしているんだわ。本当に……、ずうっと、貴方のことなんか、私、絶対に認めませんからね」

「わりと執念深い方《ほう》なんですね」

「嫌味な方！」

「ああ……」私は溜息をついた。

しまった……。

どうも、うまく収拾できていない。

それどころか、この生意気な小娘に、私は腹が立ってきた。せっかく人が謝っているのに……、言わせておけば……。

しかし、一度失敗したのはこちらの方なので、必死で顔に出さないように努力していたのだ。何度もいうが、私は、感情を表に出さない素質には恵まれている。

まったく、何様なのか。とにかくプライドだけは超一流だ。だが、金持ちの令嬢にしては、少し変わっている。いや、大いに変だともいえる。死体を見ても悲鳴を上げるわけでもない。理屈はとことん捏《こ》ねる。それなりに筋が通っているし、それはそれで、その理屈っぽさが、ちくりちくりと私を刺激するのである。少しオーバで好意的な表現をすれば、こんな女性に出会ったことは、私の人生で初めてだったのだ。新鮮さに戦慄《せんりつ》するほどだった。

「あの、もう一つ提案なんですが……」私は柔らかい口調を保持して言った。

「何です？」

「喧嘩をしている場合ではない、と思うんですよ。だから、一応、休戦しましょう」

「喧嘩なんてしていません。悪いのは一方的に貴方の方なんですよ。私は、貴方の野蛮な行為を正当に非難しているだけです。貴方さえいなくなれば、すべて解決します」

「ええ、そのとおりです。しかし、こんなことが起こった以上、私も消えるわけにはいきませんし。だから、もう、それはひとまず棚上げにして、事件のことを話し合いませんか？それとも、貴女は、感情的、生理的に認められない相手とは、客観的な議論もできなくなるのですか？それは些《いささ》か幼稚ではありませんか？」

彼女は、ちょっと首を傾げて、黙って私を睨んだ。

「さっき厨房で、西之園さん、事件の話をしようとされたでしょう？」

「そうです」彼女は、気持ちを切り換えたように息をついてから頷いた。「それを、貴方が台無しにしたのです」

「まったく、そのとおりです。認識しています」

「貴方は、鈍感で、人の話を認識するのに時間がかかり過ぎます。しかも、そのわりには、考えもなしに行動する。野蛮で、衝動的で、短絡的で……」

「ええ、ええ、それが私の欠点なんです」私は少し余裕を見せて、穏やかに言った。「恥ずかしながら、自覚はあるのですが、なかなか直りません。いつもいつも反省ばかりです」

「私の欠点は……」彼女は僅《わず》かに微笑んだ。「気が短くて、執念深くて、それに、率直過ぎることかしら?」

「それは欠点じゃありませんよ」

「どうして、あんなことをするまえに、一言、私におききにならなかったのですか?」

「キスして下さい、とお願いした方が良かったわけですか?」

「少なくとも、その方が紳士的だと思います」

「西之園さん、もう一度キスしていただけますか?」私はきいた。

「お断りします」彼女は微笑みながら答えた。

「ほらね」私は両手を広げる。「だから、きかなかったんですよ。作戦としては間違っていなかった」

「覚えておかれると良いわ。一度失った信頼は、そうそう簡単には取り戻せないものです。今の貴方は断られて当然です」

「じゃあ、もしあのとき、ちゃんと伺っていたら、どうだったんでしょう?」

「お断りしましたよ。私には心に決めた方が……」

「え、ひょっとして、婚約されているのですか? 誰ですか? どんな男ですか?」

「どうして、貴方にそんなことを教える必要があるんです?」

それも、そうだ……。

ああ言えばこう言う、とはこのことだろう。口だけは達者な小娘。その小娘に、私は振り回されているのだ。しかし、私は必死でマインド・コントロールに努めた。もともと鈍感なのが、役に立つといっても良いだろう。それに、彼女にはそれだけの価値がある、と評価したのも正直なところだった。恥ずかしいことに、私は既にすっかり、この娘の虜《とりこ》になっていたのだ。

ようやく、事態を一応の収拾に向かわせることに成功して、私は煙草に火をつけた。

「笹木さんも、これが殺人だとお考えなのですね?」三階ホールの窓際で壁にもたれて立ち、西之園嬢は腕組みをして言った。「それくらいの理解力と洞察力はお持ちだということですね」

「いえ、僕はそんなこと……言っていません」私は煙を吐きながら首をふった。「判断できるような材料もない」

「でもさっき、事件っておっしゃいました。事件のことについて話し合おうって」

「そんなこと言いましたっけ?」

「無意識に、これが殺人だって、考えている証拠では?」

「それはですね、きっと、西之園さんが自殺じゃないって言ったからでしょう。でも、殺人にしたら、変ですよね。そんなことはありえない。だって、鍵がかかっていたんですよ」

「そう……、そこなんです、論点は」彼女は大きく頷いた。

「部屋の内側から鍵がかけられていた以上、どうしたって、殺人は不可能では？」

「つまり、そう思わせるために、鍵をかけたの。目的は明確なのに、手段がわからないだけです」

「誰が？　誰がそんなことを？」

「もちろん、殺人犯です」彼女は普通の調子で言い、にっこりと微笑んだ。話している内容と表情がまるで一致していない。しかも、そのアンバランスが、ぞっとするほど刺激的で魅力的だった。不可解なものである。

「じゃあ、いったい、どうやったんです？」

「だから、それをさっきから考えているのです」

「答は出ていないわけですね？」

「残念ながら、まだ……」彼女は首をふる。

「もし殺人だとしたら、どんな方法で殺したんでしょう？」

「あら、ご覧にならなかったのですか？　二人とも首を絞められています、紐のようなもので」

「二人とも?」私は少し驚いた。「娯楽室の妹さんの方は、見ましたけど、映写室のお姉さんの方は、セータで首のところが見えなかったから……」

「同じような痕《あと》が首にありました。お姉さんの方がむしろ痣《あざ》は鮮明です。首を絞められたと考えて間違いないでしょう」

「じゃあ、娯楽室の梁にぶら下がっている麻紐は?」

「もちろん、自殺に見せかけるための偽装工作です。あの倒れていた椅子も、きっとそうです」

「どうして、娯楽室の方だけ偽装したんです? あちらの映写室のお姉さんの方は、自殺したらしい跡は、何もありませんでしたよね?」

「そうです」西之園嬢は魅力的に微笑んだ。「何故だか、おわかりになります?」

「いいえ、全然」私は首をふった。まったく見当もつかない。彼女には、それがわかるというのか。「何故なんです?」

「可能性は一つしかないわ」西之園嬢は余裕の表情で私を睨んだ。「時間がなかったんです」

「時間がなかった? え? いったいどうして?」

「私と笹木さんがここへ来たから、犯人は慌てて逃げ出したのです」

「え?」私は驚いた。背筋が寒くなる。「それじゃあ……、あのときに?」

「そう、部屋の中にまだ犯人がいたのです」彼女は開いたままの二つのドアの方を見て続ける。「当然、映写室のお姉さんに対しても、自殺に見せかけるための偽装をするつもりだったのです。でも、私たちが三階に上がってきて、ドアをノックしました。だから、犯人は耳を澄ませて、私たちが階段を下りていくのを待っていたのです。私たちが一階に下りた、あの隙に、犯人はここから逃げ出したのです。いつまた、私たちが戻ってくるかわからないから、作業を中断せざるをえなかった、というわけです」

はっきりいって、私は感心した。ブラボーと叫びたいほどだった。彼女は頭が良い。最高だ。

「下でコーヒーを飲んだあと、私たちが、橋爪さんたちと一緒にもう一度ここへ上がってきたのは、一時間も経ってからでした。あの映画のフィルムがちょうどラストだったでしょう？　時間もぴったり一致します。つまり……、二人が殺されたのは、たぶん三時から三時半の間。そして、三時半には、まだ犯人がここにいたのです」

「犯人は？」私はきいた。「その犯人は、どこから、この屋敷に入り込んだんです？」

「玄関には鍵がかかっていました。それは、笹木さんも確認されたでしょう？　私、さっき、裏口も見てきましたけれど、ちゃんと戸締まりがしてありました。第一、外は酷い嵐でした。近くには何もありません。車で来たのかもしれませんけれど、でも、わざわざ外部から侵入した人間が、三階のこの部屋で彼女たちを殺す必要があるでしょうか？」

「それじゃあ……」

「ええ……」西之園嬢は唇を噛んで頷いた。

「この屋敷の誰かが？　でも、まさか……」

「あのとき、犯人が部屋の中にまだいた、という私の推測が正しければ、私と笹木さんと、それに石野さんは、容疑者リストから除外されますね」

「真梨子も？」

「だって、石野さん、笹木さんのお部屋にいらっしゃったのでしょう？」西之園嬢が少し口を尖らせて言った。実に可愛らしい。

「ああ、そうか……」私はうんうんと頷く。どうも、邪念が多く、彼女の論理の展開になかなかついていけない。「じゃあ、あとは、えっと……、橋爪さんと清太郎君と、神谷嬢と……、滝本さんの四人？　いやしかし、それは、やっぱりおかしいなあ」

「何故です？」

「だって……、まさか、人を殺すなんてこと……」

「ありえませんか？」

「いや、僕もね、この家の人間を、そんなによく知っているわけじゃない。みんな三日まえに知り合ったばかりだから……。どんな人たちなのか、そりゃ、確かなことはわからない。でも、そう……、見たところ、そんなことができるなんて、とてもとても」

「理由になっていません」西之園嬢は微笑んだ。

「そうですか？」

「亡くなった朝海さん姉妹が、滝本さんの娘さんだということは、ご存じでしたか？」

「え!?　それ、本当ですか？」

「私、石野さんから昨夜伺ったのですよ」

「真梨子から？　彼女がそんなこと言ったんですか？」私はびっくりして、思わず声が上擦《うわず》ってしまった。「いやあ……、僕はそんなの初耳ですよ。まいるなあ……」

「以前に滝本さんが結婚されていた相手、それが、朝海さん姉妹のお母様なのだそうです。でも、彼女たちは、滝本さんのお子さんではありません。滝本さんが結婚されたときには、彼女たちはもう生まれていた。まえのご主人の娘だったわけです」

「その朝海さんたちのお母さん……、というか、滝本さんの奥さんは？　どうされたんです？」

「ずっとまえに、滝本さんとは離婚されて、今は東京にいらっしゃるとか……。精神病院に入院されているそうです。あの、これは、石野さんから聞いたままの情報ですから、真偽のほどはわかりません。とにかく、その縁で、橋爪さんが、彼女たちが女優としてデビューするのをバックアップした、というお話でした」

　なるほど、あのときの滝本氏の憔悴した表情、それに、橋爪氏に謝っていた彼の言葉……、いろいろなことが思い出されて、私は今さら納得した。知らなかったのは私だけだったようだ。

「女性の世間話というのは怖いものですね。そんな話を昨夜していたんですか？　初対面の西之園さんに？　真梨子も口が軽いからなあ……」

「ええ、酔っていたとはいっても、石野さんは、確かに軽率だといわれてもしかたありません。でも、とても良い方だわ」

石野真梨子は三十歳。西之園嬢は二十二歳。これが人間の器《うつわ》の差というものだろうか。六十パーセントくらいは寝不足が原因だったかもしれないが、私は眩暈《めまい》がしてきた。

「それで、その、滝本さんと朝海姉妹の関係が、この事件で何か意味があるんですか？」

「いいえ。でも、そういった表に現れない事情が他にもあるかもしれない、ということです」

私は納得した。まるで、大学の講義を聴いている学生のように私は頷く。自信たっぷりの表情でレクチャしている西之園嬢に、私はただもう感心するばかりである。私の腕を振りほどいて、私の頬を叩いた、あのときの彼女の涙は、何だったのだろう？　あのときの彼女と、今の彼女は、同一人物なのか。どちらが本ものの彼女なのか。いや、どちらでも良い。私はどちらでもかまわない。つまり、私は、両方とも欲しい。またまた、不謹慎なことを考えている。ついつい、そちらへ思考が逸《そ》れる。

「ところで、西之園さん、今のその話を警察にするつもりですか？」

「ええ、もちろん」彼女はすぐに答えた。「笹木さんは他に何かお考えがありますか？」

「いや、僕は……、特に……」私はもちろん何も考えていない。「貴女の話を聞いて、びっくりしているだけですよ。あの、そもそも、どうして僕にこんな話をしようと思ったんですか？」

「ですから、私の仮定が正しければ、と……」

「は？　どういう……意味です？」

「貴方は殺人犯ではない、ということです」西之園嬢は素っ気なくそう言うと、壁から離れて歩きだした。「清太郎さんのところへ行ってきます」

なるほど、そういうわけだったのか……、と頷いてから数秒後に、私は気がつく。

馬鹿馬鹿しい。

そうだったのか。それで私が選ばれたのだ。信頼されていたわけではない。単に、組合せと場合分けの問題だった。私と石野真梨子の二人は犯人ではない、という彼女の仮説に基づいた判断に過ぎなかったのだ。

まあ、少なくとも真梨子よりは相談のし甲斐《がい》がある、と評価されたようだ。

単にそれだけのことか。

それを勘違いして、私は……。

今度は、自分に対して猛烈に腹が立ってきた。

まったく鈍い。

頭の中が発泡スチロールなんじゃないだろうか。私は自分の頭を二度叩いてから、階段を下りていく西之園嬢の後を追った。

## 12

一階のガレージの隣にある清太郎君の部屋の前で、西之園嬢は一度立ち止まった。

「あの、笹木さん。今のお話、黙っていて下さいね」彼女は小声で囁いた。「この屋敷の誰かが……、殺人犯だってことですね?」

彼女はにっこりと微笑む。

そんなことを私が軽々しく口にするとでも思ったのだろうか。まるで信頼されていないようだ。それとも、私の知能が過小に評価されているということなのか。不当な感じもしたが、確かに表面的には、そう思われてもしかたのない行動をしている。ここは我慢しよう。

ドアをノックすると、清太郎君の声が聞こえた。私たちは彼の部屋の中に入った。さきほどと同じ、机の前の椅子に彼は座っていた。無線機のダイアルは相変わらずオレンジとグリーンに光っている。小さなホワイトノイズがスピーカから流れていた。

西之園嬢は部屋の中を見回していたので、私が彼のそばに行って質問した。

「あれから、何か連絡はあったかい？」

「いいえ、ありませんよ」清太郎君は答える。

目が赤かった。彼の前にある灰皿は吸い殻でいっぱいだった。死んだ朝海姉妹と清太郎君がどんな関係だったのか、私は知らないが、少なくとも、ただの友人というわけではなさそうだ。そういえば、真梨子が昨日そんな話をしていたような気がする。一昨日の深夜（正確には昨日の午前中だが）清太郎君の部屋から出てきた朝海耶素子嬢、つまり妹の方の姿を見た、と確か話していた。しかし、そもそも、そんな時刻に、真梨子は何をしていたのだろうか……。ああ、そうそう、彼女は私の部屋に来たとは言っていた。私は忘れようとしていたらしい。彼女は、何かを飲むために一階の厨房に下りてきたのだろうか。

「ちょっと、お尋ねしても良いかしら？」西之園嬢はようやく近くにやってきて、清太郎君の勉強机の椅子に腰掛けた。私くらいの年齢になると勉強机に向かってもどことなく落ち着かないものであるが、彼女はまだまだ様《さま》になる。ようするに、まだ半分は子供だということだ。

「ええ」清太郎君はまた煙草に火をつける。彼は、どうやら私よりヘビィスモーカらしい。

「清太郎さんが、ツーテンジャックを私と交代したの、あれ、一時頃でしたよね？」

「そうかな」

「あのあと、どうしたの？」彼女は、家庭教師の先生みたいに優しい表情で尋ねた。大した女だ、と私はまた感心する。

「別に……。風呂に入って、それから、ゲームしてた」清太郎君は少しぶっきらぼうな感じである。恥ずかしがっているのか、それとも寝不足と事件のショックで疲れているのか、不機嫌さをわざと装っているようにも見えた。

「本当？　朝海さんたちに会わなかった？」彼女は瞬《また》きもしないで清太郎君を見つめている。

「だから、それはもう……」

「お願い。ちゃんと話してくれない？」

清太郎君は短い溜息をつく。

「そりゃ、僕にも、責任はあるかもしれないけど、でも……、そんなの……、彼女たちの勝手な思い過ごしでしょう？　僕は別段さ……、深い考えとかぁ……、そんなの、あったわけじゃないんだし。別に……、その、こういうのって、なんていうの、はっきり決めなくちゃいけないことだなんて、全然思ってないし……、そんな思い詰めるようなことじゃ……、なっていって……」

何の話を始めたのかわからなかったが、彼がとぎれとぎれにしゃべりだしたので、私も西之園嬢も口を挟まないで大人しく聞いていた。特に、彼女は清太郎君の話にタイミング良く頷いて、上手に話を引き出している感じだった。

無駄な言葉が多く、時間がかかったが、つまり、彼が言いたかったのは要約すると、こういうことだ。

もともと、姉の方の朝海由季子嬢と清太郎君は恋人どうしだった。将来は結婚しようといった話もなかったわけではない。それは、父親の橋爪氏も認める仲だった。清太郎君自身は、結婚なんて具体的に考えたことは一度もないと断言したが、由季子嬢は清太郎君よりも三つも歳上だ。今年で二十五歳。彼女にしてみたら適齢期である。最近になって、何度か彼女の方から結婚の時期について話を持ち出したらしい。

一方、由季子嬢より三つ歳下の妹、耶素子嬢は、清太郎君と同じ歳になる。これまで、耶素子嬢とはあまり話をしたことはなかった、と彼自身は語った。だが、「これまで」という言葉が少し気になる。無意識に使われたのかもしれないし、何か意味があったのかもしれない。つまり、今はそうでもないということか。もっとも、私には、真梨子から聞いていた情報があったので、そう聞こえただけのことだろうか。私はその点については黙っていた。男が軽々しく口にする話題ではないからだ。

結局、清太郎君の考えは、由季子嬢が自分との結婚のことでヒステリィになっていたのではないか、というものだった。直接、彼がそう言ったわけではないが、遠回しに仄《ほの》めかした内容は、そうである。清太郎君から見れば、由季子嬢の最近の態度が鬱陶《うっとう》しかったのではないだろうか。そんな印象が、私には強く感じられたのである。

「由季子さんは、それで……、自殺したのかもしれない。でも、耶素子さんまで、どうして死ななくてはいけないの?」西之園嬢は優しい口調で尋ねる。しかし、言っている内容は些か辛辣《しんらつ》だ。

清太郎君も彼女の表現が気に入らなかったようだ。眉を寄せ、不機嫌な表情を隠さなかった。

「知りませんよ、そんなこと」

「でも、清太郎さん、耶素子さんの部屋に行ったでしょう?」

「え? いつ?」清太郎君はびっくりしてきき返す。

「貴方が自分でそう言ったのよ。部屋へ行ったけど、二人ともいなかったって言ったわ。私と笹木さんがキッチンでコーヒーを飲んでいたら、貴方が入ってきた。あれは、四時頃だったかしら?」

「由季子の部屋へ見にいった」清太郎君は刺々《とげとげ》しい口調で言った。

うろ覚えだが、今朝、厨房に入ってきた清太郎君に、西之園嬢は、突然、朝海嬢のことを尋ねたのではなかったか。ということは、彼女も朝海姉妹と清太郎君のことに関して予備知識があったことになる。耶素子嬢に関する辛辣な質問も、偶然ではないだろう。おそらく、真梨子のおしゃべりのせいに違いない。

「由季子さんは部屋にいなかった」西之園嬢は淡々とした口調で言う。「もう、その頃には三階で亡くなっていたのでしょうね」

「うん、そうだね……」清太郎君は素直に頷く。

「それから、耶素子さんの部屋にも行ったのね？」

清太郎君は黙っている。

「二人ともいなかったって、貴方は言ったわ。でも、彼女たち、別々の部屋なんでしょう？」

「ええ、行きました」清太郎君はそう言ってから、私の顔を一瞥《いちべつ》し、煙をゆっくり吐いた。

「その、つまり……、由季子が、そちらで寝てるんじゃないかと思ったから」

「夜中の四時に、フィアンセの妹の部屋を覗いたわけね？」西之園嬢は相変わらず優しい口調で質問する。

「フィアンセなんかじゃありませんよ」

「はぐらかさないで」西之園嬢は微笑んだ。言葉と表情は対照的だった。「あまり話したこともない妹さんの部屋に、夜中の四時に、貴方は行ったのですね？」

「うん、おっしゃるとおり……、不道徳ですね」清太郎君は口もとを歪め、笑っているような泣いているような、複雑な表情だった。

「鍵は開いていたのね？」

「もちろん、開いてたよ」

姉の由季子嬢とは、結婚話が出るくらいだから、親しかったのだろう。しかし、妹の耶素子嬢の部屋を覗くのは、確かに不道徳だ。よくわからないが、普通とはいえないだろう。それとも、私の世代とは道徳的な観念が異なるのだろうか。しかし、いずれにしても、やはり真梨子の話が気になる。清太郎君が、朝海姉妹の両方に二股《ふたまた》をかけていた、と解釈すべきなのか。

それで、二人とも自殺した？

いや、自殺ではないと……。

「あの、こんな話をして、面白いですか？」清太郎君は吸っていた煙草を灰皿に押しつけて言った。「こんなの、いったい何になるっていうんです？　二人とも死んじゃったんですよ。本当に……、何も、死ななくったっていいのに……」

そのとおりだ、と私も思った。

何も死ななくたって、まだまだ面白いことが、これから沢山あっただろうに。

いや、そうか、自殺ではないんだ……。

どうも、頭が混乱している。

本当に他殺なのだろうか？

「清太郎さんは、彼女たちがどうやって自殺したと思う？」西之園嬢は脚を組みながらきいた。

「え？」清太郎君は椅子の背にもたれかかり、少しだけのけ反った格好になる。

「自殺の方法よ。どう思う？」

「どうったって……、首を吊ったんじゃないんですか？　だって、首のところに痕があったし、天井から紐が……。あれ、切れていたでしょう？　だから、あれで……」

「それは娯楽室の方の話ね？」

「さあ、僕はそちらしか見てないし」

「何故、清太郎さん、映写室の方は見なかったの？」

「もう、見たくなかったから……」

どうして？　と質《ただ》したも同然の目つきで、西之園嬢は清太郎君を睨んだまま（しかし、相変わらず口もとは優しく微笑んでさえいるのだが）、しばらく黙った。清太郎君はびくっと一度震えるようにして、視線を彼女から逸らし、自分の足もとに向けた。

彼が映写室を見なかった理由？

確かに何か意味があったかもしれない、と私は思った。

娯楽室で死んでいたのは、妹の耶素子嬢である。親しかった由季子嬢ではなく、耶素子嬢の亡骸《なきがら》を抱いて清太郎君は泣いていたのだ。今思うと、確かに不自然だ。西之園嬢が質問しているのは、正にこの点についてなのだろう。最初の死体のショックがあまりにも大きく、二人目の死体に対しては、既に神経が麻痺していた……。だから、もうどうでも良かった、と解釈できないこともない。もし、私が彼の立場だったとしても、力が抜けて、映写室の中まで見にいく元気なんて失《う》せてしまったかもしれない。あるいは、やはり、清太郎君が好きだったのは由季子嬢ではなく、耶素子嬢の方だったのだろうか。

彼はずっと黙っている。

「映写室の方は……、首を吊ったような跡は何もなかった」私は、沈黙する清太郎君が少し気の毒だったので、何か言おうと思った。

「え？　そうなんですか？」清太郎君は驚いた顔を上げる。「僕は、てっきり、その……、なんていうか……、二人とも首を吊ったと……。だから、あちらの部屋は、まだ、ぶら下がっているんじゃないかって思ってました。その……、僕が映写室に見にいきたくなかったのは、それを……、つまり、彼女が天井からぶら下がっているのを想像しただけで、気持ちが悪くなってしまって……。てっきり、同じように、首を吊ったんだと思い込んでいました」

「映写室には、紐が残っていませんでした。首を吊るような都合の良い梁《はり》もありません」西之園嬢が無情にも事務的に言う。「清太郎さん、医学部じゃないんですか？　死体なんか見慣れているのでしょう？」

清太郎君は鼻息をもらして、微笑もうとしたが、うまくいかなかったようだ。

「西之園さんは、医学部ですか？」少し遅れて彼は小声で言い返した。その皮肉が、清太郎君にしてみれば、精一杯の抵抗だったようだ。

「いいえ」彼女は真面目な表情で否定する。

無線機から雑音混じりの声が聞こえてきた。清太郎君は慌てて反応し、ダイアルに手をかける。しかし、どうやら関係のない電波だったようだ。しばらく待ったが、何も聞こえてこなかった。

「それじゃあ、もう一つだけね」西之園嬢は一本だけ指を立てる。「あの映写機のことなんだけど、清太郎さん、朝海さんたちには、あの機械を操作することはできないって、そう言ったでしょう?」

「フィルムのセットは無理だよ。難しいんです」

「じゃあ、誰がしたのかしら?」

「僕じゃありません」

「誰だと思う?」

「そんなこと知りませんよ」

「一本のフィルムで、二時間も回らないでしょう?」

「長くても一時間半くらいかな、あそこにあるのは」

「映画とかは、二本のフィルムに分かれているわけね?」

「そう……」

「私たちが中に入ったとき、ちょうど映画が終わるところだったわ。つまり、映画の後半のフィルムでした」

「あれは、たぶん『雨のしのび逢い』じゃないかな」清太郎君は小声で言う。

「ジャン・ポール・ベルモンドだ」私は口を挟んだ。

そういえば、娯楽室では音楽が聞こえなかった。音は流れていなかったわけである。

「たとえば、あのフィルムが一時間だとすれば、映写機でフィルムを回し始めてから、ちょうどあのときが一時間後だった、ということになります」西之園嬢は説明した。「でも、朝海さんたちには、映写機を回すことができない……、となると、いったい、誰がフィルムをセットしたのかしら?」

「フィルムがセットしてあったのなら、あとは、スタートボタンを押すだけだから、簡単だよ。彼女たちだってできたと思う」清太郎君が上を見ながら言った。「きっと、そうだったんじゃないかな」

「でも、セットしたのは、貴方じゃないのね?」

「僕じゃない」

なるほど、西之園嬢の説明で、私もやっと状況が飲み込めてきた。四時二十分頃だっただろうか、私たちは娯楽室のドアを破った。その一時間まえに、映写機のスイッチが入れられた。そのとき、彼女たち二人は既に死んでいたのか? もしそうなら、殺人者がまだそこにいたことになる。西之園嬢の仮説によれば、三時半頃に私と彼女がドアをノックしたあと、犯人は逃げ出したのだ。

これで、辻褄《つじつま》が合っているだろうか？

私は、三階の娯楽室と映写室の様子をぼんやりと想像していた。部屋の様子はほぼ頭の中に描くことができた。だが、そこには人物がいない。あの二つの部屋で、いったい何があったのだろう？

誰が、何をしたのか？

それも、何のために？

また、無線機のスピーカから声が聞こえた。さきほどと同じ、籠もったような特徴のある音声だ。おそらく、それは電波の変調方式のせいだろう。

「JH2WXF局、聞こえますか？　こちらはJA2YBNです。どうぞ」

「JA2YBN、こちらはJH2WXFです。はい、大変良好です。オーバ」清太郎君はマイクに飛びついて返答した。

「ええ……、こちらは、岐阜県警の者ですが、お知らせすることがあります。ええ……、そちらに向かう林道……、道路がありますが、これがですね、ええ……、山の中腹のところで、通れない。不通になっております。ええ……、台風で樹が、大きな樹が倒れております。現在、復旧を、要請しているところでありまして、ええ……、たぶん数時間だとは思いますが、そちらに到着するのが、遅れる見込みであります。ええ……、また、電話線の切断箇所も、同じ場所でありますので、こちらも、まもなく復旧する見込みです。えっと、橋爪さん、聞こえますか？　どうぞ」

「了解しました。警察の到着が遅れるんですね？　どれくらい時間がかかりそうなのか、正確にはわからないのでしょうか？　オーバ」

私は時計を見る。もうすぐ七時だった。

「ええ……、あの、それは、ちょっと現状ではわかりません。そちらには、怪我人はいませんね？　もし特別に、緊急を要する事情があるようでしたら、医師だけをさきに徒歩で登らせますが、それでも、そうした場合にもですね、ええ……、そうですなあ……、三時間はかかるものと思われます。どうぞ」

「了解しました。そのまま、しばらくお待ち下さい」清太郎君はマイクのスイッチを離して、私たちの方を振り向いた。

「しかたがないんじゃないかな」私は答えた。少なくとも、そこにいた三人の中では私が飛び抜けて年配なのだから、判断に多少の責任を感じた。「医者なんか来たって今さらしかたがないよ。警察だって、別にそんなに急いで来てもらう必要はないんじゃないかな。警察が来ること自体、楽しくも嬉しくもないからね」

「私に話させて」西之園嬢はマイクに手を伸ばす。「免許がないといけない？」

「ええ、本当はそうですけど」清太郎君はマイクを彼女に手渡した。「緊急事態だから、いいでしょう。これがスイッチです。はい……、どうぞ」

「もしもし……、私は西之園という者です。昨日から、橋爪さんのお宅にお邪魔しています。私の別荘は、同じ山の中腹で、澤平《さわだいら》の辺りなのですけど、その、道路が通れない場所というのは、どこなんでしょうか？　澤平よりも下ですか、上ですか？　どうぞ」

「ああ、はいはい。西之園さんですね……、存じ上げております。はい、えっとですね、今、自分はですね……、ええ……、澤平よりも、六、七キロ下におります。不通になっているのは、キャンプ場のロープウェイ乗り場のすぐ近くであります。人間は迂回《うかい》できますが、車両は無理です。通れません。ですから、現在のところ、西之園さんのお屋敷へも、行けない状況なのであります。どうぞ」

「この人、頭が回らないみたい」西之園嬢は、私たちの方を見て小声で囁き、マイクのスイッチを押した。「了解しました。では、そこから、歩いて、私の別荘まで上ってきて下さい。そうすれば、あとは車で橋爪さんのお屋敷まで上がってこられます。西之園の家に、自動車があります。諏訪野という者がいますので、彼に申しつけて下さい。なるべく早い方が良いと思います。刑事さんと、警察の検死ができる方が必要です。どうぞ」

「えっと、ええ……、諏訪野さんですね。あの、検死が必要なんでありますか？　現在、ここには鑑識の者は来ておりませんが。どうぞ」

「すぐ手配して下さい。お願いします。どうぞ」

「了解しました。えっと、じゃあ、ええ、そうですね……、また三十分か一時間後にご連絡します、どうぞ」

「わかりました」

「JH2WXF、こちら、JA2YBN」最初の声に替わった。「同じ周波数で受信していて下さい。連絡終わり」

西之園嬢は、マイクを清太郎君に返した。

「了解、JA2YBN、どうもありがとうございました」清太郎君はそれだけ言って、マイクを置いた。

「珍しいですね、超短波でSSBって」西之園嬢は清太郎君に言う。「出力はどれくらいなの？」

「いえ、ほんの十ワット……。西之園さん、詳しいですね」清太郎君は、無線機のボリュームを絞って、スピーカから流れ出る雑音を小さくした。「でも、FMよりは断然飛ぶから……」

文系の私には、何の話なのかさっぱりわからなかった。SSBというのは何なのか、きこうと思ったが、西之園嬢はさっと席を立ち、窓際へ行ってしまった。彼女は、カーテンを片手で持ち、外を眺めている。

「あの、どうして、検死が必要なんです?」清太郎君が質問した。

「一応変死なんじゃないかな」西之園嬢が答えなかったので、代わりに何か言わなくてはいけない、と私は勝手に思った。「やっぱり、調べてもらった方が良いだろう?」

「調べたって、どうなるものでもないでしょう? それとも、何か疑ってるんですか? あの、ひょっとして……」

「お腹が空きましたね」こちらを振り向いて西之園嬢はにっこりと小首を傾げる。まるで、幼稚園の先生が、おやつの時間ですよ、と言っているような、濃厚なわざとらしさだったが、彼女の場合、その大半が力ずくで抑え込まれた雰囲気になる。

　話は無理やり終了した。

　私と西之園嬢は、不審な表情の清太郎君を一人残して、彼の部屋を出た。

「僕が車で警察を迎えにいけば、一番早いのでは?」

「笹木さんは、ここにいて下さい」

　ロビィに出たとき、西之園嬢は、「あ」と声を出して立ち止まり、人差指を軽く唇に当てた。

「しまった……、忘れていたわ」

「何をです?」

「うっかりしていました……。私、気が動転していたんだわ」

「全然そうは見えませんよ。何を忘れていたんです？」

「諏訪野に、ついでに着替えを持ってくるようにって、頼めば良かったんだ……、ああ」さも残念そうに彼女は呟いた。

「は？」

「橋爪さんには失礼なのですけれど、私、このお洋服が、どうしても気に入らないんです。どういうのかしら……。こういうモダンなデザインは、似合わないの」

彼女が着ているワンピースのことらしい。とてもよく似合っている、と私には思える。しかし、どうでも良いのだが、何という落差であろう。彼女の価値観が把握できない。まったくわからない。

「とんでもない。そんなことありませんよ」とりあえず、私は笑いながら首をふった。「とてもお似合いです」

「あ、でも、笹木さん、笑っていらっしゃるわ」

「貴女が、こんな場面で洋服の話なんかするから、それが可笑しいだけです」私は素直に指摘する。

「ああ、そうか……。それは……、そう。そうだわ」彼女は妙に感心したように何度も頷いた。「ごめんなさい。ええ、本当ね。非常識でした。指摘して下さって感謝します。そうか、そのとおりだわ、うんうん」

どうにも、不思議な人格だ。

さきほど、清太郎君を問い質す彼女を見ているとき、ふと私は、この女性が、わざと、計画的に、橋爪家を訪れたのではないか、と考えてしまった。どうしてそう考えたのか、確固とした理由はない。しかし、それだけの用意周到さを、彼女は充分に備えている。それは間違いのない観測だろう。西之園嬢は、常に相手の言葉のさきを読んでいた。何もかも計算されているように思えたのだ。だから、私と偶然に出会って、彼女がこの屋敷を訪れることになったのも、もしかしたら、すべて彼女の画策だったのではないか、と疑ったのである。

だが、よくよく考えてみれば、私があの場所に散歩に出かけることを、彼女が予測できたはずはないし、それに、彼女はもともと橋爪氏とは面識があったのだから、なにもそんな回りくどい手を使う必要なんてない。直接この屋敷を訪れたら良いのだ。

第一、もしも彼女がそこまで完璧に計画的だったのなら、きっと、自分の着替えを持ってきたことだろう。

それにしても、水を得た魚とでもいうのだろうか、西之園嬢は生き生きとして見えた。私は、悲劇があった屋敷の中で、そんな明るい彼女を見ているだけで救われた。一緒にいるのが楽しかったのだ。

西之園嬢は何かに夢中になっているみたいだった。いったい何が彼女をそんなにひきつけているのか、それは私にはまったく理解できない。

ただ、私が何に惹《ひ》かれているのかだけは明白だった。

## 13

リビングルームでは、ソファに座ったまま、橋爪氏がうたた寝をしていた。私たち二人が入っていくと、彼は目を覚まし、座り直してから、疲れた様子で目を瞑《つむ》って首を回した。

「真梨子たちは、どうしました?」私はキャビネットのグラスに手を伸ばそうとしたが、やめることにする。

「上がっていったよ」橋爪氏は答える。「どちらかの部屋で一緒に眠ろうって言ってた」

二階の寝室へ行くのは、三階の死体に近づくことになるので怖い、と話していたくせに、睡魔にはかなわなかったようだ。真梨子の顔を見なくて済んだので、私は少しほっとした。

窓の外はずいぶん明るくなっている。天気も回復しつつあった。

「笹木さん、コーヒーを飲まれますか?」西之園嬢は戸口で立ち止まって私にきいた。

「あ、じゃあ、僕が淹れてきましょう」私は答える。

「いいえ、私が淹れてきます」彼女はそう言って、部屋を出ていった。

私は、煙草に火をつけて、橋爪氏のいるソファの方へぶらぶらと歩いていく。徹夜であったし、煙草を少し控えた方が賢明だ、とは思った。いつも吸い過ぎで喉が痛くなるのだ。

もっとも、そういった良識とは、一般に煙草の火をつけたあとに気がつくものである。

「警察は少し遅れるみたいです」私は煙を吐き出しながら言った。そして、無線で連絡のあった事情を、橋爪氏に簡単に説明した。

「ああ、そう……」橋爪氏は溜息をついて頷く。「まあ、いいさ……。慌てることはないでしょう。こっちも、彼女たちのことを事務所に連絡しなくちゃならないんだけど、気が重くてね。このまま、電話がつながらない方がありがたい」

「ご両親とか、他の兄弟は？」朝海姉妹のことを私は尋ねた。

「父親は死んでるし、母親は入院してます。かなり重病でね、電話はかけられない。他に兄弟はいませんよ。まあ、その点は幾らか気が楽だけど。しかし、事務所の連中は驚くだろうなあ……」彼はそこで舌を打つ。「葬式の手配とか、ちゃんと、やってくれれば良いけど……」

朝海姉妹は、女優とはいっても、売れっ子のスターというわけではなさそうだった。私は、滝本氏が彼女たちの父親だった時期があったことを知らない振りをして、黙っていた。橋爪氏は、朝海姉妹の親代わりみたいな存在だったのだろう（西之園嬢が、それらしいことを話していた）、彼が、神経をすり減らしているのもよくわかったので、何もきけなかった。

ソファに腰掛けると、自分も疲れていることに気がついた。しかし、妙に気が高ぶっていて眠くはない。もともと少し血圧が高いし、寝つきも悪い方である。今ベッドに入ったところで、たぶん眠れないだろう。

橋爪氏も私も、黙ってじっと座っていた。

西之園嬢がお盆にカップをのせて戻ってきたのは、しばらくしてからである。彼女は、私と橋爪氏の前にあったテーブルにコーヒーカップを三つ置いた。

「すみませんね。お客さんにこんなことさせちゃって」橋爪氏は微笑もうとする。しかし、目尻はいつもの笑顔のようには動かなかった。「とんだことでした……、本当に……。貴女も運が悪い……」

「ええ、でも、これは不可抗力ですもの」西之園嬢は肩を竦めて微笑んだ。こちらは、すっきりとした笑顔である。「しかたがありませんわ。それよりも、私、こんなに好き勝手をさせていただいて、お礼を申し上げないといけません」

「まったく、噂どおりの方ですね」橋爪氏は笑顔を思い出したように軽く苦笑した。

「あら、私の噂ですか？　どんな噂かしら？」

「あ、いやいや、今はやめておきましょう」橋爪氏は小さく鼻息をもらした。

私は西之園嬢に関する噂とやらを聞きたかったが、話はそこで終わってしまった。熱いコーヒーを飲みながら、あとで機会があれば是非、橋爪氏に聞いてみようと思った。

「清太郎は落ち込んでいませんでしたか？」橋爪氏は私を見てきいた。

「僕の見た感じでは、大丈夫だと思いますよ。まあ、平気というわけにはいかないでしょうが」

「可哀想に」橋爪氏は歯を見せて息を吸った。「死んだ方が、何を考えて死んだにしても、辛いのは残された方だ。当てつけがましく、この家で自殺するなんて、まったく……」

「当てつけですか？」西之園嬢が上品に目を丸くして尋ねる。私は、明確に区別できるようになった。彼女のこの上品な素振りは、まったくの演技なのである。橋爪氏の前では、このお嬢様モードで通すつもりらしい。

「自殺なんて、全部、当てつけですよ」橋爪氏は言葉を吐き捨てる。

「何か、お心当たりがあるのでしょうか？」彼女はきいた。

「いいえ、まったくないですね。昨夜こそ、あまり話さなかったけど、一昨日までは、きゃあきゃあ騒いでましたよ、二人ともね……。そんな、とてもとても、死ぬなんて感じじゃなかったですね」

「あ、そうだ」私は昨日のことを思い出したので、カップをテーブルに置いてから言った。「そういえば、昨日はここで、女性だけで何か話をしていましたよね。西之園さん、そのときの朝海さんたちの様子はどうでした？」

「大人しい方たちだなって、思いましたわ」西之園嬢はコーヒーカップを両手で持ったまま答える。「そう……、あまりお話をされませんでした。それに、彼女たちだけ、さきにお休みになられたのです。何か少し、疲れているご様子でしたわ」

「それじゃあ、彼女たち二人が出ていったから、西之園さんたちも、僕たちのところへ来たわけですね？」

「いえ」彼女は上を向いて口を小さくした。可愛らしい表情である。これも計算されたものだろうか。「朝海さんたちが出ていかれてからも、三人で、しばらくお話をしていました」

なるほど、そのときに、朝海姉妹の生い立ちが話題になったのであろう。真梨子がゴシップを披露《ひろう》したというわけだ。私のことについても、あることないこと真梨子がしゃべっているかもしれない。その情景が目に浮かぶ。

また、話が途切れた。

橋爪氏がいる関係で、思いついたことをすぐ口に出すわけにはいかなかった。とにかく、私の頭の中は、殺人事件というスパイシィな単語を入れて、一夜の記憶を泡立器で攪拌《かくはん》しているみたいな状態だった。摑みどころのない謎のクリームがどんどん体積を増しているため、今にも溢れそうなのだ。

もし西之園嬢の推測が本当なら、この屋敷の中に、二人の女性を殺害した人物がいることになるのである。そして、よくよく考えてみれば（いや、考えてみなくても）、それは極めて危険な状況ではないのか。

人を殺すというのは、いわば分別を見失った人格の極限行動であるわけで、そんな行為をしでかす人間は、その後も何をするか知れたものではない。既に社会的保証を失った人格なのだ。それどころか、今のところ誰が殺人者なのかわからない。つまり、そいつは、自分の秘密を隠し通すために、新たな危険をも冒す可能性が高い。ますます危険な状況といえる。重要なことは、私や西之園嬢が事件に疑いを持っている、という事実を犯人に知られないことである。それは極めて危険だ。相手がわからない以上、誰にも話せない。そう、西之園嬢もそう考えて、犯人ではありえない私を相談相手に選んだのである。

ようやく、彼女の思考に、私も追いつきつつあった。

なるべく慎重に行動した方が良い、警察が来るまでは。

滝本氏がドアから入ってきた。彼は、我々三人のところまで真っ直ぐ来ると、軽く一礼した。

「朝食は、いかがいたしましょうか？」

「私はいらん」橋爪氏が答えた。「笹木さんたちは？」

「いや、僕はどちらでもけっこうです」

「私もかまいません。滝本さんも、少しお休みになった方がよろしいのでは？」西之園嬢が優しい口調で言う。

「いやいや、お気遣いなく。どうぞ召し上がって下さい」橋爪氏が立ち上がり、滝本氏を見る。「お二人に、何か差し上げて」

「かしこまりました。あの、用意はできておりますので、食堂へお越し下さい」

「失礼して、私は少し休みます」橋爪氏は、私と西之園嬢を交互に見て言った。「警察が来るまで……」

四人とも一緒にリビングルームから出て、橋爪氏だけが廊下を反対側に歩いていった。私と西之園嬢は、滝本氏の後について食堂に向かう。

昨夜のディナのときと同じ席に、私たちは座った。テーブルに向かい合って、二人だけだった。滝本氏が簡単な朝食をワゴンで運んできた。

「あの、本当にもう、お休みになって下さいね」西之園嬢は、彼に言った。「あとは、私たちだけでできますから」

そりゃそうだ。あとは食べるだけなんだから、と私は思ったが黙っていた。

「はい、それでは、失礼させていただきます。そのまま、全部ここに置いておいていただければけっこうです。コーヒーのお代わりは、あちらにございますので」

「ええ、わかりました」彼女は頷いた。

滝本氏が食堂から出ていくと、西之園嬢は私の方を見る。唇を嚙み、小首を傾げ、「お腹空きましたよね」と言って微笑んだ。

トースト、スクランブルエッグ、ソーセージ、それにポテトのサラダ。飲みものはトマトジュースとコーヒー。なかなかイングリッシュである。

「あ、清太郎君も呼んであげなくちゃ」私は気がついた。橋爪氏と滝本氏、それに、真梨子と神谷嬢の四人はベッドを選択したわけだが、清太郎君は無線機の前でがんばっているのだ。

「待って」西之園嬢は、立ち上がった私を止めた。

「どうして？」

「彼のところへは、あとで私が持っていきます」澄ました顔で彼女は言った。

「呼んだ方が簡単だと思うけど」

「無線機の番をしていてもらわないといけません」

「まあ、そりゃそうだけど、でも、もう別に緊急事態というわけじゃないんだし、少しくらい持ち場を離れても大丈夫だと思いますよ」

「鈍感な方ですね」

「は？」

「笹木さんと二人だけでお話がしたいのです」

「ああ……、なるほど、なるほど」私は息を飲み込んで座った。「それはそれは」

「何ですか？　それはそれはって……。軽率な感じだし、年寄りくさい言葉ですね」

「あ、すみません。でも、僕、貴女よりは、しこたま軽はずみだし、溢れんばかりの年寄りですからね」

「開き直っても……、見栄《みば》えはしませんよ」そう言い返したものの、彼女はくすっと笑った。

「はあ……、おっしゃるとおり」

私の言葉で、西之園嬢は愛らしく口もとを上げ、瞳をぐるりと回す。呆れた、というジェスチャのようだったが、少なくとも友好的なサインで私は安心した。

彼女がフォークを手に取って食べ始めたので、私は数秒間それを見ていた。彼女にききたいことも、じっくり考えてみたいことも山積みだった。しかし、とにかく今は腹ごしらえをすることにしよう。

## 14

「お食事が済んだら、一緒に行っていただきたいところがあります」しばらくして、西之園嬢はフォークでサラダをつつきながら言った。

「どこへ？」

「二階の朝海さんたちのお部屋です。私一人で入るのは、いかがかと思いますもの」

「何か調べるつもりなんですね？　目当てがあるんですか？」

「いいえ、全然……」彼女は悪戯っぽい瞳を輝かせる。「あの、それよりも、笹木さんがここにいらっしゃってから、三日間、どんなことがあったのか、ご説明していただけませんか？」

「別に……、何もありませんよ」私は首をふった。それは本当だ。退屈なことばかりだった。それに比較して、今は、少なくとも退屈ではないし、実に不謹慎だが、楽しくもある。

「笹木さんが、こちらのお屋敷にいらっしゃったときには、もう皆さん、ここにいたのですね？」

「ええ、そうですよ。僕が一番最後でした」

三日まえのことを思い出して、私は西之園嬢に説明した。

橋爪怜司氏は、都内にも大邸宅を構えていたが、もともとは岐阜県の出身で、生まれもこの近くの山村らしい。彼は、一年のうち、昼が夜よりも長い半分の期間を、この昼ヶ野高原の別荘で暮らしているという。滝本氏もずっと彼と一緒だそうだ。一年に二回ある橋爪家の大移動では、大型のトラックと運送業者が何人も必要になるというから大掛かりである。

息子の清太郎君は、六月の終わりから、つまり二週間ほどまえから、ここにやってきているらしい。大学はまだ夏期休暇ではないと思うのだが、一足さきにバカンスというわけだろうか。

フィアンセの石野真梨子は、私より一日早くここに到着していた。私の車で一緒に来る予定だったのだが、よくあることで、私に急な仕事が入った。案の定、真梨子は怒りだし、さきに自分一人だけでも行くと言い張ったのだ。つまり、彼女は一人で電車とタクシーでここまで来た、というわけだ。

さて、以上が、私が知っている情報だった。モデルの神谷美鈴嬢と、亡くなった朝海姉妹が、いつからこの屋敷にいるのか、私は知らない。しかし、彼女たちの素振りは、見知らぬ場所にいる、といった感じでは全然なかったので、少なくとも数日まえから宿泊しているのではないか、と思われる。私は、そのとおり西之園嬢に話した。どちらにしても、この屋敷のこと、そしてここに集まっている人々のことを、最も知らないのが、私と西之園嬢の二人だ。それは間違いないだろう。

西之園嬢は、何かを考えているようで、お腹が空いていると言っていたわりには、食事の方は上の空であった。まだ料理の半分も手をつけていない。私は既に綺麗に平らげて、コーヒーを飲んでいた。

「さっきは答えてくれませんでしたけど……」私は煙草を取り出しながら、思い切ってきいてみることにした。「もしも、あれが殺人だとしたら……、もしも、あのとき殺人者がまだ部屋の中にいたとしたら、その人間は、いったいどうやって、部屋の外に出たんでしょうか？　娯楽室の窓も鍵がかかっていたし、ドアは、どちらも内側から鍵がかかっていた。二つともです。つまり、二回も奇跡的な方法を使わないかぎり、あの状況にならない。やっぱり、不可能なんじゃないかな……」

「いいえ、一回で良いわ」彼女はフォークを置いて、頬杖をつく。瞳は私の肩越しに、遠くを見ているようだ。

「どういう意味です？」

「あの……、映写機用の小さな窓、あそこが通れるからです」

「通れませんよ、あんな狭いところ」

彼女が言ったのは、映写室側に設置された映写機のレンズが覗いている小窓のことである。二つの部屋の間の壁に、その穴が開いている。つまり、そこを人が通れるのであれば、事実上、密室は一つの部屋と見なすことができる。だから、彼女の言葉どおり、ドアを通り抜けるマジックは一回で充分だ。

「確か、これくらいじゃなかったっけ？」私は両手を広げて見せた。幅はけっこうあるが、高さ方向は二、三十センチしかない。「それに、あの窓、かなり高い位置にあったよね。無理だと思うなあ」

「ええ、でも、それは問題じゃないわ。飛びついて、手さえ届けば、よじ登れるでしょうし、あの大きさなら、小柄な人なら通れます。私なら、通れると思うわ」

「僕は無理だな。たぶん、肩が引っかかる」

「問題は、一方通行だった、ということなんです」

「一方通行って？」私は尋ねる。

「娯楽室の方からは通れるけど、その反対は無理だわ」

「え？　映写室の方には、映写機のための台があるから、どっちかというと、映写室からの方が、通り抜けは簡単なんじゃないですか？」

「いいえ、映写機の位置が問題なの」西之園嬢は、視線を空中にさまよわせている。「良いですか。あの映写機、小窓にレンズを向けて置かれていましたよね。狭い小窓を通り抜けることができたとしても、あの映写機が邪魔なのです。映写機のレンズの部分が、ちょうど小窓の真ん中のすぐ近くにあったでしょう？　あのままでは、いくらなんでも人は通れません」

「映写機を少し移動させたらいいじゃないですか」私は指摘する。

「ええ、それを確かめてみました」

「へえ……」私はまた口を開けて素直に感心してしまう。

「あれ、もの凄く重いんですよ。でも、もちろん動かせないことはありません。かなり力が必要ですけど、少し後ろに下げることくらいならできそうです。だけど、もし……、映写室の方から娯楽室へ移動するために、あの小窓を使ったとしたら、そこを通り抜けたあとで、どうやって映写機をもとの位置に戻すのですか？　娯楽室側からは、小窓はとても高いし、近くに椅子を持ってきて、それにのって窓から手を突っ込んでも、そんな体勢ではとても映写機は動かせない。そんなことは絶対に不可能なのです」

「廊下から回ればいいじゃないですか」

西之園嬢はふっと溜息をついた。「あの……、笹木さん。しっかりして下さいね。今、私たちは、あそこの二つの部屋を密室にする手法についてディスカッションしているのですよ」

「えっと……、ああ、そうかそうか」私はようやく納得した。「つまり、映写室のドアをさきにロックして、小窓を通って、娯楽室に移った場合の話をしているんですね？　だから、廊下から回ってきてもドアが開かないんだ」

「そうです」彼女は頷いたが、私のことを情けなさそうに睨んだ。「以上の考察から導かれる結論は、小窓を抜けて映写室から娯楽室へという、その方向には行けない、ということです。ところが、反対方向なら可能なのです。まず、映写室の映写機を邪魔にならないように後ろに下げておきます。それから、映写室をドアから出て、廊下を通って、娯楽室に入る。そして、娯楽室のドアを内側からロックする。次に、壁の小窓に飛びついて、そこを通り抜ける。それで映写室に戻りました。映写機ももとの位置に直せますよね。笹木さんのために、とても回りくどい説明をしているのですけど、いかがかしら？　一方通行といったのは、こういう意味です」

「なるほどなあ……」私はただただ感心した。彼女の皮肉などまったく気にならない。「そうか。あとは、映写室のドアの鍵をかけるだけ……、といっても、それは、どうやったのかな？」

「さあ……」西之園嬢はにっこりと微笑んだ。「でも、とにかく、マジックは一回で済むでしょう?」

「うん、凄い」私は素直に認める。殺人者が実行した複雑な手順ではなくて、それを見通した彼女の思考力が、凄いと思ったのだ。

「二人を殺した犯人は、私たちが最初にドアを叩いたとき、まだ部屋の中にいたわけですから、あのあとで、私が今お話しした作業をしたことになります」

「ね、西之園さん。犯人は、どうやって最後のドアを通り抜けたのかな」

「少しはご自分でお考えになったらいかがですか?」

私は咳払いした。

確かに、そのとおりである。私は完全に思考を停止していた。彼女の話を理解するだけで大変だったし、それだけで満足だったのだ。

「えっと……、そもそも、密室を作った理由というのは、自殺に見せかけるため、ですよね?」私はまとまらない思考を必死で整理しながら言う。

「ええ、それしかありませんね」

「だからこそ、首を吊ったように見せかける偽装までしたわけだ。ところが、時間がなくてそれが片方の部屋だけしかできなくなってしまった……。なのに、ドアの鍵だけは……、そんな時間のかかる方法をとらなくちゃいけないにもかかわらず、やってのけた、わけですよね……。う～ん、なんか、僕にはちょっとおかしいような気がしないでもないんですけどね」

「でも、鍵がかかっていれば、誰も疑わないわ。現に、私が言い出さなかったら、皆さん、自殺だって思われたと思います」

「僕たち以外の人は、たぶん、今でも自殺だと信じていますよ」

「犯人を除いて、ですけどね」

「あ、ええ、そうです」私は、ぞっとした。

「死体を発見して、誰もが自殺だと思う。だって、密室なんですから、当然ですよね。警察にも、自殺した、と連絡します。警察だってその先入観を持つでしょう。徹底的に調べてやろう、とは思わないのじゃないかしら。どうでしょう？　あの状況を見て、やっぱり自殺だって判断するんじゃありませんか？」

「それはどうかな……。ああいうのって、専門家が調べれば、ちゃんと科学的に判断できるものなんじゃないですか？　僕もよくは知らないけど、いろいろ死体についても検査があるんじゃあ……」

「ええ、それは、あとのお楽しみ」西之園嬢は微笑んだ。「ただ、密室を作った人は、そんな考えだったのではないかって思うの」

　私は大きく頷いた。

お楽しみ、とは奇妙な表現であったが、彼女が口にすると、不自然さの欠片《かけら》もない。明らかに、彼女はこの不可解な状況の解明を、パズルのように楽しんでいるのだ。

しかし、私の気持ちのどこかには、まだ、他殺を主張する西之園説への疑問が残っていた。我々は専門家ではない。死体をいくら見たところで、どうやって、いつ死んだのか、なんてわかりっこないのだ。

このとき、私は、まだそう思っていた。

ところが、実は、あとになって、もっと凄い事実が判明するのである。それこそ、あとのお楽しみ、ということにしておこう。

ところで、私はミステリィ小説のマニアではない。けれど、もちろん、まったく読んだ経験がないというわけではないし、「密室」という専門用語も（どんな分野でこれが使われるのか判然としないが）意味を理解していた。その密室という条件が、どのような手法で成し遂げられるのか、少なくとも小説の中でどう具体化されているのか、といった知識も多少ではあるが持っている。したがって、さきほどの会話の中で「マジック」などと表現されている行為が、文字どおり超自然的な方法なのではなくて、何らかの小細工によって実現されるものであることも理解していた。

どうやって最後のドアを通り抜けたのか？

それが、考えどころだ。

私たち二人が抱えている課題のキーポイントは、そこにある。西之園嬢は、その点について何か考えがあるのだろうか。私に考えてみろ、と言ったのも、まさに、その手法に関してだった。

ドアをロックしたあとで人が通り抜けることは物理的に不可能である。それに比べて、人が通り抜けたあと、何らかの方法でドアの反対側の鍵をかけること、そちらの方法ならまだしも可能性が残されている。たとえば、遠隔操作みたいな代物《しろもの》だろうか。だが、それらしい仕掛けがあれば、必ず気がついたはずだ。

ドアの鍵は金属製で、小さな閂《かんぬき》といえる機構のものだった。ドアに取り付けられたスライド棒が、壁側の穴に差し込まれることによって、ドアが固定される。最も単純明快なメカニズムである。

私はそれらの鍵に触れたのだ。最初の娯楽室の方は、指先がやっと届くぎりぎりの状態で、摑むことができず、うまくスライド棒を動かせなかった。これは私の代わりに西之園嬢が開けてくれた。もう一方の映写室の鍵は、私自身が開けた。

私の記憶では、そんなに簡単に、軽く動くものではなかった。ドアの外側から糸や磁石を使って操作するなんてことが可能だろうか。ドアの下に隙間なんてあっただろうか。それとも、換気口など、糸が通りそうな別の抜け穴なのか。こうして今になって考えてみると、そういった目で観察していないこともあって、確かな記憶は何も残っていない。

想像を巡らしているうちに、もう一度、三階の現場を見たくなった。

「あ！」急に思いついて、私は思わず叫んだ。

西之園嬢は目を大きくして瞬く。

「映写機ですよ。映写機で、糸を巻き取ったんだ。あのですね……、映写室のドアです、あそこの鍵に糸を結びつけておいて、映写機のリールに巻きつくようにしておいたんですよ。それで、最後には自動的に……、こう、糸を巻き取って、鍵をかけたんです」

「無理です」西之園嬢は目を細くして首を軽くふった。「面白いアイデアですけれど、私、それは検討しました」

「え、検討……、したんですか？」私は身を乗り出したまま、動けなくなってしまった。

「ええ……。でも、映写機の角度が合いませんし、そんな力があるとも思えません。それにドアか鍵の方に何も跡が残っていないのも変です。おかしいでしょう？」

「はあ……。まあ……、映写機にも糸が残りますしね」

「それでしたら、あとで始末したという可能性があります」

「あとでって、いつです？」

「死体が発見されたあとです。私たちが三階から下りてきたとき、滝本さんが、お一人で残っていらっしゃったわ」

なるほど……。朝海姉妹の死体にシーツをかけ、ドアに穴を開けるときに出た木っ端を片づけるように、滝本氏は主人から命じられていた。

「ですから、滝本さんなら、密室のトリックの証拠を処分することができたと思います」

「つまり、彼が犯人なんですか？」私は、興奮してきた。しかし、滝本氏は、彼女たちの義理の父親だったのだ。

「そうやって、間違った条件の上に仮説を組み立てていくと、とんでもない方向へ向かう危険性があります」西之園嬢は、理知的な口調で淡々と言う。「滝本さんが、あそこに残ったのは、橋爪さんが指示されたからでした。二人が共犯でないかぎり、彼が手にした機会は偶然です。もし、橋爪さんが命じなかったら、滝本さんには重大な証拠を隠滅《いんめつ》することができません。そんな危険を冒すでしょうか？　それに、彼が始末するまえに、誰かにトリックの残骸を発見されたらどうなりますか？　私のさきほどの仮説によれば、今回の殺人犯の行動は、かなり綿密な計画の上に成り立っている、とみて良いと思います。それに比較して、映写機に糸を巻き取らせる方法は、いかにもお粗末ではないでしょうか？　失敗の可能性が高いのが問題です。糸が鍵から外れなかったり、完全に巻き取られるまえに、どこか別のところに引っかかってしまったりするかもしれません」

「うん、そうだ。そうですね……」私は簡単に納得した。どうも、納得させられてしまう。

「やっぱり、駄目だなあ……。僕には、どうも、こういった知的作業は向いてないみたいです」

「でも、リールに糸を巻きつけるというのは、面白いアイデアでしたよ」

「ありがとう」私は、小さく舌を打ち、一瞬の苦笑いを見せてから、コーヒーカップを口に運んだ。

それっきり、何も考えは浮かばない。もう駄目だった。

彼女に考えろと言われたので、たまたま思いついたのだが（それも、我ながら名案だと思ったのに）、考えて考えられるものではない。インスピレーションというものに、元来、私は最も縁遠い男なのである。

しかし、西之園嬢にしたって、密室の問題を既に解決しているという様子ではない。さきほども、わからないと話していたし、もし何かこれといった名案があるのなら、話してくれても良さそうなものだ。彼女だって、まだ考えている最中なのだろう。

食事をしたためだろうか、私は少し眠くなった。

「眠くありませんか？」思わず欠伸《あくび》をしながら、私はきいた。

「少しだけ」彼女は頬杖をしたまま答える。

「警察が来るまでには、まだまだ、何時間かかかるんじゃないですかね」

「ええ……」

そんな会話をしているところへ、神谷美鈴嬢が姿を見せた。

# 15

廊下から食堂に入る扉は、私たちのテーブルからは見えなかったので、最初、音が聞こえたとき、私はてっきり清太郎君が入ってきたのだと思った。他の者は皆寝ているはずだったからだ。

神谷美鈴嬢は、服を着替えていたし、化粧もしていた。ついさきほどまでのパジャマ姿ではない。

ピンとした姿勢で無表情のまま歩いてくる彼女は、人形というよりも、ロボットかアンドロイドのようだった。

「お休みだったんじゃ？」私は口をきいた。「真梨子はどうしました？」

「石野さんなら、私のベッドで寝ています」神谷嬢はハスキィな声で答える。「彼女が寝てしまったら、なんだか、私の方が目が覚めちゃって……」

「コーヒーですか？　それともトマトジュース？」私はサービス精神旺盛に注文をききながら立ち上がった。

「あの、じゃあ、コーヒーをお願いします」神谷嬢はにこりともせずに、テーブルの西之園嬢の隣に腰掛けた。どこか上の空のような感じの目つきで、どこにも焦点が合っていないようだった。しかし、彼女は普段からそんな感じなのである。私は、厨房にコーヒーポットとカップを取りにいき、すぐに戻ってきた。

神谷嬢の前にコーヒーカップを置き、西之園嬢のカップにも新しいコーヒーを注ぎ足す。

自分の席に戻って、目の前の二人の女性たちの顔を改めて見直すと、実に不思議な感じがした。

まったく正反対の美しさ、といって良い。

神谷嬢は、色白ではあったが、どちらかというとトロピカルな顔つきである。それに比べて、西之園嬢は完全に北欧系だ。神谷嬢はウェーブしたロングヘア。西之園嬢はストレートのセミロング。ここに真梨子がいれば、一番、大和撫子《やまとなでしこ》らしく見えたことだろう。

「笹木さん、何を考えていらっしゃるの?」非難するような視線を私に向けて、西之園嬢が口調だけは優しく囁いた。

「あ、いや別に……」私は微笑む。彼女の場合、本当に人の心が読めるのではないだろうか……、と心配になった。

神谷嬢は黙ってコーヒーを飲み、下を向いていたが、しばらくして、珍しく自分から口をきいた。

「あれから……、どうなりましたか?」神谷嬢は、大きな瞳を天井に向ける。おそらく、三階を意識したのであろう。

「どうもなりませんよ。そのままです。まだ、警察も来ません」

「警察?」神谷嬢は眉を顰《ひそ》める。

「ええ……。お医者さんと」

「どうして警察が?」

「そりゃ、こういった場合、来るんじゃないですか?」私は答えた。うまい回答にはなっていないが、常識的なことだろう。

神谷嬢は少し首を傾げたが、そこでしばらく黙っていた。

「私、帰りたい」彼女はコーヒーカップをテーブルに戻してから囁く。「もういたくないわ、こんなところに、いつまでも」

「すぐ、帰れると思いますよ。でも、とにかく、今すぐは駄目ですね。道が通れないんだそうです。台風のせいで、樹が倒れて道を塞《ふさ》いでしまったって言っていました。警察がいまだに来られないのも、そのためなんです」

「何か召し上がられます?」西之園嬢は上品な口調で神谷嬢に尋ねた。私と二人だけで話をしているときとは、全然発声方法が違うしゃべり方だった。

「いいえ、私、朝は食べないの」神谷嬢は優雅に片手を立て、目の前のカップを見つめたまま答えた。そういえば、昨日も、朝食のテーブルに彼女の姿はなかった。ダイエットでもしているのか、あるいは、モデルという職業柄、そういった管理が必要なのかもしれない。しかし、私が見たところ、彼女はもうこれ以上どこも痩せられない体格に見える。余計なお世話だが。

「昨夜、トランプが終わったあとは、どうされました？」西之園嬢がなにげない口調で質問した。

「すぐ寝たわよ」神谷嬢は、ようやく隣の西之園嬢を見た。「どうして？」

「何か、もの音とか、聞こえませんでしたか？」

「いいえ、ぐっすり眠っていたから」神谷嬢は一度視線を落とし、急に思いついたように顔を上げた。「でも、どんどんって大きな音がしたから、それで目が覚めて、三階へ上がっていったの」

確か、橋爪氏が娯楽室のドアを叩き壊そうとしている最中に、神谷嬢が階段を上がってきたはずである。真梨子よりは、彼女の方がさきだったと思う。

「あの、気を悪くなさらないでね……。朝海さんたちが、自殺しなくてはいけない理由なんですけど、神谷さん、何かお心当たりがありませんか？」西之園嬢がきいた。

「そんな……」神谷嬢は首をふる。しかし、つい先刻の取り乱していた彼女とは、ずいぶん違った印象だった。人形のように乏しい彼女の表情のせいで、そう見えるだけかもしれないが、少なくとも今の彼女は、ずっと落ち着いているみたいだ。

「私、もともと、朝海さんたちとは、そんなに、お友達ってわけでもないし……。そういうことって、その……、清太郎君にきいてみたら、もっと詳しいことがわかるんじゃないのかしら?」

「ええ、きいてみました」西之園嬢の方も無表情で答える。なんだか、女どうしの上品で静かなやり取りなのに、妙に張り詰めた雰囲気が私には感じられた。

「彼、なんて言ってたの?」神谷嬢は少し考えるような仕草のあと尋ねた。

「朝海由季子さんは、清太郎さんとの結婚の話が思うように進まなかったので、ノイローゼ気味だったって……」西之園嬢が朗読するみたいに説明した。清太郎君は、確か、ヒステリィという言葉を使った、と私は記憶している。ノイローゼだなんて彼は言ってはいない。西之園嬢が、多少ニュアンスを変えて説明しているわけである。

「ふうん」神谷嬢は少し口を尖らせた。「じゃあ、それで理由は充分なんじゃないの」

まったく、恐れ入った。数時間まえには、少女のように涙を流していた神谷嬢である。この立ち直りの素早さはどうだろう。きっと、男にはない機能に違いない。

「でも、妹さんも亡くなっているんです」と西之園嬢。

「そうね」神谷嬢は小さく溜息をついた。それから、私の方に視線を向ける。まるで、初めて私の存在に気がついたみたいだった。「あの、笹木さん、煙草をお持ちじゃないかしら?」

「ええ、持ってますよ」

「いただけません?」

「どうぞどうぞ」私はシャツの胸ポケットから煙草を取り出して、ライタと一緒にして差し出した。

神谷嬢は細い指先に煙草を挟み、火をつける。そして、無表情な顔で私を一瞥してから、ゆっくりと煙を吐き出した。

「清太郎君、可哀想……」彼女はハスキィな声で呟き、意味ありげに首を一度ふった。長い髪が小さな肩をそっくり隠し、煙草を持った片手で髪を梳《す》くような仕草をする。

私は、また、あらぬ想像を巡らしていた。

朝海姉妹が死んだことで、清太郎君にアタックする絶好のチャンスが訪れた、と神谷嬢が言っているように聞こえたからだ。漁夫の利とでもいうのではないか。デザイナ橋爪怜司の御曹司である清太郎君に接近することは、モデルとしての彼女の将来を考えれば、絶大な魅力ではないだろうか。そう、橋爪怜司氏自身よりは、歳の近い清太郎君の方が、あるいは……。

と、そこまで考えて、私は、自分と橋爪氏の年齢が同じであることを思い出す。真梨子とだって、十も違う。まして、西之園嬢とは……、十八も違うのである。まったく、非常識だ。どうしたら、良いのだろう。もう、いい加減に、この手の卑しい思考を断ち切った方が賢明だ。

「彼、部屋にいるの?」神谷嬢がきく。

「清太郎さん？　ええ」西之園嬢は答えた。

「ちょっと、行ってこよう」神谷嬢は立ち上がる。ほとんど表情には出ないのだが、それでも今までより、ずっと晴れやかな感じではある。ハスキィな声が少しだけ高くなった。

「あ、それじゃあ、彼にコーヒーを持っていってあげて下さらない？」

「ええ、いいわよ」神谷嬢は私たちには視線を向けず、コーヒーポットを持ち上げて、厨房の方へ通じるドアから部屋を出ていった。

神谷嬢が清太郎君に興味を示したのは間違いない。私のくだらない想像も、まんざら的外れでもなさそうな気がしてきた。

食堂は、また私たち二人だけになった。

西之園嬢は振り向いて、壁にかかっている時計を見た。もうすぐ八時だった。警察は何をしているのだろう。

## 16

西之園嬢は、事件とは関係のない話を始めた。

それで、私は少し救われた。中華雑炊《ぞうすい》みたいに私の頭脳は朦朧《もうろう》としていたし、なにより、ほんの一時でも、朝海嬢の首筋にあった変色した痣《あざ》のことを忘れたかったのだ。

このときの西之園嬢の話が、どんな内容だったのか、私はあまり覚えていない。彼女は早口で熱心に説明してくれたのだが、私はといえば、ただ彼女の顔ばかり見ていたようだ。

まず、彼女の大学の話が多かった。彼女の指導教官なのだろうか、彼女と気の合う教官がいるみたいだった。その先生が彼女の親代わり的な存在なのかもしれない。彼女の口ぶりから、私はそう感じた。その先生というのはいくつくらいなのだろうか。西之園嬢は、その先生のことを「子供のようだ」とか「可愛らしい」と表現していたが、たぶん退官まえのご老体だと思われる。

その他は、西之園家のことだったと思う。特に、世話をやきたがる彼女の叔母の話だった。西之園嬢が喧嘩をしている相手が、その叔母であることは間違いないのだが、驚いたことに、彼女に対する悪口は一言もなく、むしろ、褒《ほ》め賛《たた》え、自慢しているとしか思えなかった。とにかく、その叔母君は、一角《ひとかど》の人物のようである。

さらに、西之園嬢は叔父一家の話を始めた。

私は不思議に思った。彼女は自分の両親の話をしなかったからだ。

私は、西之園嬢がどんな家庭で育ったのか、大いに興味があったので、話が一段落した頃、それを尋ねてみた。

「二人とも亡くなりました」西之園嬢は、そう言って、微笑んだ。しかし、僅かに緊張した口もとが、とても不安定で印象的だった。彼女を抱き締めたい、と私は思った。

ふっと息をついて、西之園嬢は視線を逸らし、窓を見る。

私は、何もできなかった。

何も言えなかった。

どんな家庭だったのだろうか？

彼女の断片的な話からは、まったく想像がつかない。

趣味の話になった。彼女の方から、私にどんな趣味があるのか、と尋ねてきた。

「そうですね……」私は考えながら答える。「映画を観ることと、読書くらいかな」

「スポーツは？」

「ゴルフだけですね……、それも完全に平均以下。西之園さんは？」

「私は、いろいろします」

「いろいろじゃあ、わかりませんよ」私は微笑みながら言う。

「乗馬とか、射撃とか……」

「へえ……」私は思わず吹き出してしまった。

「可笑《おか》しいですか？」

「いえいえ……」私は慌てて首をふる。「失礼……。でも、あんまり、ぴったりだったから……」

「ぴったり、というと？」

「お茶とお花とかは？」

「ええ、嗜《たしな》み程度には」

「そうですか」私はますます可笑しくなった。

さて、そうこうしているうちに、時刻は九時を回り（まったく、楽しい時間というのは競歩並みに早歩きだ）、私たち二人は食堂からロビィへ抜け、玄関のドアの鍵を開けて外に出た。

すっかり天気は回復している。昨夜の嵐は嘘のようだ。

あちらこちらに、葉や枝が落ちていたり、林には傾いた樹も見える。恥ずかしいくらい月並みな表現だが、台風の爪痕が残っている。しかし、今はそんな後ろめたさを感じさせない、清々《すがすが》しい夏の空気だった。

本当に、気持ちが良い。

事件など放っておいて、このまま彼女と散歩に出かけたくなった。

昨日の午後に発見した森林鉄道の廃線跡を反対方向へ歩いてみたかった。おそらく、もう少し上がって谷の方まで行けば、急な傾斜を乗り越えるためのループ線や、スイッチ・バックが見つかるだろう。困難な登坂を克服するために、一度、水平に後退してから上り直すやり方だ。

スイッチ・バックか……。

そういえば、映画にもスイッチ・バックがある。

そんな他愛のないことをぼんやりと思い浮かべていると、自動車の音が聞こえてきた。やがて、一台の車が屋敷の正面ゲートの前に姿を現す。私は、駆け出していき、大きな閂《かんぬき》状の鍵を外して、ゲートを開けてやった。

入ってきたのは濃い色のジャガーだった。高級車は敷地の中のロータリィを左から回って、屋敷の玄関先までゆっくりと進んで停車した。

私も車の後を追い、玄関まで戻る。サイド・ウインドウがスモークガラスだったので、中はよく見えなかったが、何人かの人間が乗っていることはすぐわかった。もちろん、警察であろう。

車の後部座席から三人が降りて、屋敷を見上げて立った。

運転席からは、白髪の小柄な男が悠長な動作で出てきた。彼は私に向かって一礼した。私も軽く頭を下げる。何か言おうとしたようだが、そのまえに、彼はさっと向きを変え、西之園嬢のところへ駆け寄った。

あとからわかったことであるが、この初老の男こそ、西之園家の執事（また、なんとアンティークな職業だろう！）、諏訪野氏その人であった。上品と忠誠を充分に溶かし合わせ、イ型に流し込んで固めてできたような人物だ。生まれるまえから自分の職業を決めていて、イメージトレーニングしていたのではないか、と思わせるほど年季が違う。実は、私はのちのちこの諏訪野氏にとてもお世話になるのであるが、いや、その話はここでは関係がない。

「お嬢様、心配いたしました。お変わりはございませんか？」

西之園嬢は姿勢良く立っている。諏訪野氏の言葉に、彼女は僅かに微笑み、さらに微《かす》かに頷いた。

西之園嬢は、片手で髪を払ってから言った。

「諏訪野、私の着替えを持ってきましたか？」

# 必要のない幕間

聞き給え。この物語も数々の俺の狂気の一つなのだ。

(Une Saison en Enfer / J.N.A.Rimbaud)


やっと意見が一致した。

犀川創平も西之園萌絵も、二人ともコーヒーを飲むことに関しては既に合意していた。ところが、県道沿いにときおり現れる喫茶店に対する評価が、さきほどから二人の間で微妙にかみ合わなかったのである。

だから、幾つもの店をやり過ごさなければならなかった。

そんな擦《す》れ違《ちが》いは、この二人の場合、日頃からよくあることで、むしろ後半になると、二人とも、いや特に犀川は、半分面白がっている様子だった。人間には、こういった自虐的、破滅的な本質が必ず潜んでいる。自殺する生物は多くはないのに、人類に限ると珍しくない。高等といえば高等、複雑といえば複雑であるが、単に本質を見失っている（あるいは、見失おうとする）だけかもしれない。萌絵はそう思った。

というわけで、萌絵の赤いスポーツカーが減速して、砂利《じゃり》を敷き詰めた広い駐車場に停まったときには、お互いに顔を見合わせ、「さあ」とか、「やっと」といった表情を隠さなかった。

特にその喫茶店が満点の雰囲気だったわけではない。こういったものは、ピッチャの投げる球を待つバッタか、あるいは、お見合い写真を見たときと同様で、選択しようと思う途端に、そのあとの未来の選択肢は潔《いさぎよ》く消失するし、一方では、それ以前の選択肢が、何故か燦然《さんぜん》と輝き始めるのである。

カントリィ風のログハウスで、真っ白なペンキが塗られていた。屋根の二次元曲面が少しだけ変わっている点を除けば、ここが選ばれた明確な理由は何もない。入口の木製の階段を三段ほど上がって、手動のドアを引くと、カウ・ベルが、喧《やかま》しくからんと鳴った。

店の中は誰もいなかった。

カウンタの中を覗いても、店員の姿は見えない。

「あれ……、留守？」犀川はキッチンの奥を覗き込みながら囁く。

「座って待っていましょう」萌絵はさっさと窓際のテーブルの席に座った。「表には、営業中って書いてありましたもの、留守ではないと思います」

「でも、現状はどう見ても留守だよ」犀川もテーブルにつく。

「本当、商売気がないですよね」

「まあね。慌てることはない」

「ええ、もう座っちゃったんですから、少し休憩していきましょう」

「五分待っても誰も出てこなかったら、次へ行こう」時計を見ながら犀川が言った。

慌てることはない、などと言っておきながら、五分と具体的な制限時間を決めて計画を立てているところが実に犀川らしい、と萌絵は思う。

「で、いかがでした？　さっきのお話……。先生、どう思います？」

「何が？」犀川は煙草に火をつけて、ガラスの灰皿を引き寄せた。

「何がはないんじゃありません？　もちろん、密室殺人についてですよ」萌絵は意識的に頰を膨《ふく》らました。犀川はわざととぼけているのに決まっている。たぶん、自分が怒るところが見たいのに違いない、と彼女は希望的に考え、素直に応えたのだ。なんて、健気《けなげ》な私、と自分を慰めながら。

「話はまだ途中だったと思うけど」犀川は無表情で言う。彼の視線は、窓の外から見下ろせる谷間に向けられていた。

「途中ですよ。ですから、ここまでのところで、先生の感想を聞かせて下さい」萌絵はますます謙《へりくだ》って丁寧にお願いした。以前だったら、こんな言葉は皮肉でしか口に出せなかった彼女である。今は本当に謙虚な西之園萌絵がいる。

「感想ね……」犀川は煙を吐いた。「君の話は、いつも面白い。話し方が面白いし……、それに、そうね……、脚色がなかなか素直だし、無駄もない。わりと計算されている。なのに、西之園君の文章って、どうして支離滅裂《しりめつれつ》になるんだろうね」

「先生、お話が違います」萌絵は犀川を睨みつける。「その欠陥でしたら、文章の出力速度が速くなるにつれて、将来的には改善されます」

「まあ、とにかく、面白い話だとは思う」

萌絵は微笑む。犀川はそこで黙ってしまった。

「それだけ……ですか？」

「感想は言ったよ」

「じゃあ、何かお気づきの点は？」

「お気づき？　十一月のこと？」

「それは文月《ふみつき》です」

「違う、霜月《しもつき》だよ」

「先生……」萌絵は不覚にも笑ってしまった。「あの……」

「うーん……。どうして二十二歳なんて、嘘をついたんだい？」

萌絵は吹き出した。「ええ、ええ、それは……ね。まあ、いろいろあったんですよ」

「女性って、どうして歳をごまかすんだろう？　そんな、ちょっとのこと、変わりないのにさ」

「いいえ、大違いなんですよ。たとえばですね、二十一歳と二十三歳じゃあ、もう子供と大人の違いといっても良いくらいです」

「最近、君、どこかで二十一歳って言ったんだね？」

「あら、先生。どうして私のことがそんなにわかるの？　いやだあ、どうしよう……。もう……」

犀川は苦笑して鼻息をもらした。

「若く見せたいときもあれば、逆に、大人に見せたいときもあるの」萌絵は笑顔のままで説明を続ける。「でも、男の人みたいに、歳上とか歳下とかっていう、ランク付けをしたくないから、年齢に関して女性は流動的だという見方もできますよね？」

「できないよ」

「そうじゃないかしら……っていう程度ですけれど」

「その森林鉄道の廃線跡は、僕も見てみたいな」犀川は話題を瞬時に切り換えた。「木曽谷《きそだに》なら、高校のときに喜多《きた》と一緒に何度か見にいったことがあるけどね」

「へえ……、喜多先生とですか？」

喜多というのは、犀川と同じN大の教官で、土木工学科の助教授である。犀川の高校からの親友で、萌絵も面識があった。一見、鉄道を趣味にするような人格には見えないので、彼女は意外だった。

「どちらかというと、僕なんかよりも、あいつの方が好きなんだよ、その手のはさ」犀川は萌絵の方をちらりと見る。「僕らの頃は、ほら、まだ蒸気機関車があちこちで見られたから、喜多はよく写真を撮りにいっていたんだ」

「ふーん。男の子っぽいですね」萌絵は自分で言った言葉が面白くて微笑む。「ああいうのって、女の子が興味を持たないのは何故でしょう？」

「さあ……、後天的な環境条件だとは思うけど。これも、その、君が言った、ランク付けが嫌いで流動的な点に起因しているかもしれないね」

「あの、犀川先生……、密室のお話なんですけれど」萌絵は話を戻した。「はっきりいって、ディテールはまだお話ししていません。それは、これからです。だけど、ここまでの時点で、先生がどう思われたのかを教えてほしいのです」

「つまり、まだ情報不足というわけだね？　うん、今までの西之園君の話だけで解ける問題とは思えない」

「ここまでの情報だと、どんな可能性が考えられますか？」

「そんなこと考えて何の意味があるのさ。それだったら、話を聞くまえには、どんな可能性だってあったよ」

「だからあ……、もう……！　これはパズルなんですよ、先生。仮説構築のプロセスが面白いんですから。たとえ不完全なものでも、いろいろな発想ができるし、その突飛さで、ぞくぞくっと来ません？」

「それは、君の趣味であって、僕の趣味ではない」

「少しくらいつき合って下さっても良いでしょう？」

「だいたいさ、観察された結果から原因を導く場合の理論というのは、たいていの場合、あと付けなんだよ」

「あと付け？」

「そう……、自分や他人を納得させるために、あとから補強された論理なんだ」犀川は煙草を指先でくるくると回した。「しかし、思考や発想の道筋は、それ以前に既に存在している。理論なんて、つまりは、ただのコンクリート舗装か、ガードレールみたいなものに過ぎない。あとから来る人のために、走りやすくする、という役目をしているだけなんだ。そもそも、その理論を構築した本人自身だって、さきにその道を一度通っているんだよ。舗装もガードレールもないところを、最初に通っているわけ。その最初の思考過程には、言語によって明確に限定されたもの、つまり理論と呼べるものの実体はまだ存在していない。いや存在する、と錯覚している人もいるようだけど、その場合は、個人の頭脳の中にいる別の傍観者が表層に現れているに過ぎない。それは最初の発想を持った中心人格とは、明らかに別

「つまり、あと付けの理論を構築しているのは、その傍観者的な思考で、それは最初のインスピレーションをトレースしている行為だっておっしゃるんですね？」

「まあね。ただし、中心人格が、傍観者的人格を納得させるために、理論的筋道を作ってやる場合もある。これが本当のサービス精神ってやつだ。これ、洒落《しゃれ》なんだけど」

犀川は微笑んだが、萌絵は可笑しくなかった。

「そうかなあ……」予想もしなかった方向へ突然話が向き始めたので、萌絵は慌てて頭を回転させている。「言葉がまったくなくても、複雑なことが考えられるかしら……」

「言葉とか、理論というのは、基本的に他人への伝達の手段だからね。言葉で思考していると錯覚するのは、個人の中の複数の人格が、情報や意見を交換し、議論しているような状態か、もしくは、明日の自分のために言葉で思考しておく場合だね」

「明日の自分のために？」

「ああ、簡単にいえば、忘れないためだよ。言葉で思考しておけば、思考の本質にまあまあ近い概念が、言葉として記憶される。言葉というのはデジタル信号だから、時間経過による劣化が比較的少ない。もともと、伝達するために生まれた効率的手段であって、まあ、つまりそれが記号だ」

「あの、ところで、先生は何をおっしゃりたいのですか？」

「思考のプロセスが面白い、と西之園君はさっき言ったよね。それは、つまり、思考ではなくて、伝達の間違いだ。思考はあくまでも個人的な行為だけど、理論を組み立てるプロセスは対人的な行為になる。君が面白いと思っているのは、つまり会話、コミュニケーションであって、それは、記号化の過程にほかならない」

「先生とお話がしたいのは、本当です」

「うん、だからね、それを君自身の中で収束させる努力をしてみるのも良いと思うんだ。それは、つまり……」

「嫌です、そんなの……」

ドアのベルが鳴って、髭を生やした男が入ってきた。

「あーああ、どうもどうもどうも。すみませんねえ」男は白い歯を見せ、頭を下げて近づいてくる。「いやあ、ちょっとそこまで買いものに出かけとりましてなあ……、はは、おうちゃくしとりまして。申し訳ありませんねえ」

「どこかでコーヒーでも飲んできたんじゃ？」犀川は笑いながら小声で言う。

「あの、何にいたしましょうか？」

「ホットを二つお願いします」萌絵は指をVの形にして示す。

「はいはい、すぐ用意します。お待ち下さいねえ」そう言って、髭のマスタはカウンタの中へ消えた。

「やっと、念願のコーヒーですね」萌絵は犀川に片目を瞑《つむ》って囁く。「どうも、先生と一緒だと、お店には恵まれない感じ」

「ちゃんとしたコーヒーが出てきさえすれば、文句は言わないよ」犀川は頷く。「僕、一度ね……、深夜営業の喫茶店に入って、コーヒーが切れていたっていう経験がある。今、コーヒー切れてますって、言われたんだけど、あのときは、さすがに愕然《がくぜん》としたなあ」

「先生、何て言ったんです？　そんなら、店を閉めておけよ、とか？」

「紅茶下さい、って言ったよ」

萌絵は吹き出した。「ずいぶん男らしいですね」

「そうだ」

「え？」

「男の中の男だろう？」犀川は口もとを少し上げただけで、横を向く。「まあ、そのくらいの理不尽《りふじん》さは、現代社会には少なくない。いちいち腹を立てていたらきりがない」

「犀川先生のお言葉とは思えませんけれど……、とても、身に染みます」

「僕だって、自己防御はする」

「お話の続きは？」

「何の？」

「思考プロセスと記号化についてです。私がコミュニケーションをしたがっている、というところまででした」

「もう完結した」

「まあ……、そうだったんですか？　私、てっきり、あと一時間は続くと思った」

「西之園君」

「はい、ごめんなさい、先生」萌絵は少しどきりとした。「今のは言い過ぎました。嫌味でした」

「君、歳を取ったね」

「先生。それ……、もう……。普通、女性に向かって言いますか？」

「成長したという意味だよ」

「じゃあ、そうおっしゃって下さいよ」

「誰でも歳を取れば成長する」

「酷い！　全然フォローになっていません」

「最後まで話を聞きなさい。まえから君は、よく人を茶化すような冗談を言うけど……」

「それは先生の方です」

「いや、僕は茶化してはいない。ジョークはジョークだってちゃんと宣言する。今はその話じゃないよ。君のね、その揚げ足取りの茶化し方が、最近ずいぶんソフトになったと思う。これは褒めているんだよ」

「褒めているんですか？」萌絵は腕を組む。

「じゃあ、話を切り換えよう」

「あの、情報が足りないとおっしゃいましたけれど、何か質問があれば、受け付けます」萌絵はまた話を戻す。犀川との会話では、このくらいのジャンプは日常茶飯事なのだ。

「そうね。その橋爪氏の別荘は、鉄筋コンクリートだと君は言ったね？」

「ええ」

「でも、屋根は木造だって？」

「そうなんです。変わっているでしょう？」

「変わっている。実物が見てみたい」

「今はもうないんです」萌絵は小さく肩を竦めて答えた。

髭のマスタがコーヒーを運んできたので、会話は中断した。分厚いカップで、ドーナッツ屋でよく見かける最も標準的なタイプのものだった。

「はい、どうぞ、お待ちどおさま。どちらからおいでです？」

「那古野からです」萌絵が答える。

「ドライブですか？」

「ええ、まあ」

「ごゆっくり……」マスタは伝票をテーブルに置いてから、カウンタへ帰っていった。

犀川はコーヒーを飲んだ。

「ああ、美味《うま》い……。これは当たりだよ、西之園君。良かったね」

「他に、ご質問は？」萌絵はカップを持ち上げて香りだけ楽しむ。

「まだ、死因もはっきりしていない」

「ええ、それは、これからです」

「それじゃあ、今はコーヒーを飲むしかないな」

萌絵は脚を組み直した。

確かに、まだ話していない重要なことがあるのだから、しかたがない。でも、犀川が何と言おうと、このプロセスが楽しいことは事実なのだ。

いつものことだが、犀川と同じ問題を考える、いわば思考の同調（シンクロナイズド・シンキングとでも呼べそうだ）、その時間が彼女の一番のお気に入りだった。

秋晴れで、窓の外は眩しく、何もかもが鮮明に見える。まるで、真空のようだ。このまま宇宙まで、ずっと明るいのではないかと思えるほど、空も高い。

以前から犀川に予約しておいた休暇だった。それに、久しぶりの遠乗りである。

今年の夏は大学院の受験勉強で忙しかったし、それにショッキングな出来事もあった。彼女には珍しく、立ち直るのに何週間もかかった。しかも、つい先週までは風邪でダウンして最低だった。だが、今日のこの日のために、体調も整えてきたのである。

犀川にしても忙しかったに違いない。最近、出張も多いし、講座の院生たちに対する研究指導も大変そうだ。彼のためにも、一日くらいは休暇を取るべきだ、と世話をやいたのも事実。犀川は、有給休暇を取るのは大学に勤務して以来初めてのことだと話していた。彼は土日もほとんど休んだことがない。そういう人間なのである。誰かが、ブレーキをかけてやらないと、そのうち躰を壊すに決まっている。萌絵は勝手に、そんな大義名分を捻出《ねんしゅつ》していた。

まるで、世話女房だ。

西之園萌絵ともあろう者が……。

犀川との関係も、つまりは謎解きと同じように、プロセス自体に価値があるのではないか、と最近の彼女は感じていた。

歳を取ったのだ、とも思う。

「お気をつけて」という言葉に送られて、二人はその喫茶店を出た。

再び、谷沿いの県道にのり、萌絵のスポーツカーは俊敏に加速する。

「この近辺は、以前にUFOが着陸したことがあるんですよ」

「いきなり何を言いだすんだい？」犀川は笑った。

「いえ……、そんな騒ぎがあったんです。目撃者が出て、新聞で騒がれたのですから」

「だから僕は新聞を読まないんだ。どうせ、UFO饅頭《まんじゅう》とかが売り出されたんだろう？」

「ええ、たぶん」萌絵はハンドルを握りながら微笑む。彼女にしても、特に興味のある話題ではなかったが、会話のネタを提供したつもりだった。

「そりゃまあ……、ここだって宇宙なんだからね」犀川は言う。「どういうわけか、地球の表面だけは宇宙じゃないと思っている人が沢山いるようだ」

「異星人というのは、先生、いると思います？」

「僕がどう思っても、意味はない」彼は答える。

萌絵の予測したとおりの返答だった。

「でも、どこかにはいますよね？　宇宙は広いんですから」

「どこかに、いつかは、いるかもしれないね」犀川は少しだけおどけた調子だった。コーヒーが飲めて機嫌が良くなったみたいだ。

「時間的に、同時に生命や文明が存在する確率が少ない、という意味ですか？」

「数学的に見ても、極めて少ないね。たとえば、地球では、何億人もの人が煙草を吸っているだろう？　毎日毎日、世界のどこかでマッチやライタに火がつくわけだ。だけど、今まで、僕が火をつけたとき、僕のつけた火のすぐそばで、偶然にも別の火がついて、そちらでも煙草に火をつけることができたなんて経験はない。まあ、クラブのサービスを除けばだけどね……。それと同じことだよ」

「何です？　クラブのサービスって……」

「ノーコメント」

「あ、喜多先生ですね?」

「ノーコメント」

「でも、私と先生が出会ったのは、けっこう、それに近いんじゃないかしら?」

「石を蹴ってみたら、たまたま、その石が他の石に当たったってところかな?」

「偶然とかって、理論的な計算値よりも、意外に高い確率のような気がするんですけど」

「君らしくない発言だね」

「ロマンティックでしょう?」萌絵は少しだけ横を向いて言った。「神様のお導きじゃないかしらって、思うことがありませんか?」

「ないね」

「小指と小指が、目に見えない赤い糸で結ばれているとか、いいますよね」萌絵はわざと言ってみた。

「目に見えない、という日本語は重複している。見えない、だけで充分だ。それに、見えないのに赤いというのも、矛盾している」

「顕微鏡で見れば赤いけど、細過ぎて肉眼では見えない、という意味です。矛盾はしていません」

「この議論は不毛だ。話を変えよう」

「何のお話でしたっけ？」

「最初はＵＦＯだよ。でも、それよりも……、君の話、事件の続きを聞きたい」犀川は頭の上で腕を組んだ。

目的地である西之園家の別荘まで、まだ一時間以上はかかりそうだった。前を走る乗用車の遅さにうんざりしていたが、道路は追越し禁止である。萌絵はさきほどから対向車を気にして、その車を追い抜くタイミングを見計らっていた。しかし、道はカーブの連続で、見通しがとても悪い。しかたがないので、非合法的な運転を諦め、話を再開することにした。

エンジンの音はとても心地良い。もう少し回転を上げてやりたいところだったが、今は辛抱してね、私と同じように、と彼女は思った。

# 第二幕

こうして、高貴な光彩も、冷い権威も、着飾った無類の時の歓びも、今もなお、遥か、彼女の双眼と彼女の舞踏には及ばない。

(Les Illuminations / J.N.A.Rimbaud)

## 1

諏訪野氏の運転するジャガーに乗ってやってきたのは、制服の警察官が二人、それに丸いメガネをかけた太った男(歳はたぶん、私と同年輩ではないかと思われる)の合計三人である。すぐあとでわかったことだが、警官の一人は、清太郎君のところへ無線で連絡をしてきた男だった。

「早く着きましたでしょう?」愛想笑いを浮かべて車から出てくると、その警官は帽子を取って言った。大柄な体格で、髪は坊主頭に近い。耳が両方とも潰れていた。これは柔道のためであろう。実に勝手な想像だが、おそらく「現代柔道」とか「格闘技の友」なんて雑誌を購読しているのではないだろうか。もし喧嘩をする破目《はめ》になったら、一目散に逃げた方が良い、そんな相手である。

もう一人の若くて痩せた警官は対照的だった。こちらは、ミュージシャン系というか、軽量級である。真面目そうで見たところは好青年だったが、警官の制服というのは、そもそもそうした機能がある。長髪を金色に染めた警官がいたら、お目にかかりたいものだ。

諏訪野氏は、驚くべきことに、西之園嬢のために着替えを用意してきていた。これだけでも、彼の能力を垣間見《かいまみ》ることができるといえるだろう。西之園嬢はすっかり上機嫌になって、諏訪野氏から紙袋を受け取ると、さっさと屋敷の中に姿を消してしまった。私が警官たちを案内して、玄関から中に入ろうとしたとき、諏訪野氏はまだ車の横に一人立ったままだった。私は、彼に屋敷の中に入るようにと勧めたのであるが、「はい」と丁寧に頷いたものの、結局、諏訪野氏は動かなかった。

さて、眠っている橋爪氏を起こしにいこうか、とも考えたのであるが、警官たちを一刻も早く現場に案内することが先決である、と強迫観念のように、このとき私には思えた。だから、玄関ロビィから階段へ、そして三階へと、一行を導いたのである。どうして、私が案内役をしなければならないのか、と考えなかったわけではない。しかし、彼らがどんな反応をし、何をするのか、少なからず興味があったし、なにしろ、一方的だったとはいうものの、西之園嬢との白熱した議論もあり、普段の私の行動パターンには存在しない奇妙な積極性が生まれていた、ということもできる。

私は三階のホールまで上がって、娯楽室と映写室の中で一人ずつ女性が倒れているのを発見した経緯《いきさつ》を警官たちに説明した。

警官二人は、まず娯楽室の中に入っていく。メガネの太った男もきょろきょろしながら後に続いた。私は、どうしたものか迷ったが、ホールで待っていることにした。しばらくして、彼らは部屋から出てきて、今度は隣の映写室の中に消える。私は煙草に火をつけて、ずっとホールから彼らの様子を窺っていた。三人はひそひそと内緒話のような声で話し合っている。内容は聞き取れなかった。

警官二人だけが、映写室を出て、ホールに戻ってきた。

「橋爪氏を起こしてきましょうか?」私はきいた。

「ええ、まあ、そのうちに」大柄の警官は答える。さきほど到着したときに比べて、心なしか緊張した表情に変化していた。プロとはいえ、死体に対面した直後なのだから、いたしかたのないところだろう。

そこへちょうど、西之園嬢が階段を上がってきた。

彼女は、白い丈の長いワンピースだった。先刻までの橋爪氏からの借りものに比べると、多少、ボリュームのあるスカートである。しかし、大した違いはない、というのが私の印象だった。もちろん、そんな無粋なことは口にはできない。何を着ていようが、彼女の魅力には無関係である。

私と西之園嬢は、警官たちに死体発見当時の模様をもう一度簡単に話した。西之園嬢は二階の自分の部屋で悲鳴を聞いたことを話したし、最初は二人だけで三階に上がってきたこと、そして橋爪氏たちと一緒に再びここに来て、二つの部屋に入るためにドアを壊した経緯を丁寧に説明した。彼女の話はとても整理されていたが、警官たちは思いの外飲み込みが悪く、いろいろときき返すので、大した情報量ではないのに、十分ほどもかかってしまった。その間に、メガネの男が二度ほど、二つの部屋を往復したのが気になった。どうやら、彼が死体を調べている様子である。

「まあ、その状況では、自殺ということになりますですね」年配の警官が呟いた。当たり前の判断である。「しかし、ええ……、姉妹そろって心中したにしては、その……、部屋が別々というのが、なんとも奇妙でありますな」

「映写機も回っていました」西之園嬢が指摘する。「それに、心中ではありません」

そこへ、メガネの男が頭を掻きながら出てきた。警官は、振り返って彼を待った。

「どうでしたか？　先生」警官がその男に尋ねる。

「うーん、こちらのお嬢さんは……」と言ってメガネの男は娯楽室の方へ丸っこい指を向ける。「ちょっとわからないですね。首にロープの痕みたいなものはあるんだけど、どうも致命傷とは違うみたいだし……。うーん……。あ、でもね……、向こうのお嬢さんは、たぶん間違いないですよ」

「自殺ですか?」と質問したのは私だった。

「いや……」男は驚いたように私を見る。「これは、その……」メガネに手をやって、今度は西之園嬢を一瞥する。彼女に対して気兼ねをしているようだ。

「絞殺ですね?」その西之園嬢がずばりときいた。

メガネの男は一瞬顎を引いてから、小さく頷く。

「絞殺? てことは……、他殺ですか?」警官がきき返す。これも、ずいぶん当たり前のことを質問しているわけだ。

「間違いないよ」

「けぇ、まいったなあ」大柄な警官は呻《うめ》く。そして、西之園嬢の方を振り返った。「あ、だから、貴女……、無線であんなことを?」

「これは、殺人事件なんです」彼女は歯切れの良い口調で答える。

「おい、ここにいろ」大柄な警官は、若い相棒に指図してから、歩きだした。彼は私を見て言った。「無線はどこでありますか? まだ、電話、通じてませんよね?」

## 2

西之園嬢は一緒に下りてこなかった。私は警官の一人とともに、階段を駆け下り、一階の清太郎君の部屋まで廊下を案内した。警官なのだから、トランシーバくらい持ってきても良さそうなものだ、と思ったが、山岳地帯では、小さなアンテナくらいでは電波が届きにくいのか、山道を西之園家の別荘まで歩くことになったので荷物を少なくしたのか、それとも、そんな必要などないと初めから踏んでいたのだろうか。とにかく、彼は、他殺と聞いて本当に驚いたように私には見えた。

清太郎君の部屋のドアをノックして開けようと思ったが、鍵がかかっている。これには、私も驚いた。

「清太郎君！」私はドアを叩いて叫んだ。

また、密室か……。

いったい、どうしたことだろう、と思い始めた頃、かちゃりと音がして、ドアが少しだけ開く。清太郎君が眉間を細めて顔を見せた。

「ごめん……、寝ていたんだね」私はまず謝った。「無線を貸してもらいたいんだよ。警察の人が来ているんだ」

「ちょっと、待ってもらえますか?」清太郎君はそう言って、ドアをすぐに閉めた。

意味がわからなかった。何のために待たなくてはならないのか……。私と警官は顔を見合って、黙ったままだった。待ち時間は、三分ほどだっただろう。

清太郎君が「どうぞ」とぶっきらぼうな調子でドアを開けたとき、理由がわかった。

彼の部屋の奥に、神谷美鈴嬢がマネキン人形みたいにぽつんと立っていたのだ。もちろん、彼女は人形ではないし、ずっとそこに立っていたのでもない。そんなことは明らかである。しかし何という素早さであろうか……。もちろん、服を着る素早さではない。私が感嘆したのは、彼女の変わり身と、その着手の素早さである。朝海姉妹が亡くなって、まだ数時間だというのに……。

それにしても、清太郎君もまったく大した器である。

近頃の若者ときたら……、などという年寄りのやっかみの一言も呟きたくなる。

無線機はスイッチが入ったままだった。清太郎君は警官にマイクを手渡した。

「そこ押して、しゃべって下さい」

「ありがとう」警官は礼儀正しく言う。

私は、既に興味を失い、清太郎君の部屋の中には入らずに、廊下を引き返して階段を上った。他殺と判明したために、大慌てで本部の刑事を呼ぶつもりなのであろう。これから警察の人間がここへ大勢押し寄せることになる。それにしても、面倒なことになったものだ。

三階のホールには、若い警官と西之園嬢が立っていた。メガネの男は、まだ部屋の中で死体を調べているようだ。

私が階段を上りきるまえに、西之園嬢がこちらに駆けてきて、私の腕を掴むと、階段の踊り場まで引き戻した。ここの踊り場にも、私の好きな三つの細い窓がある。例のシャガールっぽい模様のステンドグラスだ。ただし、このときも、それを眺めている余裕などなかった。

「ね……、私の言ったとおりだったでしょう?」弾む声を押し殺しながら、彼女は囁いた。こうしてフランクにしゃべってくれる彼女の方が、私はずっと好きだ。

「だけど、娯楽室の妹さんの方は、やっぱり自殺かもしれないよ」私はすぐに意見を言った。その考えは、階段を上がる間に少しばかりまとめた内容だった。「つまりね、その……、こんなこと、ここだけの話だけど……、由季子さんを殺したのは、妹の耶素子さんなんじゃないかな。彼女、お姉さんを殺して、映写室の鍵をかけてから、例の小窓を通って、娯楽室に来たんだよ。それで、こちらの部屋も鍵をかけて閉め切って、首を吊って自殺したわけ。紐は途中で切れてしまったけど、彼女はそのまえに死んでいた……。ね、どうです? 西之園さん。これだと、清太郎君に関する諍《いさか》いの結果ってことで、まあ、なんとか一応説明がつくんですけどねえ」

西之園嬢は口もとを少しだけ斜めにして、上目遣いで私を見上げる。

「どこか、おかしいかな?」

「ええ……」彼女はそう言って、わざとらしく溜息をついた。この仕草が、まったく挑戦的で、なおかつ、どきっとするほどセクシィなのだ。「駄目に決まってますよ、そんなの」

「あれ、どうして?」

「ですから……、さっき私、あの小窓は一方通行だってお話ししたばかりじゃないですか。映写機が邪魔になるから、映写室から娯楽室へは行けないんです。もし、あそこを通ったのなら、映写機の位置が移動しているはずなんです。そのままだったら、スクリーンに映画がちゃんと映らないでしょう?」

「ああ……、そうか……」すっかり忘れていた。私は口を開けたまま頷いた。きっととんでもない馬鹿な表情だったことだろう。「そうっか……。つまり、映写室の方が、より完全な密室なんだ。うん、そうですね。となると、その中で死んでいた由季子さんが……」

「完全な他殺だって、お医者様がおっしゃっていました。笹木さん、しっかりして下さいね」

「う—んと、えっと、どういうことかな……」私は気が遠くなりそうだった。しっかりしなくてはいけない。「しかし、あそこのドアの鍵を……、その、外から操作できるということは、つまり、娯楽室の方も、同じ方法で可能だっていうことになるわけだから……」

「そうです、鍵はどちらも、ほとんど同じ構造でした」西之園嬢は頷く。「それは、鋭い指摘だと思います」

「じゃあ、やっぱり耶素子さんの方も、殺されたってことになるのかな？」

「たぶん、ちゃんと調べれば、それもはっきりするんじゃないかしら。その可能性が高いと私は思います。だって、一人は誰かに殺されて、その隣の部屋では、偶然もう一人が自殺していたなんて、あまりにも不自然ですもの」

「ちょっと待ってね」私は人差指を立てて彼女に見せる。「もし映写室を外側から密室にすることが可能なら、由季子さんを殺したのが耶素子さんだという可能性が再び浮上するわけだ。つまり、お姉さんを映写室で殺して、ドアの鍵を何らかの方法で外からかける。それから、廊下を通って娯楽室に入り、鍵をかけてから自殺した。ほらね、これなら、小窓を通らなくても、できるじゃないですか？」

「自殺する人が、どうして、密室なんて作る必要があるのですか？」

「いや、それは早く発見されたくなくて……」

「それなら、どちらかの部屋で相手を殺して、そのまま自殺すれば良いでしょう？　それなら、小細工なんかしなくても、鍵がかけられるんですから、完全な密室ができます。なにも別の部屋にわざわざ別れなくても……」

「うーん」私は唸った。駄目だ、反論する余地がない。

「耶素子さんの死因がわからない以上、今のところ、条件が充分ではありません。ちゃんとした検査の結果を待つことにしましょう」西之園嬢は三階のホールの方をちらりと見ながら言った。どうやら、それは彼女なりの、私に対する労《ねぎら》いの言葉だったようだ。しかし、どうにも自分が情けなくて、私はどんどん落ち込んでいくしかなかった。

もともとは、私は頭脳明晰な人間なのだ。自分からこんなことをいうと馬鹿だと思われるから、口にしたことはもちろんない。だが、学生のときだって、自分よりも頭が良いと思えるような友人はそんなにはいなかった。ただ、エンジンがかかるのが人より少し遅い。計算も苦手である。つまり、私の真の能力は、試験などのように時間が限られた条件下では本領を発揮できない。ところが、社会に出てみれば、厳しい時間制限のある課題というものは案外少なく、そんなに多くは存在しないことがわかった。その場でできなくても、家に持ち帰ってゆっくり考えれば良いのだ。徹夜で仕事をすれば、計算が多少遅いことなど何のハンディにもならないのである。幸い、私は人よりは忍耐強い。こつこつとした作業も好きだ。したがって、これまでの人生で、他人よりも自分が劣っていると感じたことなど一度だってない、と思っている。

密かに、私は奮い立った。

もちろん、顔には出していない。しかし、心に決めたのである。

きっと、この問題を解いてみせよう。

今は、この魅力的で生意気な小娘に少しばかり押され気味であるが、時間さえあれば逆転は充分に可能だ。名誉挽回《ばんかい》である。そうすれば、彼女も私のことを見直すだろう。きっと……。そして、そのときこそ……この魅力的で生意気な小娘に……。

「どうなさったんですか？ にやにやして……」西之園嬢はきいた。

「え？ あ……、いや……。何でもない」

おかしい……。私は表情に出ない男なのだ。どうして、彼女にだけは、見抜かれてしまうのだろう。不思議だ。

そこへ、橋爪怜司氏が階段を上がってきた。例の大柄な警官も一緒だった。橋爪氏は、私と西之園嬢に、片手を挙げ、踊り場を通り過ぎて三階に上っていく。頭の後ろで縛っていた長髪が今は解かれ、ますますインデアンのようだ。警官の方は、ジョン・ウェインみたいな厳《いか》つい感じだったから、こちらは騎兵隊といったところか。

さて、少し整理してみよう、と私は考えた。

問題は、密室をどうやって作ったのか、という一点につきる。そして、密室は二つあるが、西之園理論によれば、映写室の方だけでも解くことができれば、小窓を通り抜ける方法で、もう片方は自然に解決する。そうでなくても、二つの密室は、ドアの鍵がほぼ同じ条件であるので、一方が解決すれば、同じ手法がもう片方にも適用できるだろう。

屋敷にいたのは、私と西之園嬢、それに真梨子、神谷美鈴嬢、あとは、橋爪怜司氏、清太郎君、滝本老人の七人だった。私を中心に考えれば、明らかなアリバイがあるのは、私と真梨子の二人である。常識的に考えれば、西之園嬢も、犯人ではありえない。朝海姉妹と面識がないし、ここに居合わせたのは偶然だからだ。となると、残りはたった四人ということになる。なんと、二十五パーセントの確率ではないか。

外部犯ということはありえないだろうか。窓から直接侵入することは、三階だから不可能に近い。長い梯子《はしご》が必要だろう。しかも昨夜は嵐だったのである。そのうえ、山道も通れなくなっているのだから……。

「今のうちに、朝海さんたちの部屋を見てきましょう」西之園嬢は、また私の腕を引っ張った。

落ち着いて、ゆっくりと事件の謎について考えたかったのだが、私の思考は中断され、彼女に従って階段を下りることにした。

確かに、警察が連れてきた専門家の言葉は、事実として重い意味を持つ。死んだ二人のうち、少なくとも一人は、何者かに首を絞められた。自殺ではない。殺されたのである。

しかし、実はこのあと、さらに驚くべき事実が判明することになる。しかも、ますます謎めいた事実が……。

この段階では、私も西之園嬢も、そのことをまだ知らなかった。

3

清太郎君と神谷嬢は一階に、たぶん二人一緒にいるだろう。滝本氏は自分の部屋（これも一階である）で眠っているようだ。真梨子は神谷嬢の部屋で寝ている、とさきほど神谷嬢が話していた。あとの人間は三階だ。ということは、つまり、二階に今いるのは、真梨子だけである。

亡くなった朝海姉妹の部屋も二階だった。階段ホールから平行に二手に伸びている廊下に、幾つかの客間のドアが並んでいたが、彼女たちの部屋は、どちらも、私の部屋とは別の廊下に面していた。ちょうど、真梨子や神谷嬢の部屋の向いだった。

「真梨子が起きるといけないから、静かに歩こう」私は二階のホールまで来たとき、西之園嬢に囁いた。

「あら、どうしていけないんです？」

「そりゃ……、君と二人でいるところを見られたくないからね」私は素直に答える。

「どうして？」彼女は不思議な顔をする。たぶん、私をからかっているのだろう。

「やきもちを焼くからさ」

「妬いてもらったら、良いのでは？」彼女は歩きながら事もなげに言った。「どうも、男の方の思考が理解できないわ。どうして、そんなふうに嘘を本気みたいに言えるのかしら。笹木さん、だって、妬いてほしいのでしょう？　そうじゃありません？」

「いや、それは違う。ただ、面倒なのは嫌いだからですよ」

「よく、そんな曖昧な態度がとれるものですね。いえ、そうじゃありませんね。それを楽しんでいらっしゃるのね、きっと」

「まあ、確かに……、そうかもしれません」私はまた納得した振りをする。まさに、そのとおり、ともいえない。斬新な指摘ではあったが、それ以上に、西之園嬢の性格の真っ直ぐさに感心するほかない。ようするに、男女の馬鹿馬鹿しい見栄の張り合いなど、彼女には無縁なのだろう。私だって、可能ならばそうありたい、と常々願ってはいるのだが……。

　まず、手前の部屋に入った。

　ドアの鍵はもちろんかかっていなかった。それが、朝海姉妹のどちらの部屋なのかわからない。

　窓にはカーテンが引かれていて、室内はぼんやりとした明るさだった。ベッドのシーツは整ったままである。昨夜使われた様子はない。チェストの上の鏡の前に化粧品が沢山並んでいて、そばに置かれていた椅子には、艶のある紺色で半円形の小さなハンドバッグがのっていた。

　西之園嬢は、入口の近くにあるクロゼットを開けて中を覗いている。私はその派手なハンドバッグを開けようかどうかを、迷っていた。

「笹木さん。そこのバッグに免許証かカードが入っていませんか？」西之園嬢は私の方をちらりと見て言った。

私は、その言葉を命令と受け取って、バッグを開けた。彼女が探偵で、私は助手のようだ。

中には細々としたものが入っていた。香水、いや、口紅の香りがした。女性を象徴する香りといって良いだろう。これまた艶のあるピンク色のカード入れが見つかり、クレジットカードが何枚か挟まれていた。私はそれらを一枚ずつ引き出して、表のローマ字を読んでから、裏のサインも調べた。

「由季子さんのですね」私は報告する。

ここは、朝海由季子嬢、つまりお姉さんの方の部屋ということだ。他殺であることが確認された方、映写室で発見された方の由季子嬢である。

バッグには運転免許証もあった。そこに記されている生年月日から計算すると、朝海由季子嬢は二十五歳だ（だった、というべきか）。まだクロゼットを調べている西之園嬢に、そのことを話そうとしたとき、私は、おかしな点に気がついた。

それは、免許証にある彼女の写真だった。

髪が短かったのである。

「どうしました？」西之園嬢がこちらにやってきた。

「これ……、どう思う？」私は免許証を彼女に見せる。

彼女はその写真に数秒間、目をとめた。

「最近になって髪を伸ばしたってことかな？」私は言った。

「いいえ」西之園嬢は首をふる。「彼女の誕生日、六月ですし、これ……、今年書き換えたばかりだわ」

「一ヵ月で、髪の毛ってどれくらい伸びるもの？」

「一日に、平均的に〇・三ミリくらいですから、一ヵ月で、せいぜい一センチ」

「何でも知っているんだね」私は微笑みながら言う。

「このヘアスタイルからだと、一年以上はかかります」西之園嬢は真剣な表情である。「どういうことかしら？」

「ひょっとして、この写真、耶素子さんだったりして……。彼女が、お姉さんの代わりに免許証の更新に行ったんじゃないかな」

「その可能性もゼロではありませんけれど……」彼女は私を見て頷く。「でも……、もっと可能性が高いのは……」

「何です？」

「鬘《かつら》です」

「ああ、そうか。なるほどね」今度は私が頷く。「憂か……。女優なんだから……、そう、それくらいのことはありそうだ」

西之園嬢は、由季子嬢のバッグの中から手帳を取り出した。そして、カレンダのページをめくり始める。私も彼女の肩越しに覗き込んだが、文字が小さ過ぎてとても読めない。

「先月の金曜日と土曜日の夜には、全部PPって書いてあります」

「ピィピィ?」私は、彼女が差し出した手帳を間近に見る。一日が午前、午後、夜の三つに仕切られた升目《ますめ》だった。小さな文字で書き込まれていたが、確かに、金曜日と土曜日の夜のところに、赤いボールペンでPPとある。非常に几帳面《きちょうめん》で整った筆跡だったので、他の文字には読めそうもない。

「パチンコ・パーラかな?」

西之園嬢はびっくりした表情で顔を上げ、二秒ほど静止して私を見つめる。それから、ふっと微笑んだ。

「受けた?」

「今までで、一番……」彼女は唇を噛んで白い歯を見せて微笑んだ。この笑顔を見られるのなら、もっと考えてみよう。

「じゃあ、パッセンジャ・プレーンとか、それとも、過去分詞かな? あ、ペン・パルじゃない?」私は完璧に図に乗った状態に陥った。

「あの、両方ともPが大文字です」

「ああ、それじゃあ、ペパーミント・パティかな」

「誰です？　それ……」

「あるいは、プノン・ペン」

「笹木さん、こういうの、お得意のようですね」

「言い忘れていました。僕、クロスワード・パズルが趣味なんですよ」私は微笑む。

「お隣に行きましょう」西之園嬢は手帳をバッグに戻して言った。


彼女はもう笑っていない。私の幸せな時間は短かったが、少しでも彼女に感心されたことが嬉しかった。それだけで、私は幼稚園児のように上機嫌である。自分でも不思議だった。近頃、こういった単純な機嫌の良さなんて、しらふの条件では、ほとんどお目にかかれない絶望的な感覚だったからだ。

一度廊下に出て、隣のもう一つの部屋まで行く。こちらも、ドアには鍵がかかっていなかった。私が開けて、西之園嬢をさきに通した。

部屋はほとんど同じである。引かれている窓のカーテンも同じ色だったたし、昨夜は使われた様子のないベッドのカバーも同色だった。唯一の違いは、部屋のインテリアがすべて左右対称に配置されていたことくらいだ。鏡のあるチェストは、今度は入って右手、つまり、隣の由季子嬢の部屋の側に置かれていた。ベッドはその反対側になる。

西之園嬢は、今度もすぐにクロゼットを覗き込む。私は、もう見るものはないと思っていた。こちらは、妹の耶素子嬢の部屋に違いないからだ。

「バッグがありました」西之園嬢は、クロゼットから手提《てさ》げのバッグを持って出てきた。部屋の中央にいた私のところへ歩いてくると、彼女は、テーブルの上で、バッグを開けて中を調べ始めた。

耶素子嬢のバッグにも財布と一緒になったカード入れが入っていたが、車の運転免許証は見当たらない。しかし、最近流行のバインダ式の手帳が見つかった。

「あ、こちらにも、PPって書いてあるわ」西之園嬢はしばらくしてそう言いながら、私に手帳を見せた。

筆跡は似ている。先月の同じ期間の金曜日と土曜日に、幾つかPPの二文字が書き込まれていた。やはり、こちらも大文字である。しかし、大文字と小文字を区別しないで書く人だっているわけだし、私には、大文字であることが、特に意味があるとも思えなかった。

その手帳の持ち主が朝海耶素子嬢本人であることは、すぐ判明した。持ち主のデータが記入されたページが手帳にあったからだ。データというのは、生年月日、住所、血液型などである。万が一のときのために書かれたものだろう。もしかして、今が、その万が一のときになるのだろうか……。

彼女の手帳には、電話番号を記載するページがあり、インデックスは、A、K、S、T、

N、とアルファベットで表示されている。しかし、もちろんこれは、ぁ、か、さ、た、なを示しているわけで、Pなどは出てこない。西之園嬢は、その電話番号簿のページを熱心に調べている。
「そんな、プライベートなところは、あまり覗かない方がいいんじゃないかな」私は言った。

「え？」彼女は顔を上げて私を見る。それから、きょとんとした表情で一、二秒間考えてから、「そう……、そうですね」と頷いて手帳を閉じた。

「こんなことをしても、なんにもならないよ」私は真面目な顔で言う。事実、そう思い始めていたからだ。「もう出ましょう。なんだか、こそこそ隠れてしているみたいで、どうも落ち着かない。悪いことをしているような気がする」

「何故？」彼女は、不思議そうな表情である。

私は、返事をせずにドアのところへ行き、それを開けた。西之園嬢は、手帳をバッグに戻し、それをもとどおりクロゼットに置いてから、待っていた私に追いついた。

私たちは部屋を出て、廊下を静かに歩いた。時刻は十時を回っている。階段のある吹き抜けのホールまで来ると、三階からであろう、人の声が微《かす》かに聞こえてくる。橋爪氏の声だ。警官と何かを話しているようだ。

「さてと……」私は手摺に手をかけ、一階の玄関ロビィを見下ろした。「次は、何をするつもりですか?」

「ちょっと、眠ろうと思います」西之園嬢は微笑んで静かに答える。

「ああ、それはいいね。僕もそうしよう」

「勘違いなさらないで下さいね」彼女は澄ました顔で少し顎を上げた。「前例がありますから、一応、警告しておきますけど」

「それはないなぁ」私はゆっくり首をふる。「まさか、そんなつもりで言ったんじゃありませんよ。勘違いしてるのは君の方だ」

「だって、笹木さんが……」

「とにかく眠った方がいい。気が張っているから起きていられるだけだ。本当は疲れているはずだよ。警察が大勢やってくるのは、きっと午後になるだろうから、今のうちだと思う」

西之園嬢は、黙って私の顔をじっと見つめたまま動かなかったが、やがて視線を一度逸らし、頭を下げてお辞儀をすると、今来た廊下とは反対方向に歩いていこうとした。

「えっと、あの……」私は声をかける。

彼女は立ち止まって振り向いた。

「外で、待っているんじゃないかな。さっきの、ほら、君の家の人……、車を運転してた人です」

「ああ、諏訪野のこと?」彼女はこちらに戻ってきた。「そうだった、すっかり忘れていました。帰るように言わなくちゃ」

「言わなくちゃ、帰らないんだね？」

「ええ」

「君は帰らないの？」

「だって、警察の人がもっと来ます。刑事さんとかが沢山……。そうなれば、全員が話をきかれることになりますもの」

「まあ、そりゃ、そうだけど」

「どちらにしても、しばらくの間、私、家には帰りたくないのです」彼女は溜息をつきながら言う。「もし、この事件がすぐにでも解決したら、明日、笹木さんに駅まで送っていただきます。お願いできますよね？」

「ええ、それはもちろん……。もともと、その約束だったんですからね。だけど、そんなにすぐ解決するかな？」

「あの、それじゃあ……」そう言うと、西之園嬢は階段を下りていく。私は、彼女の姿をずっと追った。玄関のドアから出るとき、彼女は私の方を一度見上げて、にっこりと白い歯を見せて微笑んだ。どうやら、少しは信頼を取り戻せたようだ。

　それを見届けてから、私は自分の部屋に戻ったのである。

　とりあえず、シャワーを浴びた。

少し蒸し暑かった。標高のため、真夏でもこの近辺はクーラの必要がない。橋爪家の屋敷にも冷房の設備は一切なかった。背の高い床置きタイプの扇風機が、各部屋に一台ずつ置いてあるようだったが、たぶんほとんど使われていないだろう。だが、私は、バスルームから出たとき、初めてその扇風機を回した。

ビールが飲みたいところである。とはいうものの、一階まで下りていくのは面倒だったし、三階の様子を想像すると、そんな悠長な思いは消し飛んだ。

私は煙草に火をつけて、ゆったりと窓際の椅子に腰を掛ける。

もちろん、事件のことで頭はいっぱいだ。

どうやって、密室が作られたのだろう？

誰が、それをしたのだろう？

まず、一本目の煙草を灰皿で消したとき、最初のアイデアが浮かんだ。

犯人は、あの部屋に、まだいたのではないか？

そんな可能性があるだろうか？

私たちが、娯楽室を開けたとき、あの部屋のどこかに、まだ隠れていたのではないか、という発想である。しかし、どう考えても、そんなスペースが娯楽室にあるとは思えない。ドアの陰？　いや、あそこのドアは廊下側に開くのだ。隠れることはできない。映画を映し出していたスクリーンの後ろは？　いや、あれは床からかなり離れている。やはり人が隠れるのは不可能だ。椅子が沢山あったが、あの部屋には机はない。人が姿を隠せるような家具もない。天井は高いが、見通しが良いため、身を隠すのは無理だ。娯楽室の窓からは、直接、屋敷の屋根の上に出られるようだが、その窓も内側から鍵がかかっていたのだから、そこも隠れ場所にはなりえない。

では、映写室はどうか？

西之園説によれば、殺人犯は、最終的には、映写室にいたことになる。つまり、娯楽室で耶素子嬢を殺害したあと、一度廊下に出て、映写室に入る。そこで、映写機を移動させて、例の小窓を通れるように準備する。これをあらかじめしておいた可能性もある。とにかく、再び、廊下から娯楽室に戻ってきて、そこのドアの鍵をかけたあと、壁の小窓に飛びつき、その小さな穴を通り抜けて映写室に移る。これで、娯楽室の方の密室は完成するわけだ。あとは、映写機をもとどおりの位置にセットし直すだけである。

しかし、問題はそこからさきなのだ。

映写室のドアの鍵をかける方法は？

しかも、その映写室には由季子嬢が倒れていた。彼女は、絞殺されていたのだ。他殺なのだから、もちろん、彼女が犯人ではない。

映写室に立つ殺人犯を想像した。

その状態から、どうやって脱出したのだろう？

映写室には、身を隠す場所があっただろうか？

私は映写室の様子を思い出す。中央左手には映写機が台にのっている。一番奥にはフィルムのアルミ缶が並んだ棚。右手には大きな作業机。

映写室の方は、どこかに隠れることができそうだ。たとえば、映写機ののっている台はどうか？　あの中に人が隠れられるのではないだろうか。

この思いつきに、私はだんだん興奮してきた。そして、実際に立ち上がった。飛び出していって、一刻も早く西之園嬢に話したくなった。

どうして、彼女と一緒のときに思いつかなかったのか……。我ながら歯がゆい。

つまり、殺人者が映写室の中にずっと隠れていたとすれば、密室の問題は、実にみごとに、すべて解決するのだ。それこそ、一点の曇りもなく、である。

隠れ場所の第一候補は、あの映写機の下の台だろう。作業机の下という可能性もある。案外気がつかなかったかもしれないじゃないか。

待てよ……。私は別のことを思いついた。

しかし……、あのとき、つまり、映写室に入って死体を発見したとき、誰か、その場にいなかった人物がいただろうか？

橋爪氏、清太郎君、それに滝本氏はいた。神谷嬢も真梨子も、騒ぎを聞きつけて、三階に上がってきていたはずだ。娯楽室で死体を発見したときから、屋敷の全員が三階のホールに集まっていたことになる。もちろん、そのあとで映写室に入ったときも、誰も欠けていない。もし映写室に隠れていたとすれば、犯人は映写室からは出られなかったはずだから、屋敷の誰かが犯人だと仮定すると、明らかに矛盾が生じる。

ということは……、つまり、まだ他に誰かいた、ということだろうか。

あのとき、三階に上がるまえに、玄関の鍵を確かめた。裏口も鍵がかかっていた、と西之園嬢が話していた。しかし、窓からだって出入りは可能だし、リビングならば庭のテラスから直接出入りができる。その気になれば、どこからだって、出入りは簡単だろう。

私の思いつきは、明らかに、外部の人間の犯行である、という結論を導くものだ。いや、外部かどうかは断定できない。少なくとも屋敷の内部に詳しい人間ではある。ただ、私が知らない人物、あるいは、この屋敷にいることを私が認識していない人物が存在する確率が極めて高い、といえる。密室を合理的に説明できる解答がない限り、この仮説が有力なのだ。

知らないうちに、また煙草を吸っていた。私は、それを灰皿で揉み消し、ベッドで横になって、さらに思考を続けた。

映写室に隠れていた人物は、その後、どうしたのだろう？

あのあと、全員が一度、一階に下りた。リビングには真梨子と神谷嬢がいたはずだ。その他の人間は……、そう、清太郎君の部屋へ行って、彼が無線で連絡をつけるのを見ていた。

違う……。滝本氏が、三階に残っていたではないか。彼は、朝海姉妹の死体にシーツをかけ、それから壊れたドアの破片を片づけていたはずだ。もし、彼が持ち場を離れなかったとすれば、少なくともその間は、映写室に隠れていた人物は外に出るわけにいかない。

そのあと……、三階に上がっていったのは、彼女だ。西之園嬢である。厨房で私が破廉恥《はれんち》な行為をしたため、彼女は怒って出ていった。きっと、あのまま三階へ行ったのであろう。少しあとになって私が階段を上ろうとしたとき、滝本氏がちょうど下りてきて、三階に彼女がいると教えてくれた。つまり、滝本氏と西之園嬢は、入れ替わりで三階にいたことになる。となれば、まだ、隠れている人物が逃げ出すチャンスはない。そのあとは、私と西之園嬢の二人が、しばらく三階にいた。

結局、かなり長い時間、殺人者は映写室のどこかに隠れていたことになる。そんな危険な状態だったのだろうか。なんだか、怪しくなってきたな、と私は直感した。自分の仮説が、今一つ信じられなくなる。

三階から私と西之園嬢が下りてきたのは、朝になってからだ。隠れていた殺人者が逃げ出すことができたとしたら、私たちが二人で朝食を食べていたとき、あのときくらいだろう。もう、橋爪氏も滝本氏も自室に戻っていたのだから、リビングには誰もいなかったことになる。天候も回復している。テラスから屋敷を抜け出して、森の中に逃げることだって可能だった。

あるいは、玄関の鍵だって、スペアキーさえあれば、外からかけられるだろう。方法はいくらでもある。

多少説得力には欠ける気もするが、致命的な問題はない。今の仮説に、矛盾点はないだろう。

朝海姉妹を殺し、密室を作って、自殺に見せかけた……。

「あ！」私は、そこで一人で小さく叫んでしまった。

一つだけ、矛盾点が見つかったのだ。

私の仮説では、殺人者は映写室から出ていないことになる。ということは、それだけの時間があった、と考えて良い。私と西之園嬢が最初にドアをノックしてから、ドアが叩き壊されるまで、一時間もある。充分な時間があったのだ。それなのに、どうして、由季子嬢が首を吊ったという偽装を、犯人はしなかったのだろうか？

西之園説が私の頭にこびりついていたため、柔軟な思考が阻害されているのかもしれなかった。とにかく、密室は、自殺の偽装としか考えられない。だが、由季子嬢の方は簡単に他殺と診断されてしまったのだ。あるいは、ロープなどが残っていたら、自殺と判断される可能性があっただろうか？　いや、それは私にはわからない。専門家ではないからだ。ただし、事実がどうであれ、殺人者がどう考えたのかが問題なのである。殺人者が警察の技術力をどう評価しているのかによるわけだ。

少なくとも、首を吊ったと思わせるような小道具を配置しておく時間は充分にあったのではないか。特に、もともとそうするつもりで計画していたのならば、なおさらである。娯楽室の耶素子嬢の場合と同様に、映写室の由季子嬢に対しても、偽装工作ができたはずなのだ。

それをしなかった理由は何か？

私は目を瞑った。

## 4

別のことを考えていた。

まだ名前をきいていない。

そう、彼女の名前を、私はまだきいていなかった。

西之園……何というのだろうか？

きっと、綺麗な名前だろう。

彼女のイメージは「白」。

純白な感じだから、百合子《ゆりこ》さん、小百合《さゆり》さん、それとも……。

ああ、馬鹿馬鹿しい。

なんというイメージの貧困さ。

眠ったつもりはなかったのだが、目を開けると、目の前に真梨子が座っていたので、私はもう少しで飛び上がるところだった。

呼吸を回復するのに数秒かかるほど、酷《ひど》く狼狽《うろた》えた。

「誰なの？　小百合って。そう言わなかった？」真梨子は私に顔を近づけ口を尖らせた。

「吉永《よしなが》小百合の……夢を見ていたんだ」私は咄嗟《とっさ》に言う。こういった場合にも、私は悠然としていられるのが私の特徴であるが、もちろん意識的なものではなく、表面的には顔面神経の不足か、ただ単に感情の緩慢《かんまん》さに起因している。

「ばっかみたい」真梨子は鼻息をもらす。「夢に吉永小百合が出てくるわけ？　どういう神経？」

「知らないよ。僕に責任はないだろう？」

「だって自分の夢でしょう？」

「わかった……、ああ」私は早めに白旗を振った。

「たった今、刑事さんたちが到着したみたいよ」真梨子は立ち上がって、窓際まで歩いていく。私の部屋は東を向いていた。外を見たところで、森が見えるだけだ。

「そう……。何人くらい来た？」私は起き上がって、煙草に火をつけた。

「三人」

時計を見ると、十二時半。どうやら、二時間ほど眠っていたようである。

「三人とは少ないね」

「ええ、まだ道が通れないんですって」真梨子は戻ってきて、ベッドの私の隣に腰掛けた。「だから、西之園さんの家の車で、通行止めのところまで迎えにいって、ここまで送ってきたのよ。ほらほら、あの、えっと、頭が真っ白の運転手さん。見たでしょう?」

「ああ、諏訪野さん」

「あの人、誰かに似てるわよね……。えっと、歌舞伎役者のさあ……」

「道はいつ開通するって?」

「知らないわ。でも電話なら、もう大丈夫よ。私、さっき東京に電話した。もう、お父様なんかびっくりしちゃって。私が自殺したとでも思ったみたい」

「刑事さんから、何かきかれたかい?」

「いいえ、まだ。今来たところだもの」

「きっと、きかれるよ」私は立ち上がって灰皿を取りにいく。

「自殺の理由とか?」

「いや……」私は煙を吐き出しながら、言葉に詰まった。「聞いてないのかい?」

「何を?」

「あれ、自殺じゃないんだ」

「自殺じゃない?」真梨子は首を傾げた。「え? じゃあ、病気なの? 心臓マヒ?」

「殺されたんだよ」私はそう答えて、彼女の顔を見た。

「殺された？」

私は頷いてみせた。

「警察が連れてきた医者が、そう言ってた。耶素子さんの方は、はっきりとはまだ断定できないみたいだったけど、由季子さんは、確実だって……。彼女、首を絞められて死んだんだよ」

「どうして？　まさか……。誰が、そんなことを？」

「さあね」私は肩を竦める。

「さあねじゃ済まないわよ！」真梨子は叫ぶ。「どういうこと？　ねえ、どうして？」

「だから、わからないって……」

「強盗なの？　でも……でも、そんな」真梨子は立ち上がって歩き出した。きょろきょろと、部屋のあちらこちらを見回している。小さなパニック状態のようだ。「ああ！　どうしたらいいの？　ねえ、もう、東京へ帰りましょうよ」

「大丈夫さ。そのために警察が来たんだから」

「だって、どこにいるのかわからないじゃない。森ばっかりで、どこにだって隠れられるのよ。どうするの？　夜になったら、また襲ってくるかもしれないわ。警察が、ずっと私たちを守ってくれるっていうの?」

「守ってくれるさ」私はとりあえず頷く。「少し、落ち着きなさい」

「落ち着いてなんかいられないわよ！　ああ……、もしかして、今までだって、危なかったわけじゃない？　貴方だって、部屋に鍵もかけずに眠っていたのよ。どういう神経なの？」

「僕たちを殺すような動機がないじゃないか」

「動機？　動機って？」

「ああ……、人を殺したってことは、それなりの、何か目的があったわけだろう？　朝海さんたちに死んでもらいたい、と思っている人物がいたわけだ」

「酷《ひど》い……。よくそんなことが言えるわね」

「僕がそう思ってるんじゃないよ。そう思っている人がいる、と言っただけだ」

「思ってなかったら、そんなこと思いつかないはずだわ」

私は溜息をつく。真梨子のこの手の思考パターンは充分に把握していた。「わかった。ああ……、僕が悪かった」

「ねえ、東京へ帰りましょうよ。私たち二人だけでも、こんなところ、早く逃げ出しましょう」

「それはできない。警察がうんと言わない」

「どうして？」

「逃げたりしたら、僕らが殺人犯だと疑われるよ」

「だって……」真梨子はヒステリックに顔を引きつらせて笑った。「まさか、そんなことって……」

「とにかく、すぐ帰るなんて無理だよ。しばらくは帰れない」

ドアがノックされた。

「はーい。開いてますよ」私はすぐに答える。

入ってきたのは滝本氏だった。服装も表情も、すっかり普段の彼に戻っていた。

「お昼のお食事をご用意いたしましたが……」彼は一礼してから、抑揚のない口調で言った。

「食事って、まさか、警察の人も一緒じゃないでしょうね?」真梨子が強い口調できく。

「そのようなことはないと存じますが……」

「すぐ下りていきます」私は答える。その言葉を聞いて、滝本氏はもう一度頭を下げてから部屋を出ていった。

少し遅れて、私と真梨子も部屋を出た。階段ホールの方へ歩きかけると、彼女が私の手を反対方向に引っ張った。

「どうしたの?」

「ちょっと、私、着替えがしたいから」

「じゃあ、僕はさきに下りてるよ」

「駄目よ！　もう、何考えてるの？　私に一人で部屋に入れっていうつもり？」

特に何かをいうつもりではなかった。入りたくないのなら、入らなければ良いのに、と私は単純に思ったが、こんな素直さは、冷たい、と思われてもしかたがないだろうか。

それにしても、真梨子の態度には少し腹が立った。男女が親しくなり、多少でも馴れ馴れしくなると、お願いの言葉の構文がすべて、反語あるいは疑問形の形態をとるようになる。それが、真梨子から学んだ一般論だった。自分も気をつけたいものである。私は独身なので経験がないが、自分が飲みたくて「お茶を淹れて下さい」と依頼する言葉の代わりに、「お茶でも飲もうか？」とつい言ってしまう既婚男性が、私の知るかぎりでも少なくない。それが親しみの表現だと、全人類が感じる保証はない。言葉とは、本来の意味に解釈されるのが原則だからだ。真梨子のこのときの言葉は、「私はお茶が飲めないのか？」という用法に相当するものだ。

真梨子は、黙っていた私を引っ張って自分の部屋に入った。

彼女は、すぐジーンズに着替える。私はその間、手持ち無沙汰で待っていた。

「あの西之園って人、気に入らないわ」鏡の前で化粧を直しながら真梨子は言う。

「そう？」

「大っ嫌い」

「どうして？」

「どうしても」

私は黙っていた。まさか、私の気持ちを彼女が知るはずはない。

「なんかさ、人のこと、小馬鹿にしてるみたいじゃない？」

「そう卑下することはないよ」私は答える。

「どういう意味よ、それ」真梨子は鏡の中で私を睨んだ。

真梨子も馬鹿ではないようだ。私の言った意味が意外にも正しく通じてしまったので、私は半分面白く、半分慌てる。

とにかく、私たちは一階の食堂まで一緒に下りていった。

テーブルには、既に全員がそろっていた。

橋爪氏は、ぼんやりとした精彩のない顔つきで、操られているような機械的な動作でスープに取り組んでいたし、その横の無表情な清太郎君は、メスでも扱うような手つきでフォークを持ち、サラダのマカロニと格闘している。神谷美鈴嬢は、清太郎君の隣にビニルの人形みたいに姿勢良く座っていて、そこは、昨日までの彼女の席とは違っていた。どうやら、獲得した新しい地位を主張しているようだった。西之園嬢だけが離れた席についていて、両手を膝にのせたままの姿勢で、まだ料理に手をつけていなかった。滝本氏は、私たち二人が部屋に入ってきたのを見て、厨房へ消えた。スープを取りにいったのであろう。

椅子に座りながら、私は向いの席の西之園嬢の顔をちらりと盗み見た。彼女は何かを考えている様子だ。誰とも目を合わさない。私の存在も無視しているように見えた。

「岐阜県警の刑事が来てます」橋爪氏は、両手を組み合わせ、もったいぶった仕草で皆にアナウンスした。「午後から、みんなに話をききたいと言ってるんで、まあ、協力してやって下さい。もう、ご存じかもしれんが、どうも、亡くなった彼女たちのことで、多少、その、不審な点があるようなのです。まあ……、私の知ったことじゃないがね」

最後の一言を、橋爪氏は苦々しく誇張した表情で言った。

「由季子さんは自殺じゃなかったって、聞きましたけど」真梨子が高い声で言う。滝本氏が、ちょうど彼女の前にスープ皿を置いたときで、彼の手が一瞬だけ止まった。

「ええ……、馬鹿げてるが、そう言っている。しかし、たぶん、何かの間違いでしょう」橋爪氏は真梨子の方を見て微笑んだ。「何も心配することはありませんよ、石野さん」

「はい……」真梨子は素直に頷く。

なるほど、こう言えば良かったのか。橋爪氏が言った台詞を、私は思いつかなかったのだ。真梨子も「心配しなくて良い」の一言が聞きたかったのだろう。だが、客観的にみて、医師の検死結果が間違いだったという可能性は少ない。

「だけどさ、あそこ……、鍵がかかっていたでしょう?」清太郎君が口をもぐもぐとさせながら言った。「それじゃあ、まるで密室殺人ってことになるじゃない」

「だから、何かの間違いだといってるんだ」橋爪氏は同じことを繰り返す。

私はスープを味わいながら、西之園嬢を見た。彼女もスプーンで静かにスープを口に運んでいた。私を見てはくれない。

「殺人犯は、屋敷の外から忍び込んだんだと思います」私は思い切って発言してみることにした。

「そんなの、当たり前でしょう？」隣の真梨子が口を挟む。

「笹木さん……、どうして、そう思うのか、聞かせて下さい」橋爪氏が私を睨んで言った。

「食事中に話す内容ではありません」私は答える。

「いかがですか？」橋爪氏は全員の顔を順番に見た。「特に、異論はないようだよ。この際、意見を交換し合った方が良いでしょう？」

意見交換の意義がどこにあるのか、理屈がよくわからない発言だったが、この種の意見というのは、えてして、何も考えていない人々の賛同を得るものである。真梨子も神谷嬢もうんうんと頷いて、私の方を見た。

「じゃあ……、簡単に僕の考えをお話ししましょう」私は、スプーンを置いた。ほとんどスープを飲んでしまったところだった。「つまり、清太郎君が言ったように、殺人現場が密室だった、ということを前提にした仮説なんです。だから、今行われている検査で、さっきのは誤診で、やっぱり自殺だったなんてことになったら、元も子もありません。そのつもりで聞いていただけますか？」

「前置きはいいよ」橋爪氏は苦笑いする。

西之園嬢は下を向き、まだスープを飲んでいる。

「簡単です……」私は続けた。「あの部屋の中で人を殺した人物が外に出たとしたら、ドアに鍵がかかっていたはずはありませんよね。違いますか？」

「だけど……かかっていたんでしょう？」真梨子が口を尖らせる。

「つまり、あの部屋から犯人は出なかったんだよ」私は真梨子にそう言ってから、みんなの顔を見た。もちろん、一番見たかったのは西之園嬢である。彼女は、ようやく少し顔を上げて、私を一瞥したが、すぐに下を向いてしまった。

「出なかった？」橋爪氏がきき返した。「出なかったって、どういうことだい？」

「映写室の中にずっと隠れていたんですよ」

橋爪氏は、「は」という声を出して、一瞬遅れて笑いだした。

「確かに、誰かがいたのを見たわけじゃないですよ」私は真剣な表情で続ける。「でも、その可能性は充分にあります。たとえば、映写機の下の台の中とか、あの壁際にあった作業机の下とか、隠れられそうなところはあった。犯人は、映写室のどこかに隠れて、私たちをやり過ごそうとした、というわけです。ずっと我慢して隠れていて、みんながいなくなるのを待っていたんですよ。たぶん、朝方になってから逃げ出したんでしょうね」

「あの台は、中には入れませんよ」清太郎君が発言する。「でも、もちろん、もう一度、ちゃんと調べてみた方がいいけど」

「とにかくですね。これ以外に方法がない。だから、殺人が本当ならば、この結論しかありません。それに、もしも、このとおりなら、ここにいる我々全員、誰も犯人ではありえない。つまり、殺人者は外部から侵入したという結論になるんです。あのとき、彼女たちが死んでいるのを見つけたとき、全員があの場にいたからです」

「そうだったかしら?」真梨子が考えながら言う。「だけど、そもそも、私たちを疑うのがどうかしているわ。どうして、朝海さんたちを殺さなくちゃいけないの? 理由がないもの」

「うん、これはね、そういうこと抜きにした架空の議論なんだ。誰が、物理的に犯行が可能であったのか、ということだけを考えた場合の話」

「あの……」清太郎君がフォークを持った手を挙げて、質問した。「それって、映写室の方だけでしょう? 娯楽室の方は、どうなってるんです? あっちは隠れるところなんて、ないですよ」

「それは……」私は西之園嬢をもう一度見た。彼女もなにげない表情で私を見る。「つまり、娯楽室の耶素子さんは、まだ他殺と決まったわけじゃないからね」

「耶素子さんは自殺なんですか?」今まで黙っていた神谷嬢がハスキィな声できいた。

「その話は、今はやめておきましょう。情報不足です」私は微笑んで答える。

「釈然としないな」橋爪氏は唸るように言った。背の高いグラスに注がれたビールに彼は口をつける。「なんだって、そんな、わざわざ鍵をかけなくちゃいけなかったんだい？」

「自殺に思わせたかったんでしょうね」私はフランスパンを取りながら答える。

厨房からワゴンを押して滝本氏が出てきたので、話はそこで途切れた。可愛らしいサイズのステーキだった。そのメインディッシュに全員の関心が移ったのか、しばらく静かになる。私はずっと西之園嬢の顔色を窺っていた。どうしたのだろう。彼女は何故発言しなかったのか……。私と二人きりのときには、あれほど積極的に事件のことで議論していたくせに……。新参の客ということで遠慮しているのだろうか。

「でも、やっぱり映写機の台には隠れられませんよ」かなり経ってから突然、清太郎君が話を再開した。彼が一番最初にステーキを平らげたのである。「あれ、確かに底がないから、絶対に人間が隠れられないとは言いませんけど……、でも、屈《かが》み込《こ》んで、あの台を、こう、上からかぶったとしても、誰かが、そのあとで、映写機を上にのせなきゃならないわけでしょう？　もう一人いたことになるし、その人は、どうやって部屋を出たんです？　だいたい、あの映写機、めちゃくちゃ重いんですよ。ずらすくらいならともかく、そんな、台から降ろしたり、のせ直したりなんて、ちょっとやそっとじゃ……」

「おお、そうだそうだ」橋爪氏が相槌を打ち、誇らしげに息子を見て微笑んだ。

つまり、例の台は、箱形をしたものが、逆さになっているということである。殺人犯がその中に隠れるためには、まず映写機を降ろす必要があるし、隠れたあと、また映写機をもとどおりにのせ直さなければならない。誰か力持ちの助っ人がいなくてはできない。そして、その助っ人が部屋を出られないから、密室にならない、という理屈である。

「作業机の下は?」私はステーキの最後の一口を食べながらきく。「あの下、案外、盲点だったんじゃないかな」

「うーん」清太郎君は唸った。「段ボール箱が、確か二つ、押し込んであったと思います。一つは、冬にあの部屋で使う石油ストーブです。もう一つは、えっと……」

「映写機の箱だろう?」橋爪氏が代わりに言う。

「ああ、そうか、じゃあ、そっちは空き箱だ」と清太郎君。

「ですからね。その箱の陰とかに、隠れていたんじゃないかと」そうは言ったものの、私は段ボール箱のことなどまったく覚えていなかった。それくらい、机の下なんて見ない場所だという証拠だ。誰だって、あの状況でそんなところに注意が向くはずがない、と私は思う。裏返せば、隠れ場所として適していたことになる。

「なるほどなあ」橋爪氏はビールのグラスを空けながら言った。「そうか……、笹木さんの説、ひょっとしたら当たっているかもしれんね」

「警察が指紋とかを調べるんでしょう?」真梨子が呟く。「早く、犯人を捕まえてほしいわ」

いつの間にか、他殺説が有力になっていた。しかし、自分で言っておいて無責任かもしれないが、私の仮説はあまり現実的とは思えない。はたして、外部の人間が、屋敷に忍び込んで殺人を犯したあと、何時間もじっと隠れていた、などということがありえるだろうか。机の下に隠れるなんて、大いに危険な行動といわざるをえない。

どうして、すぐに逃げ出さなかったのだろう？

私は、そこでまた名案を思いついた。

西之園嬢が指摘したように、犯人は、私と彼女がドアを叩いたとき、部屋の中にいた可能性が高い。ノックに驚いて、とりあえず作業机の下に隠れた。急いで隠れたから、由季子嬢が自殺したという偽装工作をする暇がなかった。さて、隠れてしまうと、ドアに耳を付けているわけではないので、部屋の外の様子がよくわからない。ひょっとして、私たちがずっと廊下にいると勘違いしたのではないか。机の下から出られなかったのは、そのためではないだろうか。

これなら、一応の説明はつく。大きな矛盾点もない。

私は、たぶん満足そうな表情だっただろう。自分の推理がなかなかのものだと確信したからだ。

ところが、事件に関する議論はそのあとは続かなかった。全員が急に押し黙ってしまい、橋爪氏が二言三言、関係のない話をした程度だったと思う。西之園嬢もずっと口をきかなかった。

5

制服の警官が食堂に顔を出したのは、食事が終わってから十分ほどあとのことである。橋爪氏と私に、三階まで来てほしい、と例の柔道タイプの大柄な警官が呼びにきた。橋爪氏は頷き、すぐ立ち上がったが、私は、自分が呼ばれた理由がわからなかった。いったい何だろう?

階段を上がるときに、警官にそれとなくきいてみたのだが、彼は首をふるだけだ。上で刑事が呼んでいる、とだけしか説明してくれなかった。

三階のホールには、数人の男たちが待っていた。朝から来ていたもう一人のミュージシャン系の若い警官、それに太ったメガネの医者。その他に、さらに三人増えている。三人とも私服で、四十代と思われる男が一人、あとの二人は若そうだった。彼らは全員、白い薄手の手袋をしていた。

「まだ、鑑識課の捜査員が来れないんです」一番歳上の男が低い声で説明した。「もうそろそろ道が通れそうだという連絡はあったんですけどね」

この刑事は、岐阜県警の小早川《こばやかわ》と名乗った。角刈りの強面《こわもて》の男で、肩幅も広く貫禄《かんろく》も充分だ。あるいは、私と同年輩かもしれない。しかし、額の皺もくっきりと深く、まったく時間の流れ方の違う世界を生き抜いてきた、とでもいった痕跡が、如実にその風貌に染みついていた。睨みつけられると逆らえない眼光の威圧感など、職業柄作られたものかもしれないが、それにしても、いき過ぎではないか。いかにも、らしい、感じではあったし、また、滑稽なほど時代がかっている、とも思えた。

「ドアに鍵がかかっていた……そうですね？」お互いに自己紹介をし終わると、私を睨みつけたまま、小早川刑事がドスの利いた低音で言った。声も雰囲気そのままで、想像どおりだった。

「ええ」

「笹木さんが、鍵を開けられたんですね？」

「ええ……、というか、橋爪さんがドアに穴を開けて、私は手を突っ込んだだけです。娯楽室の方は、手が届かなくて、結局、西之園さんに替わってもらいました。あっちの映写室は、私が鍵を開けましたけど……」

「鍵は本当にかかっていましたか？」

「え？　どっちの話です？」

「両方です」

「かかっていましたよ……、もちろん」

「そうですか……」小早川刑事は髭の濃い顎を片手で擦る。「おかしいですな……。どうして、そんなふうになったんでしょうか？　鍵は内側ですよね？」

「ええ、つまり、密室殺人ですね」私は無理に微笑んで言う。

「ほう……、そんなふうにいうんですか？」小早川刑事はさも珍しそうに言った。

知らないはずはないだろう、と私は思った。それとも、密室殺人という言葉は、テレビや小説だけで用いられる俗語で、専門用語ではないのだろうか。いずれにしても、小早川という男の態度で、私は嫌な気分になっていた。何もしゃべりたくなくなった。

「どちらが姉で、どちらが妹ですか？」別の質問を小早川刑事はする。どういうわけか、彼は橋爪氏ではなく、じっと私の方を見ているのだ。

「髪の長い方が由季子さんで、お姉さんです」私は答えた。橋爪氏を見ると、彼も落ち着かない表情で私を見返した。

「娯楽室で亡くなっていたのは？　どちらでしたか？」小早川刑事は意外な質問をする。どうしてそんな簡単なことを尋ねるのだろう。私は少し戸惑った。

「妹の……耶素子さんだと思いますが」橋爪氏が答えないし、刑事は私を睨んでいるので、しかたなく、また私が答えた。こんな質問に、どんな意味があるというのだろう、と思いながら。

「申し訳ありませんが、もう一度だけ、ご遺体を確認していただけますか？」

刑事のその言葉に、私は身震いがした。橋爪氏も、何か言いたそうに私の方を見る。彼は顔をしかめていた。できれば、もう見たくなかったのだろう。私だってそうだ。誰だって、見たくないに決まっている。いったい何を確認する必要があるというのか。

娯楽室の真ん中に、それはまだあった。

シーツをかけられている。

死んでも物体は消えないというわけだ。

小早川刑事の後について、私と橋爪氏はそれに近づいた。刑事はそこで腰を落し、まるで新聞を一頁めくるみたいに、簡単にシーツの端を持ち上げた。

蠟人形みたいだった。

いや、蠟のような艶はない。

私が最初に見た首もとの痣は、少し薄くなっているように思えた。それだけを見てから、私は視線を逸らし、天井を仰ぎ見た。途中で切れた麻紐が、梁からぶら下がったままである。

「どうです？」小早川刑事は首を捻って、下から私たちの方を見上げてきいた。

そこに倒れているのは、髪の短い女性である。

だから、妹の耶素子嬢だ、と私は思った。

今まで、それ以上のことは疑いもしなかったのだ。

しかし……、今、私は躊躇《ちゅうちょ》した。何故なら、由季子嬢の部屋で彼女の運転免許証の写真を見たからだ。あの写真の由季子嬢は、髪が短かったのである。

「耶素子さん……だと思いますけど。私は、そもそもよく知らないんです」私は言葉を濁した。

死人の顔というのは、生きているときとはずいぶん印象が違うものである。筋肉の緊張に関係があるのか、理由は知らない。それに、もともと、生きているときの人の顔だって、そんなにじっくりと観察しているわけではない、ということもいえるだろう。

正直にいえば、そこに倒れている女性は、私の記憶の中の由季子嬢とも耶素子嬢とも、同じくらい印象が違っていた。

「由季子さんだと思います」橋爪氏がそう言ったとき、私は最初、彼が言い間違えたのだと思った。

「確かですか？」小早川刑事は橋爪氏を睨んだ。

「間違いありません」

「こちらが、朝海由季子さんだと、いつ気がつきましたか？」

「今です」橋爪氏は答える。「いや、てっきり……、耶素子さんだと思っていました。でも、ええ……、よく見てみると、これは由季子さんです」

私は驚愕してものが言えなかった。しばらく呼吸もしなかったであろう。

我々は間違えていたのか……。

今の今まで……。

彼女たち姉妹を見間違えていたのか……。

「じゃあ、向こうを」白い手袋の片手を挙げ、バスガイドみたいに小早川刑事が示す。

私たちは一度廊下に出て、隣の映写室に移動した。

気を取り直して、私は室内を注意深く観察する。

特に、映写機の下の台に目が行く。思っていたよりも大きい。充分に人が隠れることができそうだ。だが、上面にも側面にも蓋のようなものはない。清太郎君が指摘したとおり、映写機を降ろさないかぎり、台の中には入れないことがわかった。

一方、部屋の反対側にある問題の作業机の下には、段ボール箱が確かに二つあった。石油ストーブの箱と映写機の箱だと聞いていたので、箱に記されているメーカ名などからすぐに判別できた。どちらも、今は机の下の一番奥に押し込まれているが、あのときも、このとおりの位置だったのか、正確なことは思い出せない。少し手前にずらせば、その奥にできたスペースに、人が隠れることがなんとかできただろう。

小早川刑事はさきほどとまったく同じポーズで、死体のシーツをめくり、黙って私たちを見た。

こちらは、長髪の朝海嬢である。サマー・セーターに隠れ、首もとは見えなかった。それは、私が最初に見たときのとおりだ。

「やっぱり間違いありません。こちらが、耶素子さんですよ」橋爪氏が答えている。

気圧でも変化したのだろうか。私の耳は、空気が籠《こ》もったような感じで、今しゃべった橋爪氏の声が、夢の中みたいに、どこか遠くから聞こえた。

「でも、耶素子さんは……、その……、髪は長くない」私は口をきいた。自分自身の声も遠かった。

「これは鬘《かつら》です」小早川刑事が低い声で言うのが聞こえた。

もちろん意識ははっきりとしている。しかし、現実感が急速に消えつつあった。触っているものも、見ているものも、聞いているものも、どれもぼんやりと遠い。夢を見ているように……。

私は素早く頭をふった。

「どうしました？」小早川刑事が立ち上がって私を睨む。

「あ、いや……、ちょっと気分が悪くて」

「ああ、失礼」刑事は口もとを緩める。いじめっ子のような顔つきだった。「もう、けっこうです」

廊下に出ても、私の気分は晴れない。立っていることさえ苦痛に感じられた。刑事は、橋爪氏に朝海姉妹のことについて質問を繰り返している。私は居場所がなくなり、近くにあった灰皿まで行って、しばらく煙草を吸った。これが、とんでもなく不味《まず》かった。こんなに不味い煙草を吸ったのは初めてのことだった。

「あの、ちょっと、休ませてもらってもいいでしょうか？　どうも気分が……」堪らなくなって私は刑事にきいてみた。

「あ、ええ、どうぞ」小早川刑事は、簡単に言った。ただし、心の奥底まで覗き込むような嫌らしい視線は変わらない。

私は一人で階段を下り、二階の自分の部屋に戻った。

洗面所で顔を洗い、ベッドで横になる。しばらくそうしていたら、ますます気分が悪くなり、胸がむかついた。冷たい水でも飲めば治るかとも考え、再び洗面所に行く。

そこで私は一度吐いた。

鏡に映っている自分の顔を見る。

蠟人形……みたいだ。

何度も顔を洗い、歯を磨き、ようやく落ち着く。

少し蒸し暑かったので窓を開けた。籐製の椅子を二つ窓際まで運び、一方に腰掛け、もう片方に両足をのせる。

煙草はまだ吸いたくなかった。

恐る恐る呼吸をしている。

気分が悪くなったのは、死体のせいだったのか？

昨日から体調が悪かったのは事実だが……。

死んでいた二人、朝海由季子嬢と朝海耶素子嬢が、実は反対だった。

入れ替っていたのだ。

そう、これが一番の理由だ。気持ちの悪くなる原因だった。

どうして、そんなことが……。

その不可解さが、実に不気味だ。それが気持ち悪い。子供の頃から私はそうなのである。ホラー映画で血や死体を見せられても、どうということはない。しかし、理不尽なもの、ありえないものが、恐ろしい。違和感に躰が拒否反応を起こす。

西之園嬢と密室について議論しているときも、実はこれと同じ感覚が微《かす》かだが、あった。答が出ない対象に向かうとき、喉にものが支《つか》えている状態に似て、気持ちが悪くなる。誰だって、少なからず同じ感覚を持っているのではないだろうか。

朝海姉妹が入れ替っていたのは、どうしてだろうか。

理由があるのだろうか？

もしそれが、意図的な行為の結果だったのなら、いったい何のために？

ドアがノックされる。真梨子だ、と私は直感した。私は彼女の顔が見たくなかったので、窓の方を向く。ドアが開いた。

「今、気分が悪いんだ……」私は座ったまま、彼女を見ないで言った。「ちょっと……一人にしておいてくれないかな」

「ごめんなさい」

驚いて私は振り向いた。部屋に入ってきたのは、真梨子ではなく、西之園嬢だったのだ。

「ああ、すみません。真梨子と間違えました」私は慌てて椅子から両足を下ろす。

「大丈夫ですか？」戸口の西之園嬢は、心配そうな表情できいた。

「ええ……。いや、大したことありませんよ」私は微笑んだ。「あの……、真梨子は？」

「石野さんでしたら、神谷さんと一緒にプールです」

「プール？」

「はい」

私は息をもらした。プールだって？　こんなときに？

「ああ、どうぞ、西之園さん、ここへ」私は、椅子を移動させて、彼女に勧める。

「何かお薬をお持ちしましょうか？　頭痛ですか？　それとも、腹痛ですか？」

「いえいえ、本当にもう大丈夫です」私は微笑む。「西之園さんと一緒なら、きっと良くなります」

「上で、どんなお話を？」西之園嬢は私の前の椅子にゆっくりと腰掛ける。この上なく優雅で上品な座り方で、窓から入る微風が、彼女の軽そうな髪を揺らした。「私、今、三階に行ってきたのですけれど、笹木さん、いらっしゃらなかったので、お部屋かと思いましたの」

「上にはまだ、橋爪氏がいましたか？」

「はい」

「これから、一人ずつ呼ばれるんじゃないかな。僕は、運良く早退できましたよ。死体を見て、気分が悪くなってしまったんです。まったく……、高校のときの体育と同じだ」

「体育のときも……、気分が悪くなったのですか？」

「いいえ、単なる冗談です」私は、急に真剣な顔になったと思う。それを話すことが、何かとんでもない告白みたいに感じたからだ。「実はですね……、西之園さん。由季子さんと耶素子さんが、入れ替わっていたんですよ」

「え？」西之園嬢は一度瞬いて目を見開いた。「それ、どういうことですか？」

「娯楽室で死んでいたのが、お姉さんの由季子さん。映写室で殺されていたのが、妹の耶素子さんだったんです」

西之園嬢は、二、三秒の間、マネキン人形のように微動だにしなかったが、ようやく一度だけ大きく瞬いて言った。「それじゃあ、やっぱり鬘《かつら》だったのですね」

「そうです。ですから、この問題の論点は……」

「何故、入れ替っていたのか……」彼女は滑らかに言う。

「そう、そのとおり」私は頷き、溜息をつく。

「あ、それじゃあ……、清太郎さんは……」西之園嬢はぱっと目を大きくする。「あのとき、清太郎さんは、あれが由季子さんだって知っていたんだわ」

私もそれに気がついた。

娯楽室で、髪の短い朝海嬢を抱き寄せ、清太郎君は泣いていたではないか。彼は、そのあと、映写室の方には入ろうともしなかった。首を吊ってぶら下がっている死体を見るのが嫌だった、などと言い訳をしていたが、そうではない。髪が短いことで、私たちは勝手に耶素子嬢だと思い込んでしまったが、彼は、娯楽室で死んでいたのが自分の恋人だとわかったのだ。

なるほど、考えてみれば当然のことである。

清太郎君なら見間違うはずがない。だからこそ、彼は映写室には入ってこなかった。彼だけは、髪形が入れ替わっていた姉妹に、最初から気がついていたのだ。

「何故、清太郎君は黙っていたんだろう？」

「誰も彼にきかなかったと思います」

「うーん。そうだったかな……」

確かに、あの状況で、彼はそれどころではなかったかもしれない。

「それにしても、どうして彼女たち、あんなことをしたのかな。つまり、由季子さんは自分の鬘《かつら》を、妹にかぶらせたわけだから……」

「そもそも、何故、鬘だったのか、という疑問があります」西之園嬢は、早口で指摘する。

「たぶん、仕事の関係で、短くしなくちゃいけないようなことがあったのでしょう」私は想像した。「長髪がトレードマークだとしたら、鬘を普段から使っていたんじゃあ……」

「免許証のときは、鬘をしなかったのですね？」

「ええ、そうなりますね」私は答える。「あっと、そうか……」

「何ですか？」

「実は、その……、これは、真梨子から聞いた話なんですけど……」

「真夜中に、清太郎さんの部屋から耶素子さんが出てくるところを見た、というお話ですね？」

「ああ、なんだ、西之園さんもご存じでしたか。まったく、真梨子のやつ、誰にでも話してるようですね」

「つまり、それも、耶素子さんではなくて、由季子さんだった、ということですね？」

「ええ……、そうじゃないかと」

「だとすると、どうなりますか？」

「どうって？」

「殺人や密室に関して、何か新しい展開がありますか？」西之園嬢は食い入るように私を睨んだ。

「いいえ」私は首をふる。「そこまでは……、何も」

「なあんだ……」彼女は椅子にもたれる。「良いですか、そんな些末《さまつ》な問題に囚《とら》われていては駄目よ。問題は、そんなことじゃないわ。重要な点は、首を絞められて殺されたのが、由季子さんではなくて、耶素子さんの方だった、という事実です」

私は表情には出さなかったが、込み上げる可笑《おか》しさに必死で堪えていた（おかげで気分は一気に良くなったが）。なにしろ、四十を越えた中年に向かって、「駄目よ」である。私は幼稚園児じゃない（ちゃんと卒業したはずだ）。彼女だってポンキッキのお姉さんじゃない（彼女なら適応できるだろうが）。私たちは酔っ払っているわけでもないし、ここは銀座のクラブでもないのだ。

このお嬢様は、いったい何者なのだろう。自分のことをマリー・アントワネットだとでも思っているのだろうか……。

しかしながら、最大に不可解なのは、このどうしようもない小娘から目が離せない私だ。自分では見えないが、ゼンマイが二つ三つ伸びきって、私の後頭部から飛び出しているんじゃないだろうか。

「可能性は二つです」西之園嬢は、すこぶる上機嫌な私には一向に気がつかない様子で、いたって真面目に話を続ける。「一つは、朝海さんたちが、生きているうちに入れ替った。つまり、何かの目的で、彼女たち自身が入れ替わりを実行した。お姉さんから妹に鬘を渡して……」

「それ以外に可能性がありますか？」これには、私もちょっと興味がわいた。今度は私が身を乗り出す。

「もう一つの可能性は、二人が亡くなってから、入れ替えが行われた、という場合です」西之園嬢は答える。

「え？　誰か、他の人がやったってこと？」

「そうです」

私は笑った。「まさか……、どうして、そんなことをするんです？」

しかし、無意識にではあるが、即座に私もそのシチュエーションを想像していた。何故なら、その理不尽さこそ、ついさきほど気分が悪くなった原因の本質だと、今になって思えたからだ。私はたちまち笑えなくなった。

「ああ、そうか……、殺してから、由季子さんの鬘をとって、耶素子さんにかぶせたというわけだね？　つまり、それをしたのは、殺した張本人だということか……」

「そのとおりです」西之園嬢は満足そうに微笑んだ。

「目的は何です？」

「考えられるのは、私たち発見者に誤認させるためでしょう。それ以外には、ちょっと思いつきません」

「事実、僕たちは誤認しましたしね……。うん、でも、それで何か、犯人の得になることなんて、あるかなあ？」

「ええ、私もさっぱりわかりません」彼女は僅《わず》かに眉を寄せ、唇を嚙む。この表情が一番セクシィである。何度見てもそう思う。

西之園嬢が考え込んでしまったので、しばらく沈黙がその場を支配した。私としても、いつまでも彼女の顔を見つめているわけにもいかない。立ち上がって、私は窓から外を眺めた。

屋敷の南側にある庭は、私の部屋からはほんの一部しか見えない。プールも完全に建物の死角になる。真梨子がまだプールにいるかどうか確認したかったのだが、それは無理だった。今にも、真梨子が部屋に飛び込んできそうな予感がして、私は急に落ち着かなくなった。それで、ドアまで歩いていって、私は鍵をかけた。その動作が素早過ぎたようだ。

「どうして鍵を？」西之園嬢が椅子から立ち上がり、飛び退《の》くように身を引いた。

「あ、いや……、その、真梨子が来るとまずいと思って……」私は私で驚いてしまったのだ。

「どうしてです？」私が近づくのに応じて、西之園嬢は後ろに下がり、壁に背中をぶつけた。

「あ、ああ……。違いますよ、違いますって」私はホールドアップのポーズを取る。

「それ以上、近づかないで下さい」彼女はじりじりと入口の方へ移動しようとしている。

「誤解ですよ。いえ……、真梨子が来たとき、西之園さんがこの部屋にいるのは、やっぱりまずいと思ったんですよ。だから、彼女に対しては、寝た振りをしようと……、それで、鍵を……」

「私、もう失礼します」

「あ、待って下さい。ゆっくり話がしたかったから、鍵をかけたんですから」

「前例があります」西之園嬢はぎこちなく微笑もうとしたが、泣きそうな顔にも見えた。

「お願いです。もうそろそろ、あのことは忘れてもらえませんか？」

彼女は上目遣いに私を見たまま、肩を上げて深呼吸をした。

「ええ……、そうですね」彼女は言った。彼女なりに感情をコントロールしているようだ。

「でも、この部屋は条件が良くないみたいですから、下で、ご一緒にコーヒーでもいただきましょうか……」

「ああ、それは名案だ。そうしましょう」私は、彼女の妥協案に素直に合意した。本当のところは、多少残念だったのだが……。

私は、彼女の前を通り過ぎ、そっとドアを開ける。廊下に首を突き出して左右を確認してから、西之園嬢と一緒に部屋を出た。

# 6

コーヒーを飲むために食堂に行ってみたが、誰もいない。しかし、厨房を覗くと橋爪怜司氏がいた。

「今、下りてきたところだよ」彼は顔をしかめて、大袈裟に肩を竦める。「まいったなあ……。何だか知らんが、大ごとになりそうだ。今、滝本が呼ばれているところ」

警察は、一人ずつ個別に話をきこうとしているらしい。たぶん、この屋敷にいる全員から事情をきき出し、お互いの話の矛盾点を発見しようというつもりなのであろう。今に、もっと大勢やってくるに違いない。屋敷中が警官だらけになるんじゃないだろうか。

コーヒー・メーカは空だったので、私は新しいフィルタをセットして、スイッチを入れる。

橋爪氏は煙草を吸っていた。今は、いつもどおり髪を頭の後ろで縛っている。

「しかし、この状況は興味深いな」彼は目もとに皺を寄せて微笑んだ。「殺人現場で事情聴取。一人ずつ呼ばれる参考人。これ、今度のショーで使えるよ。うん……、面白い」

独りでぶつぶつと呟いているが、ショーというのは、どうやらファッション・ショーのことで、彼はその演出の趣向でも考えているみたいだ。

「こんなときに、よくそんなことを思いつきますね。さすがにプロというか……」私は言う。皮肉ではなく、素直に感心してのことだった。

「うん……、こう、関係ないときにね、突然わいてくるインスピレーションが本ものなんですよ。机に向かっているときに無理やり絞り出すアイデアなんてものは、全部ゴミ」

「プレタ・ポルテ……ですか？」西之園嬢が突然尋ねた。

「ええ、まあ……。私はだいたい、そうですね」橋爪氏は煙を吐きながら答える。

西之園嬢は私の方をちらりと見た。彼女の素振りの真意が最初まったくわからなかった。だが、コーヒー・メーカが湯気を吹き始める頃になって、ようやく私は気がついた。プレタ・ポルテ、つまりＰＰだ。ただし、やはり大文字ではない。

「彼女たちが、反対だったこと、西之園さんにも話したの？」橋爪氏は私にきいた。もちろん、朝海姉妹が入れ替わっていた点についてである。

「ええ、ついさっき話したところです」私は答える。煙草が吸いたくなったが、橋爪氏が吸い終わってからにしようと思う。

「ありゃ全然気がつかなかったよな」橋爪氏は首を大きく傾けて呟く。「清太郎のやつは、気づいていただろうに……」

「橋爪さんは、鬘のことは知らなかったんですか？」私はきいた。

「知らんね。だって、もうずっとまえから、由季子さんはあのロングヘアだ。ひょっとして、以前から鬘だったんだろうか？」

「仕事柄、ありえますね」私は答える。

「うん……。まあ、そんなことは、どちらでもいいけど。でもなあ……、どうしてまた、死ぬときだけ、耶素子さんが鬘をかぶっていたんだろうね？」

「ええ……」頷きながら、私は西之園嬢と一瞬眼差しを交わす。彼女は黙っていた。

私と二人だけのとき以外では、彼女はほとんどものを言わなくなる。何故だろう？　昼食のときの態度にしても、どうも納得がいかなかった。あとで理由をきいてみよう、と私は思う。

「二人揃って自殺した、なんていうだけでも、充分ショッキングなのに、殺人事件で、しかも……」橋爪氏は呟く。独り言のようだ。

ショッキング……。

しかも、謎めいている……、最高に。

テレビとかのマスコミが、こんなネタを見逃すはずがない。橋爪氏の表情には、言葉とは裏腹の余裕が含まれているようだった。それはおそらく、これを機会に、デザイナとしての自分の名前をPRしよう、とでも考えているのだろう。この人物はそういう男なのだ。これは決して悪い意味ではない。プロとはそういうものだ。もともと仕事とは、多かれ少なかれ人を騙《だま》して金を取る行為なのである。半端《はんぱ》な正義感や社会的使命感をちらつかせる連中の方がむしろ鬱陶《うっとう》しい。この三日間で、私は、橋爪怜司氏のことを、嫌いな部類には入れないで済む、と判断していたし、彼の職業的能力も正当に評価したいと思っていた。コーヒーができ上がると、橋爪氏は自分のカップに注いで、厨房から出ていった。ようやく、西之園嬢と二人きりになれた。彼女は両手でカップをもって、コーヒーの香を楽しんでいるようだ。

「みんなの前では、大人しいですね。どうして事件の話をしたがらないんですか?」私はきいてみた。

「誰かが犯人だからです」彼女はすぐに答える。

「誰かがって……」

「皆さん一緒にお食事をしていますけれど、あの中の誰かが、殺人犯なのよ」彼女は普段の表情でそれを言った。「だから……、笹木さんがお昼に皆さんにお話しになった、あれ、あの間違いだらけで出鱈目《でたらめ》の仮説……、あれは、とっても良かったと思います」

「は?」

「だって、殺人犯は外部にいる、という仮説でしたでしょう? 話を聞いていた犯人も、ひとまず安心したと思います。屋敷の中に殺人犯がいるんだ、なんて本当のことを説明したら、パニックになってしまいますし、犯人だって慌てるでしょう。闇雲《やみくも》に追い詰めるのは危険ですからね」

「あ、あの、僕は……」

「ええ、そういうおつもりでおっしゃったのではない。ええ、もちろん、それは理解しています。確かに、初歩的な段階で陥りやすい思考経路なのです。実は、私も最初、笹木さんと同じ仮説を立てましたもの」

いくら鈍い私でも、さすがにこれは、しゃくにさわった。

「あの……、もしよろしかったら、僕の考えのどこが間違っているのか、ご教示願えませんか？」

「そういう言い方は、いけないわ」彼女は微笑んだ。「貴方らしくありません。卑下するのも、嫌味で言うのも、みっともないことです」

「ああ、いや……、悪気はありません」とりあえず、表情をフリーズして謝った。ここで年甲斐もなく怒ってはいけない、と自分に強く強く言い聞かせながら。

「率直に言います」西之園嬢はにっこりと笑う。今までの彼女の人生で、率直じゃなかったことが一度でもあったのだろうか。

「ええ、望むところです」

私には、矛盾点の存在など考えられなかったのだ。

「だって、私、あのとき机の下を覗いたんです」

「え！　見たんですか？」

「ええ……」彼女は笑窪を作って首を傾げる。

「だけど、どうしてまた、机の下なんて見たんです?」

「あそこは密室だったのですよ。しかも二部屋ともです。中には一人ずつ変死体……。あの状況下で、最初に考えられる可能性の一つは、殺人者が部屋の中に隠れている状況ではありませんか?」

「あのときに、そんなことまで考えたんですか?」

「あら、考えなかったのですか?」

だとしたら馬鹿だ、とでも続きそうな勢いだった。

「笹木さんだって、娯楽室の窓をご覧になっていたじゃないですか。あれは、窓からの出入りの可能性を確認されていたのでしょう?」

「あ、いえ……、そこまで確固とした信念でしたわけでも……。とにかく、あのときは頭が回らなかったから……」

「私は、映写機のレンズが覗いている小窓しかない、と判断しました。部屋の中で死んでいた人を除外すれば、あの娯楽室を密室にすることができた人物は、あの小窓からしか脱出できなかったのです。だとしたら、自然に、隣の映写室へ興味の大半は移ることになるわ。これ、当然の流れでは?」

「なるほど……」

「ですから、映写室のドアを橋爪さんが壊そうとしているときも、私は、ひょっとしたら、その部屋の中にまだ犯人がいるんじゃないかって疑っていたくらいです。そうしたら、そちらの部屋にもまた死体がありました。私はドアから室内を覗いて、最初に机の下を見ましたよ。近くまで行かなくたって、誰もいないことは確認できました。私、目はとても良いの」

「それじゃあ、箱も調べたんですね？」

「はい、あとでもう一度三階に上がったとき、ええ、笹木さんが上がってこられるまえだったかしら、段ボール箱の中身も確かめてみました。片方はストーブ。もう片方は、空き箱とはいっても、発泡スチロールが詰まっていて、人が入れるようなスペースなんてありませんでした。私が三階に調べにいったときには、まだ滝本さんが後片づけをなさっていました。つまり、笹木さんの仮説でいうと、まだ犯人は逃げ出せない、あそこに隠れていなければならない時間なのです。でも、机の下には誰もいませんでした。これで、反証は充分だと思います」

「充分ですね」私は何度も頷いた。完敗であることを認めよう。「しかし、言い訳をさせて下さい。それは、僕の知らない情報でした」

「理論を組み立てた場合には、可能な限り、事実の確認を行う必要があります」

「ぐうたらなんですよ、僕は」

「ええ……」彼女は躊躇なく頷いた。普通こういった場合に、面と向かって頷く人間はあまりいないものだ。まったく憎らしい。

「それに、私たちのノックに驚いて、慌てて隠れた、といっても、そのあと一時間近くも、私たち、ここでコーヒーを飲んでお話をしていたのです。一度はあの机の下に隠れたかもしれません。でも、ホールで、もの音がしなくなったら、我慢ができなくなるんじゃないかしら？　もし屋敷の外部から侵入している人物なら、絶対、あのチャンスに逃げ出したはずです。できるだけ早く、できるだけ遠くへ逃げた方が安全なのですから」

「西之園さんは、外部犯ではない、と考えているんですね？」

「そうです。内部の人間だからこそ、自殺に見せかける偽装をしたのだと思います。みんなで三階に上がっていってドアを壊そうとしたとき、全員があのホールに集まりました。それは逆にいえば、娯楽室にも映写室にも、部屋の中にはもう誰もいなかった証拠です」

「そうなると、しかし、限られてきますよ。僕たち以外には五人しかいません」

「ええ、そうです。それに、お話ししたとおり、私の仮説が正しければ、石野さんも除外されます。笹木さんのお部屋にいたのは確かなんでしょう？」

「恥ずかしながら」

「恥ずかしいことでは、ないと……、私は思います」そう言いながらも、彼女は頰を赤らめた。私の方は、ますます恥ずかしくなった。

「つまり、あくまでも、残り四人の中に、殺人犯がいると主張されるんですね？」

「主張なんてしません。まだわかっていない事実があるかもしれませんし、現にさきほどだって、朝海さんたちが入れ替わっていたことが明らかになったばかりです。条件が変われば、仮説も再構築されることになります」

「他にも何か、西之園さんが確かめたことがありますか？」この際だから、きき出しておこうと思った。「事実を確認したところ、放棄しなければならなくなった仮説も、あったんじゃないですか？」

「ええ、もちろん。たとえば、あの部屋のどこかに秘密の抜け道があるのではないか、という疑問がそうです」西之園嬢はすぐに答える。まったく頭の回転が速い。私は舌を巻くばかりだ。「娯楽室も映写室も、私はその点に注意して調べました。天井は駄目です。三階の部屋はいずれも屋根組みが見えています。つまり天井裏はありません。壁も床も、私が調べた限りでは、出入口が隠されているとは思えません。建物の周辺から考えても、そのようなスペースは作れないはずです」

「なるほど、隠し通路みたいなものですか……」

「ええ、存在しません」

「すると、残る可能性は？」

「ドアか窓の鍵を、何らかの方法で外側からかけたか、あるいは……」

「あるいは、何です？」

「ごめんなさい、ちょっと言えません」

「どうしてです？」

私は少し驚いた。西之園嬢にしては珍しく歯切れの悪い口調だったたし、彼女らしくない、いかにもぎこちない視線の逸らし方だったからだ。

「あの……、まだ、確かめていないことなのです。今は言えません」

私は煙草に火をつけた。橋爪氏が使っていた灰皿がステンレスのテーブルの上に置いてあったので、それに近づく。

このとき、西之園嬢が話さなかったもう一つの可能性、もう一つの興味深い仮説を、私が聞くことになるのは、この日の深夜になってからだった。彼女が、この場面でそれを話さなかったのには、もちろん正当な理由があった。その点だけは、彼女の名誉のために、つけ加えておこう。

廊下から、真梨子と神谷嬢の声が聞こえてきたので、私は西之園嬢に片目を瞑ってみせ、急いで自分のコーヒーカップを洗ってから、一人で厨房を出た。

## 7

石野真梨子も神谷美鈴嬢も水着ではなかった。自分たちの部屋で着替えて下りてきたところのようだ。二人ともTシャツにジーンズといったラフなスタイルである。私は、彼女たちを誘ってリビングルームに導いた。

真梨子が冷たい飲みものが欲しいと言ったので、私は再び厨房に戻ったが、西之園嬢はもうそこにはいなかった。氷を入れたグラスとコーラ、それにビールを持って、私はリビングのドアを躰で開けて入った。

「ああ、気持ち良かったわよう」真梨子は上機嫌だった。

私は、二人のグラスにコーラを注ぐ。大サービスである。

「何をしていらしたの？」グラスを受け取って、真梨子は私にきいた。

それはこちらがききたい台詞である。人が二人も死んで、警察がやってきているときに、プールとは何事だろうか。

「上で警察に話をきかれて、それから……、ちょっと気分が悪くなったんで、部屋で休んでいたんだ。ついさっき、下りてきたところ」

「あら、大丈夫？」

「ああ、たぶん、昨日飲み過ぎたんだね」そう言いながら、私は自分のためにビールの栓を抜く。

「三階のお巡りさんたち、窓から私たちを見てたわよね」真梨子はそう言って、神谷嬢に同意を求める。神谷嬢は小さく頷いて、少しだけ微笑んだ。彼女は、心なしか緊張しているようにも見えたが、しかし、いつもどおりの、あまり変化のない表情ではある。

「そろそろ君たちも、呼ばれると思うよ」

「私、一人じゃ嫌だわ。笹木さん、一緒に行ってちょうだい」

「僕はいいけど……。向こうが駄目だって言うかもしれないよ、警察がさ」

「そんな権利、ないんじゃなくて？」

「さあね」

時計を見ると、二時過ぎである。窓の外は、陽射しが眩しい。昨日の晩、一度は片づけたテーブルや椅子が、もとの位置に置かれている。それらの影が白いテラスデッキに鮮明で真っ黒な模様を作っていた。

「君たちは、朝海さんの髪の毛のことは知っていたの？」

「何のこと？」真梨子がきき返す。

私は神谷嬢を見る。彼女も首をふった。

「由季子さんのロングヘアが、鬘だったこと」

「うっそぉ！」真梨子が高い声で反応する。彼女は知らなかったようである。「美鈴、知ってた？」

「ううん」神谷嬢はまた首をふった。「でも……、そうかもね」

「どうして？」私は神谷嬢に尋ねる。

「あの人、もともと短かったもん」ハスキィな声で彼女は答えた。「そう、二年くらいまえかな、突然長くなったの。うん、そう、そのとき、ちょっとびっくりしたの覚えてるから」

「そんなにまえから知り合いなんですね」私はきいた。

「同じ高校なのよね」真梨子が横から言う。

「え？　朝海さんと？　どちらと？」

「由季子さんも耶素子さんも、私も、三人とも同じ女子校なんです」神谷嬢は絨毯の上に横座りであったが、背筋がまっすぐで姿勢が良かった。「由季子さんが私の一年先輩で、耶素子さんは二年後輩」

「高校のときから知っていたわけ？」私はさらにきく。

「いいえ、全然」神谷嬢は操り人形のように悠長に首をふった。「だって、知り合ったのは、橋爪さんを通してだもの、つい最近のこと」

「高校のときは、彼女たち二人とも体操部なのよ」今度は真梨子の話である。「体操してたら、髪は短いんじゃないかな」

なるほど。真梨子の論理というものは、いつも、どこかでずれている感じがするが、この場合も彼女らしい理屈に思えた。しかし、もし体操部だったのなら、あの小窓を簡単に通れたのではないか。いや、待てよ……。しかし、通ったのは、彼女たちではないわけで……。

　このとき、またアイデアが閃《ひらめ》いた。

　私は煙草に火をつけて、灰皿を取りにいく間に、自分の考えをまとめようとした。

映写室で殺されていたのは、姉の鬘をかぶった耶素子嬢だが、その彼女が、娯楽室の姉を殺したのではないか。彼女なら、小窓が通れる。そして、誰かもう一人、映写室で待っていたのだ。その人物は大男だって良い。そいつが小窓を通ったのではないからだ。戻ってきた耶素子嬢は、そいつに殺されたのではないだろうか。

そして……。

駄目だ。やはり、このあとが続かない。

どうやって、映写室から出たのだろう？

ところで、警察は、この事件をどう解釈しているのであろう。さきほどは、途中で気分が悪くなってしまい、あの小早川という刑事と長くは話せなかった。彼が屋敷の人間に一人ずつ話をきいているのは、内部の者を疑っているからなのか。橋爪氏や私に、わざと死体を確認させたのも、確かに胡散臭《うさんくさ》い感じではあった。

彼らは、私や西之園嬢以上に、多くの情報を手に入れているはずだ。それに、山道が開通すれば、さらに専門家たちが乗り込んできて、髪の毛一本も見逃さない科学的な捜査を始めるだろう。

いずれにしても、早く解決してもらいたいものだ。

けれども、私としては、西之園嬢に対する意地がある。なんとか、あの小娘をぎゃふんと言わせてやりたいものだ。「ぎゃふん」などと本当に言うはずはないのだが、少なくとも彼女がどんな表情をするのか、どんなリアクションをとるのか、それだけでも是非とも見てみたい。

彼女の、あの人を小馬鹿にしたような（これは真梨子が口にした表現だと思うが）言動……、しかし、その蜂の針にも似た鋭角的な攻撃で打ちのめされるのは、もはや一種の快感だった。特にあのセクシィな視線に睨まれたら……。男性であれば、きっと多くはご理解いただけることだろう。

その彼女になんとか一矢《いっし》を報いたい、というのが現在の私の細やかな望みである。だから、警察が事件を解決して犯人を捕らえるまえに、たとえば密室の謎についてだけでも良いのだ、私自身が解いてみたい。なにしろ、私たちは、警察よりも早くそれを見た。手に触れて調べた。警察の主力部隊はまだ到着していないのだから、彼らよりも早く謎を解くことだって、できない相談ではないだろう。

煙草を吸いながら、ただ決意を固めるだけの、そんな思考をぐずぐずと繰り返しているうちに、リビングに清太郎君が入ってきた。

「石野さん」清太郎君は真梨子を呼ぶ。「上で刑事さんが呼んでますよ」

「え、私？」真梨子は立ち上がって、懇願するような甘えた目を私に向けた。

「今まで、清太郎君だったの？」私はきく。

「ええ、大したことありませんよ」清太郎君はそう言いながら窓際の神谷嬢のところに行く。

真梨子に積極的につき合うつもりは毛頭なかったのだが、私たちは、清太郎君と神谷嬢のカップルを残して、リビングを出た。

## 8

「すると、昨夜はずっとご一緒だったわけですな?」三階のホールで、小早川刑事は私たちを交互に見て言った。

「ええ」私は答える。三時半には、真梨子を部屋に残して、西之園嬢と三階に来たわけだから、「ずっと」というニュアンスはいかがかと思ったけれど……。

「石野さんは?」

「私、寝ちゃったから」

「二時頃までは、一階の書斎で皆さんと一緒でした。それから、僕は自分の部屋でシャワーを浴びましたけど、そのあと、彼女が部屋に来て……。えっと、西之園さんが、三階から悲鳴が聞こえたと言って呼びにきたのは三時半です」

実は、ついさきほどまで、真梨子にはこのことを内緒にしていた。あのとき、彼女には、ドアをノックしたのは西之園嬢ではなく、橋爪氏だと嘘をついた。たった今、階段を上がってくるときに、そのことを真梨子に打ち明けた。ところが、真梨子は、私が部屋を出ていったことさえ、覚えていなかったのだ。気がついたら、ベッドで一人だった、と彼女は刑事に話した。

「ええ……、西之園さんからも、そう伺っていますよ」小早川刑事は意地悪そうな目つきで私を見る。「ですからね……。そのまえの時間です。石野さんが眠っている間、貴方が本当に自分の部屋にいたのかどうかをお尋ねしているんですよ。何か、証明できませんかね？」

「そんなの、ほんの僅《わず》かな時間ですよ。それこそ三一分くらいだと思います」

なんとも、まあ、重箱の隅を突《つつ》くというのか、どうでも良いことをきいてくるものである。それとも、嫌がらせのつもりだろうか。真梨子がベッドで眠ったあと、私が部屋を抜け出して、こっそり三階に行ったとでも言いたいようだ。あまりの馬鹿馬鹿しさに腹も立たなかった。

「よろしいでしょう……。それで、西之園さんと、ここに見にこられたわけですね？」

「ええ」私は答える。

「ドアを確かめられましたか？」

「もちろんです。二部屋とも鍵がかかっていました」

「確かめたのは、貴方ですか？　それとも西之園さんですか？」

「たぶん、私だったと思います」

「たぶん?」

「いえ、私です」

「他に、何かしましたか？」

「他に？　ああ……、えっと、ドアを叩いてみましたけど……」

「それで?」

「それで……」私は、真梨子の顔を何となく窺う。「しかたがないんで、とりあえず一階に一度下りて、キッチンで西之園さんとコーヒーを飲みました」

「でも、鍵がかかっていたわけですから、誰かが部屋の中にいる、とお考えになったはずですよね?」

「そう思いましたよ。あのときは、清太郎君だと思いました」

「何故です?」

「彼、映画が好きみたいだし、昨日の午後もここで朝海さんたちと一緒に映画を観ていたからです。まあ、そんなとこですね、特に、はっきり考えたわけじゃありません。部屋をノックしても返事をしないってことは、邪魔されたくないんだ、と思いましたしね」

「それで、コーヒーを食堂で飲んでいた」

「ええ……、あ、いえ、キッチンですけどね」私は答える。事件に関係があるとは思えないが、彼らも仕事なのだ。

「そこに、橋爪さんのご子息が現れたのでは？」

「ああ、そうです。清太郎君が来ましたね」私は思い出して頷いた。小早川刑事は、私たちのまえに清太郎君から話を聞いているのだ。「それから、橋爪さんも来ましたよ。皆さん、夜中に起きてきたわけです」

「ということは、三階のこの部屋にいるのは誰だ、という話になりませんでしたか？」知っているなら質問しなくたって良いのに、と私は思う。

「なりましたよ。だから、上がってきたんです」

「上がってきたのは何人ですか？」

「えっと、四人……、いえ、そう、橋爪さんが滝本さんを起こしにいきましたね。彼も一緒にここへ来ましたから全部で五人です。私と、橋爪さんと、えっと……、清太郎君、西之園さん、滝本さんの五人です」

「何時頃ですか？」

「四時半より少しまえですね」これはすぐに答えられた。散々、西之園嬢とディスカッションしていたからだ。

「それで、ドアを壊したわけですね？」

「そうです」

「皆さん、ずっとここにいたのですか？」

「滝本さんが、ドアを壊す道具をガレージまで取りにいきましたけどね。あとは、ええ、ずっとここにいました。途中で、神谷さんと彼女が上がってきたんです」私は真梨子を目で示して説明した。「ですから、最終的には七人全員が集まったわけです」

「娯楽室に最初に入ったのは？」

「私です。鍵を開けたのは西之園さんでしたが、ドアを開けて中に入ったのは私です」

「中の様子は？」

「暗かったんですが、そこのスクリーンに映画のラストシーンが映っていました。ちょうど終わるところでした。それから、清太郎君と二人で、朝海さんが倒れているところに近づきました」

「どう思われました？」

「どうって……、死んでいるのはすぐわかりました。もっとも、それは、最初は清太郎君が言ったんです。私も確かめました。それに、首のところに痣があって、上を見たら、天井から紐がぶら下がって切れているし……、自殺だなって思いました」

「朝海耶素子さんだと思ったんですね？」

「そうです。それは、疑いもしなかった。全然気がつきませんでしたよ。髪が短かったから、もう当然、耶素子さんだと……」

「部屋には誰もいなかった……」

「もちろんです。それは保証します」私は大きく頷く。

「どうして、そんなに断言できますか？」

「いえ……、だって、隠れるような場所がありませんから」

「開いたドアの後ろは？」

「そこのドアは外に開きます」私はドアの方を見ないで答える。

小早川刑事は微笑んだ。きっと、私を試したのだろう。

「とにかく、部屋中を見たのは確かなんです。窓の鍵も確かめました」

「他には？」

「それくらい……ですね」

「それでは、あちらの部屋のことをおききしましょう」小早川刑事は映写室の方へ顎を向けた。「あちらも、橋爪さんがドアを壊して穴を開けたそうですね？　鍵を開けたのは？」

「あちらは私です」

「死体を確認したのは？」

「それも私です」

「どう思いました？」

「やっぱり、死んでいるのはすぐわかりました」私は素直に答える。「それで、自殺したと思いました」

「どうやって自殺したと？」

「わかりません。耶素子さんのように、首を吊った様子はなかったので……。あ、その、そのときは、そちらは由季子さんだと思っていたので……」

「わからないのに、自殺だと思ったわけですね？」刑事はびくともしない感じだった。まるで粘土でできているような表情だ。ピッチャの投げる球に、重い軽いがあるように、小早川刑事の視線はずっしりと重い。あまり長時間見つめられたくない視線である。

「ええ、そうです。よくはわかりません……。ぼんやりと、どうして死んだのだろう、とくらいは考えたかもしれませんけれど、何も思いつかなかった、ということですね」

「首の痕は？」

「由季子さんの場合……、あ、えっと、耶素子さんなんでしたね、とにかく、映写室の彼女の方は、見ていません。首はセータに隠れていました。気にはなったんですけれど、その……、あまり触ってはいけないんじゃないかって思いましたし、もちろん、触りたくもなかったです」私は答える。額に汗をかいているのに気がついた。三階は少し暑かった。

「じゃあ、いつ見たんですか？」

「いえ……、あとで、西之園さんから様子を聞いただけです」

私は西之園嬢と一緒にもう一度部屋を調べ直したことを説明した。

「詳しいことは、彼女にきいてみて下さい。西之園さんの方がちゃんと覚えていると思いますよ」

「どうして、調べる気になったんですか？」

「いや、私じゃないんですよ」そこで私は肩を竦めた。「三階に上がってきたら、西之園さんが調べていたんです。私は彼女につき合っただけなんです」

「しかし、笹木さんも、わざわざもう一度、三階まで上がってきたわけですよね？　何をしにいらっしゃったんですか？」

　この質問には困った。私は、西之園嬢に対する非礼を謝ろうと思って上がってきたのだ。しかし、真梨子がいる手前、正直には答えられない。

　このとき、ようやく私は気がついたのであるが、小早川刑事は、さきほどから、真梨子ではなく、私ばかりに質問を集中させている。呼ばれたのは真梨子のはずで、私はつき添いで来ただけなのに。

「いや、なんとなく……、ですね」そうとしか、言葉が見つからなかった。

「なんとなく、ですか？」

「ええ、誰か三階にいるのかな、と思って……」嘘をついた。

「しかし、一階のロビィで、笹木さんは滝本さんに、西之園さんがどこにいるのか、とおききになったそうじゃないですか」小早川はにんまりと微笑んだ。そんなことまで、知っているのだ。

「そうだったかな……」私はごまかした。たぶん、いつもどおりの口調だったであろう。大丈夫だったはず。真梨子の顔も見てみたが、彼女は心配そうに私を見つめているだけである。何も考えていないことは間違いない。

幸い、刑事の追及はそこで一休みした。若い刑事が娯楽室から出てきて、小早川刑事に耳打ちしたが、何を話しているのか、私には聞こえない。小早川刑事が一度だけ小さく頷くと、若い刑事は階段を駆け下りていった。

「もう、終わりですか?」私は少しだけ落ち着きを取り戻し、こちらからきいてみた。

「ええ、そうですね。ひとまずけっこうです。ご協力、ありがとうございました」

真梨子には何も質問しないつもりらしい。どういうことだろう? 顔を見ただけで、こいつは無関係などとわかってしまうのだろうか。確かに、真梨子は、複雑な犯行を実行できるような緻密な人格には見えないが……。

私は真梨子とともに階段を下りようとした。

「あの……」

背後から小早川刑事の声がして、私は階段の途中で振り返った。「何ですか?」

「さきほどは、ご気分が悪かったみたいでしたが」

「ええ……」

「もう、大丈夫ですか?」

「はい」

「どうされました?」

「は?」

「どうして、気分が悪くなったんですか?」

「さあ……」私は返事をして、少し微笑んだ。唐突な質問の意図がわからなかったのだ。

「彼女たちを見て……、ですか?」

「いえ……。たぶん、二日酔いだと思います」私は答えた。

「ああ、なるほど……」小早川は顔に似合わず、愛想の良い仕草で片手を挙げる。「なるほどね、ええ、どうも……。おっと、そうだそうだ……。石野さん」

「はい?」真梨子は答える。

「次は、神谷美鈴さんに上がってきてもらいたいんです。お伝え願えませんか?」

「はい、わかりました」

「じゃあ、どうも」

何が「どうも」なのか、全然わからない。

まったく、どういうつもりだろう……。

私の気分が悪くなったことが、事件と、どう関係するというのか。なにかとんでもない見当違いをしているのではないだろうか。

しかし、小早川刑事は、無能だとは思えない。こちらの話を吸収する能力には目を見張るものがある。ほとんど聞き逃さない、といった集中力が漲《みなぎ》っていた。橋爪氏、滝本氏、清太郎君から仕入れた情報は、彼の頭の中に雑然と詰め込まれたわけではない。彼は、情報を整理し、自分がいなかった時間と場所で、何が起こったのかを、秩序ある流れとして再構築していた。私への質問中にも、他の情報との関連性、そして整合性が、瞬時に確認されていたではないか。あの素早さに関しては、プロフェッショナルの技と認めざるをえない。

「なんかさあ、全然、私にきいてくれなかったよね」真梨子は階段を下りながら口を尖らせる。「気が抜けちゃった」

「君にできるわけがないからさ」

「何が？」

「殺人だよ」

「まあ、酷い！」真梨子は突然私の背中を叩いた。人を階段から突き落そうというつもりか。

「人の話をよく聞いてほしいな。僕は、君が殺人者だと言ったんじゃなくて……」

私は腹が立ったので、彼女のレベルに合わせて説明しようと思ったが、そのまえに、真梨子は玄関ロビィから、リビングルームに入っていった。

「美鈴！　ほら、貴女の番だよ！」

9

信じられないことだが、そのあと、私は真梨子とテニスをした。相手は睡眠充分、おまけに水泳のあとである。トライアスロンに近い、といっても言い過ぎではない。一方の私はといえば、二日酔い、風邪気味、寝不足、議論疲れ、警察の質問攻め、エトセトラ。つまりバッド・コンディションの極致だった。

さらに悪いことに、真梨子はテニスが下手《へた》なのである。少なくとも相手がもう少し上手《うま》ければ、これほど疲労しない。ボールはだいたい一往復したのち、コート外に飛び出す運命にある。十分も経たないうちに、私は立《た》ち眩《くら》みに襲われた。

「ちょっと、休ませてくれ」私は深呼吸をして、ベンチに腰掛けた。

「駄目ね……。躰が鈍《なま》っているのよ」真梨子がネットの向こうで叫ぶ。

幸い、神谷嬢と清太郎君が庭に出てきた。もちろん、テニスウェアを着ていたわけではない。私と真梨子だって普段着のままだった。

「清太郎君、頼むよ。ちょっと代わってくれないかな」私は彼に声をかける。「体調が悪くてね」

「いいですよ」清太郎君は私のラケットを受け取った。

私はベンチで脚を組み、煙草に火をつける。神谷嬢が私の隣に腰掛けた。清太郎君は、私なんかよりずっとテニスが上手い。だが、相手が真梨子なので、結局のところ現象として同じである。

「警察は、どうでした？」私は神谷嬢に尋ねた。彼女が、私たちのすぐあとに、小早川刑事に呼ばれたからである。

「別に……、何でもありませんでした」ハスキィな声で彼女は答えた。

「アリバイとか、きかれたでしょう？」

「いいえ」彼女は首をふる。

「夜、どこにいたのかとか、きかれなかったですか？」

「ええ。私、寝てました」

昨晩の書斎の様子では、てっきりそのまま奥の橋爪氏の部屋へでも行くのだろう、と思われたのだが、まあ、それはそれ、私の知ったことではない。そうではなくて、警察が彼女にその質問をしなかったのは、どういう了見なのか。やはり、女性にはできない犯行だと警察は考えているのだろうか。

何故、私にだけ、あれほど執拗に質問したのだろう？

「今は、誰が？」私は屋敷の三階を見上げてきいた。

「私の次は、西之園さん」

三階の娯楽室の窓が、テニスコートから見えた。そこには今、人影はない。おそらく反対側のホールで、小早川刑事は西之園嬢と話をしているのだろう。彼女が何を話しているのか、私は想像した。例の仮説、小窓の一方通行理論を初めとする数々の推理を、彼女は説明しているのだろうか。

なにしろ、この屋敷の人間の中に殺人犯がいる、と彼女は断定しているのだ。どう考えたって穏やかではない。

ところが、その疑われている連中ときたら、プールにテニスである。殺人があったというのに……。

石野真梨子などは、つい先刻まで、警察が殺人者から自分を守ってくれるのか、とヒステリックに騒いでいたのに、今はもうさっぱり忘れてしまったようだ。まったく緊張感がない。道が通れないために、パトカーや救急車がやってこないことも、おそらく原因の一つだろう。そういった具体的な大道具が揃わないので、臨場感が出ない、というわけである。音の出ない映画みたいなものだ。

三階にいる刑事たちも、人数が不足しているためか、持ち場を離れられない様子だった。捜査の範囲を広げることができない、といったところであろう。六人全員が、立て籠もるようにして、三階に集結していた。もし、外部の者が犯人ならば、もうずっと遠くまで逃げてしまっていることだろう。

そういえば、テニスをするまえに書斎を覗いたとき、橋爪氏と滝本氏が、深刻な顔つきで話をしていた。

「あちこち、電話をかけているんですよ」橋爪氏は私に説明した。「葬式の段取りも大変だし……」

朝海姉妹の親代わりとして、彼以外にその仕事をする人間がいないようであった。もちろん、滝本氏も同様に大変だろう。彼の場合、立場はもっと複雑なのだ。

葬儀は東京でするのだろうか？　しかし、変死体ということで、警察が調べるはずだから、しばらく葬儀は無理ではないか。

真梨子が神谷嬢と交代して、ベンチにやってくる。神谷嬢もテニスは上手《うま》くない。彼女の場合、上手い下手の以前に、ラケットを持つ彼女の腕の剛性が心配だった。

「大丈夫？」真梨子は弾んだ声で私にきく。

「何が？」

「気分は？」

「ああ、うん」私は上の空で頷いた。

「明日には帰れるかしら？」

「さあ……」

「私たちだけでも、帰らせてもらえないかしら。だって、全然関係ないわけだし」

「関係あるかないかは、警察が決めるんじゃないかな」

「でも、簡単なことなのに、何を迷っているんだと思う?」

「簡単って?」私はきいた。

「だって、耶素子さんが、由季子さんを殺したんでしょう?」

「どういう意味だい? それ……」

「映写機が光を出すための小さな窓があったわ」

「ああ、あの小窓だね」

「娯楽室の耶素子さんが……、あの小窓から由季子さんを殺したのよ」

「娯楽室の方で死んでいたのは、由季子さんだったんだよ」私は指摘した。

「ああ、そうかそうか。じゃあ、反対だわ。ああ、ややこしいわね。そう、由季子さんが、あの小窓から、隣の映写室にいた耶素子さんを殺したのよ。窓から手を入れてね……」

「ドアの鍵は?」

「だから、鍵は、もうかかっていたのよ、最初から」

「二人で別々の部屋に入って、それぞれドアの鍵をかけてから、その変な殺し方をしたってわけ?」

「だって、それしか考えられないでしょう?」

「じゃあ、残った由季子さんはどうして死んだの?」

「首を吊って自殺したんだわ。途中で紐が切れたけどね」

「なるほどなあ……」

一理ある、と私は思った。

真梨子にしては上出来ではないか。

物理的に可能である、という点は評価できる。

私は新しい煙草に火をつけた。

しかし、どうして、それぞれが別の部屋の鍵をかけたのか。さらに、何故、小窓越しに殺されるような位置に耶素子嬢がいたのか。つまり、何故、逃げられなかったのか。

なにしろ、娯楽室側から見ると、あの小窓の高さはかなり高い。椅子を近くまで持ってきて、その上にのらないかぎり、小窓から手を差し入れて、隣の映写室にいる人間の首を絞めるなんて芸当はとうていできない。そんな足もとも不安定な状態で、はたして可能だろうか。首を絞めて下さい、と相手が寄ってきたのか。少なくとも、被害者の協力がないことには不可能であろう。

しかも、その場合、首を絞められた耶素子嬢は、当然ながら小窓の近くにいたわけで、そこで死んだのなら、あの位置には倒れていなかっただろう。そのまま倒れれば、映写機のもっと近くになるはずだ。倒れて台から転げ落ちたとしても、二メートルほど距離が違う。

そうはいっても、まったくありえない現象だ、と断定することもできない。わざわざ小窓に近寄ったのも、たとえば、二人が自殺しようと決心して、お互いに協力し合ったのなら、可能かもしれない。

なによりも、真梨子の仮説の最大のメリットは、殺人者当人が生きていない、という点だった。つまり、そう考えれば、気楽にテニスもできる。真梨子としては、実に都合の良い理屈を思いついたものだ。

「でしょう？」真梨子は私の顔を覗き込んで言う。

「うん、なかなか筋が通っているね」私はとりあえず評価した。「西之園さんに話してみよう」

「どうして、西之園さんに？」

「あ、いや……」私は慌てた。真梨子の説に気をとられ、ぼうっとしていたのだ。思わず余計なことを口走ってしまった。「いや……、彼女もね、事件について、いろいろ推理しているみたいだったからさ、相談してみてはどうかなって思ってね」

「何言ってんの？」真梨子は眉間に皺を寄せる。「どうして、あの人に相談しなくちゃいけないわけ？　警察でしょう？　相談する相手は……。頭、大丈夫？」

「ああ、ちょっと気分が悪いだけだ」私はごまかした。

「もう、しっかりしてちょうだいよ。昨日くらいから、なんか、おかしいわ。ぼうっとしたままじゃない？」

「もともとだから」私は無理に微笑んでみせる。

「ちょっと休んできたら？　明日、東京まで送ってもらうことになるんですもの」

「ああ、そうするよ」私は、煙草を吸殻入れに投げ捨てながら立ち上がる。

煉瓦が敷かれた庭先の小径を歩いて、テラスデッキに上がり、リビングルームに入った。

ずっと、私の頭は、真梨子の仮説を反芻《はんすう》していた。

西之園嬢にみごとに粉砕されたばかりの私の仮説、つまり、映写室の作業机の下に犯人が隠れていた、という例の仮説……、あれが、まあ、第一の仮説だった。

そして今、テニスコートで真梨子が話したのが、第二の仮説、ということになる。

わかりやすいように、第一笹木理論、および、第二真梨子理論、とでも命名しておこう。

何故、そんな呼称が必要なのか、と思われたことだろう。私だって、この時点では、そんな必要性は感じなかった。

ところが、このあとまだ、第三、第四と、次々と仮説が登場するのだ。

いやはや、人間、誰でも皆、頭脳を持っている。

それも、少しずつ仕組の違うやつをだ。

# 10

リビングのソファで少し居眠りをしていた。目が覚めたのは、清太郎君が部屋に入ってきたからだった。眠ったのは数十分だけだと思ったが、時計を見ると、四時を過ぎている。

「お疲れのようですね」清太郎君はソファまでやってきて腰掛ける。彼にしては珍しい社交辞令である。「どうやら、もうすぐ、わんさか警察が来るみたいですよ」

「あ、じゃあ、道が開通したんだ」

「ええ、親父がそう言ってました」

「みんなは、どうしてるの?」立ち上がって庭を見てみたが、テニスコートには既に人影はなかった。「さあ……」清太郎君は素っ気ない返事である。「石野さんと神谷さんは二階じゃないかなあ」

「橋爪さんは?」

「親父なら、書斎で刑事さんと話をしてますよ」

なるほど、そろそろ捜査範囲を広げるつもりか。屋敷中を調べることになるのだろう。

「西之園さんは?」私は、できるだけさりげなく尋ねた。

「彼女、帰ったんじゃないかな」清太郎君は答える。「今さっき、家の人が迎えにきてましたから」

「え?」私は驚いて腰を浮かせた。「帰った?」

「いや、ひょっとして、まだ、いるかもしれませんけど」

西之園家がそれなりの家ならば、当然のことであろう。殺人事件の渦中の屋敷に、箱入りの令嬢を一人で残しておくはずはない。昨日と今日では、条件は段違いなのだ。

私は、部屋から飛び出していきたいところだったが、清太郎君の手前、意識してゆっくりと歩き、リビングから出た。

廊下に出ると、玄関ロビィの方から話し声が聞こえてくる。

「……でございます。はい……。モエお嬢様がですか? いえ、それが……」

声の主は諏訪野氏だった。私は、しばらく立ち止まって、彼の声を聞いていた。

「承知いたしました。はい、それでは……」

電話が終わったので、私は、玄関ロビィに出る。諏訪野氏が私に気がついて頭を下げた。

「お邪魔をいたしております」それが諏訪野氏の挨拶だった。

「僕の友人の娘さんにも、モエさんという子がいるんですよ」私は咄嗟《とっさ》の作り話をした。

「草かんむりに、明るいという字ですよね。えっと、西之園さんのお嬢さんも……」

「ああ、はい。同じ字でございますが、もう一字、絵の具の絵という字がつきます」

「ああ、そうか、そうでしたね」私は玄関ドアのガラス越しに外を見る振りをする。「ところで、彼女、もう帰るんですか?」

「あ、いえ、それが……」諏訪野氏は急に困った顔になる。「お迎えにまいったのでございますが……」

「帰らないって?」

「はい……。どうしたら良いものか……」諏訪野氏は階段の方を見る。「なんとも、ご気性が、あのとおりでございまして……」

「ご気性がね」彼の言葉を繰り返して、私は微笑んだ。

そうだ……、ご気性は、あのとおりである。

そこへ、滝本氏が階段を下りてきた。

「いかがでしたでしょうか?」諏訪野氏は、滝本氏にきいた。

「ええ、残念ながら、お帰りにならないとおっしゃっています」滝本氏は答えて、諏訪野氏の前で軽く頭を下げた。上品と上品が対決しているような構図であった。

「申し訳ございません」諏訪野氏が深々と頭を下げる。

「いえ、当方といたしましても、何もそのようなことはありません」滝本氏が再び頭を下げる。そのようなこと、とは何だろう、と私は思った。「主人も、西之園家のお嬢様が当家にお泊まりになっていただけるとは大変光栄なことだと喜んでおります。ただ、何分、このようなことがございましたものですから、お気を悪くされたのではないかと……、ただただ、そのことが……」

「あの、彼女、二階ですか?」私は横から口を挟む。

「あ、はい、お部屋においでございます」滝本氏が答える。

二人の執事は、その後も悠長な会話を続けていたが、私は、離脱して階段を駆け上がった。

真梨子と神谷嬢が、どちらかの部屋で一緒にいるものと思われたので、通路を静かに歩いた。そして、西之園嬢の部屋のドアを小さくノックした。

しばらく待ったが応答がなかったので、もう一度ノックしようと片手を挙げたとき、ドアが少しだけ開いた。

「まあ、笹木さん」

「入れてもらえますか?」小声で私は囁く。

彼女はドアを引き、私を通した。

「諏訪野は帰りましたか?」ドアを後ろ手に閉めながら、西之園嬢はきいた。顔が緊張していて、落ち着かない表情だった。

「いえ、下の玄関にいましたよ」部屋の奥へ進みながら私は答える。「彼、困っているようでした」

「ええ……、わかっています。それに、諏訪野が悪いわけではありません。それは、ちょっと、私も辛いところです。でも、これだけは、どうしても妥協はできない」

「殺人者がいる屋敷に、もう一泊するつもりですか？」

「はい」西之園嬢はようやく笑顔になる。「殺人者ではない方の方が多いわ」

「それ、ジョークですか？」

「いえ、事実です」

「一晩中、僕が護衛して差し上げましょうか？」

「鍵があるから大丈夫です」彼女は、片手で窓際の椅子を私に勧めながら言う。「今夜は警察もいますし……、それに、この事件は、無差別殺人ではありません。もう、事件は起こらないはずです」

「申し訳ありません。冗談で言ったんです。そんなに真面目に答えてもらうと、困ります」

私は座りながら彼女を見る。

「煙草をお吸いになります？」西之園嬢は、バスルームの方へ足を向けた。灰皿を探しにいくつもりらしい。

「ああ、あの、おかまいなく。人の部屋では吸いません」私は、立ち上がって言った。「それよりも、ここで、話を聞かせて下さい」

西之園嬢は戻ってきて、ようやく椅子に腰掛ける。

「警察にどんな話をしたんですか？」私はすぐに質問した。

「私が見たことは、すべて話しました」彼女は天井を見上げ、頭の中を整理しているような仕草をした。「でも、私が考えたことは、何も話していません」

「たとえば？」

「たとえば、あの小窓が一方通行だということ」

「ああ、話さなかったんですか」私は真剣な表情に戻っていただろう。

「でも、あの刑事さんなら、すぐに気がつくと思います。とても、頭の良さそうな方でしたから」

小早川刑事が？　私の受けた印象とは若干違うな、と思った。確かに、物事を収集して整理する能力には長《た》けていそうだが、はたして、そこから筋道を見出すことが彼にできるだろうか。そういった能力は、想像力の問題だ。私が見たところ、彼の発言からは、そんな雰囲気は感じられない。堅実過ぎる、という印象が強かったのである。

「警察は、密室の謎をどう解釈しようとしているんでしょう？」

「ドアの鍵を調べていましたから、たぶん、何か機械的な遠隔操作の可能性を疑っているのだと思います」

「糸を使ったりとかですね？」

「ええ、わかりませんけれど……」西之園嬢は首をふる。「それとなく、私もきいてみたのですけれど、でも、今のところ、何か具体的な証拠があるような感じではなかったです。ただ……、朝海さんたちは、二人とも、今朝の二時から四時までの間に亡くなっていることは確かだそうです。それは聞きました」

「死亡推定時刻というやつですね」私は頷いた。「しかし、そんなの、何の参考にもなりませんよね。予想どおりというか……」

「それから、麻薬のことを質問されました」

「え？」私は驚いて背筋を伸ばした。「麻薬？」

「ここで、その……、そういったものが使われていなかったか、と……」

「なんと……、へえ……」私は口を開けていた。

「笹木さん、信じて良いですか？」西之園嬢は私の目を真っ直ぐに見る。

「もちろんですよ。身に覚えはないし、僕は知りません。いや、それは絶対ありえない」

「でも、警察がそんな質問をしたのは、きっと何か証拠があるからです」西之園嬢は片目を少し細くした。

「なるほど」私は言った。「でも、少なくとも僕は見ていませんね。もうすぐ、警察が大勢押しかけてくるはずです。今頃、山道を上っているでしょう。きっと屋敷中が捜索されます」

「ええ」西之園嬢は真剣な表情で頷く。

「あの……」私は頭の中にある仮説を早く話したかった。「実は、真梨子が面白いことを考えていましてね。これは彼女の仮説なんですが……、聞いてもらえますか？」

「石野さんの？」西之園嬢も興味を引かれたようである。

私は、テニスコートで真梨子が話した推理を彼女に説明した。娯楽室にいた由季子嬢が、例の小窓から手を差し入れて、映写室の妹の首を絞めた、という突拍子《とっぴょうし》もない物語である。椅子にのらないと、小窓の高さに届かない。その殺人のハイライトシーンは、イメージするだけで異様ではないか。もし本当ならば、それだけで充分に恐ろしい。

西之園嬢は黙って私の話を聞いてくれた。片手を軽く頬に当て、少し首を傾けた姿勢のまま、彼女は私に優しい視線を注いでいる。その魅惑的な彼女の瞳を見続けるだけの度胸がなかったので、私はもっぱら床の絨毯の模様を確認していた。

「面白いお話ですね」西之園嬢は、私の説明が終わると軽く微笑んだ。

「物理的には、なかなかうまく整合しているように思えます」私は自分の意見を素直に述べた。

「はい」彼女も頷く。「映写室に倒れていた耶素子さんの位置と姿勢が多少気になりますけれど……、でも、決定的な矛盾ではありませんし、そのあとで、娯楽室の由季子さんが椅子を片づけて、自殺をしたとしたら、あの状況に確かになりますね。もちろん、由季子さんのご遺体の詳細な検査結果が出るまで、判断はできませんけれど」

「じゃあ、かなりいい線いってますかね？」

「でも……、やっぱり、正解ではないと思います」西之園嬢は私から視線を逸らして窓を見る。「その状況になる以前に、映写機のスイッチが入っている必要があります。眩しくて、とてもやりにくい状況だったでしょう。首を絞めているときに、弾《はず》みで映写機がずれてしまった場合、それが直せません。それに、最大のネックは、映写室のドアの鍵を、耶素子さん自身にかけてもらわなくてはいけない点です。つまり、殺される人の協力が絶対に必要になりますから、理由をつけて騙《だま》したのか、あるいは、心中に近いものといえます。第一、どうして、あの二部屋を密室にしなくてはならなかったのかが、説明できません」

「自殺に見せたかった……、では駄目ですか？」

「それならば、娯楽室と同じように、映写室にも首を吊った跡を残すとか、もっと方法があったはずです。それに、こんなこと言いにくいのですけれど、殺されるよりも、本当に自殺した方が効果的ではありませんか？　自殺に見せかけたいと思っている人が、殺してもらうことに協力するものでしょうか？」

「ああ、そうそう、僕もそこが、そう、もやもやしてたんです」私はようやく頭の中がクリアになった。「そうなんですよね。心中ならありえるかな、とは思ったんですが、もしそうなら、本当に心中すれば良いですもんね。ええ、二人でそろって首を吊れば、その方が単純明快ですし、苦労して密室なんか作らなくても、確実に自殺だと思ってもらえるわけです」

言葉というのは不思議なもので、議論をしている流れや勢いから飛び出してくるセンテンスは、それだけをピックアップすると、極めてどぎついものに聞こえることがある。自分で口にしたのに、エコーのように遅れて、そのどぎつさに私は驚いた。

「もう一つあります。その石野さんの仮説は、朝海さんたちが髪形を交換して入れ替わっていた、という状況を説明していません。二つの部屋が密室になっていた理由も曖昧ですけれど」西之園嬢が、惚れ惚れするような理知的な表情で言った。「ですから、結論としては、やはり間違いだと判断するしかありませんね」

「そうでしょうね……」私はなんだかほっとした。真梨子の仮説が正解では、私の面目《めんぼく》が立たないからだ。

「私からも、新しい仮説を一つご紹介しましょうか？」西之園嬢は悪戯っぽい目つきで微笑んだ。多少恥ずかしそうな感じでもある。彼女の表情のパターンが、私にも読めるようになってきた。「これ、私が考えたものではありません。ついさきほど、清太郎さんが話してくれたのです」

「へえ、清太郎君が？」

「ええ、彼らしい、面白い推理だと思います」

## 11

　小早川刑事から解放され、西之園嬢が一階に下りてきたのは三時半頃だったという。リビングを覗くと、私が口を開けて居眠りをしている。起こすのは可哀想だ、と彼女は思ったのだろう。自分の部屋に戻るため、階段を上がろうとしたとき、ちょうど、テニスコートから戻ってきた清太郎君と廊下で出会った。西之園嬢は、彼と一緒に食堂へ行き、コーラを飲むことになる。

「あ、石野さんと神谷さんがテニスをしていますよ」清太郎君は彼女を見て言った。「西之園さんもどうです？」

「今日は、遠慮します」

「ええ……、それが、ノーマルですよね」彼はくすっと笑う。

「清太郎さんも、もう大丈夫みたいですね」

「大丈夫って？　ああ、ええ……」清太郎君は急に真面目な顔に変わった。「いや、とにかく、現実逃避というのか……、思い出したくないですよ。きっと、何日もしてから、じわじわと込み上げてくるんじゃないかな。今はきっとアドレナリンが僕の神経を麻痺させていると思います」

「事件の謎からも、逃避するつもりですか？」

「謎？」

「映写機をセットしたのは誰か……」西之園嬢は、コーラのグラスを持ち上げて言う。「部屋の鍵をかけたのは誰か。どうやって、そんなことができたのか……」

「ええ……」俯《うつむ》き加減になり、上目遣いで睨むような顔つきに清太郎君はなる。「なるべくなら、考えたくないなあ」

「考えないで済む良い方法があったら、私に教えて下さらないかしら？」

清太郎君はしばらく黙っていたが、グラスのコーラを全部飲み干してしまうと、椅子ではなくテーブルに腰掛け、ポケットから出てきたテニスボールを片手で弄《もてあそ》び始めた。そして、何度か放り投げていたそのボールを床に落としてしまうと、彼女の方を見て、話を始めたのである。

「感情を殺してしまうことは、わりと簡単だけど、考えないでいるなんて方法はないみたいですね。とにかく、何も良い方法はないんです、意識があるうちは……。睡眠薬でも飲んで、眠ってしまうしかない……。僕だって、考えてしまった。一つだけ、考えましたよ。それは……でも、間違いなんです。ありえない……。だけど、考えてしまったものだから、頭から消せなくて、鬱陶《うっとう》しくてしかたがないんです。少なくとも、間違いなのか、間違いじゃないのか、それがはっきりしない方がいい。もしも間違いじゃなかったら……、大変だし。

そんなことありえないけど、でも、確かめるわけにはいかない……」

「もう少し、ちゃんと話してもらえない？」

「無駄ですよ」彼はひきつった顔で笑おうとした。

「話せば、すっきりすると思うわ」

「どうしてです？」

「間違いなのか、それとも間違いじゃないのかが、今よりは、はっきりするから……」

「だから、僕は、はっきりさせたくないんですよ」

「それは、貴方の思い込みです。そんなことは、絶対にありえない。人間って、そんな感情を持つことは、絶対にないもの」

「そうかな……」彼は口を尖らせる。

「お父さんを疑っているんでしょう？」西之園嬢は突然そう言った。彼女は鎌をかけたのだ。

　清太郎君は目を見開き、動かなくなった。数秒間ののち、彼は、頭痛でもするみたいに、目を幾度か強く閉じた。

「あの……、それは間違いなんです」

　西之園嬢は優しく微笑む。「まだ、聞いていません」

「いえ、ちゃんとした考えなんかじゃないんです。ただ……」

「ええ、わかっています。清太郎さんがお父様を本心から疑っているなんて、私は全然思っていません」

「もっと、なんていうのかなあ……、そう、SFみたいな感じなんです」清太郎君は溜息をつく。「あの、実は、まだ僕が子供の頃だったんだけど、一度、親父と一緒に、ここの屋根に上がったことがあったんです。どうして、屋根に上がることになったのか、そのときの理由は忘れちゃったんだけど、とにかく、あの三階の娯楽室の窓から、屋根に出たんです」清太郎君は少年のような顔を少し赤らめて話を続けた。「そのとき僕、まだ小学生だったから、その……、高いところが恐くて、窓のそばから離れられなかったんです。あの、あそこの窓の鍵、西之園さん見ました?」

「ええ」西之園嬢は頷く。

「片方の受け金具に、もう片方の戸のレバーが落ち込むようになっていたでしょう? そのときも、僕、屋根に上がって、窓の外側から、その金具で遊んでいたんですよ。それで、そのレバーが少し引っかかる角度があることを見つけたんです。で、その位置にレバーを引っかけておいて、そのまま、そっと窓の戸を閉めてみたら、閉まったときの衝撃で、そのレバーが落ちて、ちょうど受け金具に塡《は》まってしまったんです。つまり、鍵がかかったんです」

「外にいたのに?」

「そう……」清太郎君は両手を組んで、膝の上にのせていた。「そうなんです……、僕は窓の外、つまり屋根の上にいた。親父も、屋根の上で、何か別の仕事をしていた。アンテナを直していたのか、とにかく作業をしていたんです」

「閉め出されたわけね？」

「そうです。あの窓の鍵は、だから、外からでも鍵がかけられるということなんです。少し引っかかりがある部分にレバーを持ち上げて、そのままゆっくりと戸を閉めれば、レバーが受け金具に落ち込みます」

「それで、そのときは、どうしたの？　滝本さんを呼んだの？」

「いいえ、滝本さんはちょうど買いものに出かけていました。僕と親父しかいなかったんです。親父はもう、かんかんに怒りだして、だから……、こうして、今でも、そのときのことをよく覚えているんですけど……」

「どうしたの？　そのあと……」

「ええ……」清太郎君は、奇妙なくらいスローモーションで頷いた。「実は、煙突から下りたんです」

「煙突？」西之園嬢は驚いた。「煙突ですって？　そんなの……、ありました？」

「ええ、気がつきませんでしたか？　屋根に二つありますよ」

「だって、あれは、飾りじゃないの？　ただのデザインかと思っていたわ」

「一つは飾りなんだけど、でも、もう一つは本ものです」

「どこの部屋につながっているの？　どこにも本ものの暖炉なんてなかったと思うけれど……」

「親父の仕事部屋にだけ、暖炉があります。もう、長いこと使っていないけど、以前は、面白くてけっこう使っていたみたいです」

「それじゃあ、煙突は、屋根から一階の橋爪さんの仕事部屋までつながっているんだ。どれくらいの大きさなの？　人が通れるわけね？」

「これくらいかな」清太郎君は両手で幅を示した。「とにかく、充分、人が通れます。ちゃんとした梯子じゃないけど、掃除をするときのために、一メータおきくらいの間隔で、小さなステップがありますし、それに、上から下までずっと鎖が垂れ下がっているんですよ。だから、その鎖に摑まって、わりと簡単に下りることができます。上るのは大変かもしれないけど……」

「そのとき、清太郎さんも下りたの？」

「いえ、下りたのは親父だけ……。僕はずっと屋根の上で待っていました。もう恐かったですよ。親父は怒って、このまま僕を放っておくんじゃないかって、子供心に思いました。でも、親父は、すぐに窓を開けてくれて……」彼はまた肩をひょいと竦めた。「とにかく、それで、その話はおしまい……。だけど、今朝になって、僕……、そのときの、その窓の鍵のことを思い出したんです。あの鍵の引っかかりのことを……」

「つまり、由季子さんを殺した犯人は、娯楽室の窓から出ていった、と考えたのね？」

「そう、その可能性が、あるかなって、思った。だけど……」

「窓のその鍵の性質を知っているのは、清太郎さんと、お父様だけでしょう？」

「そうです。それに煙突の下は、親父の部屋です」

「うーん」西之園嬢は唸った。「なるほど、これは、なかなかの出血大秘密だわ」

「秘密にしておいて下さい」清太郎君は少しだけ微笑んだ。

「全然大丈夫」西之園嬢も微笑み返す。「だってね、問題の密室は映写室の方なの。他殺だと断定されているのも、映写室で亡くなっていた耶素子さんの方ですし、あの部屋には窓はありません。今の清太郎さんのお話は、娯楽室の密室についてだけしか、当てはまらないでしょう？」

「だけど、ほら、あの壁に穴が空いているから」

「映写機用の小窓のことね？」

「あそこから出入りできませんか？」

「少なくとも、橋爪さんは無理じゃないかしら。お父様は、あの大きさではきっと通れないと思うわ。そうね、清太郎さんなら……」西之園嬢は清太郎君をじろじろと観察する。「ぎりぎりってところかなあ……」

清太郎君は痩せているし、頭も小さそうだ。父親の橋爪氏とは体格はまるで似ていない。

「それにね。あの小窓は、映写室側で映写機本体が邪魔をしてるから、出入りは無理なの。その点は私、ずいぶん考えたんです。映写室から娯楽室へ通り抜けた場合、映写機をもとの位置に戻せなくなるわ。この意味、わかるよね?」

「ああ、そうか、そういえば……そうだね」清太郎君は明るい表情になる。「じゃあ、やっぱり、ありえないことになる。間違いですね、僕の考えは」

「ええ、矛盾が多い」

「良かった……」清太郎君はソファにもたれて、珍しくわかりやすい表情で、にっこりと笑ったという。

## 12

「ふーん」話を聞き終えた私は、感心して声を漏らした。「なるほどね……、そう、窓の鍵、そんなタイプでしたね。回転するやつじゃなくて、レバーが落ち込むタイプで……」

「清太郎さんの仮説は、父親の橋爪さんが犯人ではないか、と指摘していたわけですけれど、結論としては、小窓を通るという、映写室から娯楽室へのアクセスに問題がありました。ですから、全体としても成立しません。ただ、窓の鍵の話だけは、とても興味深い内容ですし、ひょっとしたら記憶にとどめておく価値があるかもしれません」

「二つの部屋のうち一方だけにしても、密室から物理的に抜け出せる方法が一つは見つかった、ということだね」

「そうです。今のところ、他にはありません」西之園嬢はほっそりとした綺麗な指を一つだけ立ててみせた。

「しかし、昨日の晩は外は嵐だったんですよ。屋根の上は危険だったと思うなあ」

「殺人を犯しているんですよ。それくらいの危険、覚悟の上なのではないでしょうか？」

「それも、そうか……。しかし、下りられる経路は煙突しかないわけでしょう？　その先は、一階の橋爪さんの部屋だ。彼、あの仕事部屋で寝起きしているみたいだから、昨夜も、二時にトランプが終わったあと、奥の自分の部屋にいたはずだよね。もし誰かが煙突の中を通って屋根から下りてきたら、彼に見つかってしまうわけで……、つまり、橋爪さん自身以外には、煙突を下りられないことになる」

「いいえ」西之園嬢はゆっくりと首をふった。「橋爪さんは、私たちがコーヒーを飲んでいるとき、キッチンにいらっしゃいました。それに、そのあと三階に上がっていって、ドアを壊したんです。つまりその間は、橋爪さんの部屋の出入りも自由になっていたわけです。誰でも、煙突を下りてこられたはずだわ」

「なるほど……」私は頷く。こんな簡単なことを見逃した自分が恥ずかしい。どうも彼女が目の前にいるときは、ほとんど思考が停止してしまうようだった。

「でも、やっぱり、問題となるのは、小窓の一方通行の法則なんですよね」西之園嬢は独り言のように呟いた。私を見ないで、何かを考えている様子である。

「一方通行の法則」とは、初めて聞く表現である。例の、映写室から娯楽室への移動はありえない、という理論展開の末の結論だ。いつの間にか、仮説から法則に昇格したらしい。それほど、間違いのない事実だということか。彼女自身が吟味《ぎんみ》した結果であろう。確かに、この法則は、この事件における、あらゆる推論の要《かなめ》といっても過言ではない存在だったのだ。西之園の第一法則、とでも名づけておこう。

いずれにしても、第三の仮説、清太郎理論は、またも西之園嬢によって否定されたのである。

ドアがノックされた。

私はどきりとする。ここは西之園嬢の部屋だ。ノックしたのが、真梨子だったら大変なことになる。飛び上がるようにして、私は立ち上がった。

「真梨子かもしれない。なんとか、ごまかして下さい」

「なんて言えば、よろしいのかしら?」西之園嬢は悪戯っぽい目つきで私を睨んでから、ドアの方へ歩いていく。

私はベッドの横の壁際に立ち、入口から見えない位置に隠れた。彼女がドアを開ける音が聞こえた。

「失礼いたします。お嬢様」という声。諏訪野氏である。

「諏訪野、もう帰りなさい」西之園嬢はすぐに言った。ずいぶん高圧的な口調だった。目上の者に対して遣う言葉とは思えない。

「どうか、いま一度ご考慮いただけませんでしょうか？」

「貴方には悪いけれど、これは、もう私と叔母様の問題なの。叔母様が直接、私に謝って下さらないかぎり、私は絶対に戻りませんから……。そうお伝えして」

「それはお伝えいたします。しかしながら、ここにお嬢様がご滞在になるということは、いかがかと存じます。お屋敷にお戻りになられなくとも、ここではなく、どこか他に、もっと安全な場所がいくらでもございましょう。私がお嬢様のご希望どおり、どこへでもご案内いたしますので、どうか、ご用意をお願いいいたします」

「ですから、それは、明日にします。今夜は、ここにいることに、もう決めたんです」

「申し訳ございませんが、お嬢様。私は、それでは納得しかねます」

「貴方の納得なんて私には無関係です。帰りなさい！」

「お嬢様……、どうか」

ドアの閉まる爆発的な音が鳴り響いた。そっと壁から顔を出してみると、西之園嬢はまだドアを向いたまま立っている。

「穏やかじゃないね」できるだけ優しく私は言った。

彼女はドアに鍵をかけ、こちらを向いて戻ってきた。驚いたことに、顔を赤らめ目頭《めがしら》を潤《うる》ませていた。なんという感情の激しい女性だろう。トラブルがどんなものであったのか、彼女の叔母という人物が、彼女に対してどれほど不当なことをしたのか、一応の話は聞いていたが、まだまだ一部分なのか、私にはまったく理解ができなかった。いくらなんでも、ここまでしなくても良さそうなものである。

西之園嬢は窓際の椅子に座って、両手を顔に当てたまま下を向いてしまった。

私は彼女に近づき、その小さな肩に軽く触れる。自分でも大胆な行動だと思った。だが、こういったとき、男として他に選択肢があるだろうか？

「大丈夫？　泣くくらいなら、怒らなきゃ良いのに」

「わかっています」下を向いたまま西之園嬢は肩を震わせる。

「うん、僕も、君はわかっていると思う。だけど、そうやって、どんどん自分でも嫌なことをしてしまうんだよね。どうしてだろう？」私は無意識に煙草を取り出していたが、火はつけなかった。「だいたいね、親しい人と喧嘩になるときっていうのは、全部そうなんだなあ。意地をはって……。お互いが、自分は、相手が期待するほど立派な人間じゃないって思う。嫌になるほど、自分に対して意地悪をしてしまうんだ」

「黙ってて……」西之園嬢は言う。

「はい」私は答えて、黙った。

彼女の部屋は西向きだった。半分だけ開けられているカーテンが、部屋を半分だけ白くしている。静かで、明るい。私は、火のついていない煙草を口にくわえ、ゆっくりと呼吸を繰り返す。

「ごめんなさい」西之園嬢は両手を顔から下ろし、私を見る。彼女は笑おうとした。「あの、何でも良いわ、何かお話しになって下さい」

「スイッチ・オン」私は短く呟き、深呼吸をしてから、話し始める。「気が短くて、すぐ腹が立ってしまう。他人が許せない。しかし、自分のプライドだけは死んでも守りたい。まあ、そんなのも、悪くはないけどね……。人間なんだから、水牛やペリカンよりは気が短いし、プライドだって高い。でも、僕が見たところ、君よりもずっと諏訪野さんの方が立派で、人格者じゃないのかな。そんなふうに蔑《さげす》まれても良いのかい？　君はそんなふうに思われたくはないだろう？　もう少しくらい、格好をつけても良いんじゃないかなあ……、もし、君のプライドが本ものならばね」

「やっぱり、黙ってて」彼女は、涙を拭きながら私を睨みつける。「私に、喧嘩を売っているのね？」

「もちろん」私は答える。

西之園嬢は、僅《わず》かに微笑んだ。

「この私に、そこまで言った人は、今までに一人もいませんでした」

「それは、たぶん、相手が言うまえに、君がすぐスイッチを消してしまうからだよ」

「そうね」彼女は立ち上がる。

「もう少し、しゃべっていいですか？」

「駄目」彼女は私を睨んで、口もとを斜めにした。

雨上がりの水溜りのように、まだ少しだけ泣き顔が残っている笑顔だった。それは、とんでもなく魅惑的で、しかも一瞬の閃光のように私に焼き付いた。何億分の一のバランスで偶然にも現れた美しさだったのかもしれない。

彼女は私を求めている。

彼女は私の胸に飛び込んでくる、と感じた。

私は息を止めて待った。

今にも彼女が……。

けれど、西之園嬢は窓の外を見たまま、動かない。

予感が大きく外れて、私は酷く落ち込んだ。ショックだった。なにしろ今まで、この手の観測で、私が見誤った女性は一人もいなかったのだから……。

きっと、私自身、いつもの冷静さを失っていたのだろう。まるで、木の枝からジャンプした直後に、飛び移る先がないことに気がついたムササビだった。私は両手を前に差し出したまま、ギャングの親分の蠟人形みたいに固まってしまったのだ。今さら、この手をどうしろというのか……。

まったく……。

これほど恥ずかしい思いは、一生に何度もあるものではない。その後の人生でも、この醜態の場面を思い出しては、私の安眠は妨《さまた》げられることになるのだ。

オットセイだって、もう少しましなステップで歩けるのではないか……。彼女の部屋を出るとき、私の両足は縺《もつ》れ、もう少しで転びそうだった。そして、ほうほうの態《てい》で自分の部屋まで辿り着くと、すぐに冷たい水で顔を洗い、鏡に映った惨めな中年男を睨みつけて、舌打ちしたのである。

同情だって？

笑わせるな！

私が投げ捨てたタオルは、もし生きていたとしても、打撲傷で虫の息だったろう。

## 13

結局、警察の車が橋爪家の屋敷に到着できたのは、夕方の五時過ぎだった。最初は、パトカーが二台、それに白いセダン、黒いワゴン車など、全部で七台であった。どの車も斜めに駐められていたので、ロータリィの横の駐車場は満車となり、二台は、ゲートの外に追いやられた。

急に屋敷が騒がしくなった。一階のリビングルームにも警官が入り込んできたし、二階の廊下や客室などにも、刑事たちが出入りした。

朝海姉妹の遺体は、私が知らないうちに運び出されたようだった。精密検査というのか、司法解剖というのか、正式名称など知らないが、とにかく、どこかへ運んで、落ち着いて調べることになったのであろう。

その後も車の出入りが激しく、六時過ぎに玄関から出て眺めてみたときには、車種も変わっていたし、台数は九台になっていた。屋敷を囲む鉄柵の外側にも、紺色の帽子をかぶった男たちが幾人か見えた。地面を見ながら歩いていたが、もちろん、森を綺麗にするためにゴミを拾っているわけではない。

驚いたのは、小早川刑事よりも若い男が、この捜査の陣頭に立って指揮をとっていたことだ。彼の名前はあとになってわかったのであるが、込山《こみやま》という。小柄で痩せていて、メガネをかけたインテリっぽい人物である。おそらくまだ三十代であろう。よく見ると、目つきだけは鋭いのだが、関西のアクセントで声も高く、小早川のような凄みはまったくなかった。小早川とこの込山の二人を見比べて、まさか込山刑事の方が上司だとは、誰も思わないだろう。

「いやあ、せっかくのお休みだったのに、大変でしたね」込山刑事は、玄関から外を眺めていた私に、愛想の良い口調で言った。「笹木さんは、こちら、初めてなんでしょう？」

「ええ」私は振り向いて頷く。

「私もね……、こんな田舎に飛ばされて……、今回が初めてなんですわ」込山はにっこりと、しかし不気味に笑った。

「何がです？」私は意味がわからなかったので尋ねる。

「こんな華々《はなばな》しい事件がですよ」嬉しそうに込山刑事は答え、私の方へぐっと顔を寄せる。「ここだけの話ですけどね……、ほんま、つまらん事件ばっかりでして……、もう、いやんなります。被害者の関係者には、こんなこと言うたら申し訳ないんですけど……、たまにはねえ、これくらいのこと、あってもらわんと、眠れる獅子が、寝たきり獅子になってしまう、なんて……ね」

　若く見えたが、近くでじっくり見ると、同年輩かもしれない、と私は思った。前髪に白髪が混じっている。こうやって、とぼける人間ほど、一般に実力は高い。このときは、そこまでは考えなかったのだが、あとあと、この男の底力を思い知るはめになるのである。

「あ、小早川さん」階段を下りてきた小早川刑事に込山刑事が叫ぶ。「弁当、注文しといて下さい。えっと、八時には鑑識の連中は帰るから……、そのときの残りの人数から一を引いた数です」

「――って、何ですか？」小早川刑事が尋ねる。

「私です。さっきね、橋爪さんにお願いして、こちらで皆さんとご一緒にお食事させていただくことになったんです」

小早川刑事は厳《いか》つい顔で頷き、玄関から出ていく。反対に込山刑事は、階段を一段飛ばしで駆け上がっていった。

その後、再度、全員に対して簡単な事情聴取が行われた。今度は、一階のリビングが取調室になった。質問をしたのは、さきほどと同じく小早川刑事で、込山刑事は窓際に黙って立っているだけだった。

三階でどんな作業が行われているのか、まったくわからない。また、屋敷の庭や敷地外の周辺の捜索も暗くなるまで続けられていたが、この目的も理解できなかった。彼らは何を探しているのであろう。

日が暮れて、夕食の準備がととのったと知らせがあったとき、私は真梨子と一緒に自分の部屋にいた。彼女は、ぴりぴりしていて、私の一言一言に突っかかった。思ったよりも沢山警察が来たので、彼女は驚いたようである。

私と真梨子が食堂に入っていくと、既に、橋爪氏、清太郎君、西之園嬢、神谷嬢がテーブルについていた。私たち二人が座って、六人だが、もう一つ、席が用意されている。込山刑事の分だとすぐわかった。部屋の隅で滝本氏がグラスの用意をしていた。誰も口をきかなかった。

　ドアを開けて、込山刑事が現れた。

「どうも、お招きいただきまして、ありがとうございます」彼はメガネに手をやりながら、一人一人に頭を下げて席についた。招かれたわけではないだろう、と私は思ったが、彼の席が私の隣だったので、しかたなく軽く頭を下げた。

「どうですか？　捜査の方は」半分社交辞令で私は尋ねる。

「まあまあってとこです」込山刑事はナプキンをシャツの首もとに押し込みながら答えた。「今のところ、ご協力も得られて順調です。特に問題はありません」

「でも、密室は……問題じゃありませんか？」あまりにも調子が良過ぎる返答だったので、私は少し意地悪な質問をしてやろう、と思ってきいてみたのだ。

「ああ、あれね……」込山刑事は、そう言って片方の耳を触る。どうやら、それが彼の癖のようだった。「あんなものは、大したことありませんよ」

「じゃあ、どうやって鍵をかけたのか、わかったんですか？」

「いいえ、全然」込山はにこにこしたまま大きく首を横にふった。「まあまあ……、とにかくですね、ご心配には及びません。大船に乗ったつもりでいて下さい。これは、私たちの仕事なんですからね。私たちはプロなのです」

「由季子さんの方の死因は、断定できましたか？」テーブル越しに橋爪氏が質問した。「小早川さんは教えてくれませんでしたけど、私たちには、それを知る権利はないんですかね？」

「ああ、いえいえ、そんなの秘密でもなんでもありませんよ。でも、今はお食事まえですから……、お話は、あとにしましょう」込山刑事は、そういってますます無邪気に微笑んだ。

滝本氏が料理を運んでくる。それから、実に静かな夕食となった。ほとんど誰も口をきかなかったのである。おそらく全員が、捜査の進捗《しんちょく》状況について自分なりのイメージを描いていたことだろう。その確認が、食事後までおあずけになったので、話すことがなくなってしまったのかもしれない。

　昨夜、同じテーブルについていた朝海姉妹は、もうこの屋敷にはいない。戻ってくることも永遠にないのだ。ずいぶん長い一日、二十四時間であった。

　西之園嬢は例によって、静かな令嬢を装っている。神谷嬢と並んで座っていたが、二人とも人形のように姿勢が良く、しゃべらなかった。真梨子だけが事件には関係のない、どうでも良いことを二、三口にしたが、それでも普段の彼女の口数の十分の一にも至らなかった。いつも会話をリードしていた橋爪氏にしても、真梨子のくだらない話題の相手をしたに過ぎない。清太郎君などは、誰とも視線を合わせないようにしているとしか思えないほど、ぎこちないのだ。全員が萎縮している、といった感じだった。間違いなく、込山刑事の影響だろう。

そんな皆の様子を、込山刑事はにこにこと、しかしメガネの奥の鋭い目で抜け目なく、観察していたようである。彼はたまに、隣の私に小声で囁いたが、そのたびに、テーブルの全員が聞き耳を立てるように視線をこちらに向けた。もっとも、込山刑事の話は、すべて料理に関することだったと記憶している。

そんな調子だったから、食事はあっという間に終わってしまった。味わっていたのは、込山刑事一人だけだったのではないか。

やがて、テーブルの上の皿が片づけられ、全員の前には、滝本氏によって小さなコーヒーカップが並べられた。

「では、そろそろ、少しお時間をいただいて、お話をしたいと思います。もう、よろしいでしょうか？」込山刑事が相変わらずの笑顔で言う。彼の高い声だけを聞いていると、実に頼りない印象を受けるのだが、それはまったくの装飾だろう。

「お願いします」橋爪氏が代表して答えた。全員が待ちこがれていたのに違いない。誰一人、まだコーヒーカップに手をつけなかった。

「まず、そうですね……。お約束どおり、被害者のことについて、ご報告しましょう。朝海由季子さん、それに朝海耶素子さんのお二人は、今朝の三時頃……、推定誤差は、前後ほぼ一時間以内でありますが……、その時刻に、お亡くなりになっています」そこで、込山刑事はコーヒーを一口飲む。「妹さんの耶素子さんは、映写機のあった小さい方の部屋で殺されていました。絞殺、つまり首を絞められて、殺された。もっと詳しいことも判明していますが、今は理由があって申し上げられません。我々は、彼女を殺害した人物が誰なのかを割り出さなくてはなりませんが、そのときに、今申し上げられない詳しい事柄が、殺した人物を断定する証拠になる可能性があるからです。ところで、あの部屋は、鍵が内側からかかっていた、ということでしたね？」

「そうです」私が答えた。私が彼の一番近くにいたからだ。

「俗にいう密室殺人というやつですなあ」感慨深げに込山刑事は目を細める。「さて、一方、大きい方の部屋で亡くなっていた、お姉さんの朝海由季子さん、彼女の死因は、ショック死ではないか、と判断しています」

「ショック死？」橋爪氏の声が一番大きかった。しかし、私も、思わず同じことを口にしていた。

「ついさきほどですが、電話で途中経過を……、その、何といいますか……、検査の報告を受けたんですが、まず間違いないとのことでした。由季子さんの場合、左腕に注射をうった明らかな痕跡がありました。それから、屋敷の庭……、えっと、西側になりますか……、割れていましたが、そこで注射器を発見しています。残留していた微量の血液についても検査を行いました。その注射器を使用したのが由季子さんであることは、まず間違いありません」

「あの……、注射器って？」橋爪氏がきいた。

「コカインです」込山刑事がすぐに答える。

ここで、もの凄い沈黙があった。全員が顔を見合わせる。

「ようするに、麻薬によるショック死です」込山刑事は、変化のないにこやかな顔でそう言うと、また自分の耳を引っ張った。「心当たりのある方は、この際、是非おっしゃって下さいね。もし、他の方の手前、今ここで言い出せないのでしたら、あとでもけっこうです。私のところへ来て下さい。お願いいたします」

「あの、それじゃあ、首にあった痣《あざ》は？」私は唾を飲み込んでから尋ねた。「由季子さんの首には、くっきりと痣があったと思いますが……」

「ええ、確かにありましたね」込山刑事はうんうんと頷く。「でも、窒息死ではないんです」

「麻薬をうち過ぎた、ということですか？」橋爪氏がテーブルの反対側からきく。

「そうです」込山刑事は即答した。

「ということは、あの……、他殺なんですか？　自殺なんですか？」私は質問する。

「それは、どちらともいえませんね。注射器には由季子さんご自身の指紋しか残っていません。ただ、これは……。いや、まあ、いいでしょう。あまり手の内は見せたくないんですけどね、お食事をご馳走になったお礼に、申し上げましょうか」込山刑事だけが不気味なほど上機嫌だった。「もしも、朝海由季子さんが自殺されたのなら、何故、注射器が庭に落ちていたのか、という疑問が残ります。自殺であれば、注射器を窓から投げ捨てたりはしないでしょう」

なるほど、そのとおりだ、と私は思った。他の者も放心したような表情ではあるが、込山刑事を見つめて頷いている。

「質問しても、よろしいですか？」西之園嬢だけが、無表情だった。

彼女の声を聞くのが、とても久しぶりだった。

「どうぞ、西之園さん」込山刑事が片方の手の平を上に向けて広げる。

「朝海さんたちの部屋から、コカインが見つかったのですか？」

「ふーん……」込山刑事は白い歯を見せて微笑んだ。「残念ながら、それはお答えできません。当然、調べはしましたけどね。どなたか、この件についてご存じの方はいらっしゃいませんか？」

「私は知らない」橋爪氏がひきつった表情で言う。「まさか、彼女たちが……、そんな……」

「たち？」込山刑事はまた自分の耳を触っている。「私は、由季子さんのことしか申し上げていませんが」

「ああ、では、耶素子さんは、その……」橋爪氏は慌てて早口になった。「やってなかったのですね？」

「ご存じなんですか？」と込山刑事。

「いえ、とんでもない」橋爪氏はむっとした表情で黙った。

「どんな些細なことでもけっこうですよ」込山刑事は他の者を見回して言う。「彼女たちから、それに関連したことを何か聞いたとか、それらしい素振りがあったとか、少しでも思い当たることがあったら、是非お聞かせ願いたいのです」

「あの……」清太郎君が真っ赤な顔をして言った。皆が彼の方を一斉に注目した。「あの、僕、由季子から、聞いたことがあります。麻薬のこと……、その、話だけですけど。だから、彼女が、やったことがあるってことは知っていました。嘘をついているとは思えなかったし……。でも、その、それはそんなに多いわけじゃなかったと……」

「ええ……、ご協力ありがとうございます」込山刑事は丁寧な口調だった。「とてもありがたい。そういう情報が必要なんですね。はい……、あの、私も、彼女が常習者だったとは考えておりません。そんなところまでいっていたとは思えない。手を出したのは、まだまだ最近のことだったでしょう。針の跡は、左腕にしかありません」

「耶素子さんにはなかったのですね？」西之園嬢がきいた。

「それは申し上げられません」

「ロングの鬘《かつら》を、由季子さんではなくて、耶素子さんがしていたのは、どうしてですか？」

西之園嬢が別の質問をする。

「西之園さん……」込山刑事は、前歯を見せて微笑む。「それは、私の方がお尋ねしたい質問ですよ。皆さんはいかがですか？　今の鬘の疑問に関して、何かお心当たりはありませんか？　そう、鬘だけではありませんよ。そう、服も入れ替わっていましたからね」

「え？」私はびっくりして、腰を浮かせる。「服も？」

「あれ、お気づきじゃなかったんですか？」込山刑事は私の顔を鋭い視線で見つめる。微笑んでいる顔とは実にアンバランスな、ぞっとさせるほど冷たい目つきだった。「確か、彼女たちは、昨夜、皆さんとお食事をされたときの服装だったはずですよね。由季子さんはクリーム色のサマー・セータ。耶素子さんは白いブラウスだったのではありませんか？」

「ああ、そういえば、そうかな」橋爪氏が低い声を出す。

私も思い出すことができた。そう、服装と髪形が一致していたのだ。だから、最初に死体を見たときに見間違えたのである。

「入れ替わっていたのは、セータとブラウスだけです。あとはご自分のものでした。さきほどお伺いしましたけど、女性の方は全員、それをご存じでしたね。洋服というのは、男性の場合、ほとんど見ていませんからね。印象に残らない。特に、綺麗なお嬢さんほど……」込山刑事は私を一瞥し、咳払いをした。「まあ、しかし、どうして、鬘や洋服を交換したんでしょうね？　彼女たちを見間違えさせるというのは、いったい、どんな目的だったんでしょうか？」

「全然わかりません」私は首をふった。事実、まったくわからない。その理不尽さが、恐ろしいほどだった。

「ただの悪戯《いたずら》とは思えませんしね」込山刑事はそう言って、また不気味に微笑む。

「あの、私たち明日には東京へ帰りたいんですけど」真梨子が突然口をきいた。

「はい、それは、皆さんのご協力しだいです」込山刑事はまったく動じない様子で、すぐに答える。その質問は予想していた、とでもいったところだろうか。「おそらく、今夜一晩でいろいろなことが判明すると思われます。うまくいけば、明日にはもう目星《めぼし》がついているかもしれません。そうなると、大変けっこうなんですけどね……。しかし、別に今夜だって、どこへ行かれても、かまいませんよ、日本の中ならね」

　事件に関して、もっと詳しい説明が聞けるものと期待していたが、まったく裏切られた。込山刑事は、捜査の成果については、ほとんど話さなかった、といって良いだろう。新たな情報といえば、由季子嬢の死因がショック死であったこと、注射器が庭で発見されたこと、そして、服装まで交換されていたこと、くらいか……。つまり、食事代として彼が打ち明けたのはそれだけだった。

　おそらく警察だって、私たちの中に殺人犯がいる可能性を疑っているのだろう。犯人が自首してきたとき、その供述と比較して真偽を確かめるために、詳しい事実、そして証拠を、私たちに隠しているようだ。

　なかなかの切れ者ではあるが、込山という男に対する私の印象は一気に悪くなっていた。

客観的な判断ではない。誰だって、自分が容疑者扱いされれば、気分も悪くなるはずだ。込山刑事が私を見るときの目つきが気に入らない。

「私たちは今夜もずっと捜査を続けますし、私は、朝海由季子さんの部屋をお借りすることになりました。さきほど、橋爪さんにお願いしたところなんです。もし、皆さんの前では言えないというような内密のお話がありましたら、こっそり、私の部屋……、二階の右手の奥から二つ目の部屋です、そこまでご足労願います。お待ちしております」

込山刑事は、そう挨拶して食堂から出ていった。

その後もしばらく、私たちは黙ってコーヒーを飲んでいたが、最初に神谷嬢が無言で部屋を出ていくと、つぎつぎに他の者が席を立った。

明らかに、全員がお互いに対して疑心を抱き始めていただろう。それは、込山刑事が意図的に蒔《ま》いた種《たね》のせいだったかもしれない。

## 14

私と橋爪氏は、二人だけでリビングに入り、軽く飲むことにした。滝本氏が厨房で後片づけをしている以外は、全員が、既に自分の部屋に引っ込んでしまったようである。まだ、八時半だというのにだ。

ときおり、廊下から足音が聞こえてくる。ベルが鳴り、警官たちが玄関を出入りしているのがわかった。しかし、それらも、橋爪氏がレコードをかけたために聞こえなくなった。

「僕、よく知らないんですが、コカインの大量摂取でショック死するような場合、注射してから、どれくらいの時間なんでしょうね？」私はグラスの氷を動かしながら橋爪氏にきいてみた。

「そんなこと知らんよ」橋爪氏は鼻息をもらす。「清太郎なら知っているかもしれんが……。どうして？」

「自分で注射をして、あの窓から注射器を投げ捨てる時間的余裕があったかな、と思ったんですよ」

「ああ、それくらいなら、たぶん充分できたんじゃないかな」橋爪氏は頷いた。「つまり、笹木さんは、由季子さんが娯楽室で自殺した、と言いたいんだね？」

「そうです。僕も、たぶん数分の時間はあったと考えたんですよ」私は思っていたことを素直に話した。「映写室には窓がないから駄目ですけど、娯楽室なら窓から外に投げ捨てることができます」

「注射器くらいのものなら、窓からじゃなくても捨てられる。あの映写室にだって換気扇があるから、作業机の上に乗れば、外に捨てられるよ」

「換気扇ですか……」私はそれには気づかなかった。やはり、素人である。映写室はまったくの密室だと考えていたのだ。だから、橋爪氏が換気扇と言ったときは、別の意味で驚いた。

「あのとき……、僕らがあそこに入ったとき、その換気扇、回っていましたか？」

「いや、回っていたら音がするからわかる。あれ、古くてね、けっこう煩《うるさ》いんですよ」

「その……、換気扇のある壁は、外側は屋根ですか？」

「あちらは西側だから、屋根じゃない。妻側で、つまり壁になるね。壁の外は何もない。換気扇から外に捨てれば、そのまま庭に落ちるだけだ」

「それじゃあ、その換気扇の隙間から糸を通して、映写室のドアの鍵を操作するなんて芸当は、無理ですか？」

「無理だろうね、壁の外に足場でも組まないかぎりは」橋爪氏は微笑んだ。「笹木さんも、なかなか考えてますなあ」

「ええ、まあ……、酒の肴《さかな》にと思いまして」私は水割りを一口飲む。「だって、結局、あの映写室の密室が、一番、不思議じゃないですか？　中で歴然とした殺人が起きているのに、逃げ道がないなんて」

「そうかな……。逃げ道といったら、壁に空いている小窓があるでしょう？」橋爪氏は言う。「あの映写用の窓ですよ」

「映写機が近くにあったから、あそこは通れないんですよ」こちらは、それはもう散々考えたのである。私は橋爪氏の意見をすぐに否定した。

「レンズを外せば、通れますよ」橋爪氏は簡単に言う。

「レンズ？」私はまたびっくりした。考えもしなかったことだったからだ。

「映写機のレンズのところを外せばね、女性だったら、なんとか通れるんじゃないかな。あそこをくぐり抜けて、娯楽室側に下りてから、椅子を近くに持ってきて、それにのって窓から手を突っ込んで、映写機にレンズだけ付け直せば良いでしょう？　確かね、くるくる回すと取れるはずですよ。ちょっと重いんですけどね」

「なるほど」私は感心して幾度も頷いた。「それで、どうなりますか？」

「どうって？」

「つまり、橋爪さんは、事件の全体像を、どう推理しているんですか？」

「そりゃ……、ここまで言えば、自明でしょう？　言わせないで下さいよ。私は警察じゃないんだからね。彼女たちの葬式だって、してやらなくちゃならん立場なんだから」

「ここだけの話です」私は真面目な顔で詰め寄った。

「しかたがない人だなあ……」橋爪氏はグラスをテーブルに置く。「つまりね、由季子さんが、耶素子さんを殺したんですよ。言いにくいけど、たぶん、清太郎のことで揉《も》めたんじゃないかな。うん、まったく気色の悪い話だが……」

　それだけ言って、彼は顔をしかめた。

「じゃあ、耶素子さんを絞め殺して、映写室のドアに鍵をかけてから、映写機のレンズを取り外して、由季子さんはあの窓から隣の娯楽室に移ったわけですね？」

「そうだろうね……。知らんよ。こんな想像したって、何の意味もないんだからさ」

「最後に、由季子さんは、コカインで自殺したんですか？　注射器は窓から外に投げ捨てた、と？　でも、あの窓は南側だから、注射器が落ちていた西側とは……」

「あの暴風だよ。遠くまで飛ばされてもおかしくない」

「じゃあ、どうして、二人の髪形とか服が入れ替わっていたんでしょうか？」私は最大の疑問をぶつけてみた。

「そう……。たぶん、どちらが麻薬をやっていたのか、どちらが殺人者なのか、その判断を間違えさせようとしたんだろうね」

「ああ、つまり、耶素子さんを悪者にしようとしたわけですね？　死んでも濡れ衣を妹に着せたかったわけか……」

「ちょっと、信じられんが、女の考えることは、そもそも謎だ」

「髪形と服だけを取り替えて、それで我々や警察の目をごまかせると考えたんでしょうか？」

「現に、みんな騙《だま》されたじゃないか」

「いえ、でも、いずれはばれます」

「そこが浅はかなところだね」橋爪氏は微笑むというよりは、どこか切ない表情を見せた。「可哀想な女だ」

これは新説である。

レンズの取り外し、という発想はこれまでになかったものだ。この第四の仮説と呼ぶべき橋爪理論は、なんと、これまでに登場した他の仮説を否定するに至った根元、西之園理論による「小窓の一方通行法則」に真っ向から対立する。レンズが取り外せるということは、一方通行法則自体が必ずしも成り立たない、つまり、絶対的な法則とはなりえない、という立派な反証になるからだ。

となると、既に否定された仮説だって生き返ってくることになる。

私の提案した第一の仮説「犯人居残り説」にはあまり関係がないが、真梨子による第二の仮説「小窓越し絞殺説」などは、一気に現実味を帯びてくる。たとえば、窓越しに首を絞めて、そのあと、レンズを取り外せば、犯人は映写室に入ることができるのだ。気を失って倒れた耶素子嬢の息の根を止めるために、実際にそうしたかもしれない。もしそうならば、床に倒れていた耶素子嬢の位置の問題も解消する。いや、この第二の仮説は、実は橋爪氏が語った第四の仮説とほぼ同じ状況といえるだろう。人物入れ替わりの動機に関しても、橋爪氏の説明で一応の納得ができないこともない。

清太郎君が唱えた第三の仮説「窓から煙突説」だって、ネオンサインのように蘇《よみがえ》る。橋爪氏自身が小窓を通ることは無理かもしれないが、誰かが、映写室で耶素子嬢を殺害し、映写機のレンズを取り外して小窓を通り抜ける。娯楽室では由季子嬢を注射で殺し、そして、窓から屋根に出て、外から、例のショック落し込み手法で窓をロックする。最後は、煙突を伝って一階に下りるという寸法だ。

完璧ではないか……。

ただし、この仮説の場合、姉妹二人の入れ替わりをうまく説明できていない。その課題は残る。しかし、物理的には充分に可能なのだ。

たとえばこれに、第二真梨子理論を取り入れれば、つまり、小窓越しに手を差し入れて隣の部屋の人間の首を絞める、という手法を導入すれば、小窓を通り抜ける必要が生じなくなるから、大男だって可能となる。

まったく渾沌《こんとん》としてきた。

いくらでも可能性が考えられる気がする。

この中に正解があるのか。

このさき、いったい、どう考えていけば良いのだろう?

「映画をスクリーンに映していただろう?」橋爪氏は、グラスの中身を飲み干すと、少し自慢げな表情で、にやりとする。「あれはさ……、つまり、レンズを映写機に戻すときに、ちゃんともとの位置になるように、わざとフィルムを回していたんだよ」

「え？　どういうことですか？」

「わからんかなあ……。レンズを回転させると、ピントがずれるんだ。だから、レンズを取り外す目的以外にも、余分にネジが切ってあるわけさ。その回し具合で、スクリーンまでの距離に合わせて、焦点距離を微調整する機構になっている。だから、スクリーンに何かを映してみれば、レンズのもとの位置がわかるというわけ」

「どうして、もとの位置に正確に戻す必要があるんです？」

「そりゃあ、レンズのことを、誰にも知られたくなかったからだよ」

「つまり、犯人は、レンズを外したことがばれないようにしたかった。そのために、わざわざ、あの映画を上映していたというんですね？」

「ああ。それしかない」

ここまでくると、私は戦慄《せんりつ》に近い思いだった。

凄《すご》いではないか。感動ものだ。力ずくといった印象は免れないものの、何もかも、とりあえず説明しているところが凄い。

橋爪氏の第四の仮説こそ、唯一無比、つまり真実なのではないか、という気さえしてきた。

信じてしまいそうだ。

だが、第二、第三の仮説も同様だ。窓から手を差し入れた可能性もある。由季子嬢は自殺したのではなく、窓から逃げた殺人者に殺された可能性だってあるのだ。

おかしい……。

どうやら、酔っているようだ。

話を聞いているうちに、ついつい私は飲み過ぎたらしい。ブランディの濃度が高かったせいかもしれない。気分が高揚し、すぐにも階段を駆け上がって、込山刑事……、いや、奴では駄目だ……、西之園嬢に、そう彼女に、話がしたくてたまらなかった。

彼女は何と言うだろう?

15

しかし、私は子供ではない。

橋爪氏には、ごく自然な素振りで挨拶をして、私はリビングを出た。階段を上がる。そして、例の踊り場のところでステンドグラスを見上げたときに、まず、事実を確かめることが先決だ、と気づいた。

そう、それらしいことを西之園嬢に忠告されたではないか。

だから、そのまま、三階に上がったのである。

時刻は九時を過ぎている。娯楽室と映写室には、まだ大勢の男たちがいたが、ホールで煙草を吸っている小早川刑事が、私にすぐ気がついた。

「笹木さん、どうかしましたか？」彼は近づいてきて、低い声で私に尋ねた。

「込山刑事はどこですか？」私は少し息切れがしていたから、溜息をつく。「ちょっと、お願いしたいことがあるんです」

「たぶん、二階ですよ」小早川刑事は腕時計を見て、にやりと口もとを上げる。「あの人、夜は早いんです」

「早いったって、まだ九時ですよ」私は吹き出した。「林間学校じゃあるまいし」

「ええ、そうですね……。あるいは、起きているかもしれませんな」小早川刑事は笑う。

「ご用は何ですか？　私じゃ、いけませんか？」

「あちらの部屋にある映写機を、ちょっと見せてほしいんです。いいですか？」

「ええ、それじゃあ、おつき合いしましょうか」小早川刑事は手を広げて、どうぞ、というジェスチャである。つき合う、などと言っているが、証拠を隠滅されないように、見張るつもりだろう。この刑事は最初に会ったときから、明らかに私を疑っていたのだから……。

狭い映写室には、床に這《は》い蹲《つくば》っている二人と、大きなストロボの付いた重装備のカメラを持っている一人、合計三人の作業服姿の男たちがいた。彼らは、私の方をちらりと見ただけで、自分の仕事を続けている。耶素子嬢が倒れていた床には、今は何もない。

「映写機は終わったかい？」小早川刑事が尋ねる。

「ああ、それはもういいよ」カメラを持っていた男が答えた。

「どうぞ」小早川刑事は私を導いた。

台に上がり、私は映写機のレンズの部分を観察した。すぐ前には、問題の小窓がある。そこから、隣の娯楽室がよく見えた。その部屋にも三人の男たちがうろついている。

小窓はやはり、ずいぶん小さい。私ももちろんだが、小早川刑事などは絶望的だ。通り抜けることは不可能だろう。頭が小さくて、躰が痩せていなくては無理だ。それに、西之園嬢が指摘したとおり、ほぼ中心の位置に向かって映写機のレンズが突き出していて、事実上、小窓を二分する格好になっていた。このままでは、誰も通れないことは確実だ。

「これ、触って良いですか?」私は尋ねた。小早川刑事は私のすぐ隣に立っている。彼は無言で頷いた。

レンズを回してみる。先端の部分だけではなく、かなり根元から回転した。思ったより抵抗は少なく、動きはスムーズであった。これはいける、と私は思った。

ところが、回しても回しても、なかなか抜けない。ネジのピッチが細かいのであろう。それだけ精密にできているわけだ。

「それ、回して、どうするんですか?」横で見ていた小早川刑事がさすがに堪《たま》り兼《か》ねた様子で尋ねた。

「ええ、実は、これが取り外せるものかどうか、確かめようと思いましてね」私は作業を続けながら答える。「もし外れたら、ここの小窓が通れるんじゃないか、と考えたんです」

彼は一応頷いたが、目は疑っている様子だった。

私はレンズを根気よく回し続ける。ずいぶん時間がかかった。最初の位置から十センチ近く前に突き出してきたが、まだ外れない。さらに回し続け、もう少しで取り外せるか、と思った頃、それは急に固くなり、回らなくなってしまった。

「駄目だ、取れませんね」私は呟いた。

「そうみたいですな」小早川刑事はつまらなさそうな表情で私を見る。何か哀れみを感じているような視線であった。「あの……、ここで外れるんじゃないですか?」

彼の太い指の先は、映写機のレンズの一番根元にあるビスを指している。黒いボディに、銀色のリングが取りつけられ、そこにレンズの筒状の部分が幾本かのビスで固定されていた。

「回しただけじゃ外れないんですね」私は力なく頷く。

ビスを回すには、マイナスドライバが必要だ。いや、たとえ道具を持っていたとしても、隣の娯楽室からは絶対に無理だろう。小窓越しに、手を差し入れても、角度が悪い。つまり、このレンズを取り外したり、付け直したりできるのは、この映写室にいる人間だけである。それが結論だった。

ようするに、橋爪氏による第四の仮説は、まったくの机上の空論だった。もっとも、それ以外の仮説だって、すべて似たり寄ったりではある。

「で、これに、どんな意味があるんですか?」小早川刑事は、薄ら笑いを浮かべ、凄みの利いた低音できいてきた。「もしも、このレンズが外れたら、何かいいことでもあったんですか?」

「ええ、これさえ外れたら……」面倒であったが、挙動不審で疑われたくはない。私は説明することにした。「こっちの部屋からあちらの娯楽室へ移動できるんですよ。この小窓を通り抜けてね。ほら、この部分さえなければ、ここ、通れそうでしょう? 向こうの部屋に行ってから、あとでレンズだけ戻せば良いのです。つまり、そう考えたんですけど……、駄目だったわけです」

「この窓をね……」小早川刑事は口もとをぐいと上げて言う。「子供じゃあるまいし……」

どうやら、私の説明したことの全貌は飲み込めたようだ。

「この部屋で人が殺されたのは確かなんでしょう? だとしたら、殺した人物がどこから外に出ていったのか、それを考えなくちゃなりませんよね。警察は、いったいどう考えているんですか?」

「質問しないで下さい」小早川刑事は首をふる。「職務上、そういったことには、一切お答えできませんな」

「わからないんでしょう?」私は微笑んできいた。

「まあ、今のところは、まだ……、具体的なことまでは……」

やはり、わからないようだ。少なくとも小早川刑事は、密室の謎について意見がある様子ではない。

「もう一つ……、向こうの部屋の窓を見せてもらって良いですか？」私は、小窓から隣の娯楽室を覗きながらきいた。

「今度は、何です？」小早川刑事はきき返す。

私は、許可されたものと判断して、映写室を出て、娯楽室に移った。小早川刑事が、また私の後をついてくる。

娯楽室の南側の窓は、傾斜した天井（つまり屋根）から突き出した一角、出窓のように張り出した部分、にある。外から見ると、屋根の途中に、この窓が飛び出していて、小さな屋根がその上にのっている。

問題の窓には、鍵がかかっていた。あのとき、朝海嬢の死体を発見したときも、この窓には鍵がかかっていた。

「触って良いですか？」私は振り返って小早川刑事に尋ねた。

「どうぞ」彼がそう答えるのを待って、私は鍵に手を仲ばす。

もちろん、私はこの鍵を何度も見ている。レバーが受け金具に落ち込むタイプのロック機構だ。清太郎君が言っていたとおりなのかどうか、私は、彼の第三の仮説を実験してみようと思った。

ところが、レバーを持ち上げようとしたのに、それは動かなかった。何かに引っかかっているような感じだった。

「あれ？」私は顔を近づけて、鍵をよく見る。

「ここです」小早川刑事は、窓枠の下の方にある、スライド・スイッチのようなものを指さした。「ここに、ロックがあるんですよ」

彼が、そのスライド・スイッチを動かすと、かちゃっという軽い金属音がした。私は、摑んだままだったレバーを引き上げてみる。今度は軽く持ち上がった。

「二重ロックになっているんです」小早川刑事が説明してくれた。「そっちのレバーを落し込んで、それから、このスライド・スイッチをロックする。用心深い設計ですな」

「えっと、下のこのロックは……」私は慌てて質問する。「どうなっていたんですか？」

「ご存じなかったんですか？」

「ええ、気がつかなかった。あることさえ知りませんでした」私は正直に答える。

「ロック側になっていました。つまり、ロックは二重にかかっていたんです」小早川刑事は、私の表情を観察しながら言った。

「そうなんですか……。じゃあ、完全ですね」私は力なく呟く。

実験をしてみると、さきに下のスライド・スイッチをロックすると、今度はレバーが落ちなくなった。つまり、必ず、レバーをさきに落し込んでから、二重ロックをかけなくてはならないわけだ。

　これで、清太郎君の危惧は完璧に取り除かれたことになる。彼の第三の仮説も意味がない。この窓の鍵は、外側からは絶対にかけられない。清太郎君の言っていた方法では、当然ながら、スライド・スイッチがロックしている状態にはならないからだ。

「それで？」私がぼんやり立っていたので、小早川刑事はしびれを切らしたようだ。「ここの鍵が、どうしたというんですか？」

「いや、まったくの勘違いでした。お恥ずかしい」私は気をとり直して微笑んだ。「こんな二重ロックがあるなんて、知らなかったものですから……。実は、こちらの鍵を窓の外からロックする妙案があったんですけどね、もう、つまり、意味がなくなりました」

　小早川刑事はしばらく私を睨みつけていたが、短い溜息をついて、視線を逸らした。娯楽室にいた三人の作業員たちも私たちを見ていたが、やがて自分たちの仕事を再開した。

　私は部屋を出て、ホールで煙草に火をつける。小早川刑事は、娯楽室の中で作業員の一人と二、三言葉を交わしてから出てきた。

「お忙しいところ、すみませんでした」私は彼に謝る。

「いえ、これが仕事ですから」小早川刑事は大きな躰を揺すった。「また、何か思いつかれたら、私でも込山さんのところでもけっこうですから、いつでも……」

「ええ」私はもう一度頭を下げた。

急に、どうしてもききたい質問が浮上する。

「あの、警察は、その……、誰を疑っているんですか？」

「誰も疑ってなんかいません」

「私じゃないでしょうね？」

「ご心配ですか？」小早川刑事はにっこりと笑う。意外にも屈託《くったく》のない表情だった。

ここで引き上げるのが得策だ、と感じたので、まだ長かった煙草を潔《いさぎよ》く灰皿でもみ消し、私は未練《みれん》を断ち切って階段を下りた。

## 16

自分の部屋に戻って、私は舌を打った。

西之園嬢に対する虚栄から、この不思議な事件の真相を見抜いてやろうなどと、大それたことを考えていたくせに、実現象の観測という実に初歩的な作業をほとんど怠《おこた》っていた。そもそも動機が不純なのだから、しかたがないとも思う。よく考えてみると、最初から、私は真剣に何かを見ようとはしていなかったのかもしれない。

二人の娘が死んでいた。すべてはそこから始まったのだ。予告もなく突然に、そんな突拍子もない状況に直面すれば、沈着冷静な思考も、それに基づいた観察も、ままならないのが普通だろう。自分では普段と変わらないつもりでも、興奮した頭脳と麻痺した神経は、細かいことを見逃してしまうのではないか。映写機を調べたつもりでも、レンズの取り付け方法など記憶にない。窓を確かめたつもりでも、二重ロックの存在にさえ気がつかなかった。人が「ものを見る」といった場合、カメラで写真を撮ることとは明らかに意味が違うのである。

つまり、観察に先立って、確固とした目標がイメージできなければ、人はものを見たことにはならない、といっても過言ではない。認識するためには、予《あらかじ》め用意された仮説が必要なのである。

たとえば、西之園嬢は、映写室に誰かいるのではないか、と疑った。そのイメージが彼女の頭にあったからこそ、映写室の机の下を彼女は観察したのである。しかし、その彼女でさえ、最初の死体発見の直後には、部屋に入ることができなかった。さすがの西之園嬢も、きっと、あのときは取り乱していたのだろう。だからこそ、あとになってからもう一度、現場を調べにいったのに違いない。つまり、冷静になって思考し、仮説を再構築した上で、実物を観察する手順を踏んだことになる。

仮説を持たない者は、何も見ていない。

私がそうだった。

いや、あのとき、あの場所にいた人間全員が、何も見ていなかったことは、ほとんど間違いない。

第一、第二、第三、第四と、次々に出現した仮説は、すべて成り立たないことがわかった。ほんのちょっと現実と比較してみるだけで、不可能であることが判明したのだ。まさに、空論。まさに、虚説であった。私は、こんな実体のないものに振り回されていたのである。

おそらく、人間社会の日常でも、これと同類のことが何度も繰り返されていることだろう。ちょっとしたことなのに確かめもせず、人はどんどん妄想を広げる生きものなのだ。きっと、妄想を望んでいるのだろう。

橋爪氏は、自分の映写機の機構を勘違いしていたのに過ぎない。レンズが回転することを知っていた彼は、それが取り外せるものだと、どこかで間違って記憶してしまったのだ。清太郎君も、窓のもう一つのロック機構のことを忘れていた。その程度の些細な勘違いは、日常、どこにでも、よくあることではないか。身近な人間が同時に二人も亡くなっているのだから、冷静な思考ができなくても、彼らを責めるわけにはいかない。それを鵜《う》呑《の》みにして、すっかり信じてしまいそうになった私の方が問題なのである。

こんなことでは、彼女に勝てるわけがない。

気がつくと、スリッパを履いたまま、私はベッドの上で寝転がっていた。灰皿が遠かったので、起き上がって煙草を吸うのも面倒だった。事実、疲れているようだ。

彼女は今どうしているだろう？

西之園嬢のことを、ぼんやりと考えながら、少し目を瞑《つむ》り、いつの間にか私は眠ってしまった。

再び目を覚ましたときも、猛烈に眠かった。

しかし、服を着替えようとは思ったし、そのまえにシャワーを浴びようかとも考えた。そう考えたものの、躰は寝ている。苦労して見たデジタルの腕時計は、十二時半を表示していた。

昨夜の嵐と比べれば、なんと静かな夜だろう。

これが本来の夜。

つまり、宇宙。

いろいろと騒々しいのは、小さな惑星の、ほんの表面の一部だけなのである、などと他愛のないことをぼんやりと思う。

警察は、もう帰っただろうか？

みんな、眠ってしまったのか？

もの音は何も聞こえない。

躰が少し痛かった。テニスのせいか、それとも、一昨日の山歩きの疲れが、今頃になって現れたものか。こんなことは二十代のときにはなかったことだ。歳をとると、あらゆる反応が遅くなるのである。

ようやく、起き上がった。

手を伸ばして、サイドテーブルの煙草を取る。ベッドから床に足を下ろして立ち上がり、灰皿のあるテーブルまで歩いていった。

ライタの火をつけたときである。

廊下を歩く微《かす》かな足音が聞こえた。

私は煙草に火をつけるまえに、息を止めて耳を澄ませた。そして、ゆっくりとドアに近づく。残念ながら、ホテルのような覗き穴は、ここのドアにはない。

足音が、ドアのすぐ向こう側を通り過ぎた。

私はスイッチに手を伸ばし、部屋の照明を消した。ドアを開けてみようと思ったからだ。

周りは真っ暗闇になった。

また、外から微《かす》かなもの音が聞こえた。

金属的な、かちゃり、という短い音。

どこかのドアの鍵だろうか。

しかし、キーを使っている者は、客の中にはいないはずだ。どの部屋のドアにも鍵穴はあったが、部屋の中からはレバーだけで施錠できるので、キーを使う必要はなかった。

しかし、今の音は、ドアが閉まってから、鍵の音がしたのではない。順番がその逆だった。

ドアがゆっくりと開く音がする。僅《わず》かな音だった。

私は、暗闇の中でドアノブに手をかけ、音を立てないように、ゆっくりとそれを回した。そして、自分の部屋のドアをほんの少しだけ引いた。

ところで、このような真似を、このとき何故、他人に無関心な私のような人間がしたのか、不思議に思われただろう。まったく同感である。説明のしようもない。たぶん、虫の知らせというのだろうか、何かおかしいと感じたのである。そうとしか、今となっては解釈できない。

まず、ドアを五センチほど開けて、私は廊下を見た。その方向には誰も見えなかった。それから、さらにドアを引き、顔を外に突き出した。室内の照明を消しておいたので、暗い廊下に光が漏れるようなことはなかった。咄嗟《とっさ》の私の判断が、役に立ったわけだ。首を捻って廊下の反対側を見ると、斜め向いのドアがちょうど閉まるところだった。たった今、誰かが部屋に入っていったのである。

そこは、西之園嬢の部屋だ。

私は、じっと、そのドアを凝視していた。

何も起こらない。

その間、私の頭は猛然と回転する。

西之園嬢が鍵を持っているはずはない。彼女が自分の部屋に入ったのなら、ドアが閉まってから、鍵のかかる音がするはずだ。私が聞いたのは、その逆だった。鍵の音のあと、ドアが開いて、また閉まった。

どういうことだろう？

誰かがキーを使って、彼女の部屋のドアを開けた？

しかし、そんなこと……。

いや、それしかありえない。

鍵がかかっていた、ということは、彼女が部屋の中にいる、ということを示している。

つまり、どういうことだろう？

今、入っていったのは？

いったい誰が、彼女の部屋に入っていったのだろう？

私はドアから外に出た。

靴を履いていなかった。だが、その方が都合が良い。

スリッパを脱いで、廊下を忍び足で横断する。

私は西之園嬢の部屋の前まで進んだ。

息を止めて、ドアの横の壁に背をつける。

階段ホールの方が、やけに明るい。
静かだった。
私は何をしているのだろう？
いったい……。
そのときだ。
短い声が部屋の中から聞こえた。
それと同時に、何かがぶつかったような鈍いもの音も……。
私は、ドアノブに手をかける。
静かにドアを引く。
鍵のかかる音がしなかったのだから、開くことはわかっていた。
「うう……」
女性の呻《うめ》き声《ごえ》だ。
室内は暗い。
荒い息遣いが、聞こえる。
「静かにしてくれ」
それは、押し殺したような男の声だった。
私は躰を部屋の中に滑り込ませる。ドアは閉めないでおいた。

入口からは何も見えない。壁が邪魔だった。
奥へゆっくりと進む。
鼓動が高鳴り、息もできない。
バスルームのドアの位置まで進んだとき、壁の陰になっていたベッドが見えた。
もつれ合っている人影。
呻き声。
擦れ合う音。
「誰だ!」私は小声で叫んだ。
何故か、大きな声を出せなかったのである。
しかし、私の一声で、ベッドの上の動きがぴたりと止まった。
まだ息を止めている。
私のすぐ横の壁に照明のスイッチがあった。偶然、私の手がそれに触れた。
「何をしてる?」私はもう一度言った。今度は少し強く。
「違う、違うんだ」と男の声。
黒い大きな影が、ベッドから飛びのいた。
「笹木さん?」西之園嬢の声が一番大きかった。
私はスイッチをつける。

部屋は一瞬で爆発的な眩しさで満たされる。

私は目を細めた。

部屋の中央に、橋爪怜司氏が口を開けて突っ立っていた。笑おうとして完全に失敗した表情だ。滑稽というよりも、悲愴だった。

「いや、違うんだ」橋爪氏は両手を前に出して広げた。軽くホールドアップしているような格好だ。「間違えた……。部屋を間違えたんだよ」

赤い顔をした橋爪氏は、私を見て、そして西之園嬢を見て、口籠もった。「あ、あの、ここは……」

「すぐ出ていって下さい」私は小声で彼に言った。

「ああ、悪い……。すまなかった」橋爪氏はすぐに歩きだし、妙に姿勢良く私の横を通り抜け、廊下へ飛び出していった。

彼が廊下を遠ざかる足音を聞いた。

私も戸口まで行き、彼の後ろ姿が階段ホールに消えたのを確かめてから、ドアを閉める。

さて、どうしたものか……、とドアを閉めてから考え始めるのだから、私も相当に困った男である。けれども、このまま、何も言わずに出ていくなんて、そんなヘンリー・フォンダみたいなクールな真似ができるものか。

「大丈夫ですか?」私は部屋の中に引き返して西之園嬢に尋ねた。本心をいえば、彼女の姿が見たかったのである。

「はい」西之園嬢は、白い顔を私に向け、いつになく放心した表情だった。ベッドの上で上半身だけを起こし、両手でシーツを摑み、胸のところまでしっかりと引き上げている。「気がついたら……、口を押さえられて……。びっくりしました。何が起こっているのかも……、全然……わからなかった。あの、橋爪さん……、どなたの部屋と、お間違えになったのでしょう？」

「間違えたんじゃありませんよ」私は微笑む。

「え？」

私は黙って頷く。表情を変えないように努力したが、私はこういった場合、それがわりと簡単にできる男だ。

「そうか……。あ、でも私、鍵をかけたはずです」彼女は小さな口を開けて、ようやく本当に驚いた様子である。

「彼は、合い鍵を持っていたようですね。ですから、つまり、部屋を間違えるなんてありえない」

「笹木さん……は、あの、どうして？」

「音が聞こえたんです」

「そんなに大きな音を立てました？」

「僕の耳はね、自慢じゃないけど、ちょっとしたものなんです」私はベッドのそばに立っていたので、椅子の方を見た。「座って良いですか？」

「あ、ええ、どうぞ」

窓際の椅子まで行き、私はそこに座った。残念ながら、彼女のベッドからの距離は遠くなった。

「橋爪さん、酔っていらっしゃったみたいです」西之園嬢は、もう普段の理知的な表情に戻っている。

「それは言い訳にはなりません」私は言った。

「お礼を申し上げるのを忘れていました」西之園嬢はにっこりと微笑む。「どうもありがとうございました」

「少し、ここで話をしていって、良いでしょうか？」

「どんなお話でしょう？」彼女は首を傾げる。「真夜中に、お話しするような、とっておきの内容なのかしら？」

「うん……」私は頷く。「夕食のときの込山刑事の話を、西之園さんがどう思ったのか、聞かせてほしいんですけど……、駄目ですか？」

「今ですか？　明日の朝じゃ……、いけませんか？」彼女は優しく微笑んでいた。「それとも、もしかして、お礼を期待されているのですか？」

た。彼女の言葉に感心して頷いた。さきほどまでぐっすり寝ていたのだから。「貴女を助けたご褒美《ほうび》として、少しだけ時間を……」

「笹木さんが助けたのは、私ではなくて、橋爪さんです」

「ああ、そのとおりかもね」私は、彼女の言葉に感心して頷いた。

彼女は可愛らしい肩をちょっと上げる。

「いいわ。それじゃあ、何のお話から？」

「由季子さんが、麻薬によるショック死だったっていう話、あれについては？」

「自殺されたんだと思いました」西之園嬢はすぐに答える。

「自殺？　どういった点から、そう判断できるんです？」

「いいえ、確かな根拠のある判断では全然ありません。笹木さんが、どう思ったか、っておっしゃったから、思ったとおり申し上げただけです」

「西之園さん……。貴女、何か考えがあるんじゃないですか？　三階の二つの密室が、どうやって作られたのかについて」

「ええ、でも、今は……、言えません」

「どうして？」

「間違っているからです」

このとき、西之園嬢は急に真剣な表情になった。それは、私もまったく予期していなかった変化だったので、びっくりした。いつもの彼女らしくない反応だったのだ。

「間違っている？」

西之園嬢の表情には、とても深刻なニュアンスが感じられたので、私は慎重に彼女を観察しながら待った。

「ええ」彼女はゆっくりと頷いた。その瞳は、ずっと私を見つめたまま離れない。

「その……、お礼を要求するつもりはないけど、西之園さんの、その間違った仮説を、是非とも聞かせてもらいたいものです」私は両手を広げてみせ、リラックスするように、わざと微笑んだ。

だが、西之園嬢は笑わない。

しばらくの間、彼女は黙っていた。

何度か床に視線を落とし、また私を見つめる、という仕草を繰り返すだけだった。

どうしたのだろう？

「あの、私……」

「いったい……」

同時に二人が口をきき、また黙る。

「どうぞ」私は片手を前に出して、彼女に譲る。

「私……、貴方が……」西之園嬢は視線を下に向けて話した。「笹木さんが、犯人だとは、どうしても思えないんです」

「え？」私はきき直す。

困った表情の顔を上げ、彼女は無理に微笑んだ。ぎこちないその笑顔は、今にも泣きだして崩壊しそうな脆弱《ぜいじゃく》な感じだったので、発音した内容がもし聞き取れなかったら、私はきっと彼女が泣いている、と思ったに違いない。

なんということだろう……。

何がそんなに悲しいのか……。

小さく弱い生きもののようだった。

もし私が世界一の正直者か、あるいは、単に見境《みさかい》のない男だったのなら、このとき、彼女を抱き締めていたに違いない。

「僕が……犯人？」もう一度、そう口にするまでに、とても長い時間がかかった。

「そうです」彼女は小さく頷く。「その可能性しか考えられない。その仮説しかありえないのです。でも、貴方は……」

「僕が犯人だって？」私の声は少し大きくなる。

「ですから、間違っているって……」

「馬鹿馬鹿しい」私は、いつの間にか立ち上がっていた。「どうして、そんな結論になるんです？まったく……、どうかしてる……。何故、僕が彼女たちを殺さなくちゃいけないんですか。いったい何のために？どこにそんな理由が……」

「待って下さい」西之園嬢はベッドから私を見上げる。「あの、私……、間違っているって申し上げました。それをご承知で、それでも話せっておっしゃったのは、笹木さんの方です」

「確かに……」私は頷いた。そして、ソファに座り直す。「そう、そうだった。どうもすみません」

「ああ……」西之園嬢はほっとしたように溜息をついて、微笑んだ。「よく、そんなに素早く自分がコントロールできるものですね」

「それ、皮肉ですか？」私はたぶん顔をしかめていただろう。

「いいえ」彼女は大きく首をふった。「そこが、笹木さんの立派なところです。尊敬に値します。それに、とても素敵なことです」

こういった複雑な局面で、咄嗟《とっさ》に何を言ったら良いのかわからなくなることが、私にはよくある。しかたなく、私は両手を広げて肩を竦めた。気の利いた台詞は思いつかなかった。とても良い場面だったのに、惜しいことをした、と思う。

「もう、今夜はお休みになった方が良いわ」

「いいえ……、是非とも、聞かせてもらいます」私はすぐに言う。「もう、こうなったら、最後まで聞かなきゃ帰れません」

「それなら……」西之園嬢は片手で髪を払った。「手短にご説明しますけれど、どうか冷静にお聞きになって下さい」

「大丈夫です」

「三階の二つの密室が、どのようにして作られたのか……」彼女は天井を見上げ、一瞬で頭の中を整理したように頷き、今度は私を真っ直ぐに見据えた。「窓も駄目、それに、中に隠れている方法も駄目です。それは、既に証明しました。二つの部屋の間の壁に開いている小窓を通れる人間は限られていますし、それに、映写機が重くて動かしにくいために、一方向にしか、移動ができません。それは、最終的には、娯楽室から映写室の方向でした。つまり、最後には、殺人者は映写室にいなくてはならない、という結論になります」

「そこまでは理解しているつもりですよ」私は椅子にもたれて、脚を組んだ。

「ところが、映写室には、明らかな他殺死体、つまり朝海耶素子さんが倒れていました。ドアの鍵は内側からかかっています。窓もありません。隠れる場所はありましたが、そこは私自身が見ていますし、第一、そこから抜け出すチャンスはありませんでした。結局、残る可能性はただ一つ。やはりどうしても、犯人は、あのドアを通って外に出ていった、と考えざるをえません。それ以外に方法はなかった、という結論に行き着くのです」

「でも鍵がかかっていました」私は相槌のつもりで言う。

「そうです。でも……」西之園嬢は魅力的な笑顔で、私を睨んだ。彼女の方こそ、既に感情のコントロールをすっかり取り戻しているみたいだった。

「でも、何なんです？」

「それを、誰が確かめましたか？」

「誰がって、みんな……でしょう？」

「ドアが開かないことは、何人もの人が確かめました」彼女は続ける。「私もその一人です。ドアは事実、開きませんでした。でも、私は、鍵がかかっているところを、この目で見たわけではありません」

「そりゃ、鍵はドアの向こう側だから……ね。見ようと思ったって、見えないでしょう」

「ええ、つまり、実際に鍵がかかっているところは、誰も見ていません。では……、もしも、鍵がかかっていなかった……、としたら、どうなりますか？」

「ドアが開いてしまう」

「そう……、そこが、ちょっとしたトリックだったのです」彼女の肩がまた可愛らしく一度上がった。「ドアが開かないように、鍵以外の方法を使った、という可能性はいかがでしょう？　何か別の方法でできないでしょうか？　二つの部屋のドアは、どちらもホール側に引いて開きます。ですから、ドアの隙間に、小さな楔《くさび》状のものを挟んでおくとか、あるいは、小さな釘《くぎ》を打っておくとかすれば、ちょっとした力ではドアが開かないようにすることは簡単です。ドアが開かない場合、普通なら鍵がかかっていると思って諦めてしまいますよね。

文明人であれば、力任せにドアを引っ張るなんてことはしません」

「なるほど」私は感心して頷いた。「そうか……、その発想は、確かに今までの仮説にはなかった。だけど、駄目ですよ。あの鍵、ちゃんとかかっていましたから」

「鍵がかかっていたのを確かめたのは、笹木さん、貴方だけなのです。橋爪さんがドアを打ち破って穴を開けたあと、中に手を差し入れて、内側の鍵を外した……、いえ単に、外した振りをした。それができたのは、貴方一人です」

「ちょ、ちょっと待った」私は片手を広げて前に出す。「映写室の方は確かにそう……、僕だけだったかもしれない。でも、娯楽室は違う。西之園さん、貴女が、鍵を開けたんですよ。まさか、忘れたわけじゃないでしょう?」

「いいえ、あのときも、さきに手を入れたのは笹木さんでした。貴方は、私のまえに手を入れて、鍵に手が届かない振りをしたんです。でも、実際にはそのとき、貴方は、ドアの内側の鍵をかけたんです」

　これには、さすがに驚いて、ものが言えなくなった。肩から背筋にかけて悪寒で鳥肌が立つ。

　凄《すご》い……、と素直に思った。

「あとから疑われては困りますから、ドアの鍵が確かにかかっていたことを、自分以外の人にも確認させる必要があったのです。ですから、貴方はあのとき、手を入れて鍵をかけた。

そして、手が届かないと嘘を言いました。その鍵を誰か他の人に開けさせるためにです」

「なるほどねえ……」私は唸った。

「貴方の体格では、壁の小窓を通ることは難しいでしょう。そうなると、二つの部屋を両方とも同じ方法で密室にしなくてはなりません。ドアのトリックをどちらにも使って、貴方は密室を二つ作り上げたのです。あのとき、誰もじっくりとドアを調べたわけではありません。ドアを仮にロックするために貴方が使った小さな楔か釘には、誰も気がつかなかった。貴方は、片手をドアの穴に入れている間、もう片方の手で、その楔か釘を取り除いたのです。中に差し入れた一方の手は内側で鍵をかけ、外にあったもう一方の手は、ドアの仮のロックを外したのです」

「西之園さんの第五の仮説は、ずば抜けていますね」私は拍手したいくらいだった。

「第五の？」きょとんとした表情で、彼女は首を傾げる。

「いや、何でもありません。続けて続けて」不思議なことに、私はまったく上機嫌だった。

「あの映写機にフィルムをセットしたのも、笹木さん、貴方ですね？」西之園嬢は、澄ました表情のまま、ニュース・キャスタみたいに歯切れの良い口調で続ける。「朝海さんたち二人を殺したあと、映写機に映画のフィルムをセットして、スイッチを入れておきます。それから、一階まで下りて、三階のあの部屋のブレーカを配電盤で切ったのです。三階の部屋だけが別電源になっていますね？」

「ブレーカを切った？　どうしてです？」私はまた驚いた。

「アリバイです」彼女はすぐに答える。「フィルムが一時間しか回らないのを貴方は知っていた。映画には、とてもお詳しそうですもの。そう、キッチンでコーヒーを飲んでいるとき、映画のお話をなさいましたよね。あのときです、そのブレーカを戻しにいかれたのは……。確か、一度だけ、部屋を出ていかれたでしょう？」

「ああ、そういえば、トイレに行ったっけ……。うん、なるほどね……」私は張子の虎みたいに頷いている。「どうして、この館の電気配線に、新参者の僕が詳しいのか、というと、それは、あの停電のときに配電盤を見たから、というわけですね？」

「え？　本当なんですか？」

「冗談ですよ」

「でも、あとで、フィルムの長さから逆算すれば、その時間には、ずっと私と一緒だったというアリバイが成立するわけです」

「それじゃあ、フィルムが回っているうちに、三階の部屋までみんなを連れていかないといけないことになりますね」

「ええ、もちろん、そのおつもりだったはずです。時間になれば、私一人だけでも連れていって、いいえ、別に誰でも良かったのだと思いますけれど……、とにかく、時間内に娯楽室のドアを壊して、死体を発見するというシナリオだった」

「ちょっと、それ、計画に無理がありませんか？」

「ええ……」西之園嬢は口もとを上げて笑窪を作る。「でも、幸運にも、うまくことが運んだ、というところかしら」

「朝海姉妹が入れ替わっていた理由は何です？」私は質問する。

「それはわかりません」西之園嬢は首をふった。「ええ、でも、幾つか説明できそうな仮説はあります。たとえば、朝海さんたちは、笹木さんを驚かせようとして、入れ替わりを演じたのではないでしょうか。昨晩、貴方は、彼女たちのどちらかと、三階の娯楽室で会う約束になっていた。ところが、彼女たちが悪戯を思いついた。鬘と服を交換して、貴方をびっくりさせるつもりで待っていた。もう一人は、隣の映写室の小窓から、その悪戯の首尾を見ていたんです。ね、いかがですか？　これでも説明がつくでしょう？　貴方は、間違って最初の一人を殺してしまったのです。娯楽室で耶素子さんに会う約束だった。髪が短いから耶素子さんだと思ったら、それは実は由季子さんだった。いえ、もしかしたら、その反対に、映写室で由季子さんに会うつもりでいたのかもしれません。由季子さんを殺したつもりが、耶素子さんだった」

「野次馬のもう一人の方は、隣から殺人現場を見て、びっくりしたわけですね」

「その悲鳴を私が聞いたのです」西之園嬢は頷き、そのまま上目遣いになる。彼女はもう笑っていなかった。

「うーん。すると……、僕は、その目撃者の方も、殺してしまうはめになった、と?」

「そうです。だからこそ、部屋が二つ……、別々だったの。二つの部屋で、二人が別々に死んでいた理由はそれです」

私を見つめている西之園嬢の瞳は冷たく、小刻みに揺れていた。彼女の表情は、既に凍ったように動かない。

「二人を殺してしまってから、密室の偽装工作を思いついたのかな?」

「いいえ、もともと一人の計画が、二人になっただけです。だから、同じトリックで、二つのドアを固定しました」

「娯楽室の梁からぶら下がっていた紐は?」

「私たちを惑わせるための偽装です」

西之園嬢はそこで黙った。

見ると、涙がうっすらと彼女の瞳を濡らしている。

白い華奢な肩、さらに白い胸もとが、眩しかった。

私はまず、静かに深呼吸をする。

「お願いです。どうか、泣かないでくれませんか」私は優しく言った。「どうしたんです? 君らしくない……。今のは、ただの仮説なんでしょう?」

「本当のことを、おっしゃって下さい」込み上げる息を押さえ込むように、西之園嬢は囁く。

「本当のことを言ったら、信じてくれますか？」

「信じます」

「じゃあ、告白しよう」

私はゆっくりと立ち上がる。

そして、彼女のベッドに近づいた。

「貴方は、殺人犯じゃないわ」西之園嬢は私を見上げて言った。

「告白するのは、僕の方だよ」

「いいえ……、おっしゃらなくても、わかります。私には、わかるの……」

彼女の頰をまた涙が伝った。

この世で一番綺麗な水に違いない。

「僕と、結婚して下さい。西之園さん」

私は、どんな表情だっただろう。

西之園嬢は、目を見開き、私を見つめる。

「今……、なんて？」

「結婚して下さい、と言いました」

「あの……、貴方が……、私と……？」

私は、静止している彼女の頬に、そっとキスをした。

この世で一番綺麗な水を、私は飲んだ。

彼女は動かなかった。

私の手は、彼女の愛らしい顎に触れた。

僅かに震えているのがわかった。

「叩かれずに済みました」私は微笑んだ。

西之園嬢はぴくりと震え、息を急に吸い込む。

「私……」

もう一度、私は彼女の唇に近づいた。

西之園嬢は、後ろに下がる。

「いけません！」

「あっと」私は顔を引き、彼女から手を離す。「じゃあ、しません。スイッチ・オフだ」

「ちゃんと、お答えになって下さい」西之園嬢は、毅然《きぜん》とした表情を作ろうとしたが、それはガラスみたいに壊れそうで、透き通っていた。

「僕が犯人なら、結婚なんて申し込まない」

「あの……、こんなことは……」

みるみる、彼女の頬は赤く染まった。

「西之園さん、僕はまだ名前を聞いていません」私は、名案を思いついたのだ。天才じゃないか、と自分で思った。

「私の？」

「他に誰かいますか？」

「私は……」

「いえ、言わないで……」私は片手を広げる。「あの、こういうのは、どうでしょうか……。もし、君の名前を、僕が言い当てることができたら、二人は結婚する。もし、できなかったら、あっさりと諦めましょう。僕はね、切り換えが早いのが自慢なんです」

「もし、本当にご存じないのでしたら、当たるはずがありません」彼女は白い歯を少し見せた。ようやく微笑んだ彼女を見て、私は最高に嬉しかった。

「そんなに難しい名前なのですか？」

「どうかしら……」

「じゃあ、少しだけヒントを下さい」

「漢字で二文字」西之園嬢は言う。「でも、絶対に無理だわ」

「滅多《めった》にない変わった名前なんですね？」

「さあ……」

「何回チャンスをくれますか？」

「三回。でも、私、結婚なんて賭けませんよ」

「三回ですね……。ええ、けっこうですよ。エントリィするだけで意義がありますからね」

「絶対無理です」彼女は悪戯っぽい目つきで微笑んでいる。彼女の名前を言い当てることが無理なのか、彼女と結婚することが無理なのか、どちらのことだろう、と私は思った。

やっと、細《ささ》やかな一矢を報いるチャンスが到来した。どういうわけか、私は叫びたいほど興奮していた。自分でも子供っぽいと呆れるくらいだ。

「明日の朝まで時間を下さい。一晩、考えさせてもらえませんか?」まるで、ハンフリー・ボガートだ。

「橋爪さんも清太郎さんも、私の名前をご存じではありません。私、ここへ来て一度も自分の名前を言いませんでした。警察の方が、もしかして、書類上は手に入れているかもしれませんけれど、それは事務的な情報としてです。覚えているとは思えないし、特に、貴方の前で、それを口にすることは絶対ないと判断できます」

「今から、僕が、誰かにきくとでも思ったのですか?」

「ええ……、それが一番確率が高いわ」

「もう真夜中ですよ。そんな非常識なことはできません」

「貴方、非常識な方ですもの」

「誰にもきかない。どこへも電話しません。これは誓います」

「わかりました。信じましょう」

「それじゃあ、賭けは成立ですね？」

西之園嬢は、五秒ほどじっと私を睨む。そして、最後には、肩を竦め、白い歯を見せてにっこりと微笑んだ。

「いいわ。こんな面白い賭けは初めて……」

「僕もそうです」

私は、後ろに下がり、ベッドから離れた。

「それでは、姫《ひめ》……。失礼いたします」

「あの、笹木さん……」西之園嬢は一度下を向いてから、再び顔を上げた。「お気遣い、感謝します」

「何がです？」

「私を笑わせようとして、そんな……ゲームを思いつかれたのでしょう？」

「いえ、僕は本気ですよ。今から、自分の部屋で、徹夜してでも考えなくちゃ」

「ありがとうございました」

「お休みなさい」

私は、丁寧にお辞儀をしてから西之園嬢の部屋を出た。

静かに、ドアを閉める。

飛び上がって叫びたいくらいだった。
嬉しさで頭がぼうっとしていた。
もちろん、結婚なんて無理に決まっている。しかし、何か良いことがあるだろう。
どれくらい、良いことだろう……。
ついに、西之園嬢に……。
だが、私の目の前には、黒い男の影が立っていたのだ。
廊下は暗い。
逆光だった。
それが最初、誰なのかわからなかった。
男は近づいてきた。
ようやく、そのにやにやとした顔が見える。
「笹木さん。聞かしてもらいましたわぁ」
込山刑事の関西弁だった。
まったく……、だから、この男は嫌いなんだ。

# 重要でない幕間

——さて、ここに優しい若者があって、美しい静かな家に入って来るとする、
そいつの名前がデュヴァルだろうが、デュフールだろうが、アルマンだろうが、
モーリスだろうが、俺の知った事じゃない。

(Une Saison en Enfer / J.N.A.Rimbaud)

犀川創平が西之園家の別荘を訪れるのは、これが初めてのことではない。萌絵の父親である西之園恭輔博士が存命中に、三回ほど招待されたことがあった。まだ、萌絵が中学生の頃の話である。外観はこぢんまりとしたロッジ風で、木造二階建てだった。事実、長野県にある西之園家のもう一つの別荘よりも古くて小さかった。しかし、それは傾斜地に建っていたためで、部屋の半分は地下に埋まっている。犀川にしてみれば、充分に、いや必要以上に広い、と感じられた。彼は、無駄な空間というものを所有、あるいは占有し

たことがなかったので、広い住まいを見ても、ただ、掃除が大変だとか、戸締まりが不便だとか、そんなマイナス面しか考えられなかった。

空間だけではない。もともと、犀川は、無駄な時間を所有、あるいは占有することもあまりない。

彼は、テニスも乗馬もしたことがなかった。恩師の西之園教授に招待されたので、弟子として断れなかったというだけで、それ以外に西之園家の別荘に来る理由は特になかった。研究室は常時クーラが利いているのだから、避暑が目的で来たともいえない。それでも、なんとなく勉強道具を鞄に詰め込んで、別荘に到着するなり本を読んでいた。そんな姿を、西之園夫人に笑われたことがある。まだ三十になるまえのことで、当時の彼には、夫人が何故笑っているのかも理解できなかった。

実は、今でも理解できない。あの人はよく笑う女性だった、と犀川は思い出す。

その懐かしい建物（そう感じること自体、彼がまずまず成長した明確な証《あか》しといえよう）が見えてきたとき、犀川は最初に西之園夫人の手料理を思い出した。そして、それを思い出したことが、自分でも極めて不思議だと思った。料理などには微塵《みじん》も興味がなかったからだ。

「ちょっと、さきに上へ行きますね」萌絵は車を停めないで言う。「橋爪さんの別荘……、先生、見たいっておっしゃったでしょう？」

「今はもうないって、言わなかった？」助手席の犀川はきく。

「ええ、お屋敷は、建て直すために取り壊されたんです。でも、新しい建物の工事が始まる直前に、橋爪さんが亡くなってしまったので……」

「じゃあ、やっぱり、何もないわけだね？」

「いえ……」萌絵はカーブでハンドルを切る。「そうでもないんです」

「わけのわからないことを言うね」犀川は鼻息をもらす。

山道である。それほど急な坂道でもなかったが、道は細く、そして急カーブの連続だった。両側から樹の枝が覆いかぶさり、舗装されている道も、両サイドはほぼ枯れ葉に埋もれている。

標高のためか、ずいぶん涼しくなっていたので、犀川はサイド・ウインドウを少し上げた。

「こういう場所って、今日みたいに天気が良いと、住んでみたいなって思うけど、きっと雨の日や雪の日は、寂しいんだろうね」

「夜なんか、もう真っ暗ですよ。でも、星はとっても綺麗」

「僕も、子供の頃は星が好きだったんだけどね」犀川はそう言ってから、少し恥ずかしかった。だが、表情には出ないはずである。「確かに、若いときはいろいろなものが、そこそこ、奥深く感じられるものだから……」

「天体観測って奥深いと思いますよ。母が好きでした」

「そう、西之園夫人は……、うん、そうだったね」犀川は頷く。別荘に望遠鏡があったのも思い出す。「もちろん奥深いと思うよ。でも……、歳をとってくると、その奥深さがね……」

「何なんです？」

「恐いんだよね」犀川は答える。あまり、言いたくない台詞だったので、そこで黙った。

「恐い？」そうきいてから、萌絵はくすっと笑う。

「言わなきゃ良かった」犀川は呟いた。

「先生でも、恐いものがあるんですね」

「まあ、いいさ。今に君もわかる」

「年寄りくさいこと言わないで下さいよ」萌絵は笑いながら言った。

確かに、彼女よりずっと年寄りなのだからしかたがない、と犀川は思う。おそらく、未来のいかなるシチュエーションに対しても、過小に評価してしまう年齢なのだ。永遠の未来が存在しないことを、初めて実感できる年齢でもある。

馬鹿馬鹿しいとは思うものの、きっと逃れることはできない。

人は時間と空間において、何の自由もない。

しばらく走ると、道は行き止まりになり、緑色の鋼鉄製の柵が、植物を支える添え木のように立っていた。萌絵の車は減速して、ゲートの前で停った。

柵の中には平面的な土地が広がっている。山奥にこんな起伏のない土地が存在すること自体、それだけで異様である。一面に雑草が生い茂ってはいたが、ゲートの付近には、石畳が残っていて、消失寸前の文明を垣間見せるかのようだった。

「ほら、あそこです」車から出ると、萌絵が指さした。

右手の奥の方に、小さな建物らしきものがある。蔦《つた》で覆われ、まるでカモフラージュされた秘密基地のように目立たない。敷地の西の端だった。

「あそこは、もともと、橋爪さんのお屋敷の離れだったんです。あの向こう側にテニスコートがあったので、クラブハウスに使われていました。半分は倉庫みたいでしたけれど……」萌絵が歩きながら説明した。「あの辺には、プールがありましたよ」

萌絵が離れだと言った建物は、近づくにつれて、窓も入口も見えてきたが、人が住んでいる気配があった。

「誰か住んでいるの？」犀川はきいた。

「ええ、滝本さんが……」萌絵は犀川の方を見る。

彼は多少驚いて、片目を僅かに細くする。

遠くからは樹に遮《さえぎ》られて見えなかったが、その建物の近くにガレージもあった。乗用車が一台駐まっている。

「滝本さん、ここに一人で？」

「そう、今はそうです」萌絵は答える。

その建物の入口まで二人がやってきたとき、低い位置にあったドアが開いた。

「こんにちは」萌絵が明るい声で挨拶する。

入口に立っているのは、白髪の老人で、黒いセータを着ていた。彼は、目を細め、萌絵と犀川を見上げた。

「西之園です」萌絵は近づいて言う。

「ああ……」急に老人の表情が緩み、片手を前に出した。「西之園のお嬢様でしたか」

「はい」彼女は石段を下りて、入口に近づいた。

「これはこれは……、なんとも、お珍しいことでございます。どうも失礼をいたしました。いえ、この頃、目が悪くなりましたものですから……」老人は上品に微笑んだ。

「あの、こちらは、私の大学の犀川先生です」萌絵は彼を紹介する。

「犀川です。こんにちは」彼も石段を下りた。

「はじめまして」老人は頭を下げた。「滝本と申します」

遠くからよく見えなかったのは、この建物が、周辺よりも一段低い場所に埋もれるように建っていたからだった。周囲をぐるりと低い石垣で取り囲まれている。

犀川はその建築に興味があった。平屋の鉄筋コンクリート造だが、注意深く見ると、なかなか近代的で凝ったデザインだった。広くはない。せいぜい中は二部屋だろう。萌絵の言ったとおり、クラブハウスとして設計されたものに違いない。

　こんな場所に老人が一人で住んでいるなんて、とても信じられない。冬はどうしているのだろうか。雪で車は使えなくなるはずである。犀川は周囲を見渡して、そう思った。

「お茶でも差し上げましょう」滝本はドアの中を示す。

「あ、いいえ、そんなつもりで来たのではありません」萌絵は片手を振った。「お邪魔でしょう？」

「とんでもございません。なかなか人とお会いする機会が少ないのです。さあ、どうぞ、中へ」

　萌絵は犀川の顔を見た。彼は肩を上げて返事をする。二人は滝本の後に続いて、小屋の中に入った。

　雑然とした部屋で、もう電気ストーブが置かれていた。窓辺には、明るい陽射しを遮るように、植物の鉢が並んでいる。奥に、もう一部屋あるようだった。

　不似合いなくらい立派なソファとテーブルが部屋の中央にあり、その周辺には、沢山の本が積まれていたが、滝本は手際よくそれらを片づけた。

「どうぞ、こちらへ。狭苦しいところで、本当に申し訳ありません。何がよろしいでしょうか？　コーヒーですか？　紅茶ですか？」

「あの、本当にお気遣いなさらないで下さい」萌絵が言う。

「コーヒーにいたしましょうか？」滝本はそう言って微笑んだ。

彼が奥の部屋に消えると、二人はソファに並んで座った。

「いかがです？　先生」萌絵は犀川に顔を寄せて小声で囁く。

「何が？」

「ここ」

「悪くない」彼は微笑んで答える。

「きっと、先生って、山奥のこんなところで、一人暮らしがしてみたいんじゃありません？」

「今とたいして変わりはないよ」

「インターネットの光ケーブルさえあれば、でしょう？」

「まあ、ますます、悪くないだろうね」犀川は脚を組んだ。「だけど、ここ、三十分じゃあ、ピザが届かないだろう？」

「ピザの分子構成をコンピュータで分析して、データをデジタルで送ってもらって、それを基にして、カートリッジ化された基本分子から対象物を組み立ててコピイする……、そんな、物質電送装置みたいなもの、あると良いですね。そのうちできますか？」

「そのうち、の定義によるね」

「私が生きている間」

「できない」

「駄目かぁ……」

「もしできたとしてもね……、分析したり、信号を送っているうちに、ピザが冷めてしまうだろうね」

萌絵はくすくすと笑いだす。

滝本の部屋は本だらけであった。見たところ、どこにも本棚がない。そのため、いたるところに本が平積みにされている。犀川は、すぐ手近にあった数冊を手に取って眺めてみた。ハードカバーの小説、歴史関係のノンフィクション、あとは、雑誌類である。内容は実にバラエティに富んでいた。

部屋にはテレビがない。それは犀川の部屋と同じだった。この部屋の様子は、確かに、自分の将来を見るようで、多少落ち着かなかった。

滝本が盆を持って戻ってきた。手慣れた手つきでテーブルにカップを置く。

「ブラックでよろしいですか？」

「ええ。先生も、私も」萌絵が答える。

それを聞いて、滝本はやっと自分もソファに腰を下ろした。

「失礼ですが、こんなところで、不便じゃありませんか？」社交辞令で犀川は口をきいた。

「はい……、でも、この頃は、友人が一週間に一度、来てくれるようになりました。私の運転を心配しているのです。目が悪いものですから……」滝本はゆっくりとした口調で話す。「それで、最近は、もう買いものにも出かけなくなってしまいました。全部、人任せで生きております」

「冬はどうするのですか？」

「山ごもりですな」滝本は面白そうににっこりと笑う。「いつ死んでも大丈夫……、と申しましょうか」

しかし、見たところでは、滝本は元気そうだった。矍鑠《かくしゃく》としている。いくつくらいだろう、と犀川は思う。

「ここの下に森林鉄道の廃線跡がありますよね？」萌絵がきいた。「滝本さんも、散歩されたりするのですか？」

「いいえ、もうあまり歩けませんので」滝本は窓の外を眺めて答える。「どうでしょうね。もう、埋もれてしまったかもしれません」

犀川はコーヒーを飲んで、煙草が吸いたくなった。だが、周囲に灰皿はない。

「お嬢様は……」滝本は萌絵に目を向ける。「お元気でいらっしゃいましたか？」

「ええ」萌絵は頷く。

「笹木様も、とても立派な紳士でいらっしゃいました」滝本は上品に微笑んで言った。「あのあとも、何度かお会いいたしましたが」

「そう、あの事件……」萌絵はカップを両手で持ち、小首を傾げる。「こちらの橋爪さんのお宅と、私たちが行き来するようになったのも、あれがきっかけだったのですね？」

「そのようでしたね、ええ……」

「実は、今日、那古野からこちらへ来る途中、私たち、ずっとあの事件の話をしていたんですよ」

「そうですか……」滝本は犀川を見た。

「彼女が一方的にしゃべったんです」犀川は微笑む。

「私の娘が、二人とも死にました」滝本は表情を変えずに淡々と話した。「といいましても、実の娘ではありません。まえの連れ合いの娘で……、母親も、あの事件のあと、すぐに亡くなりました」

「そうだったんですか……」萌絵は小声で言う。

「なんとも、突然な出来事でございました」滝本はまた上品に微笑んだ。感情が完璧に抑制されているのか、それとも人生を悟り切ってしまったのか、とにかく、自然な笑顔である。

「しかし、お許しいただけるのなら、そのお話はもう、あまり思い出したくはございません」

「ええ……」萌絵は相槌を打ち、犀川と眼差しを交わす。

鳥の鳴き声が聞こえる。

窓から差し込む陽射しが、犀川の足もとに届き、窓辺の植物の影をくっきりと見せた。萌絵が座っているところだけが明るく、カップの置かれているテーブルも、斜めに半分だけ白かった。

「今夜は、こちらにお泊まりですか？」滝本はしばらくして尋ねた。

「ええ、諏訪野はさきに来ているはずです。あ、滝本さん、今夜、私のところへ、いらっしゃいませんか？　ご一緒に、お食事をいかがです？」

「そうですね……。大変勿体《もったい》なく、嬉しいお誘いではございますが、はい、ご遠慮させていただきます。なんと申しますのか、もう、その……、静かな方が、私には……」

「ええ、ご無理はいえません」萌絵は頷く。

「いえ」滝本は頭を下げた。「ご無礼をいたしまして、申し訳ございません」

「本当に……、ごめんなさい」萌絵もお辞儀をした。

その後、話は弾まなかった。

犀川と萌絵は、滝本に挨拶をして、立ち上がる。外に出て、石段を上がると、戸口で見送る滝本に、二人はもう一度頭を下げた。

老人は、犀川たちの方を眺めていたが、やがてドアを閉めて、また孤独の部屋へ消えた。

歩きながら、最後に犀川が振り向いたときには、もう入口も見えなくなっていた。

「ああ……、なんか、悲しくなっちゃいますね」萌絵は車のドアを開けて言う。

「どうして？」犀川は立ち止まってきいた。

「だって……」彼女は溜息をついて空を見上げる。犀川もつられて上を見たが、空以外に何もなかった。

だって、の続きもなかった。

萌絵はエンジンをかけ、車を切り返して、来た道を戻り始める。

「さあて……、それじゃあ、先生、お話を再開しましょうか」

「別に、もうどちらでも良いよ」犀川は頭の上で腕を組んだ。「だいたいわかったから」

「え？　もう？」

「だって……」犀川はフロント・ガラスに顔を近づけて空を見上げた。

「だって……、何です？」萌絵は運転しながらきく。

「西之園君も、さっき、だって、でやめたじゃないか」

「は？」

「だって、の終止形」

「わかりません」萌絵は声を上げる。「そういう、会話のテロリストみたいなこと、やめて下さい」

「それをいうなら、デストロイヤだろう？」

「どう違うんですか？」

「思想的な背景がない」

彼女は、小さな口を開けて、犀川を横目で見た。

「思想的背景というのは、絵画でいうと、ほら、額縁みたいな存在だね」

「ねえ、先生、何がわかったんです?」

「額縁を幾つ重ねても、絵の価値は変わらない、ということ」

「その話じゃありません!」

「うーん、そうね……。結末まではわからない。でも、君が話してくれた事件に関しては、特に不思議はない」

「うっそぉ!」高い声で萌絵が叫ぶ。

「ああ……、西之園君。君も、ついにそんな言葉を遣うようになったんだね。これも、エントロピィの増大なのかな。文化財を保存するのと同様のジレンマ……、複雑な僕の心境を誰かわかってくれるかなあ」

「先生、何、ごちゃごちゃおっしゃってるんです?」

「ごちゃごちゃ?」犀川は反復する。

「私なんか、あの事件のことで、今でも不思議なことがもういっぱいで、頭がぐるぐるなんですよ。だって……」

しばらく、沈黙。

犀川は黙っている。

二十秒以上経過する。

「ずるい……」萌絵はやっと囁いた。

「甘いな」

「出直します」

「そんな初歩的なパターンに、僕が引っかかるとでも思った？」

「さすがは、犀川先生」

二人は笑いだした。

曲がりくねった坂道を、萌絵の運転する車は滑らかに下った。

遠くの山々は時折しか見えない。

「自然」と名づけられた存在に囲まれている。

人間が世界を支配している？

誰がそんなことを言ったのだろう？

もちろん、人間以外に言わない。

どこを見ても、この惑星は植物ばかりではないか。それに、無数の昆虫が、人類の何十倍もの面積を占有しているのだ。

犀川は窓の外を眺めながら、そう考えた。

だが、明日、大学の研究室に戻ったら、彼の机の上にあるのは、その植物の死骸から作られた紙の山だ。

操《くすぐ》るような電気信号で会話して、個人の生き方には程遠い問題、端的にいえば、誰が御輿《みこし》を担ぐのか、あるいは、ごみ箱の設置位置はどこが良いのか、といった意識的に選ばれた集団の問題の山積に、直面する振りをする。それが日常だ。

人生なんてものは、ボブスレーに乗りながら、俳句を考えているみたいなもの。ゴールするかコースアウトするまえに、一句でも思い浮かべば、たとえ字余りでも、まずまずの成功と考えて良い。

「先生、何にやにやしているんですか？」萌絵が前を見たまま尋ねた。

「どうして、見ないでわかるの？」犀川は彼女を見た。

「へへん……。どうしてでしょう」萌絵は口もとを上げる。

「面白いジョークを思いついた」

「どうせ、そんなことだろうと思いましたわ」萌絵は素っ気なく言う。

「うん……、まあ、どうせ、そんなことだよ」珍しく素直な自分に気がついて、犀川は愉快だった。「どうも、僕の思いついたジョークは、最近、自然に君に伝わるようだね」

「以心伝心っていうんですよ」

「でも、ピザと同じ」

「え、ピザと？」

「途中で、冷めちゃうみたいだ」

# 第三幕

——金持の居眠りは不可能だ。いかにも富とはいつも公衆のものだった。
聖浄な愛だけが知識の鍵を与えてくれる。自然は邪気のない見世物に過ぎぬ。
妄想よ、理想よ、過失よ、おさらばだ。

(Une Saison en Enfer / J.N.A.Rimbaud)

## 1

黙ってビールを飲んでいる込山刑事は、そのうち手旗信号でも始めるのではないかと思えるくらい、何もしゃべらなかった。私の顔さえ見ないのだ。「下で一杯やりましょうか」語尾が上がる関西のイントネーションで言ったっきり……。まったく不気味な男である。
彼は厨房から自分のためのビールを一本持ってきたが、私は同じものは飲みたくなかったので、キャビネットにあったブランディをグラスに注いで、氷も入れずに口をつけた。もちろん、リビングには、私たち以外、誰もいない。

退屈とは、とてもいえない沈黙だった。

何故か、私も込山刑事も、座らなかった。

どこかでゴングが鳴ったら、殴り合いの喧嘩になったかもしれない。覚悟は決めていた。

「これを飲んだら、寝ますけど……」私は堪《たま》らなくなって口をきく。このまま意地を張っていても時間の無駄だ、と思ったからだ。「何か言いたいことがあるんでしたら、早めに片づけてもらえないでしょうか」

「片づける……ね」込山は俯《うつむ》いた顔から視線だけを上げて、私を捉える。頭のてっぺんを見てもらいたいのだろうか、そんな感じの構えである。「さあ、どうでしょう。片づきますかどうか……」

腕時計を見ると、既に午前一時を回っていた。深夜に二人だけで酒を飲むには、面白くない部類の相手である。

「三階は、まだ何かやってるんですか？」

「いいえ。十一時頃ですか、皆、帰しました」込山は、小さなグラスにビールを追加しながら言う。「小早川も帰りました。今は、私だけです、残っているのは……」彼はグラスを持ち上げる。「只で酒を飲むためにね」

「あ、じゃあ……、盗み聴きをするためじゃなかったんですね？」私はやんわりと言う。

「いえいえ、もちろん、そんなつもりは全然……」込山刑事は片手を大きく広げて見せる。「これは、いわゆる……職務ってやつですわぁ。さっき、西之園さんの部屋から、どなたか……、飛び出して行きましたよね？　その小走りの足音が聞こえたもんですから、私、不思議に思って、自分の部屋を出ましてね……。なにしろ、こんな夜中ですから、ちょっと変でしょう？　職業柄、不審なものは一応確かめないと気がすまない。それが、私の職務ですし。それで……、まあ、ちょっとばかり、その、パトロールをしようとしたわけでしてね。そうしたら、人の話し声がする……。どこかと思ったら、西之園さんの部屋からですわぁ。それも、男の声だ。これは、ちょっと……見逃せない、いや、聞き逃せない、と……思いましてね」

「じゃあ、これで」私は空になったグラスをキャビネットに置いて、立ち去ろうとした。

「笹木さん」込山はすぐに呼び止めた。

「お休みなさい」

「笹木さんは、ひょっとして、朝海さんのどちらかと、まえからお知り合いだったんでは？」

「いいえ」私は戸口に立って首をふる。

「すると……、こちらにいらっしゃってからですか、その……」

「いいえ。彼女たちとは、ほとんど話もしていません。二人ともです。そんなことは、もうお調べになったはずでしょう？」

「ご婚約者がいらっしゃるんですからね」込山は微笑んで言う。

「ええ……、そうです」

「しかし、それにしては、笹木さん……、西之園さんには大胆なことをおっしゃいましたよね。あれは、どうなんでしょうか？　ひょっとして、その……、貴方の標準的なやり方なんですか？」

「そう思ってもらって、けっこうですよ」私は普通の口調でしゃべっている。だが、ブランディのせいか、腹立ちのせいか、顔が火照っているのがわかった。

「ドア越しだったものですから、よく聞こえないところもあったんです」込山は言う。「でも、だいたいのお話は聞かせてもらいました。特に、西之園さんがおっしゃっていたトリック……、貴方のトリックですね、あの話は素晴らしい。私も充分に納得できました」

「それは良かった」

「問題は動機です」込山はそう言って、にっこりと笑う。

「僕に動機はありませんね。少なくとも、僕はまだ考えつかない」

「そちらに座りましょう。どうぞ……」込山は奥のソファを片手で示す。「そのことで、ゆっくりお話がしたいんです」

「明日の朝にしてもらえませんか？」

「私にも、一つ、その……、考えるところがありましてね。聞いていただけませんか？　あの密室について、私なりのアイデアがありますんで……」

私は躊躇した。込山刑事は首を僅かに前に突き出し、猫背の姿勢で私を睨んでいる。右手は空になったグラスを持ち、左手は自分の耳を触っていた。

「しかたがない……。あまり気は進みませんが、おつき合いしましょうか」私は溜息をついてから、キャビネットに戻り、グラスに少しだけブランディを注いだ。「寝つきが良くなる話だったらいいんですけど」

「請《う》け合《あ》いますよ」込山刑事はさきにソファに座る。

私も彼の前に腰掛け、背もたれに頭をのせて脚を組んだ。生憎《あいにく》、煙草は持っていなかった。

「いえね……、こんなことを話すなんて、とにかく特別も特別。まったくの異例なんですわぁ」込山は空のグラスをテーブルに置き、両手を摺り合わせるようにして身を乗り出した。「もし、私の話が意味のないことだと判断されたら、そのときは忘れて下さい」

「たぶん、意味ないでしょう」私は鼻息をもらす。

「おそらく、動機からいえば、橋爪さんか、その息子さんが、最も可能性が高い」込山刑事はずばりと言う。私は、彼の単刀直入の言い回しに少し身震いがした。「以前から、被害者二人と懇意だったわけですから、どんなトラブルがあったとしても、おかしくはない。まあ、その程度のことですけど……。朝海さんのどちらかが、邪魔になったということでしょうな。だから、殺してしまった」

「短絡的ですね」

「ええ、そのとおり」込山刑事は微笑んだ。「短絡的でない人殺しなんて、まずありませんよ。しかし、それはひとまず、今はおいておきましょう」彼はまた耳を触る。「私の仮説は、西之園さんが貴方に話していたものと、よく似ています。私も、立ち聞きしていて本当にびっくりしましたよ。あのお嬢さんは、なかなか勘《かん》がよろしい。頭が切れる。きっと、笹木さん、そこが気に入られたんでしょう？」

「話が逸れてますね」私はグラスに口をつける。

「貴方が、ドアの外から細工をして、つまり、楔《くさび》か釘《くぎ》を使ってですね……、ドアを開かないようにした、というトリック、確かに面白いんですが、ちょっと……、その、なんというのか、危険度が大きいんですよね。そうじゃありませんか？たとえば、誰かが力いっぱいドアを引っ張るかもしれないし、橋爪さんだって、ドアを打ち破るんじゃなくて、強引にこじ開けようとしたかもしれません。もしそうなったら、実は鍵がかかっていなかったことが全員にばれてしまう。そりゃ台無しです。まずいことになる」

「そうはならないように、私は上手にリードした、と西之園さんは言いたいのだと思いますよ」私の立場は微妙で、実に不思議だ。私が犯人だという西之園嬢の仮説を援護しているのだから。

「あれだけ頑丈なドアなのに、穴を開けようとした、というのがね、ちょっと不自然な発想じゃあなかったでしょうか？」込山刑事は私の顔を凝視している。「映写室の方ならともかく、娯楽室のドアは時間がかかったんじゃないですか？　あれは、なかなか頑丈そうですからね。私なら、ドアの隙間にドライバでもねじ込んで、こじ開けようとしたでしょう」

「隙間なんて、ほとんどなかったし、ドライバもありません」

「滝本さんが持ってきた道具は、ハンマでしたか？　バールでしたか？」

「釘抜きの大きいやつみたいな、あれ、バールっていうんですか」

「誰が、そんな大道具を持ってこいと言いましたか？」

「橋爪さんです」

「彼は、滝本さんに、何て言いましたか？　適当な道具を持ってこい、と言ったんですか？」

「いや、確か……、ハンマを……、と言ったかな」

「最初から、ドアを打ち破るつもりでいたわけです」込山刑事は、またにやりと笑う。「おそらく、あらかじめ、ガレージの目立つところに、そのバールがさりげなく置いてあったのでしょう。つまりですね……、ドアに穴を開けて、手を突っ込んで中の鍵を開ける、という方法を選択したのは、橋爪さんだったということです」

「まあ、ここは彼の屋敷ですからね」私はソファにもたれたままである。「彼以外の人間には、ドアを壊したりとか、勝手なことはできません」

「楔や釘を使わないで、ドアを開かなくする方法を、一つお教えしましょう」込山刑事は、ゆっくりとした不気味な口調で言った。「まず……、ドアの内側の、すぐ横の壁のところに、板を打ちつけておきます。これは釘を使えば良い。そうですね……、板は二十センチくらいの長さで充分でしょう。それを、こう、壁に半分、ドアに半分の位置になるように、壁からはみ出して打ちつけておきます。ドアには釘は打ちません。部屋の中からだったら、ドアにも釘を打って、開けられないように完全に封鎖することができますが、今は、外からそれをしなくてはなりません」

「まさか、ドアの方は、廊下側から長い釘を打ったっていうんじゃないでしょうね？」

「いえいえ、違いますよ。だから……、この場合、その板とドアは釘で打ちつけません。板は壁の方にだけ釘を打つんです。ですから、ドアを開けると、壁から突き出したみたいに、その板がその場に残ります。あのドア、廊下側に開きますからね、その板も邪魔にはならず、ドアが開いて、外に出られます」

「そんなことして、どうするんです？」

「接着剤を使うんですよ」込山刑事は自分の耳を引っ張った。「その突き出している板のドア側の部分に、接着剤をたっぷり塗りつけておきます。そうして、そこへドアを閉めると、板とドアが、その接着剤でぺたり……と、くっつくわけです」

「それだけで、ドアが開かなくなるっていうんですか？」

「そのとおりです」込山は満足そうに微笑んだ。「最近の接着剤、もの凄く強力ですからね。確実に開かなくできますよ。ほら、この方法だと、とにかく外からは何もわからない。そうでしょう？　みんなの目を盗んで、楔や釘を取り除いたりする必要もまったくありません」

「えっと……、だけど、その大仕掛けの跡が残りますよね」私は笑いながら言った。込山刑事の話が可笑《おか》しかったのである。「どうするんです？　ドアの内側にべったりだし、壁には釘が打ってあるし。だいたい、ドアが開かないわけでしょう？」

「ええ、そのままならね……。ドアに接着された板が残ります。トリックとしては、まったくお粗末で不完全です。でもね、そこの部分を、叩き壊してしまったら、どうですか？」

「え？」私はすぐに気がついた。「あ……、なるほど！」

「そうなんですよ。橋爪さんがハンマで打ち破ったところは、ちょうど、その部分だったんではないでしょうか。自分でセットしたのだから間違えっこありません。彼は廊下側からドアを壊して、ついでに、ドアの内側に接着されていた板も、取り除いてしまったんです。おそらく、接着剤の方がずっと強力ですから、壁に打たれた釘の方が抜けてしまったのでしょう。木屑というか、木っ端がドアの周辺に落ちていても、誰も目をとめないし、あとで片づけてしまえば、証拠は何も残りません」

「だから、滝本さんに、あそこをすぐ片づけるように言ったわけですか……」

「おそらく、滝本さんも事情を知っているのでしょう」込山刑事は珍しく真剣な顔だった。

「それに、もちろん、貴方もです」

「僕が？」

「ええ……。この方法では、密室を作ることはできますが、ドアの内側の鍵をかけることは不可能です。つまり……、あとは、西之園さんのお話と同じです。笹木さんが、開いた穴から手を差し入れて、鍵をかけなくては、偽装は完成しません」

「僕も、共犯ってわけですね？」私は微笑んだ。余裕を見せつけてやったつもりである。

「貴方は、橋爪さんから、鍵のことだけを頼まれたんじゃありませんか？」込山刑事は、メガネの奥から鋭い視線を私に注ぐ。「どんな取り引きがあったのか、それは知りませんが、貴方は殺人には関わっていない、と私は信じています。私がこんな話をしたのは、貴方なら、きっと、ご理解いただける、と考えてのことなんです」

「いいえ」私は首をふった。「理解できませんね。とにかく、僕は、橋爪さんからそんな依頼は受けていませんし、第一、僕は、娯楽室のドアの鍵には手が届かなかった」

「あの鍵から、貴方の指紋が検出されています」

「ええ、そりゃ、触りましたからね。ぎりぎり指先がね。でも動かせなかったんです。あの鍵を開けたのは西之園さんです」

「映写室の方は？」

「あちらも、ちゃんと鍵がかかっていましたよ。手が届きましたから、これは確かです」

「しかし、貴方以外には、誰も確かめていない」

「こんなことになるのなら、開けるんじゃなかった」

「映写機を回したのは、西之園さんが指摘したとおりの理由からではありませんか？　つまり、西之園さんが証人に選ばれたわけですね。お話によると、あのとき、橋爪さんも厨房にいらっしゃったわけでしょう？　真夜中にですよ。偶然にしてはでき過ぎていませんか？　貴方と橋爪さんは、西之園さんにアリバイを証明してもらいたかったのではないですか？」

「だけど、橋爪さんが来たのは、かなりあとですね」私は思い出しながら言う。「清太郎君の方がさきです」

「それとも……、接着剤が乾いて固くなるまで、誰かがドアを無理に引っ張らないようにする目的で、映写機を回して、映画を楽しんでいるように見せかけた。邪魔をされないようにしたわけです」

「でも、音は出ていなかったみたいですから、それはありえません」私は指摘する。

「なるほど……」込山刑事は真面目な顔で頷いた。

「刑事さん。その……、ドアの横の壁に、釘を打った跡があるかどうか、それから、片づけた木っ端の中に、接着剤でくっついた板があるかどうか……、これ、もう確かめられたんですか?」

「明朝、調べさせます」

「今でもできますよ。こんなところで余計なおしゃべりしていないで、調べたら白黒はっきりします」

「私、頭脳労働組でしてね。それに……、なにしろ、このアイデアは、今夜、ついさっき思いついたばかりなんです」

「西之園さんの話を立ち聞きして……、ですか?」

込山は答えなかった。

私はグラスを手に取り、最後の一口を飲み干してから、立ち上がった。

「失礼しますよ」

「あくまで、黙秘されるんですね?」

「しゃべってるじゃないですか」私は呆れて言う。「本山のことを言っているんです」

「貴方以外に、あの鍵はかけられない」

「でも、僕じゃありませんからね」

「どうして、橋爪さんを庇《かば》われるんですか?」

「庇ってなんかいませんよ。じゃあ、お休みなさい」私はグラスをキャビネットに置いて、そのままドアへ向かう。込山は呼び止めたが、私は無視した。そして、彼の顔を一度も見ないで、リビングから出た。寝つきが良くなる話だなんて大嘘だった。刑事のくせに、これでは詐欺師と同じではないか。

## 2

自分の部屋に戻った私は、とにかく熱いシャワーを浴び、すぐにベッドに潜り込んだ。

だが、当然のことながら、まったく眠れない。リビングで二杯飲んできたばかりなのに、体内のアルコールは既に蒸散してしまったようだった。

込山刑事の話を思い出しているうちに、だんだん腹が立ってきた。

聞いているときは、馬鹿馬鹿しいとか、滑稽だとか思っただけで、むしろ私には余裕があった。だが、今考えてみると、込山刑事に対して、ああ言ってやれば良かった、こう言ってやれば良かった、という後悔ばかりが、インフルエンザのように全身に襲ってくるのだ。口喧嘩をしたあとの小学生のようだ。

また一方では、あそこまで突《つ》っ慳貪《けんどん》な態度をとらなくても良かったのではないか、と心配にもなった。彼の私に対する心証を悪くしたことは間違いない。まさか、警察が証拠を捏造《ねつぞう》して、私を陥《おとしい》れるようなことはないとは思うが、こういった被害妄想は、どこまでも膨らむものだ。

考えてみたら、西之園嬢にしたって、面と向かって私が殺人犯だと主張したのである。多少……、いや、ずいぶんニュアンスが違っていたが、現象を表面的に説明すれば、そうなる。つまり、内容に関しては、込山刑事と大差はない。

それなのに、彼女に対しては、まったく腹が立たない。

当然である。

しかし、それは何故か……？

私は西之園嬢を愛しているのだ。それが答である。もう、それは揺ぎもしない気持ちだった。変な比喩だが、たとえ、私が殺人犯だったとしても、きっと同じだったであろう。

こうしてみると、人の感情が、実に非論理的なものだということを認識せざるをえない。会話の本質は、つまり会話の内容にはない、という極論さえ導かれる。

もしかしたら、私の独身生活も、これで終わりか。

いや、ついに……。

思考が飛躍している。

だが、その薔薇色のロマンティック・ロードに立ち塞がっているのが、あのずうずうしい刑事だ。

どういうわけか、そこに行き着く。

彼に対する敵愾心《てきがいしん》は、私を完全に支配している。

堂々廻りのこの思考が、枕に埋もれる私の頭の中で、メリィゴーラウンドみたいに傾斜して回転していた。

西之園嬢、込山刑事、朝海姉妹、橋爪氏、清太郎君、滝本氏、神谷嬢、それに真梨子も、みんな木馬に乗って私の前を通り過ぎる。

ゆっくりと上がり……。

ゆっくりと下がり……。

片手を私に振っている。

私の乗る木馬はどれだろう？

どうして、こんな真夜中の遊園地で？

周りは真っ暗だというのに……。

観覧車も、ジェットコースタも営業していない。

ここだけが、瞬くネオン照明で、彩《いろど》り鮮やかに存在している。

花火のように、第一の仮説が打ち上がる。

私が最初に考えた仮説……。

犯人が映写室に隠れていた、という仮説だ。

その花火が一瞬で消えていく。

第二の仮説が打ち上げられる。

真梨子が導火線に火をつけたのだ。

壁の小窓越しに、姉が妹の首を絞める仮説。

これも一瞬で散っていく。

第三の花火は清太郎君が打ち上げた。

窓を外からロックして、屋根から煙突を通って下りる、という仮説だ。

細かい閃光がところどころで輝く。

この花火もあっさりと消えていく。

続いて、第四の花火。

橋爪氏によって打ち上げられる。

真梨子の花火と似ていたが、ずっと大きく立派だった。

映写機のレンズが取り外せる、という仮定のもとで導かれた仮説。

真っ黒な夜空に咲く大輪。

それも、やがて落下しながら消えていった。

第五と第六の花火は、西之園嬢と込山刑事がほぼ同時に打ち上げ、一瞬にして周囲は眩しいほどの明るさになった。

いずれも、私がドアの内側にあった鍵を開けた振りをして、実は逆に鍵をかけていた、という憶測を前提にした仮説だ。

周りの皆は、この花火が本ものだと思うかもしれない。

非の打ちどころのない美しい論理。

そして、隅々まで行き届くきめの細かさ。

これまでのどの仮説よりも説得力がある。

だが、残念ながら、私には音が聞こえない。

音のない花火など、意味がないのだ。

何故なら、私は、自分がしたことを覚えている。

私は、自分が何をしたのか、知っている。

連続的な意識など実在しない、と主張される方もいるだろうが、この場合、私はそれを否定するしかない。

私は、知っているのだ。

自分が、人など殺さなかったことを。

鍵のトリックなど、私には関係ないことを。

それどころか、あの晩、三階のあの部屋に私は行っていない。

この事件とはまったく無関係であることを、私は知っているのである。

だから、これは私の真実だ。

自分に対して、その証明は必要ない。

では、何が真実なのか？

もし、私が自分のことを知らなかったら、私自身の記憶を疑うことができたのなら、おそらく、西之園嬢か込山刑事のどちらかの理論、第五あるいは第六の仮説を信じていただろう。

そして、笹木という男が主張する言葉などには、耳を貸さなかったのに違いない。

客観的に述べれば、そうなる。

だが、今回の場合、主観は絶対的なのだ。

では、何が真実か？

誰が……、
どのようにして……、
何のために……、
殺人を犯し……、
密室を作り上げたのだろう？

これまでに誰も考えつかなかった第七の仮説が存在するのだろうか。

そんなものがあるなんて信じられない。

あるとしたら、それは人知を超えた、想像を絶するようなものに違いない。

今まで誰も口にしなかったけれど、あるいは、科学の及ばない、現代の物理学では説明できない現象なのかもしれない。

信じていないくせに……、と私は苦笑している。

気がつくと、窓が明るかった。

ぼんやりとしていた。

ずっと眠っていたのか、考えていたのか、自分でもよくわからなかった。

ずっと夢を見ていたのか、単なる思考だったのか、判然としない。

ベッドで横になったまま……。

私はサイドテーブルに片手を伸ばす。

煙草を探していた。

五時半である。

火をつける。

私の吐き出した煙草の煙。

頭の上で停滞している。

鳥の鳴き声が喧《やかま》しい。

今日も晴天。

事件が起きてから、地球はもう一回転以上した。

私たちと不思議をのせたまま……。

3

私はそれから一時間ほど眠った。

もう一度目が覚めたのは、七時少しまえだった。

ベッドから起き上がって、重い頭をふりながら窓際に立つと、屋敷の南側の庭の隅に、白いワンピース姿が見えた。

私は、目を凝らして、彼女を捉える。

間違いない。

西之園嬢が歩いている。

早朝から散歩だろうか。

消防士のように素早く服を着替え、靴を履いて、私は部屋から飛び出した。

階段を駆け下りたとき、ロビィで滝本氏に出会った。

「おはようございます。あの、お食事は八時頃にいたしたいと存じます」

私は片手を挙げて、陽気なジェスチャで彼に応える。

リビングからテラスデッキに出た。

朝とはいえ、既に陽射しが強い。昨日のような湿った空気ではなく、爽やかな秋を想わせる大気だった。

私は、木製の階段を一気に飛び降りる。

庭を見渡して、彼女を発見する。

テニスコートの方へ急いだ。

少し窪んだ一帯に、倉庫のような小屋が建っている。クラブハウスと呼ばれている平屋の離れだった。使われている様子はあまりない。正面の駐車場から延びている石畳の小径が、このクラブハウスまで続いている。

西之園嬢は、小屋を取り囲んでいる石垣に座っていた。

「おはよう」私は息を切らして言う。

西之園嬢は驚いて私を見上げた。

「おはようございます」

「早いですね。散歩ですか?」

「ええ……」

私は石段を下り、彼女に近づく。そして、ポケットから出した煙草に火をつけた。

「私の名前……、お考えになりました?」西之園嬢は悪戯っぽい表情で、片方だけ笑窪を作った。彼女は、化粧をしていないようだった。そのためなのか、昨日までよりも、幼く見える。

「えっと、今……、ここで、言いましょうか?」私は煙を吐き出しながら、彼女の前に立った。

「どうぞ……」

「早苗《さなえ》さん」

「外れ」西之園嬢は答えてから、吹き出す。「それ、耕運機の名前かしら?」

「じゃあ、千春《ちはる》さん?」

「千春……?」彼女は首をふって私を見る。「外れです」

「それじゃあ……」

「待って」西之園嬢はそう言うと、石垣から身軽に飛び降りて、私の前に立った。「私、うっかりしていました」

「何をです?」

「この賭けは、とっても面白い趣向で、本当に気に入っているんですよ。そう……、今朝なんか、もう、楽しみで楽しみで、ドラキュラ伯爵みたいに飛び起きたくらいなの。でも……、よくよく考えてみたら、これ……、フェアな賭けとはいえないわ」

「え? 何がアンフェアですか?」

「だって、私は、貴方との結婚を賭けているのに、貴方は何もお賭けになっていません。そをしない。私は何も得をしません」

「ああ、そう……。うっかりしていました」私は頷いた。「でもね、僕が勝つ確率なんて無限に低いんだから……」

「ええ、もちろん、そう思って、考えなかったのです」彼女は歩きだして言う。「でも、それでは面白くないわ。貴方は、内緒で、私の名前を調べたかもしれません。警察から聞いたかもしれない」

私は彼女を追った。

「西之園さん……、警察に、それを確かめましたね？」

「ええ、実は、さきほど」彼女は振り返り、微笑んだ。

「用意周到な人だ」

「私が、こういったゲームを、どれくらい好きなのか、ご存じでした？」

「いいえ」

「それは、幸いです」

「僕にとって？ 貴女にとって？」

「たぶん両方……」彼女はまた悪戯っぽい笑顔を見せる。

「えっと、じゃあ、今から、何か賭けましょう。何が良いですか？」

「そうですね……」西之園嬢は歩きながら腕を組む。「うーん、難しいなあ」

私は彼女の横を歩く。石段を上がり、小屋の反対側を回って、屋敷の方へ戻る小径を進んだ。アスファルトで舗装され、両サイドは煉瓦で少し高くなってから、芝生が広がっている。

プールのそばまで来た。

一昨日の嵐のためか、水面には木の葉が沢山浮いていた。

「ああ……、駄目だわ」西之園嬢は溜息をついて言う。「名案が浮かばない」

「何か、欲しいものはないですか？」

「いいえ」彼女はすぐに首をふった。「そう……、諏訪野より強いチェスの相手、くらいかしら」

「僕じゃあ、望み薄ですね」

「笹木さんの特技は？」

「あ、じゃあ、このプールを一往復泳ぎましょうか？」

西之園嬢は立ち止まり、私の顔を見てから笑いだした。

「水泳がお得意なの？」

「いいえ、ほとんど金槌です」私は嘘をついた。いや、マグロやイルカに比べれば、ほとんど金槌だから、嘘ではない。

彼女はさらに大笑いした。朝は機嫌が良いみたいだ。

「いいわ、それじゃあ……」西之園嬢は笑いながら言う。「ええ、それが、いい。それに、しましょう。貴方が負けたら、ここで、泳いでもらいましょう。ただし、浮き袋の使用は、特別に許可します」

「しかたがないな」私は頷いた。

「その代わり、あと、三回けっこうです」西之園嬢は私に顔を近づけて囁く。「どきどきして面白いから、あと三回チャンスを差し上げましょう」

「光栄です」

「それから、これを……」そう言いながら、彼女は、手に持っていたハンカチを広げた。

真っ白な小さなハンカチだった。周囲に細かい刺繍《ししゅう》がほどこされている。

「ハンカチがどうかしましたか？」私はきいた。

「よくご覧になって」

最初まったく気がつかなかったが、刺繍の部分には、幾何学的な形の穴が連続して並んでいた。それは、注意深く見ると、アルファベットのMとNだった。

「Mと……、Nですか？」

愉快そうな表情で彼女は黙って首を傾けた。

「Nは、西之園……。イニシャルですね？」

彼女は瞳を上に向けて、とぼけた顔をする。

「Mか……」私は呟いた。

わざと、である。ここが演技力の見せ場だ。

「美雪《みゆき》さん、でしょう？」

「外れ……」彼女はきゃっと笑い声を上げながら、息を止めて苦しそうに首をふった。「危ない……。危ない……」

「真梨《まり》さん、では？」

「外れ……」彼女は、何度も首をふって笑い続ける。

私の心臓は二倍の速度で脈動していた。

さあ、ここまでだ。

神様……。

「萌絵さん……、ですか？」

西之園嬢は笑うのを止めた。

スイッチが切れたおもちゃのようだった。

「モエ……？」彼女は片方の眉毛を吊り上げ、呆然とした表情で私を見据えた。「どうして……、貴方……、それを」

「漢字で二文字だって言われたから、たぶん……、草萌ゆるの萌という字に……、そう……、絶対当たらないってことは、絵の具の絵くらいかな?」
「酷《ひど》い！　貴方って人は！」西之園嬢は叫んで、私に摑みかかってきた。
私は両手で彼女を抱き止める。
そして、断りもなく、接吻《せっぷん》した。
だが、次の瞬間……。
私は突然、息ができなくなっていた。
耳が大きな音を聞き、周りの様子が一変したのだ。
私は叫んだかもしれない。
声が出ない。
西之園嬢の悲鳴も聞こえたが、それも途絶える。
水の中?
水の中だ。
私は水の中に沈んでいる。
彼女に、プールへ突き落されたのだ。
状況がやっと認識できる。
この間、およそ、二・五秒。
見上げると、鏡みたいに光る水面。

眩しい。

それに、綺麗だ。

木の葉がシルエットになって漂っている。

水深はたいしてなかったが、私の頭は既にプールの底に近い。

そうだ……、溺《おぼ》れた振りをしてやろう。

彼女の仕打ちに対する仕返しに……。

面白い。

私は、水底にあった金具にそっと摑《つか》まって、躰が浮かび上がらないようにした。息を止めて、できるかぎり彼女を心配させてやろう。

実は、水泳は得意なのである。

もともと、海辺の育ちだった。人よりも長く潜っていられる自信もある。もう少し大きく息を吸っていれば、三分くらいは楽に潜っていられただろう。

さあ……、彼女は驚くに違いない。

ポケットの煙草が駄目になったのは少し残念だ、などと、ずいぶん私は冷静である。

しばらくそのまま動かないでいた。

西之園嬢は真っ青になっているのではないか。

顔を見てみたかったが、まあ、想像するだけで充分である。

あるいは、彼女のことだ。私を助けるために、自らプールに飛び込むかもしれない。そうなれば、大成功というもの。

自分の躰で隠して、そっと摑んでいた水底の金具は、どうやらプールの排水口の一つらしい。二十センチ角ほどの穴に、粗いメッシュの金網の蓋が納まっていた。私は今、それを摑んでいる。

ところが、その金網の中に、ビニル袋のようなものが見えた。

何だろう？

小さなものだ。

それは、金網に紐を使って結びつけられていた。

ぼんやりと、最初は、ゴミが引っかかっている、と思った。だが、それは金網の下、つまり向こう側なのだ。だから、引っかかっているわけではない。流れていかないように、紐で縛りつけられているようだった。

誰かが、故意に、そうしたとしか思えない。

しばらく、それを見て考えた。

私は悪戯を諦《あきら》めて、一度水面に浮上する。

「笹木さん！　ああ……、誰か来て！」

一瞬、西之園嬢の悲鳴が聞こえたが、私は深呼吸をしてから、再び水の中に潜った。

服を着たままだったので、なにしろ動きにくい。もう一度、目的の排水口まで私は潜水し、足を踏ん張って、その金網の蓋を引っ張って取り外した。重そうに見えたが、案外、簡単だった。それを持ち上げ、私は、プール・サイドまで戻る。

「笹木さん！　大丈夫ですか!?」西之園嬢が駆け寄ってきた。「ごめんなさい。ああ、どうして……」

私は顔を上げて彼女を見る。西之園嬢は、プール・サイドに跪《ひざまず》き、両手を私の方に伸ばしていた。

「あ、すみません。ちょっと待ってて下さい」

「ああ、なんて方！　ひょっとして……、わざと？」ヒステリックな高い声で言いながら、彼女はまだ私に手を差し伸べている。

私は、彼女の手を無視して自力でプールから上がった。躰中から水が流れ落ち、気持ちが悪い。水底から持ってきた金網は、地上ではかなりの重量があった。

「ごめんなさい。私、こんなつもりじゃ……」西之園嬢は私の顔を覗き込んで、今度は謝り始めた。

私は、プール・サイドのベンチに腰掛け、金網に結ばれたものを観察した。ビニルが何重にも重なっていて、中身はよく見えない。手応えからして、何かが入っているのは確かだった。

「それは、何？」西之園嬢が尋ねる。

「さあ……」私は顔を上げた。

彼女は私の目の前に立っている。

そこへ、屋敷の方角から込山刑事が走ってきた。ズボンだけはちゃんと穿いていたが、シャツのボタンは半分もとまっていない。もちろんネクタイもしていなかった。

「どうしました？　悲鳴が聞こえましたが……」頭の毛が立ったままの込山刑事は、プール・サイドの濡れている場所で、一度滑りそうになった。

「笹木さんがプールに落ちたんです」西之園嬢は説明する。「あの……、私がいけないの。私が突き落したんです」

「どうして、そんなことを？」込山刑事は、ようやくシャツのボタンに気づき、そこに手をやる。

「いえ……」西之園嬢は言葉に詰まって、私に眼差しを向ける。

「これを見つけたんです」私は持っているものを込山刑事に差し出した。

「何ですか？」彼は金網の蓋を両手で受け取る。

「プールの排水口の金網ですよ」私は答えた。頭から水が滴《したた》り落《お》ちた。西之園嬢がさきほどの白いハンカチで、私の顔を拭こうとしたが、私は、彼女を無視していた。

込山刑事は腰を落し、慎重に紐を解いた。ビニルで包まれたものを持ったまま、金網を地面に置く。端を摘《つま》むようにしてビニルを広げ、その中から袋を出してまた広げる。最後には小さな袋が幾つか出てきた。彼は、それらを地面に並べた。一袋を取り上げ、込山刑事は明るい方へそれを向ける。それを振った。もう一度、こちらを向き、足もとの金具を、そして振り向いてプールを見た。

彼は立ち上がった。

それから、その袋を少し破く。鼻に近づけた。

「なるほどね……」顔を下に向けたまま、彼は上目遣いで私の方をじろりと見る。「たぶん、コカインです」

「どうして、こんなところに？」西之園嬢が小声できいた。

「真梨子だ」私は真面目な顔で呟いた。「いや……、そんなこと、私は……言ってない」

「言いました」込山が言う。

「知りません」

「石野さんと神谷さんでしたね。昨日、プールに入ったのは」込山は頷いた。

「刑事さん」私は肩を落して言う。「あの……」

「わかっています。貴方が発見したということは、黙っておきましょう」込山は口もとを上げる。「実をいいますと、私も、これにはあまり興味がありません。こいつはまた、別の課なんでね」

私は、西之園嬢を見上げて、首をふった。

なんとなく、そんな気がしていた。こちらへ来てから、真梨子はどこか変だった。いや、もっと以前からだったろう。最近、おかしかったのだ。最初に会ったときの彼女は、もっと……。

「私、ちょっと電話をかけてきますんで……」込山はシャツの袖口のボタンをとめてから走り去った。

「笹木さん……」西之園嬢は、再び、私の額にハンカチを当てようとした。

私は彼女の手からハンカチを受け取り、自分で顔を拭いた。

急に力が抜ける。

しばらく水泳は御免だ、と私は思った。

## 4

私は自分の部屋に戻り、服を着替えた。そして、すぐに真梨子の部屋へ行くことにした。まだ眠っていたようだ。ドアを開けた彼女は、私の顔を見て、微笑んだ。その彼女の無邪気さを見て、私は迷う。しかし、先送りすることはできなかったのだ。

それから、どんな会話があったのか、幸い、よく覚えていない。

私はきっと、必死だったに違いない。
結婚できない、と私は言った。
要約すれば、その冷たい一言。
だが、それは、プールの底で見つかった麻薬なんかには、全然関係がないのだ。
それが原因ではない。
では、何が原因なのか？
西之園嬢だろうか？
それは、違う。
順序が反対だろう。
たぶん……。
私が無意識に真梨子と別れようと決めたのは、西之園嬢と出会うまえだった。
たぶん、そうだ。
森林鉄道の廃線跡を求めて森へ足を踏み込んだとき、もう、私の心は決まっていた。
だからこそ、私は西之園嬢に惹《ひ》かれたのではないか。
正当化している。
こんな理屈が、何になる？
そうかもしれないし、そうじゃないかもしれない。

はっきりわからなかったし、わかりたくもなかった。

真梨子は、意外にも冷静だった。

それが、私には余計に辛かった。

もっとヒステリックに取り乱して、私に何かを投げつけたり、摑みかかって殴ってくれたのなら、どんなに気が楽だっただろう。

私は、何一つ、理由を言わなかった。

彼女もまた、何もきかなかった。

最後の言葉は、「出ていって」だったと思う。

私は、真梨子の言うとおり、部屋を出た。

いつだって、私は彼女の言うことをきいてやったのだ。

いつだって……。

結局、真梨子と私は、ちょうど一年のつき合いだったことになる。昨年の夏に、友人の紹介で知り合った。最初から、彼女とは合わなかった。なのに、どうして婚約などしたのか。

さあ、それはきかないでほしい。私は、生涯、結婚などしないつもりでいたのだが、このときだけは、魔がさしたのだろうか。真梨子があまりにも積極的だったので、つい流された、といえば、これも言い訳になる。

真梨子が麻薬に手を出したことなど、私にはショックでもなんでもなかった。自分ではそう信じている。また、西之園嬢とのことだって、直接的には関係がない。しかし、どちらも、もちろん、まったくの無関係とはいえない。

ただ、私は、真梨子との関係がどんどん不透明に濁っていくように感じていたのだ。優柔不断な自分を戒めるためにも、私は、一つくらいクリアにしよう、と本能的な防御を試みたといって良い。

これも、あとで考えた言い訳である、きっと。

たとえ、今回の事件が起こらなくても……、あるいは、西之園嬢と知り合わなかったとしても、私と真梨子の将来には、いずれ必ずこんな結末が訪れただろう。私はそれを確信していた。真梨子も予感していたはずだ。二人で気づかない振りを続け、たとえ結婚したとしても、やはり同じ結末が、もっと明確な形で訪れたに違いない。

それが、たった今、終わってしまった。

どんなに興味深い会議でも、終わると嬉しい。それと同じように、どんなに苦い恋愛も、終わると寂しくなるようだ。

私は、八時になっても朝食に下りていかなかった。

自分の部屋の窓際の椅子に腰掛けて、両足をテーブルにのせたまま、煙草を吸い続けていた。

外から車の音が聞こえてきたが、もう興味はない。警察がまたやってきたのであろう。

ぼんやりと、今日は東京へ帰れるのか、と考えていた。仕事が山のように溜まっていることだろう。しかし、たぶん、帰るのは無理に違いない。

ドアがノックされたので、私は返事をする。込山刑事が顔を傾けたまま、部屋に入ってきた。

「お食事に、こられませんでしたね」彼は部屋の中央に立って言う。「実は、石野さんと神谷さんの二人を、署まで連行することになりました」

「そうですか」私は足をテーブルにのせたままだったので、ゆっくりとそれを下ろした。込山刑事に対してではなく、何故か、彼女たち二人に悪いと思ったのだ。

「石野さんと、お話しになりますか？」込山は私の顔を見て、自分の耳を触る。

「いいえ」私は首をふった。「けっこうです。それとも、彼女が……、私に会いたいと言っているのですか？」

「会いたくない、とおっしゃっています」

「それは、良かった」私は人工的に短く微笑む。

「殺人事件との関連は、今のところわかりません」込山は両手を擦《こす》り合《あ》わせた。「しかし、おそらくは、関係ないでしょうな。これは、私の勘です」

「朝海由季子さんの死因は、はっきりしましたか？」私は灰皿で煙草を消して、別の質問をした。

「わかりません。ショック死だということだけです。他殺か自殺か、それは難しい判断です」

「刑事さんは、まだ、僕が犯人だとお考えですか？」

「それも……、わかりませんね」込山はまた耳に手をやる。「とにかく、今のところ、何もわかりません。まったく、わからんのですよ」

「東京に帰りたいんですが」私は試しにきいてみた。

「ええ、どうぞどうぞ、ご自由に。けっこうですよ」込山は意外にもあっさりと頷き、猫のように微笑んだ。「この事件、たぶん長期戦になりますなあ」

「へえ、そうなんですか」私は他人事のように頷いた。

込山刑事が出ていってから、私は再びテーブルに足をのせて、煙草に火をつけた。

その煙草は、持ってきていた最後の一箱だった。

午後には東京へ帰ろう……。

とにかく、私は疲れた。

## 5

もう一度、事情聴取を受けた。お昼頃だったと思う。

昨日はいなかった若い二人の刑事が、丁寧な物腰で、全員から一人ずつ話を聞いた。今回は、小型のテープ・レコーダが回っていたし、一人の刑事はメモを一所懸命とっていた。てきぱきとした仕事振りで好感が持てた。だんだん、捜査はシステマティックになっているみたいだ。まるで、昨日から比べると、手工業から工場生産に移り変わった歴史のようだった。大勢の作業員たちが今日も車で乗り込んできた。屋敷の外を中心に、現在も何かを調べている様子である。

だが、込山刑事は、私たちには同じ情報を繰り返すばかりだった。

死体の解剖結果からも、どうやら新しい知見は得られなかったらしい。映写室の妹、耶素子嬢は他殺、娯楽室の姉、由季子嬢は麻薬によるショック死、死亡推定時刻も昨日の午前二時から四時、と変更はない。

不審な者の指紋も発見されていない。外部の人間なのか、内部の人間なのか、それもわからない。激しい雨が降っていたためか、足跡や、車の跡なども見つかっていないという。西之園家の別荘にまで、捜査員が何名か出向いているようであった。彼女の家族や親族が何人か別荘にいたからだ。もちろん、意味のありそうな情報は、何もきき出せなかったらしい。

この屋敷に最初からいた四人の女性たちは、全員いなくなってしまった。二人は死んで運び出され、二人は参考人として警察署に連行された。したがって、昼食は、橋爪氏、清太郎君、滝本氏、それに私の男性四人。女性は、西之園嬢だけだった。

テーブルは、静かだ。

さすがの込山刑事も食堂には姿を見せなかった。

橋爪氏は、朝海姉妹の遺体が戻り次第、東京で葬儀を行う、と話した。私は葬儀に出席するつもりはない。もともと、彼女たちと面識があったわけでもないし、そういったセレモニィが元来嫌いだった。けれど、彼女たち二人のために手を合わせようとは思った。いつか、どこかで、私一人だけのときに、合掌《がっしょう》すれば良い。彼女たちのお墓を訪ねても良い、とさえ思った。それが、私のやり方だ。

誰も口をきかなかったのは、たぶん、今頃になって、やっと事件のショックが現れたためであろう。昨日は、極度の緊張から、全員気分が高揚していたのかもしれない。

特に、橋爪氏は大人しかった。彼は下を向いたままで、私や西之園嬢と目を合わせようとはしない。

私は席を立って、黙って食堂から出た。階段を上がろうとしたとき、後ろから西之園嬢に呼び止められた。

「いつ、お帰りになりますか？」彼女は私を見上げてきく。

「もう、すぐにでも、出ようと思っています」私は振り返った。「明日から、仕事に戻らないといけませんので」

「送っていただけますか？　そういうお約束でしたわ」

「ええ、喜んで」私は無表情で答えた。「じゃあ、支度をして、このロビィで……」

彼女は頷いた。

私は階段を上がる。踊り場の例のステンドグラスも、もう見納めだった。このさき、この別荘に招かれることは二度とないだろう。橋爪氏と知り合ったのも、真梨子を通してのことだったからだ。だから、ここに来ることはもうない。階段を上がりながら、私は西之園嬢の視線を背中に感じた。けれど、それも、忘れなくてはならないこと、と既に諦めていた。

部屋で着替えをして、バッグに荷物を無理やり詰め込んだ。プールに落ちたとき濡れてしまった衣服も、バスルームで水を切ってから、ビニル袋に入れて、バッグに押し込む。ネクタイを久しぶりにして、髭も剃り、髪も整えた。

きっと良い思い出になるだろう、という安物のフレーズを思い浮かべて、独りで可笑《おか》しくなった。鏡を見ると、笑っている自分は間が抜けていて、それに、もう若くない。

「お帰りになりますか？」部屋を出ると、込山刑事が片手を壁につき、斜めに立っていた。たぶん、悪い魔女に呪いをかけられ、真っ直ぐに立てない躰になってしまったのだろう。

「ええ、今出れば、明るいうちに東京に着けるかもしれない」

「お気をつけて」

「ありがとう」私は彼から視線を逸らした。

私たちは階段まで並んで歩き、吹き抜けのロビィを見下ろす。一階の玄関には、西之園嬢が既に待っていた。彼女は、私たちの方を見上げて微笑んだ。

「笹木さん、彼女と……、どうするんです？」込山刑事は私の耳もとに顔を近づけて囁く。

私は黙って小さく首をふった。

「西之園さんの名前なら、私、知ってますよ」込山はさらに耳打ちした。「なんなら、こっそりお教えしましょうか？」

「それは、もういいんです」私は小声で答える。「もう、ゲームは終わりました」

私は、一人で階段を下りる。西之園嬢と一緒に玄関を出るとき、込山刑事は階上から軽く頭を下げ、「また、ご連絡いたします」と愛想の良い口調で言った。

それが、込山刑事と交わした最後の言葉だ。

それっきり、私はこの男に会っていない。

私の車は、駐車場の一番奥にあった。警察の人間が数人いる。彼らがじろじろと見ている中、私と西之園嬢は車に乗り込んだ。

「さあて……、どこまでです？」私はエンジンをかけながらきいた。

「まず、私の別荘へ、お願いします。途中ですから、少し寄っていただきたいの」

「へえ、じゃあ、帰られるんですね？」私は少し驚いた。昨日まで絶対帰らない、と頑《かたく》なに主張していた彼女だったからだ。

「ええ」西之園嬢はフロント・ガラスを向いたまま言う。なにか緊張している様子だ。「あの、私の叔母様に会っていただけないでしょうか？」

「誰が？」

「笹木さんです」

「僕が？　どうして、また……」

「あの、笹木さん」

西之園嬢は私の方を向き、真剣な眼差しで私の目を見つめる。膝に両手を揃え、顎を引き、とても姿勢が良い。

「私、実は一つだけ嘘をついていました」彼女はそう言った。

「そうなんですか……。まさか、もう結婚されているって、いうんじゃないでしょうね？」私は笑いながら言う。「いや、失礼失礼……。別に、それでも、僕は全然かまいませんけどね、ああ、そんなの関係ないか……。いやあ、はは……」

しかし、彼女の表情を見て、すぐに笑うのを止めた。

「嘘って、何です？」

「あの、実は、二十二歳……というのは、嘘なんです」

私は吹き出した。

そして、今度こそ大笑いした。

私はそのまま、車をスタートさせる。

なんと、タイミングの良い、素敵な告白だっただろう。

これまでの私の人生で、初対面の女性が自分の歳の計算を間違える、なんて例は無数にあったのだが、こんなに真摯《しんし》な態度で、それを訂正した者は一人としていなかった。

この人は、素晴らしく……スペシャルだ。

6

さて、以上で、橋爪氏の別荘で起こった事件のお話はおしまいである。

このままフェードアウトしても良い。

警察の捜査がその後どうなったのか、その真相はどうであったのか、それを知りたくて、ここまで読んでくれた方には、大変申し訳ないが……。

それを、私は書きたくない。

だから、ここで終わりにしたい。

明らかにするつもりはないのだ。

このままだ。

世の中には、明らかにならない方が良いこと、そのままにしておいた方が幸せなことが、沢山ある。

秋の山を歩いたことがあるだろうか？

綺麗に色づいた落ち葉が、足もとに敷かれた絨毯みたいに、私たちの行く先々を飾っている。その落ち葉の一枚一枚をひっぺがして、その裏側を覗いたところで、何が得られるか？

綺麗なものに理由がないように、私たちを魅惑するすべての存在は、理屈がない。

何故、魅力があるのか。その理由を考えてはならない。

考えた瞬間に、それは逃げてしまう。

ただ、その美しさを感じることができれば、それで良い。

もしも、理由がなければ魅力が味わえない、と主張する人がいて、それこそが人間の性《さが》であると信じているとしたら、たぶん、唯一、オランウータンよりも劣った人類の感性といえるだろう。

理屈がないと価値が認められないほど、私たち人間は愚かではないはず、と私は思っている。

ただ、しかし……。

このあと、何があったのか、ということだけは、記録に留めておこう。もしかしたら、知りたい方もいるだろうし、調べればわかることなのだから、その手間を省くためにも、私の知っている範囲の情報は述べておこう、と思う。

結論からいう。

少なくとも、朝海由季子嬢、あるいは朝海耶素子嬢を殺害した容疑で警察に逮捕された人間は一人もいなかった。すなわち、事件はそのような形では解決しなかったのである。警察がどの時点で捜査を打ち切ったのか、最終的にどんな判断でそれを決断したのか、それは、私にはわからない。しかし、思っていたよりも早い段階で、急速に捜査陣は縮小されたようだった。

世間の人々は、朝海姉妹のことなど、たちまち忘れてしまったことだろう。いや、そもそも初めから、話題になど、ほとんどならなかった。彼女たちは、女優とはいっても、大きくはない劇団の一員に過ぎなかったし、舞台でも脇役を演じる程度のことであった。神奈川で上演されたある舞台では、有名なアイドル女優の代わりに、宙づりなどのスタント役を担当した、と新聞には報道されていた。おそらく、それが彼女たちの最もメジャな仕事だったのだろう。

想像するに、子供の頃から、苦労が絶えない生活ではなかったか。彼女たちの母親は二度も離婚している。最後は（この事件の数ヵ月あとのことであるが）精神病院で亡くなった。朝海姉妹の短い人生は、決して華々しいものではなかった。

だが、もちろん、他人の私が、とやかくいう権利などどこにもない。幸せか、それとも、不幸せか、などと他人の人生を識別することなど、できるはずもない。きっと、楽しいことも、そして、辛いことも、また、彼女たち二人ともに別々の思いが、あったはずだ。それぞれらいで、やめておこう。

石野真梨子は、この事件の三年後に、橋爪怜司氏と結婚した。これは噂に聞いただけの話で、本人たちから直接、私に連絡があったわけではない。私は、この噂を聞いたとき、正直いって最高に嬉しかった。できることなら、お祝いに一部屋を埋め尽くすくらい花を贈りたいところだったが、どうしたって、私の素直な歓びを、彼らには理解してもらえないだろう、という気持ちから、ついに何も贈れなかった。世の中、実にままならないものである。

神谷美鈴嬢は、何度か雑誌のグラビアなどで見かける機会があった。いつでも、彼女は同じプロポーション、同じ無表情だった。躰がプラスティックでできているから、太るはずはない、と私はいつか誰かに冗談を言ったことがある。残念ながら、私は、ファッションとか芸能とか、その手の分野につき合いはなかったので、神谷嬢の魅惑的なハスキィボイスを、二度と聞くことはなかった。

橋爪怜司氏は、その後も大活躍のようであった。これも、私が棲《す》んでいるのとは別の世界で、直接、彼の話を耳にすることは極めて稀《まれ》だった。ひょっとしたら、彼がデザインした洋服を、私の周りの女性たちの誰かが着ていた、などということがあったかもしれないけれど、私がそれに気づくはずはない。それくらい、望みの薄い接点だった。

彼は、再婚して数年後に、海外で亡くなった。急であったが、病死と聞いている。ニュースでそれを知ったとき、当然ながら、真梨子のことを思い出した。彼女は、また自分の船で大海を渡らなくてはならない。私はそう思ったのを覚えている。

橋爪清太郎君にも、その後会っていない。たぶん、立派な医者になっていることだろう。

最後に、滝本氏である。彼には、その後も、何度か会うことになる。結局、この老人が、私には一番相性が良かった。

以上である。

これで、お話は、すべて終わり。

本当に、おしまいだ。

尻切れトンボ？

そう、そのとおり。

考えてみてほしい。

尻切れトンボではない人生なんて、あるだろうか。

終わりなどというものは、誰かが勝手に終わりだと決めたときが、そうであって、それ以外に区切りなどない。

このお話は、これで終わりなのだ。

でも……。

どうして、こんな話を長々としてきたのか？

それくらい、最後に語っておこう。

それは……、そう……。

私の人生の中で、この事件のあった夏の一日が、まさに特異点であったからにほかならない。

私は、それまで、一気に上り詰めようとしていた。

(いったい何に?)

そんな私にとって、この数十時間は、一息入れるスイッチ・バックだった。

そう……。

気が利いている。

スイッチ・バック……。

私は、ここで、一度後退した。

バックしたのだ。

だから……、

恋をした。

年甲斐もなく、

若造みたいに。

そして……、

それからというもの……、

再び……、
私は、さらに急な坂道を上り続けている。
遮二無二……、
上っているのだ。
私の通った道は、いつか朽ち果てる。
あの廃線跡のように、自然に還るだろう。
私が戻ることは、もうない。
戻れない。
たぶん、死ぬまでに、二度と……、
こんな機会はない。
だから、書いた。
理由は、他にない。

# なくてもいい幕間

黒々と炉の板金、幾つもの砂浜に、それぞれまことの太陽が昇り、ああ、そここここに幻術の穴。と、思えば曙の眺めが唯一つ。

(Les Illuminations / J.N.A.Rimbaud)

犀川は二階のベランダで本を読んでいる。休暇だというのに、ちゃんと本を持ってきたのだ。萌絵が盗み見たそのタイトルは「都市の再生」、もちろん横書きだった。きっと、彼にしてみれば、それでも娯楽側なのだろう、と彼女は思う。

萌絵はいつも、本をベッドの上で読む。ミステリィなどは、毛布をかぶって読むことが多い。何故だか、小さな頃からそうしている。毛布のスリルに関しては、まだ誰にも話したことがない。犀川は、自宅ではどこで本を読んでいるのだろう。毛布をかぶるのだろうか。

以前、犀川が面白い話をしていたのを思い出す。

人間には目が二つあるのだから、本を読むときには、片方ずつ休ませて、片目だけを使えば、連続して何時間も本が読める、と彼は言った。あれは冗談だったのだろうか。他の人から聞けば間違いなく冗談だが、犀川に限っては、難しいところである。彼なら、やりかねない。実際に訓練している可能性だってある。犀川がその技を使っているところが、簡単に想像できる。そのまま修行を積めば、ひょっとしたら、両眼で、別々の本を二冊同時に読めるようになるのでは、などと想像してしまう。

萌絵自身、右手でも左手でも文字が書けたので、少し練習して、同時に違う文字を書こうとしたことがあった。それは、特に難しくなかった。左手と右手を制御している頭脳を、短い周期で切り換えれば良いだけだ。つまり、タイム・シェアである。だから、視覚だって、訓練しだいで可能かもしれない。どうして、誰もチャレンジしないのだろう。

犀川に、そのことを質問してみようか、と萌絵は考えたが、彼があまりにも読書に集中している様子だったので、しかたなく諦めた。

なるほど、自分はずいぶん人に気を遣うようになった、と彼女は思った。もともとは、そういうことを一切しない人格だった。気を遣っている、と意識すること自体、彼女らしくない。

萌絵は、立ち上がって、キッチンへ向かった。

キッチンでは、諏訪野が忙しそうに動いていた。彼は、昨日から別荘にやってきている。

今日の夕方には、睦子《むつこ》叔母夫婦とその友人数名、それに明日には捷輔《しょうすけ》叔父夫婦、それに従兄弟たちも何人か来ることになっていた。それに備えて、諏訪野は洋ナシを使ったお菓子を焼いているのだ。

「ここのオーブンは火力が弱くて、どうも、いけません」諏訪野が珍しく難しい顔をして呟いた。

「あら、弱気じゃない」

「いえ……。失言でございました」彼は微笑んだ。

「そうよ。その調子でがんがん行って」萌絵は、食器棚からグラスを出しながら言う。

「がんがん、でございますか……。あ、お嬢様、お飲みものでしょうか？　お待ち下さい。諏訪野がいたします」彼はそう言って、テーブルを回って萌絵の方にやってきた。

「これくらい、私がします」冷蔵庫を開けて、彼女は氷を出す。

「あ、お手を、お気をつけ下さい……。冷とうございますよ」

「わかっています、それくらい」萌絵は微笑んだ。「あのね、諏訪野。私、幼稚園児じゃないのよ」

しかし、結局、諏訪野にすべて取り上げられて、萌絵は後ろに下がった。

「犀川先生とテニスなど、なさってはいかがでしょうか？」グラスに氷を入れながら、楽しそうな表情で諏訪野が言う。

「絶望だわ、そんなの」萌絵は首をふって、口を斜めにした。「それに、きっと……、先生は、諏訪野より下手だと思う」

諏訪野は、トレィの上に氷の入ったグラスと、栓を抜いたコーラを並べ終わった。彼は、それに満足して、オーブンへ戻っていく。

「さっきね……、犀川先生と一緒に、お隣の滝本さんに会ってきたの」コーラをグラスに注ぎ入れながら萌絵は言う。「とてもお元気そうでした」

「私と同じ歳だったかと記憶しております」

「ふうん、そう……。見えないわね」

「何がでございますか？」

「いえ、何でもない、良いの」萌絵は微笑み、トレィを持ってキッチンを出た。

慎重に階段を上がり、吹き抜けのリビングのデッキを渡る。ベランダに出るドアは一枚ガラスで、水平に手摺のような取手が付いている。彼女が躰でドアを押して出ていくと、犀川は相変わらず、大きなパラソルの下で、ロダンの彫刻みたいに固まった表情のまま本を読んでいた。

彼女はトレィを椅子にのせ、犀川の前のテーブルに、グラスを置いた。

「あ、ありがとう」彼はそう言うと、本から目を離して、遠くの眩しさに束の間、目を細める。

「ご機嫌いかがですか、先生」

「空気が良いね、ここは」

「ねえ、あとで散歩に出かけませんか?」

自分のグラスもテーブルに置いてから、萌絵は椅子に座った。折り畳み式の椅子で、テーブルと同様に、かなり腰が低い。

「そうだね……」犀川は煙草をポケットから取り出しながら、ようやく返事をした。萌絵がきいてから、十秒は経っている。ここの空気は音の伝播速度がずいぶん遅いようだ。彼の視線は、また膝の上の本に向いていた。

「まだ、読むところがあるんですか?」

「本のこと?」犀川は下を向いたまま答えた。「いや……、あまり面白くない内容だ。非常に退屈している」

「それじゃあ、読まなければ良いのに」

「うん、そう思いながら、読んでいるところだよ」

「お話をしても、良いですか?」

「もうしている」犀川は顔を上げて、萌絵を見た。「何?」

「私が何時間もかけて先生にお話しした事件のことです」

「ああ、そうか……。あれか……」犀川は片手に持っていた煙草にやっと火をつける。そして、目を細めてそれを深々と吸った。「でも、西之園君だって、もうわかっているんだろう?」

「ええ、それは、そうです」萌絵は頷く。

　確かに、自分なりの解釈は持っていた。しかし、正解かどうか、確かめようがない。だからこそ、意を決して、犀川に話したのである。

「それなら、議論したってしかたがないよ」犀川は素っ気なく言う。そよ風が煙草の煙を消していく。

「誰も、何も言ってくれないんですもの。叔父様も、それに叔母様も」萌絵はグラスの氷を鳴らす。「先生だけが頼りなんですから」

　犀川は無表情で萌絵を見つめる。今の彼は機嫌が良さそうだった。彼女にはそれが確実にわかる。

「僕が……、頼り?」彼は面白そうな口調でき き返した。

「私、確かめたいだけなんです。別にそれが、その、真相とか、事実じゃなくてもかまいません」

「世界中の科学者が、それとまったく同じ動機で、コンピュータを使っているよ。ひたすら計算して、ひたすら確かめるんだ。真相も事実も、もっと遠くにあることを知っているのに」

「でも、科学者には仲間がいます。自分一人だけっていうのは、いくらなんでも落ち着かないでしょう？　そういうことって……、犀川先生には、ありませんか？」疑問形で表現してはみたものの、犀川にはそんなことはないだろう、と萌絵は感じた。

「そうかな……。自分一人だけ、といえば……、僕なんかは、そんなのばかりだからなあ。思いついたことの、ほとんどが、真偽を確かめようがない。むしろ、そちらの方がノーマルだといっても良いくらいだね。だけど、それで落ち着かなくなるなんてことは……、ないね。世の中は、最初から複雑なんだし、人間は最初から一人だ」

「だって、先生は論文を書けば、世界中の研究者がそれを読むことになるのでしょう？　それで、満たされている、ということにはなりませんか？」

「満たされるって、僕が？」犀川はくすくすと笑った。「いや、満たされたことなんて金輪《こんりん》際《ざい》ないね。研究をして、満たされたことなんて一度もないよ。どちらかといえば、どんどん空っぽに近づいていく方向だ」

「そのわりには……」

「え？」

「いいえ」萌絵は首をふった。

そのわりには、悠然としているではないか、と言いたかった。彼女から見た犀川は、明らかに満足そうに見える。毎日の生活に不足なく生きている。絶対に、そう見える。

そうでないのなら、どうして自分のことを、もう少しくらい見てくれないのかしら、と萌絵は少し腹立たしかった。少し、である。いや、僅《わず》か、かもしれない。

自分の理屈の飛躍にも一瞬で気がついて、顔が熱くなる。

溜息が出た。

おそらく、犀川の場合、満足できない状況に満足している、のだろう。矛盾をそっくり格納する詭弁《きべん》は、それくらいしか考えつかない。

何の話をしていたのか……？

「僕が論文を書いて、何人かの人間がそれを読む、と言ったけど……」犀川は片手に煙草を持ち、淡々と話した。「その中で、いったいどれだけの人が完全に理解してくれるだろう？さらに、そこから新たな理論体系を構築して、僕と同等の立場でディスカッションできるところまで足を踏み入れる人が……、一人でもいるかな？　これは、もう未知との遭遇と同じレベルの確率になる。UFO並みのね」犀川はコーラを飲んだ。「同じ対象を、同じ角度から捉え、同じ手法を用いて取り組んでいる人間が、いつか、世界のどこかで、僕の論文を読むかもしれない。だけど、その人間の存在を僕が知ることになるのは、はたして、いつかな？」

「また、お話が難しくなったわ」萌絵は口を尖らせ、肩を竦める。

「難しいのが嫌いなの？」

「大好きです」彼女は微笑んだ。

「うん……」犀川は表情を変えずに頷く。「その事件は、たぶん解決していたんだと思う。解決、の定義にもよるけどね。この場合、本質としての謎を、誰かが現象的には正しく認識した、という解決だよ。ただし、それが表面的には現れなかっただけだ。けれど、それで充分だった。よくあることだと思う。元来、理屈ってやつは、そもそも表面に出たがらない本質を持っている。この、理屈が顕在化したがらない、という理屈自体は、多くの場合、経験的、歴史的な観察から生まれたもので、つまり理屈はないんだよ。いや、実は、その理屈も、実体は隠れているのか、それとも、理屈の定義が、そもそもその隠遁《いんとん》にあるのか。そう、たとえばね。真理という言葉は、必ず、内向的なイメージを伴う。ベクトルは中心、すなわち一番内部を向いている。それは、常に、深く、と形容されるだろう？　深く隠れていなくちゃいけないんだ。何故か表面には、真理は決して存在しない」

「哲学的なお話ですね。先生、何のお話でしたっけ？」萌絵は微笑みながら言う。

「文学的にいえば、人間は機械じゃない、ってとこかな。もっと崇高な存在なんだけど、最適化はまだされていない。あるいは、一方では、もっと卑劣な存在なのに、まったく空隙だらけでポーラスな構造を見せている。だけど、どういうわけか、なかなかの仕事をして、目を見張る資産を残すわけだ。それを支えているのは、人間の個体数、つまり人数だ。しかし、間違えちゃいけない。大勢の人間の協力が必要だ、なんて馬鹿な意味じゃないからね。

子供にはみんな、力を合わせることが大切だ、なんて幻想を教えているようだけど、歴史的な偉業は、すべて個人の仕事だし、そのほとんどは、協力ではなく、争いから生まれている。いいかい、重要な点は……、ただ……、人は、自分以外の多数の他人を意識しないと、個人とはなりえない、個人を作りえない、ということなんだ。まあ、専門的にいえば、要素、つまりエレメントというんだけどね。西之園君、話が逸れているな、と君は思っているかい？」

「いいえ、先生」萌絵は微笑んで首をふった。「あ、でも、ほんの少しだけ……」

「その事件の場合も……、最も洗練された解決がなされた、と僕は思う。それは、最適という意味ではないけどね」

「どう違うんですか？　洗練と最適は」

「最適でないものを許すことが洗練だ」

「はい」萌絵は嬉しくなって頷いた。「それは、私もそう思いました」

「たぶん、数日のうちに、何人かの人たちが、気がついたはずだ」

「ええ……」萌絵はまた頷く。

「僕が得た情報は、すべて君からの伝聞だから、もちろん、これが真相かどうかなんて判断するつもりは全然ない。だけど、君がどう思っているのかは自明だった。西之園君は、僕に説明するとき、既に自分の仮説を想定していた。だから、自然に、その仮説しか残っていないところへ導くように、僕に話した」

「ええ……、そうだったかもしれません」

「したがって、僕が行き着いた結論は、つまり、君の結論と同じ。当たり前のことだね」

「あ、同じことが、私の場合にもいえるわけですね？」犀川の言っている意味が萌絵にはわかった。「そうか……、私だって……」

「そのとおり。それを継承という。継承による推論は、地球上では、人間だけが手に入れた、とても優れた思考パターンのうちの一つだ」犀川は片手に持った煙草を指先でくるくると回す。「ようするに、すべての情報はその発信母体の呪縛から逃れられない。必ず信号を発する頭脳の思考プロセスによって制限されている。それは簡単に表現すれば、言葉を話すのに時間がかかり、それを認識するのにも時間がかかるからだ、といっても良い。たとえば、現象は並列でも、言葉は直列に並ぶ。その並び換えのプロセスに、発信母体の意図が介在するだろう。そこに制限された境界条件が必ず入り込む。もちろん、言葉と現象の多元対応が、曖昧さを作り、シンボルの選択には、受信側の意思も侵入することになるけれど、これが、発信側の張った網を超越することは極めて稀だ。つまり、この特性を利用することによって、継承による推論が生まれたともいえる」

「だいぶ、わかってきました」萌絵は微笑んだ。「あの、ほんのちょっとだけ……ですけど」

「では、もう一つ、例を挙げよう。西之園君は、僕に対してコミュニケーションを求めているようだけど……」

「コミュニケーションだけじゃありません」

「しかしね、そもそも思考そのものが、コミュニケーションの産物なんだよ」犀川は萌絵の言葉を無視して続ける。「つまりは、伝達するために思考する、といっても良い。伝達する、ゆえに我あり、ってこと。伝達することを想定しない思考、というものは、たぶん、ありえない」

「伝達できない思考なら、あるんじゃないですか?」

「ある」犀川は頷いた。「しかし、その場合でも、伝達を期待してはいるんだ。違うかな? いつか現れる受け手、つまり、未来の理解者を想定するか、あるいは、自分の中に、その人格を将来的に創造するか」

「うーん」萌絵は唸る。「芸術なんかも、そうかしら?」

「そうだ」犀川は頷く。「同じだと思う」

「なのに……」萌絵はグラスを置いて、肩を竦《すく》めた。話を戻そうと思った。「どうして、誰も言わなかったのかしら?」

「そう……、そこだね」犀川は煙草を灰皿で消しながら答える。「それを解釈するには、こう言うしかないね」

犀川はそこでしばらく黙った。

萌絵は、彼の顔を見たまま、待つ。

だが、彼はそのまま何も言わなかった。

「え？　何です？　先生。また、さっきの新種のジョークですか？」

「違うよ。いいかい、デジタル信号がオンとオフ、つまり、1と0で表現されているように、何も言わないことも、伝達なんだ。信号を送らないことで、意味をなす……。つまり、伝達する」

「じゃあ、黙っていても、それで伝わった？」

「現に、僕らには伝わった」犀川は少し微笑む。

「先生がいつもおっしゃってる、言葉にしなくてはわからない。気持ちなんて態度だけでは伝わらないものだ、っていうのと、それ、矛盾しています」

「僕の言ってることなんて矛盾だらけだよ」

「ずるいわ、そんなの」

「そう、僕はね、なかなかずるい。矛盾を含まないものは、無だけだ。矛盾を含んで洗練される。ちょうど、微量の炭素を含んで鉄が強くなるみたいにね」

「あの……、それって、もしかして、開き直りっていうんじゃ……」

「そのとおり」犀川は真面目な顔で頷く。

「先生……、ご機嫌ですね」萌絵は微笑んだ。

い。

車の音が聞こえてきた。誰か到着したようだが、ベランダからは、北側の駐車場は見えない。

「悪くないね」

「あ、きっと叔母様だわ。ずいぶん早いけど」萌絵は立ち上がる。聞き覚えのあるエンジン音だったのだ。「そうだぁ！　面白いことを思いついちゃいました。ねえねえ、先生、ちょっと悪戯しましょう」

「悪戯？」犀川は眉を顰《ひそ》める。

「ね、いいでしょう？　一生のお願い！」萌絵は、犀川のところへ近寄って、両手を合わせた。「ね、ね、先生は、何もしなくて良いから……」

「何もしないのに、お願い、というのは……、意味がわからないけど……」

「叔母様が何て言うか、予言しましょうか？　まあ、なんてこと、真っ昼間から……」高い声で彼女は言った。

無表情ながら、呆気にとられている犀川の膝の上に、萌絵は腰掛け、彼の首に両手を回して抱きついた。

「あ、あのさ……」犀川は身をこわばらせて、囁く。「西之園君、あの……、これは、ちょっと……、面白いとは、思えないけどなあ」

「お願い、黙ってて」萌絵は、犀川のすぐ目の前で片目を瞑《つむ》った。

背後でドアの開く音。

「まあ!」睦子叔母の高い声である。「まあまあ、なんてことでしょう! 真っ昼間から……。萌絵! 貴女! ああ、どうしましょう!」

「あら……、叔母様、こんにちは。早かったですね」萌絵は、犀川の膝からゆっくりと立ち上がって、おっとりとした口調で言った。「あ、それ、とっても素敵なお洋服ですわ」

「萌絵! ごまかさないで……。まったく……、貴女ときたら、いつから、そんな……、破《は》廉恥《れんち》な真似をするようになったんです。無作法にもほどがあります! ああ、本当に……。なんて子なの?」

「こんにちは」犀川は微笑んで頭を下げる。「あ、あの……」

「犀川先生! 先生も先生ですわ」睦子叔母は、高い声でまくし立てる。「そりゃ、若いってことは、そういう恥ずかしさが、わからないことかもしれません。それはそれで……、けっこうなんですよ。やりたいように、していれば、それはそれで、そう、自由ですわ。でも……、社会には、思いやりというものが必要なんじゃありませんか? 萌絵! 貴女、私の車の音が聞こえませんでしたか? 私に対するマナーというものがあるんじゃありませんか? どうなの!」

「叔母様、ちゃんと聞こえましたわ」萌絵は両手を広げて言った。「ごめんなさい。これは、わざとだったんです。ジョークです」

「え？　まあ……」睦子叔母はまた声を上げる。「わざと？」

「ええ……、悪戯なんです」萌絵は肩を竦める。

「まあ、なんてこと……」

「ごめんなさい。あまり、お怒りになると、血圧が上がります。どうか……」

「なんて子でしょう……。貴女が上げたんじゃありませんか。なんですか、その口のきき方は……。まったく……、お兄様が生きていらっしゃったら、何ておっしゃったかしら？」

「お父様なら、慌てて、ドアを閉められたわ」萌絵が囁いた。

「ふん」睦子叔母は鼻息をもらしたが、すぐ微笑んだ。「まったく。どうしようもないとは、このことだわ。だいたい、何です？　わざとですって？　完全にそれ、子供の考えるパターンじゃないの。もっとも……、貴女、そんなことでもしないかぎり、犀川先生に抱きつけるチャンスがないってわけかしら？　ああ、余計に心配になってきちゃったわ。二十三歳にもなって……、ほら、背筋に鳥肌が立ったもの。触ってみる？」

「あの、叔母様！」萌絵は腰に手を当てて大きな声を出す。

「ほうら、そうやってね、策を弄《ろう》するうちに、歳をとるのよ」

「まだ、二十二です」

「いいわ……、許しますから、私の目の前で、抱き合ってごらんなさいな」

「ほっといて下さい！」

「ええ、ええ……。ほっときましょうね」睦子叔母は勝ち誇ったように微笑む。それから、犀川に近づいて囁いた。「先生……、ごゆっくり、どうぞ」

「はあ……」犀川はやっと口がきける。

萌絵は溜息をついてから、開いたままのドアの中を覗いた。

「あれ……、叔父様は？」

「ええ、あの人なら、荷物を運んでますよ。ああ……、良いお天気で素晴らしいわね。日頃の行いが抜群ですからね、その証拠ってわけかしら。犀川先生は、ご機嫌はいかがです？」

「ええ、悪くありません」犀川はまだ膝にあった本に手をのせる。「読書にもってこいです」

「少しは、この馬鹿娘につき合ってやって下さいね。本当、お願いします。このとおりの、子供ですから」

「ええ、つき合いました」

「まあ……、ええ、ごめんなさいね。私としたことが、若干ですけど、言い過ぎましたわ。そうね、あのくらいで、カッとなるなんて、もしかして、嫉妬かしら？」そう言って、睦子叔母はくすくすと笑いだす。

「叔父様、こんにちは」萌絵は戸口で叫ぶ。

「ああ、萌絵ちゃん」白髪の紳士がベランダに出てきた。「犀川先生も、ようこそ」

「この人の休みがとれたなんて、何ヵ月ぶりかしら」睦子叔母は叔父に飛びついて、キスをした。

見せつけているのは、悪戯に対する報復だ、と萌絵は思う。彼女は微笑みながら、犀川と眼差しを交わした。

# 最終幕

科学の幻術の色々な事件や、社会友愛の様々な運動が、原始の率直を歩一歩取り戻す事に比べて、果して慕わしいものであるか……

**(Les Illuminations / J.N.A.Rimbaud)**

## 1

私の車は、西之園家の別荘の駐車場で停まった。ここまで来る間、私も西之園嬢も一言も口をきかなかった。それは、カーブの多い道で運転に集中していたためでも、また、ときおり見える青い連峰に見とれていたわけでもない。

私は酷く落ち着かなかった。

このまま、彼女を車から降ろして、走り去ろう、という気持ちがまだ大半だったのだ。彼女と話したり、彼女の顔を間近に見れば、きっとその決断が揺らぐ。そう思ったから、私は前方を見たまま、黙っていた。

エンジンはアイドリングを続けている。

「笹木さん?」西之園嬢が運転席の私に言った。「どうなさったの?」

「ここで、別れましょう」私はハンドルに両手をのせている。

「え? どういうことです?」

「明日から、僕はまた仕事です。早めに東京に帰りたい」

彼女は黙っていた。

私は、誘惑に屈して、彼女の方を見る。

西之園嬢は、私の視線を確認したあと、ドアを開けて助手席から外に出た。彼女は、車の横に立った。表情は見えなくなった。

無責任な男だ、と自分のことを罵《ののし》った。

だが、しかたがない。

私はどちらかといえば、無責任な人間なのだ。

そう思われても、誤解ではない。

時間が止まっているような悪魔的な沈黙が、しばらく続く。エンジンのアイドリングに、ときどきファンモータの音が加わった。不思議なことに、この僅《わず》かな時間に、私は、二日間のすべてを思い浮かべることができた。

そうか……、
そうだったのか。

けれど、それも、
もう……、
もう、終わったのだ。

突然、西之園嬢の顔が接近する。彼女は、再び助手席に乗り込み、ドアを閉めたのである。

「あの、それでしたら……、私も、東京まで行きます」

「は？」私は驚いて、彼女を見つめた。

「東京まで連れていって下さい」

「え？」

「笹木さん、東京に行かれるのでしょう？」

「連れていくって……、貴女を？」

「他に、誰がいますか？」

西之園嬢は、にっこりと微笑んだ。

まさか、私との例の賭けで……？

あの勝敗を、彼女は本気にしているのだろうか。

　このとき、私はその思いつきで戦慄《せんりつ》した。

　躰が一瞬で熱くなり、同時に、自分が企んだ賭けに関する反則的行為を、どう処理したら良いものか悩んだ。

　慌てて、思いを巡らせる。

　彼女の名前を、私は知っていたのだ。

　諏訪野氏が電話で話しているのを偶然、聞いてしまった。だから、これは最初から、賭けでもなんでもなかった。

　いわば、私は彼女を騙《だま》したのだ。

　軽い悪戯だった。

　そんな遊びを本気にするなんて……。

　尋常ではない。

　しかし……。

　この令嬢がどんな教育を受けたのか知らないが、いくらなんでも、そこまで律儀にならなくても……。

　それとも……。

　いや、私の思い違いだろう。

　けれど、私が卑怯な真似をしたことだけは、伝える必要がある。

「あの……、僕は……」

私がその説明をしようとしたときだ。

玄関のドアが開き、諏訪野氏が飛び出してきた。

「お嬢様！　お戻りになられましたか……」諏訪野氏は、運転席の私に頭を下げた。「笹木様、どうもありがとうございます。お疲れでございましょう。さあ、中へどうぞ……、お上がりになって下さい」

西之園嬢の顔を見ると、彼女はふっと小さな息をついてから微笑んだ。その笑顔で、どんなに私は救われただろう。

私たちは車から降りた。

諏訪野氏に招かれるまま、私は西之園家の屋敷に入った。

この辺りから、私の記憶は曖昧《あいまい》になる。

ぼうっとしていたのだ。

もう、なるようになれ、というくらいにしか、考えなかったのだろう。

確か、通路の途中で、彼女は着替えてくると言い残して、消えてしまった。

私が通された部屋は、大広間のようなところだった。

少しだけ、周辺を観察する余裕が私に戻った。

西之園家の別荘は、木造の洒落《しゃれ》た建築物である。広間の天井は高く、吹き抜けのため、二階の通路の手摺越しに、幾つかのドアが見えた。太い梁《はり》が、部屋の上方で幾重にも交差している。そこから、長い鎖で吊るされたランプには、トンボをかたどったステンドグラスのシェード。私のすぐ横には、上品なゴブランで覆われた木製のベンチ。その向こうには、煉瓦造りの暖炉。その上に、写真が整然と並んでいて、その半数は、西之園嬢の笑顔だった。大きな窓の外には、緩やかに傾斜する芝生が明るく輝き、子供のおもちゃが近くに幾つか落ちている。犬の鳴き声と子供たちの歓声が小さく聞こえた。

諏訪野氏がアイスコーヒーを持って現れる。

「どうぞ、お掛けになって下さい」彼は一礼して言った。

私は部屋の真ん中に突っ立っていたのだ。座る場所は幾つもあったので、どこに座って良いものか迷った。

いったい今から何が始まるのだろう、という不安が、椅子に腰掛けるとき、私の躰を固くした。

「あの……。彼女のご両親は亡くなられているんですよね？」私は部屋を出ていこうとした諏訪野氏に尋ねた。

「あ、ええ……」諏訪野氏は答える。「お嬢様の、叔父上様と叔母上様がただ今、おみえになります。しばらく、お待ち下さい」

喧嘩をしたという彼女の叔母だ。

何を話したら良いのだろう。

こういったことは、苦手だ。

もちろん、このときの私は、西之園家の家柄についても何も知らなかった。

アイスコーヒーを少しだけ飲んだが、喉を通らない感じである。

音がしたので振り向くと、窓のすぐ外に、犬が走ってきた。種類はわからないが、毛並みの良い茶色の猟犬ふうの中型犬で、精悍な顔つきだった。犬はポーチのガラスドア越しに室内の私を睨んだが、吠えなかった。

しばらくすると、十歳くらいの少年が二人、それに、さらに小さな女の子が遅れて駆け寄ってきた。彼らは、犬を押しのけて、ポーチから私を見ている。まるで、動物園で檻の中の猛獣でも眺めているような、そんな表情だった。

二人の少年たちは半ズボンをサスペンダで吊っていて、白いソックスを穿いている。少女は真っ赤なワンピースで、色白の顔立ちは、西之園嬢にそっくりだ。

私は微笑んで、片手を挙げて応えた。

子供たちは、少し遅れて三人ともにっこりと笑った。

階段を下りてくる足音。

私は姿勢を正した。

最初に、背の高い紳士が部屋に入ってくる。続いて、ご婦人が一人。どちらも私よりは年配であるが、いかにも上品な物腰で、きりっとした視線を私に注いでいる。

　私は震え上がるようにして、慌てて立ち上がった。

　最後に西之園嬢がドアから入ってくる。ふわりと膨らんだ長いスカートに細かい折り目が幾重《いくえ》にもついている。相変わらず色は真っ白だった。

　だが、私はそれどころではない。

　彼女の美しさを堪能《たんのう》する余裕など既に消失している。

「笹木さんです」西之園嬢は私を紹介した。私は頭を下げる。「私の叔父様、それに叔母様です」

「西之園です。姪が、ずいぶんお世話になったようで、お礼を申し上げます」紳士は、私に片手を伸ばす。私は一歩前に出て、握手に応じた。

「さあ、どうぞ、お掛けになって下さい」西之園氏はそう言って、私に軽く微笑んだ。

　私たち四人は腰掛け、いつの間にか、諏訪野氏が、全員の飲みものをテーブルに並べていた。私の前にも、新しいグラスが置かれる。まだ、アイスコーヒーが残っていたのに交換されてしまった。

「東京にお住まいだそうですね?」西之園氏がきく。

「はい」

「失礼ですが、お仕事は?」その質問をしたのは、叔母君の方だ。メガネをかけた理知的な感じの女性だった。

「公務員です」

「どちらに?」

「通産省です」私は答える。

それからというもの、私は猛攻ともいえる質問攻めに遭い、無我夢中で防戦した。これではまるで、口頭試問である。私の家族のこと、学生時代のこと、仕事の内容、趣味、血液型、星座、エトセトラ、エトセトラ。

どちらかというと、叔母君から質問の方が多かった。彼女は、一度だけ立ち上がり、ポーチから室内を覗いていた三人の子供たちと犬のところへ行き、「あちらで遊んでいらっしゃい」と優しい声で言った。

途中で、諏訪野氏がケーキを運んできた。私は、実は甘いものが苦手中の苦手だったのであるが、煙草を吸うわけにもいかず、間がもたないので、我慢してそれを食べた。味などしないから、同じことだ。

このときには、もう、二、三割ほど、私の自我は崩壊していたのではないだろうか。少なくとも、西之園家の戦略で、私の外堀はすっかり埋められていたことだろう。

「私たち結婚することになりましたの」

西之園嬢がそう言った。

なんだ、やっぱりそうだったのか、と私は思った。

そう、きっと、親族の決めた縁談に、ちょっとだけ抵抗してみたかった二日間の逃避行……というわけだった。もちろん、残念ではあったけれど、何故か私は冷静で、ぼんやりと彼女の言葉を受け止めた。

微笑ましい……。

可愛らしいではないか……。

私としても、この二日間、実に楽しかった。

だから、文句はいえない。

ここは紳士らしく、微笑んでいよう。

ところが、西之園嬢はすっと立ち上がり、私の隣へやってくる。彼女は、私のすぐ横に座った。実はこのとき、彼女のスカートが私の膝にかかり、その細かい折り目模様が見えたのである。

さっと私の手を握り、彼女は、こう言った。

「叔父様、叔母様……、よろしいですね？　私、笹木さんと結婚します」

アーメン……。

## 2

心臓が、たぶん一度、止まった、と思う。

無理をして食べていたケーキが喉に詰まり、呼吸も止まった。

私の人生で、この一瞬が最大の危機、肉体的に最も危険な状態だったことは断言できる。

私は咳込み、目の前が真っ白になった。

オーバではない。

これでも限りなく控え目な表現なのだ。

「大丈夫ですか?」

「笹木さん?」

西之園嬢が私の背中をさすっているのに気がついたときには、とにかく、生き返った、と感じたくらいだった。

続いて、頭に血が上り、顔面からは汗が吹き出し、呼吸も脈拍も最大振幅で乱れ、あらゆる苦しみが容赦なく私を襲った。躰中が、痛く、そして痒《かゆ》く、そして熱い。大騒動である。

西之園氏が二、三、何かを言ったようだったが、まるで聞き取れない。叔母君も早口でしゃべったが、理解できない。隣の西之園嬢は、私の手を強く握ったままで、私の脈をとっている看護婦のようだった。彼女が握っている私の手は、蒟蒻《こんにゃく》みたいにだらしなく変形していたことだろう。

タイム・スリップしていた私の意識が僅かずつ戻ってきたのは、しばらく経ってからのことである。ゴールした直後のF１レーサみたいに、私はトリップ状態だったし、宇宙から生還した宇宙飛行士みたいに、重力を感じ、同時に、自重で縮んでしまいそうだった。

その頃には、西之園家の面々はにこやかに和《なご》み、どうやら直接私とは関係のない話題に移っていた。この家族は異星人ではないか、とさえ思った。地球人の私をからかって喜んでいるのではないか。

西之園氏は、私に一泊していくように勧めた。職場には電話を入れれば良い、などと世話をやく。叔母君は、十代の少女のような口調で、ディナのメニューの話を始めた。西之園嬢は、私の隣に姿勢良く座っていて、彼女の髪の香が私を捉えている。

私は、何を話して良いのかわからず、黙ったまま。

もう何もかも、時機を逸していた。

どういうことだろう？

これは現実なのか……。

もちろん、現実なら、嬉しい。

西之園嬢と結婚することに、私は異論などない。

何の異論があるというのだ。

もともと、自分から言い出したことでもある。

たとえ、ゲームだったとしても。

しかし、それで良かったのだろうか？

本当に良かったのか？

たぶん、私は良かった。

けれど、彼女は……？

西之園嬢に手を引かれ、私は、ポーチから庭に出た。

屋外の空気が、私の躰にゆっくりと吸収され、麻痺していた聴覚、視覚、嗅覚がやっと蘇《よみがえ》った。というよりも、今まで麻痺していたことに、ようやく気づいたのである。

「あちらに、少し歩きませんか？」西之園嬢は、庭を指さして言う。

彼女のもう片方の手は、私の右手をまだ握っていた。

私は振り向いて、部屋の中の二人を見る。

「散歩には、もってこいの天気だよ」西之園氏が微笑んでそう言った。

夢のような場面だ。

私は彼らに一礼して、西之園嬢と二人で、ポーチから階段を下り、そこから延びる緩やかな下り坂の小径をゆっくりと進んだ。

　これは、何かの冗談だろう。

　あるいは、罠ではないか。

　しかし、そんな疑いは、しだいに影を潜め、私は落ち着くにつれて、巨大な歓喜を少しずつ小出しにして、実感した。

　私は、幸せかもしれない。

　いや、間違いなく、幸せだろう。

　しかし……、彼女は？

「あの、西之園さん」私は、庭先で立ち止まった。

　煙草に火をつける。

「何でしょう？」彼女はうっとりとした表情で、私を見上げる。素晴らしい笑顔だった。

　ひょっとしたら、彼女も幸せなのか、と感じる。

「僕は……、嘘をついていました。一つだけ嘘をついていたんです。それを、君に、今、言わなくちゃいけないと思う」

「まさか、奥様がいらっしゃるなんて、おっしゃるんじゃありませんよね？」

「いいえ、それは大丈夫」

「それでしたら、嘘なんかいくつついても、同じよ」

「僕は、実は、君の名前を……、知っていたんです。あの、だから、例の賭けは、最初から全然フェアじゃなかった。僕は、うまく立ち回って、君を騙したんだ。だから、西之園さんが、その……、ひょっとして、万が一、あの賭けのせいで、僕のプロポーズを受け入れてくれたんだとしたら……、それは僕の責任で、その……、ですから、今ここで反古《ほご》にしてもらっても、文句は言えない。その覚悟はもちろん、できています」

「あんな賭けのせいで、私が貴方を？」西之園嬢は目を大きく開き、高い声で言った。「そんなことで……、私が貴方を選んだと、おっしゃるの？」

「違う……のですか？」

西之園嬢は笑いだした。

彼女は、「可笑しい、可笑しい」と繰り返し叫びながら、大笑いする。

いつまでも笑っているので、私は、彼女を抱き寄せる。

西之園嬢は笑うのを止める。

私は彼女に、キスをした。

天使と悪魔の中間にあるものを、手に入れる。

ずっと……、

私たちはずっとそうしていた。

二人の足に何かが当たるまで、そうしていた。

ようやく、私たちは離れる。

下を見ると、サッカーボールが転がっていた。どうやら、私たちの合意による最初の神聖な行為を邪魔したのは、悪魔でも天使でもない、そのサッカーボールだったようだ。

「おじさん！　それ、こっちに蹴《け》って」少年の声がする。

少し離れたところで、二人の少年が両手を挙げていた。ついさきほど、ポーチで私を見ていた少年たちだった。

私は、西之園嬢から離れ、その憎らしいボールを思いっ切り蹴った。

サッカーボールは少年たちの頭上を越えていく。

「すごーい！」彼らは叫び、一斉に走りだす。

気がつくと、庭木の陰から小さな女の子がこちらを見ていた。少年たちと一緒だった赤いワンピースの少女だ。人形のように大きな瞳を私に向け、可愛らしい表情で、不思議そうに……、いや、怒っているのかもしれないが、とにかく、私の顔をじっと見つめているのである。

「どうしたの？」私は少女の方に近づき、きいてみた。

「あんなに強く蹴っちゃいけないわ」少女は私に言う。

「何故だい？」私はさらに少女に近づき、しゃがんで彼女の目の高さに合わせた。

「思いっ切り蹴ったら、コントロールが狂うのよ。知らないの？」

「僕は、思いっ切り蹴ってなんかいない。あれで手加減したんだよ」

「そうなの？」少女は不思議そうに、ボールの飛んでいった方を見る。遠くから、少年たちが、ボールを蹴りながら、戻ってくるところだった。

「美人さんだね……。君はいくつ？」

「五歳」少女は答える。それから、彼女は、西之園嬢を見上げ、にこりともしないで言った。「叔母様は、この男の人と結婚するの？」

「そうよ」西之園嬢も近くにしゃがみ込み、少女の小さな手をとった。「もう、決めたの……。ね、素敵な方でしょう？」

「わからない」少女は首をふった。

西之園嬢は、私に魅力的な笑顔を向ける。

「笹木さん、貴方は、賭けには負けたのよ」

「え？　何のこと？」

「紹介するわ。私の姪……。この子が、萌絵です」

# まったく余分なエピローグ

どんな原理的な物理学者も、検証がはや一つの懊悩であるこの肉体の嘆きの霧に、
この個体の雰囲気に、身を委ね得ようとは思うまい。

**(Les Illuminations / J.N.A.Rimbaud)**

「彼女がいくつ歳をごまかしていたと思う？」佐々木《ささき》は、額にかかる白い髪を颯爽《さっそう》と掻き上げた。
萌絵の叔母睦子の夫、佐々木氏は、現職の愛知県知事である。犀川は、彼に直接会うのは二回目だった。六十に近い年齢のはずであるが、静かな風貌もまだ若々しく、自信に満ち溢れている。彼の本名が、笹の字を書く、笹木だということを犀川が知ったのは、つい最近のことだった。佐々木の方は、選挙用の名前らしい。
「あの事件は、十七年まえですよね？」萌絵が横から言う。

「そう、なんと、実に七歳も……、さばを読んでいたんだからね」佐々木はにやりと笑い、片目を瞑った。

「いいえ、六つですわ。私、九月生まれですから」佐々木睦子がすぐに言った。「あれは、まだ、二十八のときです」

「叔母様と叔父様って、十一違いですよね？　私と犀川先生は十三違い……」萌絵が嬉しそうに言う。

「貴女が、それを言うのは、これで六回目よ」睦子が早口で言い返した。

四人は、ベランダで白い円形のテーブルを囲んで座っている。パラソルの影に、睦子と萌絵が入り、犀川と佐々木は、陽射しを背中に浴びていた。

「いつ、真相に気づかれたんですか？」犀川は佐々木の顔を見てきいた。

「橋爪氏の屋敷を出るとき、だね」佐々木が答える。

「私も、だいたい同じ……」睦子が無表情で言った。

「あの刑事も、たぶん、朝には、それに気がついたんだと思う」佐々木はおっとりとした口調で話す。「だけど、見逃したわけだ。長期戦になる、なんて言っていたけどね……。今思うと、なかなか良い男だった。確か、今は、大津《おおつ》の署長だ」

「叔父様の書かれた小説……、どうなさるの？」萌絵がきいた。

「小説？　はは……」佐々木は笑う。「あれは、そんなたいそうな代物《しろもの》じゃないよ。六十の手習いなんだから。この歳になってワープロを覚えたんでね……、ちょっと、まあ、練習で毎晩少しずつ何か書いてみようと思っただけのこと。あれを読んだのはね、萌絵ちゃん、君だけだよ」

「あら、私、読みましたわよ」睦子が横から言う。「あなた、はっきりいって文才はありませんね。なんなら、私が手直しして差し上げましょうか？」

「どこか、間違っていたかい？」

「さあ……」睦子は澄ました顔で夫を見た。「でも、わざと、ご自分を、ふしだらな人間にお書きになっていらっしゃるようでしたわ。あれを読んだかぎりでは、私がどうして、あなたと結婚しようと決心したのか、その点が、全然読み取れないんじゃないかしら。なんだか、私がとても軽率な女に見えましたわ」

「ねえねえ、叔母様は、どうして結婚を決められたの？　あそこに書かれていないエピソードがあったんですね？」

「そんなこと、人様の前で言えませんよ」睦子は顎を上げる。

「それは、今でもミステリィだからね」佐々木は笑った。

「その小説は、ミステリィなんですか？」犀川がきいた。

「う～ん。そう……」萌絵が真面目な顔で答える。「ミステリィとしては、ちょっと成り立たないと思う……。あ、そうよ、だって、解決編がないんですもの」

「解決編があったら……、台無しだ」佐々木は可笑しそうに言う。「もう少し下品にいえば、すべて、ぶち壊しだね」

「でも、途中までは、ずっと、ミステリィ仕立てですよね」と萌絵。

「実はミステリィじゃなかった、というのがトリックなんじゃないですか?」犀川が言う。

「ああ、なるほど……。だけど、そのトリックがあるっていうことは、やっぱりミステリィになるわ」萌絵は上目遣いでパラソルを見る。「パラドクスですね」

「ミステリィではないね」佐々木が言った。

「ミステリィじゃないっていうと……」萌絵が目を細める。「いったい、何かしら?」

「恋愛小説かな」佐々木は答えた。

「ここ、少し涼し過ぎるわ、あなた、中に入りましょう」佐々木睦子は立ち上がった。「小説のお話だけならけっこうですけれど、もう、あまり、あのときのことはお話しにならないでね。こういうことは、何も言わない方が良いわ」

「そうだね」佐々木も立ち上がって、優しく夫人の手を取る。「犀川先生、それじゃあ、また、あとで……」

犀川は軽く頭を下げる。佐々木夫妻は部屋の中に入っていった。それを待って、萌絵が犀川の近くの椅子に移動し、顔を寄せた。

「ね……、叔父様の前だと、叔母様って、別人でしょう?」

「そうかな」犀川にはよくわからなかった。佐々木睦子は、いつもと特に変わらない、と彼は思う。

「ねえ、先生。映写機のセットをしたのも、滝本さんだったのですね？　あれは、何の意味があったのかしら」

「朝海姉妹が、本当に映写機の使い方を知らなかった、と仮定すれば、そうなるかな……。たぶん、滝本さんが、彼女たちのためにフィルムをセットして……。だけど、スイッチだけは、あとで彼女たちのどちらかが、入れたんだね」

「滝本さんがそれをしたのが、一時頃……」萌絵がまた上を見ながら言う。彼女の癖である。しかし、ここには天井はない。パラソルと高い空があるだけだ。「まだ、みんながトランプをしていた時刻です。それから、何があったのかしら……」

「少なくとも、三階の娯楽室に行った」

「どちらが？」

「西之園君。こんなこと、想像したって、意味はないよ。これは明らかに複雑系の一シミュレーションに過ぎない」

「先生とお話ができる、ということだけで、私にはもう充分な意味があるんです」

「ここだけの話だよ」

「はい、わかっています」

「じゃあ、独断だけど……。さきに三階に上がったのは、お姉さんの由季子さんだったと思う」

「自殺しようとしたのですね?」

「うん、理由は今となってはわからない。首を吊ろうとしたんじゃないかな。それとも、薬を打って死のうとしたのかもしれない」

「そこへ、耶素子さんが来て、止めたんですね?」

「そう、それでなのかどうかは、わからないけど、梁の紐が切れたんだ」犀川は煙草に火をつけながら言う。

「そこで、喧嘩になった」萌絵が俯《うつむ》いて、口もとに片手を当てる。「清太郎さんのことかしら……。由季子さんは、彼を妹に取られてしまったと考えていて、自殺の原因もそれだった、とか。で、そこへ、耶素子さん本人が現れたから……、言い争いになって……」

「そんなの、すべて無駄な憶測だよ。自殺の理由なんて一言で説明できるものじゃないし、もっと衝動的なものだろう」

「ええ、でも、私としての解釈は、つけておきたいんです。無理にでも理由を見つけられれば、なんとなく安心できるもの」

「うん、君自身の安心が目的なら、そのとおり納得すれば良い。わかった、それなら、手助けしてあげよう」犀川はそこで煙を吐いた。「まず、二人はそこで喧嘩になった。自殺を止められた由季子さんは、もう正常な状態ではなかった。興奮していただろうし、そもそも、妹のせいで自分は死のうとしていたんだからね。まあ、それで、喧嘩がちょっとした取っ組み合いになり、妹を殺してしまった。そこで首を絞めたんだ、もののはずみでね」

「ええ、それで？」

「次は、君が話す番」

「えっと……」彼女はまた上を向く。「そこで、由季子さんは考えます。妹を殺してしまった、どうしよう……って。とりとめもないことを、いっぱい、つぎつぎに考えたの。それで……、そう、二人とも自殺したことにしよう。そう見せかけよう、と思った。それが思いつく最善の方法だったんです。自分が妹を殺してしまったことを、彼女は隠そうとしたの。ちょうど、梁から切れた紐がぶら下がっていたし……、だから、その下に妹が倒れていれば、自殺だと判断されるだろう……、由季子さんはそう考えた。本当は、首に残った痕を調べれば、自殺か絞殺かなんてことは、専門家には簡単に判別ができてしまうけれど、由季子さんは、もちろんそんなことまで知りません。うまくごまかせる、と彼女は考えたのだと思います」

「だから、ドアの鍵をかけたんだ」犀川は煙草を指先で回しながら補足した。「幼稚で、実に不完全な行動だけど、彼女にしてみれば、良い思いつきだった」

「ええ、部屋のドアを内側からロックしておけば、それで、自殺以外にはありえないことになる。そう単純に考えたんですね。それで、自分は、壁の小窓から、隣の映写室に移ろうとした。それはつまり、同じ部屋で自殺したら、自分が妹を殺した、と疑われてしまう。それを由季子さんは、恐れた……。娯楽室側から、椅子を使わないで、あの小窓に飛びついて、部屋を抜け出すには、けっこうな運動神経が必要です。彼女は体操部だったから、それくらいできたでしょうけど、普通は難しい。だから、まさか、そこを通ったなんて疑われない、と彼女は考えた。どうかしら？　先生、違いますか？」

「うーん。それとも……、単に、妹の近くでは死にたくなかったのかもしれないね」犀川は言う。「こういった極限の状態で、どんな心理が働くものか、僕にはわからない。どうせ、自分は今から死ぬつもりなのだから、人にどう思われたって平気じゃないかって、僕なら思うんだけど……、この場合は、君が言ったのが実際に近かったかもしれない。自分一人だけで綺麗に死のうと思っていたのに、邪魔をされた。それどころか、はずみで、妹を殺してしまった。だけど、嫉妬で妹を殺してから自殺した、とだけは絶対に思われたくなかった。たぶん、清太郎君にだけは、そう思われたくなかったのだろう」

「あ、それ……、わかる気がします」萌絵が頷いた。

「気がするだけだよ」犀川は微笑む。「幻想だ」

「とにかく、そんな理由から……」萌絵は続ける。「由季子さんは、小窓を通って、映写室に移ろうとしました。ところが、映写機が邪魔だった。だから……」

「もう一度鍵を開けて、廊下から回って、映写室まで行った」

「そう……、そこで映写機を移動させて、小窓を通れるようにしました。そうしておいて、もう一度廊下から、娯楽室に引き返します。そして、そのドアの鍵をかける。わあ……、凄い。たぶん、このとおりだったんじゃないかしら。ぞくぞくしてきちゃいますね」

萌絵は両手を握り締め、それを震わせる。

「そうかな。単なる一解釈だと思うけど。あ、いや、気にしないで……。君が、そう信じられれば、それで良いわけだ」

「これで、小窓が通れるようになったわけです。由季子さんは、小窓に飛びついて、そこを通り抜けました」

「きっと、西之園君もできただろうね」

「映写室で、由季子さんは映写機をもとの位置に戻します。このとき、スイッチを入れて、フィルムを回したんじゃないでしょうか？　スクリーンにちゃんと映像が映るかどうか確かめたんです」

「そこがよくわからないけど」

「駄目、ですか？」

「位置を確かめるために、わざわざフィルムを回すかな？　僕は、そうだね……、隣の娯楽室を、もう一度見たかったから、じゃないかと思うな。映写機の明かりでね。妹さんの姿を、もう一度見たかったんじゃないだろうか」

「どうして？」

「わからないよ、そんなこと……。でも、解釈だけなら、他にもいろいろできると思うよ。死んだ妹のための、最後のシネマ・ショーだったのかもしれない」

「変です、そんなの」

「二人でシネマ・ショー……、なんてね」

「うわ、それ、駄洒落《だじゃれ》ですか？」

「そもそも、最初に由季子さんが自殺しようとしたとき、既にフィルムが回っていた、と思うね。そのために、由季子さんは、フィルムのセットを滝本氏に頼んでおいたんだ。自分が死ぬとき、一番好きな映画と一緒にって思ったのかもしれないね。それが、途中で邪魔をされたことで、上映も中断してしまった。映写機を移動させたときに一度切ったのだろう。あるいは、まき戻しのスイッチを押して、フィルムの最初の方から上映をやり直した可能性もある。フィルムさえセットしてあれば、それくらい簡単だろう」

「そんなに映画が好きだったんですね？」

「あのね、僕らは……、朝海姉妹のことを全然知らないんだ。だから、どんな憶測だって可能だよね。たぶん、僕らが今話していることが、そのまま真実だという可能性は、二の二十乗分の一くらいだと思う」

「いいわ、わかりました。それじゃあ、先生がおっしゃった、その最後のシネマ・ショー説を採用しましょう。考えてみれば、そう、それが一番綺麗だわ」

「うん……」犀川は頷いた。「物理学者と同じ判断だ」

「最後は、映写室で、由季子さんが自殺しました。ドアの鍵をかけて、麻薬を自分で注射したんです。それ、つまり、初めから由季子さんは用意していたのね。注射器は、作業机の上にのって、換気扇の隙間から、外に投げ捨てたんだと思います。その下の庭で発見されていますから」

「えっと、何故、捨てたりしたのかな？」犀川はきいた。

「え？　そう……、ですね。どうしてかしら……」萌絵は口を尖らせる。

「崖から飛び降りる人が、履きものを揃えるみたいなものかな。とにかく、部屋の中に置いておきたくなかったんだね」

「うーん」萌絵は唸った。「できれば、自然死だとみんなに思ってほしかった、ということでしょうか？　やっぱり、発見されたときのために、体裁を繕《つくろ》ったのじゃありませんか？」

「さあ……」犀川は肩を竦める。「そもそも、極めて幼稚で不完全な計画なんだから、真面目に合理的な推理をしても、わかりっこない。ひょっとしたらね、由季子さんは死ぬ気はなかったのかもしれない。気を失うだけのつもりだった、とか、あるいは、単なる事故だったのかも」

「それは変ですね」

「変だね。だけど、変なことは、絶対に起きない?」

「いいわ。これで、とにかく事件は終わり……。叔母様が聞いたという悲鳴は、きっと朝海さんたちが喧嘩しているときだった。それから、たぶん十五分くらいの間に、すべてが終わっていたことになりますね」

「うん、密室は完成していた」

「もし、このままだったら、すぐに真相は見破られていたはずです。残念ながら朝海由季子さんの偽装工作は手間のわりに幼稚過ぎました。誰が見ても、一目瞭然……。お姉さんが妹を殺して、自分も自殺したって……」

「滝本さんが、最初にそれに気がついた」犀川は言った。

「ええ、自分の義理の娘だったんですよね……。壮絶だわ」

「君らしくない表現だね」犀川は鼻息をもらす。

「滝本さんは、由季子さんが何をしたのか、どんなつもりで、部屋の鍵をかけたのか、それを見抜いたんだと思います。由季子さんは自分が妹を殺したことを隠したかった。二人とも自殺したと、みんなに思ってほしかった。そのことに滝本さんは、すぐに気づいた。だから……」

「由季子さんと耶素子さんの死体を入れ換えたんだ」

「そう、そのチャンスがあったのが、いけなかったんです。滝本さんは、二人の死体を入れ換えた。そうすれば、映写室に移った他殺死体は、誰にも殺せなかったことになります。つまり、叔母様が考えた一方通行の法則を、滝本さんも気づいていたわけです。ここが……、凄《すご》いところですよね。絞殺された耶素子さんの死体を映写室に移動すれば、不可能犯罪ができあがる。それで何とか、無理にでも、自殺だということで処理されるのではないか、と考えた。検死の間違いと判断される可能性もあります。もちろん、甘いところはありますけれど……、ぎりぎりの判断だし、やってみる価値はあった」

「結果的に成功したわけだ」

「ええ、そうですね」

「おそらく、最終的には、二人とも自殺だったということで、書類上は片づけられたんじゃないかな」

「滝本さんは、自分の思いつきで、二人の死体を入れ換えようとします。でも、みんなが一度は目撃しているわけですから、ただ単に場所を移して、入れ換えただけでは駄目……、すぐに見つかってしまいます。だから、上着だけを交換して着せ替えて、さらにその上、鬘《かつら》を由季子さんから耶素子さんに移した。そもそも、由季子さんの長髪が鬘だということを、滝本さんは知っていたから、このアイデアを思いついたんです」

「きっと、彼女たちの舞台を、観にいっていたんだろう」

「舞台って、ああ、演劇の？」

「そう……。舞台の彼女たちを見て、滝本さんは、由季子さんがその役柄のために髪を切ったことを知ったんだと思う」

「わあ、なんか、とっても深いですね、憶測につぐ憶測、推理につぐ推理で……、気が遠くなりそう。素敵……、なんか……くらくらします」萌絵は自分の肩を抱いて、躰を揺する。

「そういうのに、私、弱いんです。まさに複雑系のシミュレーションみたいな……」

「君、特異体質？」

「死体を入れ換えて、シーツをかける。壊れたドアの後片づけをしていたら、そこへ、睦子叔母様が上がってきた。ぎりぎりセーフだったんですよね。そのあと、誰も、朝海さん姉妹の死体が入れ換わったことに気がつかなかった、というわけです。うん、こんな簡単なことで、あらゆる仮説が成り立たなくなってしまったのだから、それなりに、効果はあったのかしら」

「まあ、そうかな」犀川は頷いた。「しかしね、逆に、運が悪かったともいえるよ。裏返せば、他の可能性を許さない状況を作ってしまったわけで、つまり、死体交換の可能性しか残らない、という袋小路でもあったんだ。いずれは、気づかれてしまう」

「叔母様の一方通行の定理？　あれなんか、素敵ですよね？」

「素敵？　その形容は……」

「死体が入れ換わったことに気づいてしまえば、こんな簡単な問題はありません。警察の到着が遅れたから、正確な情報が得られるまでに、時間がかかった。だから、たとえば、朝海さんたちが実は逆だったことが判明する以前に、どんどん勝手な推理が始まってしまった。この点が、間違いのもとだったのではないでしょうか？　だけど、どの仮説も、それなりに、いいところまではいっていたんですよね」

「妄想だね。観測をしていない。事実を捉えていない」

「妄想……ですね」

「まあ、遅かれ早かれ、明らかになることだった」犀川は微笑んだ。「刑事さんも、佐々木さんも叔母さんも、滝本さんの行為に、気づいたわけだ。それで……、自分は納得した」

「滝本さんのしたことは、死体遺棄……ですよね？」萌絵は真面目な顔になる。

「遺棄とはいえないよ。それが、娘にしてやれる最後の行為だったんだ」犀川は言う。「誰が、滝本さんを責められる？」

「ええ……」萌絵は緊張した表情で頷いた。

「解答に行き着いた人は、皆、黙ってしまったのさ」

「叔父様の文章でも、朝海さん姉妹の人生に触れた部分、そこだけ、ちょっとセンチメンタルだったわ」

「書かれていない何かが、まだあったんだろう、きっと」

「私が、どうして、先生を滝本さんのところに連れていったのかも、ご存じだったんですか?」

「僕が彼に何かをきく、と西之園君は考えたんだろう?」

「ええ……、仄《ほの》めかすようなことを、きっと、おっしゃると思いました」

「言えない」犀川は首をふった。

「私も、言えなかった」萌絵は下を向いて、自分の膝に両手を当てる。「叔父様の文章を読んで、すぐ滝本さんのことには、気がついたんです。でも、叔母様や叔父様がどう思っているのか、確信できなかったし……。誰がどこまで知っているのかも判断できませんでした。掘り返しても良いことなのか、私も黙っていなくてはいけないことなのか……、それもわからない」

「それは、とても良い判断だ」

「え?」

「わからない、と判断していることがだよ」

「ええ……、ですけど、そのままじゃ、気持ちが悪くて、とても……」

「で、僕を巻き添えにして……」

「いえ、そんな……」

「いつものパターンになった、と」

「ええ……」萌絵は肩を上げて微笑む。「だけど、そう、先生がおっしゃったように、叔父様も同じ考えだったのですね。解決編がないのに、私が気づいたこと自体、叔父様がそう思っている証拠だったわけです。それが、メッセージだった」

「そう……」

「発信しない伝達だったのですね？」

「叔母さんも、ご存じだよ」

「はい……」萌絵は顔を上げた。「きっと、叔母様と叔父様の二人の間でも、一度も話さなかった。言葉にはしなかったのではないかしら？」

「だとしたら？」

「羨《うらや》ましいわ……、叔母様たちが」彼女は少し寂しそうな顔をした。「私には、それができなかったんですもの」

犀川は、黙っていた。

珍しく、同情したのだ。

けれど、どちらが正しい、どちらが上位、という問題ではない。

わからないのが、答なのだ。

「西之園君、散歩に行こうか？」

「あ、はい」萌絵は一瞬で明るくなる。

彼女は、すぐに立ち上がった。

地球上に、人類よりも機敏に立ち上がることのできる動物がいるだろうか、と犀川は思った。その思考の立ち上がりの素早さと、感情操作の素早さ、それが人間の特徴だ。人間以外の動物たちは、喜怒哀楽を知ることはあっても、それを隠したり、保存したり、仲間に分け与えることはできない。すべては伝達に起因している。人間だけが、悲しいのに笑える。嬉しいのに泣けるのだ。

パラソルの影が、ベランダの端から落ちかけていた。

階段を下り、広間のポーチから外に出る。

犀川と萌絵は、屋敷の南の斜面から小径を下り、しばらくの間、黙って歩いた。

携帯用の灰皿を片手に持ったまま、犀川は美味《おい》しい空気と一緒に煙草を吸うことができた。空気の美味しさを、煙草を吸って感じることができるのは、美味しい酒が良い水で作られるのに似ている。濁ったものでしか、人間は純粋さを測れないのだ。本当に純粋なものには、基準も尺度もないからである。

風にそよぐ枝葉は、乾燥した地面の上に、光の粒子のブラウン運動を見せてくれる。小径はいつの間にか消えて、二人は落ち葉で覆われた林の中を抜ける。やがて、小さな沢に下り立った。

ときおり、鳥が飛び立つ羽音が近くでする以外、周波数の低い音は一切聞こえてこない。

この澄み切った大気は、どれくらい遠くまで続いているのだろう、と犀川は不思議に感じた。

「先生、ほら、あそこです。あれが、森林鉄道の廃線跡」萌絵が指をさす。

近くまで下りてみたが、何もなかった。

レールはない。枕木も埋もれているようだ。何も残っていなかった。ただ、地形だけが、僅かに平面的で、細長い道筋を残している。あと数年もすれば、しかし、それさえも消えてしまうように思われた。

中学生の頃、カメラを担いで見にいったことのある谷間の風景を、犀川は思い出していた。

錆びた古いレール。

脱線したまま朽ち果てたトロッコ。

何もかもすべて、いつかは自然に還る。

最初から、自然なのかもしれない。

さて……、その中で、
人間の「生」の証《あか》しとは、何だろう?

それは、たぶん……、
自分の過去に向かった一瞬の夢。

鉄が錆びるように、人は歳をとる。

子供のままでいることはない。

懐かしいことと、美しいことは、同義だろうか？

おそらく、そうだろう。

「こんな山奥で、トロッコに乗って、一生遊んでいたいな」犀川は煙草を吸いながら呟いた。

「お化けか、精霊みたいに……ですか？」萌絵は微笑みながらきいた。

「PPだね」

「え？」

「ピーター・パン」

「ああ、そうか！」萌絵は大きく頷く。「朝海さんたちが出演していたっていう演劇ですね？」

「いつまでも子供なんだ」

「先生、かなり近いですよ」

萌絵はまだ笑っていた。

君もだ、と言おうとして、犀川は黙る。

樹々のトンネルをくぐり抜けるように、小さなトロッコを引いて機関車がゆっくりと上ってくる。車輪はスリップし、ときどき火花が散っている。ヘルメットをかぶった頑強な男たちが、大声で何かを喚《わめ》き合っている。ディーゼルの排気が、彼らの手袋に染みついている。エンジン音と喚声、それに鳥の鳴き声。谷間を渡るトラス橋では、車輪がレールの継ぎ目を叩く音が鳴り、深い山林に遠くまで響く。

それらの音も、光も、少年の思い出とともに、地球上のすべての大気に飛散し、拡散し、消散して、今はもうない。

作中の引用文は全て「地獄の季節」（ランボオ作、小林秀雄訳、岩波文庫）によりました。

# 健全な推理力

土屋　賢二

本書は、犀川創平と西之園萌絵のシリーズ第八作である。犀川創平は大学の助教授で、表面的にはわたしと似た境遇にいる。西之園萌絵ほど美人ではないかもしれないが、わたしの大学には女子大生もいる。だが、類似点はそこまでである。

犀川創平は頭脳明晰・眉目秀麗《びもくしゅうれい》、彼にあこがれている美人学生の西之園萌絵がいる（どういうわけか、一般に、女は頭脳明晰・眉目秀麗な男を好む。男は、そういう男を好まないのに）。わたしは自分のことを、頭脳明晰・眉目秀麗だと書く勇気も自信もない。逆に、知性に問題があり、顔はブラッド・ピット程度だとへりくだっているが、それでさえ「勘違いもいい加減にしろ」といわれている。学生という学生は、西之園萌絵のように思慕《しぼ》の念をストレートに表現するのが下手なため、わたしから逃げよう逃げようとするばかりだ。似た境遇にいるだけに、犀川という男が許せない思いだ。

わたしの大学には、わたしのファンだという学生は皆無だが、わたしの本のファンだという学生が稀にいる。こういう学生は数が少ないだけに、トキのように貴重である。大事にしなくてはと思って、彼女にやさしくたずねた。

「こんどわたしの新しい本が出たんだけど、もう買った？」

「いいえ、まだです。でもそれまでに出たのは大体読んでます」

「それはありがとう。これまで出した七冊のうち、何冊ぐらい読んだ？」

「えっ、そんなに出てるんですか。二冊しか出てないのかと思ってました」

「そ、そうか。でも二冊は読んだんだね」

「二冊のうち、一冊読みました」

「二冊のうち一冊で〈大体読んだ〉というか？ ……ま、知らなかったんだから仕方がない。一冊買ってくれただけでも、感謝しなきゃね」

「あのぅ、実はわたし、お金がないから、図書館で借りて読んだんです。すみません」

「そうだったのか……。いいんだよ。学生のうちは金がないんだから。実はわたしもないんだ。それに学生は、何をおいてもまず勉強の本を買うべきだ。ところで、こんど森博嗣さんの本に解説を書くことになったんだけど、読んだことある？」

「えっ、本当ですか。すごい、すごい、すご～い！」

「わたしの価値がやっと分かったようだな。森さんのミステリを読んだんだね」

「わたし、森さんのファンなんです。全部読んでます」

「〈大体〉じゃなくて、〈全部〉なのか。図書館に全部置いてあるのか」

「全部自分で買っています。それでお金がなくなって、先生の本まで買えないんです。森さんのことならどんなことでもお教えしますよ」

「もういいんだ。用事を思い出したから」

わたしは淋しく笑って立ち去るしかなかった。

貧乏学生でさえ買っているほどだから、森氏の本は非常に売れているはずだ。逆に、わたしの本は、わたしが教えている学生でさえ買わないほどだから、売れているはずがない。わたしの本の売上げを圧迫しないよう、森氏にはあまり本を出さないでほしいと思うが、読者はもっと出してほしいと願っているのだから困ったものだ。読者の猛省を促したい。

それにしても驚異的な刊行ペースだ。文庫を含めて年に十冊が刊行されているという。実に、百年で千冊というペースだ。しかも複利計算ではないのだ。

わたしは年一冊出すのが精一杯だ。わたしのように本の売れない者こそ、出版点数を増やさないとバランスがとれない（なぜバランスをとらなくてはならないのか、という疑問に対しては、人身保護法および「酒に酔つて公衆に迷惑をかける行為の防止等に関する法律」を参照）。

どうしてこれだけ次々に書けるのだろうか。森氏は大学での活動だけでも相当忙しいはずだ。しかもホームページに毎日書き込みし、趣味も多い。本を読むのも遅く、自分の原稿は推敲する方で、しかも夜十時以降にしか書かない（まさか翌日の夜九時まで書いているのではないと思う）と述べておられる。どう考えてもだれかに書いてもらっているとしか思えない。

つじつまを合わせるためか、森氏は長編のミステリを一週間で書いたとか二週間で書いたと述べておられるが、とても信用できたものではない（わたしは受け入れたくない事実に直面すると、信じないことにしているのだ）。

わたしだって、一週間で本一冊分の脂肪を増やすことなら簡単にできるが、ここに書いている文章から分かってもらえるように、文章を書くのは大の苦手である。ここに書いている文章からは分かってもらえないだろうが、ちょっとした文章でも実は大変な労力をかけているのだ。心身の労働量を基準に価格を決めれば、わたしの本の値段を森氏の十倍にしても高くないはずだが、そうすればわたしの本がまったく売れなくなることが目に見えている。この事実に日本経済の問題点と出版界の矛盾が集約されているとわたしは考えている。

わたしはミステリの売上げに対しては複雑な気持ちを抱いているが、ミステリを読むのは好きだ。請求書を読むよりもはるかに楽しい。

本格物を読むときはいつも、だれが被害者になるか、だれが犯人かを緻密《ちみつ》に考えながら読む。はばかりながら、こう見えても哲学を研究している身だ。哲学は純粋に理屈の学問である。推理力にかけては多少の自信がある。雨の日に傘をささないで外に出れば濡れることは簡単に推理できるし、助手がわたしにお茶を出さないことは助手室に入る前から分かる（これでもわたしは、お茶代として金を無理やり取られているのだ）。妻の機嫌がいいことから、多額（五千円以上）の金を使ったことが苦もなく推理できる。妻に確かめる気さえしないほどだ。それだけではない。元気のない声で助手に電話をかけると、仮病をつかって休もうとしていることが簡単に知られてしまうほど、わたし自身、推理されやすい人間だ。

しかし、この健全な推理の能力が、一級品のミステリを読んでいて、通じたことはない。たしかに、通じる部分もあるにはある。たとえば、解決策が示されたとき、まだページがだいぶ残っていたら、それが最終的な解決ではないだろうとか、犯人が最初に殺されることはないだろうとか、いくら何でも犯人はわたしではないだろうとか、わたしの妻ならどんな悪いことでもやりかねないとか、一時間ミステリを読んだら授業の予習をする時間が一時間減るだろう、といったところまでは推理できる。だが、不思議に犯人やトリックを推理できたためしがない。たまにはまぐれ当たりをしてもよさそうなものだが、まぐれでも当たったためしがない。

本書を読むにあたっても、わたしは絶対にダマされまいと不退転《ふたいてん》の決意で臨み、もちまえの健全な推理力を存分に駆使した。本書の物語には密室が二つ出てくる。それぞれの密室には死体がある。厳密に考えれば、密室というものは死体がなくても存在しうるが、さすがに森氏だ。密室の中で猫がサンマを食べていたという迫力のない設定にはなっていない。

わたしは注意深く読んだつもりである。密室の謎については、テレポーテーションなどの超常現象も視野に入れつつ、「密室」といっても実は部屋ではないのではないか、このまま読み進んでも結局謎は何ら解決されないまま終わるのではないか、著者が普通の部屋を密室だと勘違いしているだけではないか、という可能性も検討した。

本書には一人称で書かれた部分が入ってるが、なぜ一人称にしたのかについても、「もしかしたら、著者が自分を別の人間だと勘違いしているのではないか」という可能性まで考えながら注意深く読んだ。だが、結局、犯人もトリックも分からなかった。

このことから分かるように、健全な推理力をもっている温厚な人間だとかえって、犯人やトリックを見抜く障害になる。そもそも著者は「愚かな読者ならこう推理するだろうから、その裏をかいてやれ」と考えて書いている。健全な推理力を駆使するのは、著者の思うツボだ（かといって、著者の裏をかいて無茶苦茶な推理をしても、犯人は当たらない）。しかも、最終的な解決が提出されたとき、読者がその解決に納得するには、健全な推理力を使わなくてはならない。著者は読者を欺くにも、納得させるにも、読者の健全な推理力を利用しているのだ。それによって金を稼いでいることを考えると「利用」というより「悪用」といった方がよい。

ミステリの作者は、こうやって健全な推理力をもてあそんだ上に、読者に「自分の推理力は不十分だった」と思い込ませるのだ。相当不健全な性格の人間に違いないと思う。

善良な人間をダマすという点では、ミステリ作家は奇術師や詐欺師と同類だ。現に奇術師でミステリ作家という人もいる。詐欺師でミステリ作家で建築科の助教授をしている人がいても不思議ではない。

こういう作家は、素直に信じる心につけこんで人をダマし、罰せられるどころか、賞までもらい、多くの読者に慕われているのだ。ミステリの美名のもとに、やりすぎではないか。

森氏のミステリに比べたら、わたしのエッセイは誠実そのものだ。にもかかわらず、不当なことに、受ける評価は逆なのだ。わたしの場合、恥をさらして本当のことを書いても「嘘だ」とか「嘘に決まっている」と決めつけられ、本当のことを書けば書くほどわたしの人間的評価は下がる一方だ。森ファンだという学生にしても、わたしの本を買う金を削ってまで森氏の本を買うのはダマされたいからだろうが、「こいつはダマされたがっているのか」と思ったら大間違いだ。わたしが授業でちょっとゴマカそうとするだけでも許そうとしないのだ。

なぜここまでわたしの誠実な態度が不当に扱われるのか、理解できない。正直に書くのがそんなに悪いことなのか。大掛かりな嘘が許せて、些細な嘘がなぜ許せないのか。不可解でならないが、最近では人をダマして金を巻き上げるような人間になるよりは、むしろ、ダマされる善良な側でよかったと思う。

ただ、考えてみると、健全な推理力が発達しすぎているためとはいえ、ミステリでも実生活でもダマされすぎだと思う。森氏に人をダマす方法の一端でも教えてもらいたいものだ。

〈お茶の水女子大学　哲学科　教授〉

この作品は、一九九八年四月に小社ノベルスとして刊行されたものです。

|著者|森 博嗣　1957年愛知県生まれ。現在、某国立大学の工学部助教授。1996年、『すべてがFになる』で第1回メフィスト賞を受賞し、衝撃デビュー。以後、犀川助教授・西之園萌絵のS＆Mシリーズや瀬在丸紅子たちのVシリーズほかの作品を発表し人気を博している。

今《いま》はもうない SWITCH BACK

森《もり》 博嗣《ひろし》



2001年3月15日第1刷発行
2003年12月1日第9刷発行

発行者——野間佐和子

発行所——株式会社 講談社

東京都文京区音羽2-12-21　〒112-8001

電話 出版部 (03) 5395-3510
　　 販売部 (03) 5395-5817
　　 業務部 (03) 5395-3615

Printed in Japan

講談社文庫

定価はカバーに
表示してあります

デザイン—菊地信義

製版——株式会社廣済堂

印刷——豊国印刷株式会社

製本——株式会社国宝社

落丁本・乱丁本は購入書店名を明記のうえ、小社書籍業務部あてにお送りください。送料は小社負担にてお取替えします。なお、この本の内容についてのお問い合わせは文庫出版部あてにお願いいたします。

ISBN4-06-273097-9

# 講談社文庫刊行の辞

二十一世紀の到来を目睫に望みながら、われわれはいま、人類史上かつて例を見ない巨大な転換期をむかえようとしている。

世界も、日本も、激動の予兆に対する期待とおののきを内に蔵して、未知の時代に歩み入ろうとしている。このときにあたり、創業の人野間清治の「ナショナル・エデュケイター」への志を現代に甦らせようと意図して、われわれはここに古今の文芸作品はいうまでもなく、ひろく人文・社会・自然の諸科学から東西の名著を網羅する、新しい綜合文庫の発刊を決意した。

激動の転換期はまた断絶の時代である。われわれは戦後二十五年間の出版文化のありかたへの深い反省をこめて、この断絶の時代にあえて人間的な持続を求めようとする。いたずらに浮薄な商業主義のあだ花を追い求めることなく、長期にわたって良書に生命をあたえようとつとめるところにしか、今後の出版文化の真の繁栄はあり得ないと信じるからである。

同時にわれわれはこの綜合文庫の刊行を通じて、人文・社会・自然の諸科学が、結局人間の学にほかならないことを立証しようと願っている。かつて知識とは、「汝自身を知る」ことにつきていた。現代社会の瑣末な情報の氾濫のなかから、力強い知識の源泉を掘り起し、技術文明のただなかに、生きた人間の姿を復活させること。それこそわれわれの切なる希求である。

われわれは権威に盲従せず、俗流に媚びることなく、渾然一体となって日本の「草の根」をかたちづくる若く新しい世代の人々に、心をこめてこの新しい綜合文庫をおくり届けたい。それは知識の泉であるとともに感受性のふるさとであり、もっとも有機的に組織され、社会に開かれた万人のための大学をめざしている。大方の支援と協力を衷心より切望してやまない。

一九七一年七月

野間省一

2003年9月15日現在